祖厉河恋歌

王文澜小说·散文集

王文澜◎著

作者将这部抒写人间真情和
饱含对故乡深沉眷恋的作品
献给所有想要远离浮躁和
寻找绿色精神家园的人们

中国文联出版社
http://www.clapnet.cn

图书在版编目（CIP）数据

祖厉河恋歌 / 王文澜著. -- 北京：中国文联出版社，2016.6

ISBN 978－7－5190－1633－3

Ⅰ.①祖… Ⅱ.①王… Ⅲ.①小说集—中国—当代 ②散文集—中国—当代 Ⅳ.①I217.2

中国版本图书馆 CIP 数据核字（2016）第 135852 号

祖厉河恋歌

作　　者：王文澜

出 版 人：朱　庆

终 审 人：奚耀华　　复 审 人：蒋爱民

责任编辑：胡　笋　　责任校对：傅泉泽

封面设计：中联华文　　责任印制：陈　晨

出版发行：中国文联出版社

地　　址：北京市朝阳区农展馆南里 10 号，100125

电　　话：010－85923039（咨询）85923000（发行）85923020（邮购）

传　　真：010－85923000（总编室），010－85923020（发行部）

网　　址：http：//www.clapnet.cn　　http：//www.claplus.cn

E - mail：clap@clapnet.cn　　hus@clapnet.cn

印　　刷：北京天正元印务有限公司

装　　订：北京天正元印务有限公司

法律顾问：北京天驰君泰律师事务所徐波律师

本书如有破损、缺页、装订错误，请与本社联系调换

开　　本：710×1000　　1/16

字　　数：338 千字　　印　张：19.5

版　　次：2016 年 6 月第 1 版　　印　次：2016 年 6 月第 1 次印刷

书　　号：ISBN 978－7－5190－1633－3

定　　价：57.00 元

值此红军长征胜利即一、二、四方面军
会宁会师80周年庆典之际
谨以此著献给我的故乡，献给大地母亲！

——作者

目　录
CONTENTS

小　说

散　文

小 说

记忆的颤音

我对土地有着一份无以言表的感情，
踩在那黑色的泥土里，便是踩在了母亲的辛苦
和汗水里；跪在那土地上，便是跪在了母亲的面前……
——题记

穿过被荒草覆盖到几近无处下脚的门前小路，我终于站在了这里，站在了属于昔日那个火热年代的集体合作社的打麦场一角。

梦中的打麦场，窘迫地望着我。没了昔日的平展，没了昔日像小山一样一座连着一座的麦垛，没了挥汗如雨劳作其间的众乡亲和那一大群跟大人一样汗流浃背追逐游戏其间的孩童。没了这一切，便是没了这打麦场从它成为打麦场的那一天起，鲜活地吆喝了几十年的生气。而今，它荒草遍地、蓬头垢面，满目沧桑，周围曾经当仓房使用的房舍和土坯窑洞，还有对过的粉碎机房和文化室，早已坍塌变成了荒草覆盖的一堆堆废墟，甚至连废墟都没留下……一切，就像是被这个世界无情地遗忘过三百年了。

可是，就在这一刻，就在我无言地望着这满眼荒凉的一刻，数十上百成百上千仿佛沉睡过去的记忆，在我安顿他们休眠的珍藏室里复活、苏醒。他们抖落封存着他们的尘埃，睁开惊异的眼睛望着我，望着眼前这个好像陌生又似曾熟悉之人。终于，我看到久违的她们留下了热泪，那是与亲人久别重逢的泪水。他们争先恐后拽着我的衣襟，不分先后次序地爬上我的心口——我明白，这是想要让我牵着她们的手，带她们来到外面有阳光的世界……

啊，人类这宝贵的记忆力呀，唯有你，方可以让生命里曾经有过的一切爱恨情仇，一切或幸福或痛苦的记忆存活下来，让她们永远鲜活永不褪色……

1 月夜，那对情人

“婆娘女子们不要只顾谝闲，大家手底下放麻利，不要偷懒，眼前这些活无论如何今晚都得干完。”——生产队长招呼大家的吆喝声。

朗朗夏夜，麦子刚熟的季节。男女老少大家伙面前堆满了一捆捆当天下午才运到场上的新麦等待脱粒。大家干得热情高涨，其实即便队长不这么吆喝，也没人偷懒的。有了这样的吆喝，就更是没人敢松下手头的活儿了，于是，噼里啪啦的摔打声响成一片，传遍整座月色温馨的小村庄。

中学毕业回乡务农刚半年，依然书生气十足的我，干这活儿真是有点吃不消。但是在这样月光明媚的夜色里和大家伙儿一同劳动，觉得蛮好。更不用说，还有县里来的两位正在帮助社员们“搞路线教育”的工作组干部，也跟着大家伙儿一同劳作，挺开心的。

那晚的月亮异常的明亮。河坝里的青蛙们蛤蟆们或许也喜欢这样月朗星稀的夏夜。你听听，河滩不远处的涝坝里，那些青蛙癞蛤蟆们，长一下短一下高一声低一声，有说有笑吵吵闹闹，叫得那个欢快热闹，好不开心。我后来从一位上了年纪人称“老顽童”的大伯那里，算是第一次长了见识——蛤蟆们这样欢叫的时候，大多是在享受谈情说爱的幸福和欢乐，当然也有别的一些不快活不幸福的干活。那不同的叫声里大有文章，包含着不同的“意思”：他们或求爱，或嬉戏，或热恋，或交配，或吵闹，或争风吃醋打架斗殴，其中可能也有一些不守规矩的盗贼强奸犯，名堂多着呢！

新上场的麦子，三四个人围着一个碾场用的大碌碡摔打脱粒。大家有的是劲儿，心劲儿，因为一阵忙碌之后，各家各户明天就可以分到新麦子了。分到新麦子，也就意味着很快就可以吃到新麦面那香喷喷的锅盔和想起来就要流口水的胡麻油炝葱花的浆水面。

说归说，但这活儿对一个十六七岁没干过多少体力活的学生来说，毕竟是个费劲的苦活儿。没多久，我就累得气喘吁吁，有点吃不消了。我借口去撒尿，其实是想让自己歇息片刻。跟我一起干活的母亲望了我一眼，没吭声。一向关心我的邻家婶子很是理解，知道我累了，便指点着我停下手头的活儿，歇一歇。

我有点不好意思地撂下手头的活儿，晃悠着，去找一个自己觉得可以解手的合适去处。

我来到一座旧麦草垛子的一侧，刚想要动作动作，突然听见附近有响动。仔细瞅一瞅，啥都没有。再听，还是有声儿。声音是从旁边几步远的大麦草垛子后面传来的。幸亏我适才脚步轻，没有惊动了他们。从声音断定，是一男一女两个人。先听到女的声儿，声音很好听，而且从声音中都可以感觉得到那一刻她泛着红晕的脸上表情。她说话的声音很轻，有点羞涩："再……一点"。紧接着是男的声音："……"。听着他们的声儿，我有点紧张，心突突突地跳着，像一个受了惊的木头桩子一样定定立在那里，丝毫不敢挪动一下脚步。就这样，我立了有足足两三分钟这才反应过来，然后蹑手蹑脚地悄悄离开了。听了人家"解手"的动静，自己解手的事儿，早都忘到月亮背后去了。

回到原来干活的地儿，像是无事一样，手里攥着一把麦子，用劲噼里啪啦摔打起来，可心里依旧替别人热热闹闹折腾着，全是事儿。人啦，年轻好事！根本没法不好奇的我，不由自主地留心着周围的动静，看看会有什么人回来。不大一会儿，我终于看到了——先是那女的，从一个方向。过了一会儿，是那男的，从另一个方向。我发现原来是那一对儿，心里莫名其妙有点乐。后来想想，我乐得并非莫名其妙，因为我觉得他们还真是蛮般配的一对儿……

明晃晃的月光下，他们若无其事地干着各自手头的活儿，我也若无其事地干着我手头的活儿。有人轻轻唱起了歌，歌声那么悦耳，那么动听，那是从来没有过的悦耳动听。我想了想，或许是因为在如此迷人的夜色里，或者是因为我的莫名得只想笑的好心情……

那一对相好，女的生得眉清目秀甚是俊俏，尤其是洁白的牙齿，笑起来可是好看。她结婚才一年多点时间，按当地的习俗，还应该称她新媳妇；那男的好像小女的一岁半岁的，还没有结婚，是一个很是干散利索的小伙子。人，有时太能干、太干散利索就会有麻烦……

2 地震来了

那年初冬季节，突然传来消息，说我们那一带将有八级至少是七级地震发生。上面郑重提醒各家各户务必预防，不可掉以轻心。

这一消息传来，对于所有生来从未经历过地震，完全不知道地震是啥个感觉的人来说，新奇热闹的心情大大地高于多于恐惧，尤其对于我们好热闹的孩子们来说，就更是如此。

大麦场中央最安全的地方，用柳木椽子亚麻杆子很快搭起了一座不大不小的防震棚，棚子里铺上厚厚的麦草，让女人和孩子住里边。大跃进人民公社时期，大家一起吃过大锅饭，大伙儿吃在一起劳动在一起，对集体化的生活并不陌生。可是像眼下这样不同家庭的大人小孩男女老少住在一起，还是前所未有的，蛮新鲜。躺在这样的防震棚里，大人聊天，小孩嬉闹，大家伙儿睡意全无。更不用说还有那几个小伙子大姑娘，虽说大家都是和衣而眠，但这样男男女女老老少少混在一起的睡法，实在太新鲜，新鲜得令人兴奋让人心跳。热热闹闹说说笑笑中，唯有姑娘小伙儿看上去最是安分最是平静，实则谁都明白，他们的心里是最不平静的。特别是平日里相互心仪，想不够看不够的男女，这一阵算是有了偷着笑的好机会。躺在一个草棚子里，比躺在自家的热炕上舒服多了，所有的快乐和暖和全在心里……

每家的大多数男人尤其是老爷爷老奶奶们，听说要地震，只是笑一笑，没人去住防震棚，依旧待在家里。我爷爷奶奶就是这样。为了引起警觉，不至于地震都跑到自家炕上了，人还熟睡梦乡——按照上面的指示，爷爷在供桌上倒立一只玻璃瓶子，为的是地震来了，瓶子倒了人就可以惊醒逃命。那一夜，地震没来，我家那只大狸猫却半夜三更轻手轻脚地来了。谁知道，这捣蛋的猫也有跟主人恶作剧的时候。只听得“咣当”一声——玻璃瓶子倒了。

地震了！这是从睡梦中惊醒的爷爷的第一反应。黑暗中睁开眼睛，等一等，没动静，啥都没有。划根火柴点亮煤油灯，发现那只干了坏事的老狸猫，正蹲在那儿捂着嘴一个劲儿地笑呢……

受点惊吓不打紧，那只玻璃瓶子摔坏了可是大事。第二天晚上，爷爷小心翼翼在瓶子底下垫了一条毛巾，悉心将瓶子保护起来，然后放心地睡了……

我和另外两位发小三个人，想出一个防震的绝好主意——在偌大的麦草垛子里抽开一个草洞，这样一定是又舒适又暖和。草洞子很快打理好了，宽宽绰绰，我们哥儿仨抱来家里的被褥，有铺有盖，住在里面有如远古先民的宫殿，好不舒适。可一切全都坏在了我一哥们手上——他在草洞里点起来了煤油灯，我一看吓坏了，我说麦草垛子点着了咋办？话音未落，发现有两条腿像巨人一样站在了我们的洞口，一看，队长，铁青着脸。

美好的草洞子生活是断然没戏了。没办法，只好住到集体大棚里去。刚刚躺下没三分钟，睡在近旁的刘大妈一把扯过来一只陶土烧制的尿盆子，在离我一米不到的地方“刺——啦啦啦，刷——啦啦啦”，肆无忌惮地开始撒起尿来——尿没多骚，可是那个举世无双的吓人的尿盆子，我的天爷爷！那个骚！惊天动地！气势太压人，直接逼得人晕头转向喘不过气来！我呼哧一下翻起身来，说啥都不睡了。跑到棚子外面，挺冷的，转来转去实在有点无聊，咋办？找点事儿做做？做啥呢？寻思半会儿，发现棚子旁边立着一副缺胳膊断腿儿老掉皮的胶轮架子车。想都没想，跑过去，像老师傅抓汽车方向盘一样，双手把好了车轮子，使足了劲儿来了一下："轰隆轰隆轰隆隆隆隆隆……"

"地震！地震了！地震来啦————"

伴着一片惊叫，棚子里所有的人全都跳了出来，瞪着惊恐的眼睛东张西望。地震没望见，望见了我——就像爷爷前天晚上望见的我家那只干坏事的大狸猫……

3　打麦场上的号子声

打麦场上最忙活的时间在秋冬两季。

秋天收割完毕，所有的庄稼都上了场。各种各样的五谷杂粮摞起来的粮食垛子，是这个季节打麦场上的一大景观。扁豆、豌豆、小麦、谷子、糜子、胡麻、荞麦……不同的粮食垛子不仅大小不一，而且形制也不一。摞粮食垛子绝对是一门技术，也是一门艺术，每个垛子不仅要保证不能灌水，而且看上去还要造型美观。摞得七歪八扭的垛子，是要丢整个生产队的人的。爷爷在世的时候，是队里摞粮食垛子的好把式，尤其是那种在我幼时心目中高耸入云的大麦垛子，从来都是由爷爷和几位技术过硬的能手把持着摞起来的。父亲虽说常年在外工作，但是干起带技术的农活也是一把手，他摞的垛子也是一流的漂亮。作为一道风景，摞好的粮食垛子在打麦场上要度过好几个月的时光。

深秋和初冬时节被称之为农闲季节。地里的庄稼全部收割完了，这时摞在麦场上的所有庄稼开始打碾。所以这个季节的所谓"闲"也是相对的。

像大大小小的山包一样静候了几个月的粮食垛子，被陆陆续续拆掉，摊在场上开始打碾、进仓。碾场是一件看似简单实则有学问的伙计。第一关是摊场，这项活儿通常都是从大清早开始。从场心开始，浑圆如同太极图一样放射型摊满了整个打麦场的庄稼粮食上，性情温顺的耕牛们，拖着一只只足足两百斤重的大碌碡以环环相扣的方式，一圈紧套一圈开始碾压。吆喝那只头牛的一个人很重要，得有经验，得上心，因为弄不好就会碾成了"花场"，粮食碾不干净了。

男男女女组成的连枷队跟随其后。连枷队形人少时可单行排列，人多时可双排。双排时必须面对面劳作——前排倒着边打边退，后排则是顺着来。退打的通常是男的，顺打的则往往是女的，顺着打的感觉更为舒适方便，再说女人进男人退，看上去舒服，感觉也更合适。打连枷绝对是技术活，不能使蛮劲儿，要有悟性，手臂和身体活动的协调性要好。检验你的连枷功夫，不用看，只要听听连枷拍下去的响声，就知道你把那家当使唤得对不对。劲儿使得巧，不仅人轻松，而且打的效果也好。当然家当本身是否得心应手是否好使，也是十分关键的因素。有好几回，我也在连枷队里混过，当然是在事先单独试活习练了一番之后。入了连枷队，开始有点别扭有点提心吊胆，三两回下来也就顺手了。跟着连枷队，就不是你一个人随便使唤那家当的事儿了。你得心身跟大家伙儿协调配合，不仅要跟你对打的那位配合默契，而且要跟整个连枷队保持节奏和步调的协调一致。打连枷是一种富有艺术性的劳动，尤其是伴着节奏整齐而不失悠扬的连枷号子的时候，就更是如此。连枷号子你得不轻不重悠着唱，随着连枷的起落节奏，气息通畅歌声悠扬，再加上碌碡队的阵阵吆喝，这号子就更是显得生动有趣，于是劳动的乐趣也就有了……

公社化时期，如此这般集体劳动的热热闹闹还真不是表面上的，那是发自每个人心底的，即便是这些庄稼人时常饿着肚子。人的适应性真是太强了。那个时候，虽说大家经常吃不饱，但干起活来没听见有几个人抱怨。世上的事儿就是这样，那种看似愚昧的接受，看似愚昧的适应，带来的却是心头敞亮敞亮的欢乐，尽管肚子饿得咕咕叫的时候，大家难免伤悲，难免抱怨。有一天人们终于不愚昧了，啥都明白，啥都清楚，啥都不愿接受，啥都不想适应，可那个时候，心上的痛苦就铺天盖地地来了——此痛苦非彼痛苦啊。有了吃有了穿的一天，你发现人们的怨言比以往任何时候都多……人在什么样的情况下会感到欢乐，什么样的情况下会觉得痛苦，不是绝对的。

4 那一粒粒珍贵的麦子

合作社时期是漫长的饥饿岁月。生活在那个时代的农民们，尽管大家也真心地歌唱和快乐着，但是在无情的饥饿伴随下的痛苦和哀叹，肯定是不可避免的。

那年月，土地是生产队的，耕牛也是生产队的，当然种的粮食也是队里集体的。整个生产队的社员们一年四季九成以上时间的集体劳作，是当时最基本的劳动形式。一年辛苦下来，等待年终的口粮分红，是每个人心头最漫长的期盼。

除了集体的土地，每家每户都有一份数量有限的自留地。我家也一样，也分得几亩山地。比起生产队，每家自留地里的收成要好一些，因为各家各户的积肥都上在了自留地里。但是自留地毕竟太少，庄稼长势再好，也打不了多少粮食。更不用说那些贫瘠的山地，如果遇到干旱缺少雨水的年成，欠收是必然的，所以那年月农民们的饥饿几乎是注定了的。

我家的情况比较特殊。父亲大多时候在外地工作，孩子在学校读书，祖母年迈，常年没日没夜辛苦在地里的，只有母亲。母亲在地里挥汗如雨辛勤劳作过程，也是她心中感到欢欣快慰的过程，因为她心甘情愿地在这土地里播种着为了每一个亲人的希望。家里的那几亩田里的粮食，是全靠母亲的汗水浇灌长出来的，是全凭母亲的一双手刨出来的。我对土地有着一份无以言表的感情，踩在那黑色的泥土里，便是踩在了母亲的辛苦和汗水里；跪在那土地上，便是跪在了母亲的面前……

自留地里的庄稼生长的时候是母亲满怀希望的季节，而到了收割打碾的时候，更是母亲满心喜悦的时候。

小时候每年的打碾场是最不能忘记的一件事。爷爷奶奶招呼几个孙子早早起床帮母亲到打麦场里干活。这时候，母亲早已经在打麦场忙活好一阵了。全家人母亲起得最早，摊场之前，她会把偌大的打麦场仔仔细细用心清扫一遍，包括周边那些根本不用摊粮食的地方，也是一概扫得干干净净。被母亲扫过的打麦场，干净得跟家里的院子家里的炕一样。等起过了场的一刻，你就知道，母亲为什么一大早要把周边清扫那么干净。

起场之后，母亲会把周边很远的地方都仔细地扫上一遍，担心打碾的时候，可能会有粮食飞溅到那些地方。只是这样扫过还不行，母亲还要在适才扫过的地方和更远的周边，一粒一粒地去捡拾打碾时溅到那里的颗颗麦粒，直至她认为那些地方没有一粒粮食为止。母亲捡拾麦粒的动作非常麻利，俨然就像今天那些电脑程序控制下的人工智能的敏捷动作……

看母亲汗流满面那么专心地寻找着、一粒一粒地捡拾着，我心里一疙瘩的不愿情，轻轻嘟哝埋怨着：干啥嘛？那样能捡回来几粒粮食？眼睛都看花了，老半天也捡不到够吃一口的粮食。

母亲一边捡一边督促着我和弟弟妹妹，可我和弟弟妹妹总是难得发现哪里会有麦粒。后来等我长大了，有一天，我突然于一夜之间懂了。我懂得了母亲的可怜，懂得了母亲的一片苦心，懂得了属于那特殊年月的饥饿。我一次次地不能原谅自己那个时候的少小不醒事。从此，打麦场上母亲跪着一粒粒捡拾的情景深深刻在我的心头，永远不能忘记了……

属于那岁月里的贫穷，想起来应该痛苦，应该心酸得流泪才是。可对于母亲，对于我们家的老老小小每一个人来说，那个时候是我们心中欢乐最多的时候……

现如今的人们，非特殊情况下是不用忍受当年那般饥饿的。没有忍受过饥饿的人尤其是今天养尊处优的娃，根本不懂得那个年月的人们忍受过的饥饿。而今，无论是家里的家常便饭还是在某个豪华的酒店享用大餐，我始终强调吃多少要多少。我习惯于把自己碗里的米粒吃得干干净净一粒不剩——因为看着那白花花的米粒，我就看见了母亲，看见了母亲跪在打麦场上捡拾那一粒粒粮食的情景。

这，就是我至今为什么不愿浪费一粒粮食的原因……

5　小木匠

打麦场的场边里，紧挨着仓房是一间土坯箍起来格局不大的窑洞，专门供轮流值班看麦场和仓房的人住。窑洞里除了一铺两间的土炕再没有别的。但就是这样一个简陋得不能再简陋的去处，却成了我记忆中一处令人难忘的地方。说难忘，是因为住在这里的人总有讲不完的故事，而且这里也时不时地会发生一些让你不想忘记的故事。

冬天里，粮食一半打碾进仓，一半仍堆在场上的时候，是必须要轮番看场的。外面落雪的日子，炕洞里煨上足够的牛粪，一整夜炕上始终是热冬冬暖烘烘的。这个时候，若是遇到了讲故事的能手马大叔轮班，我一定要陪着他一同看场，为的是从大叔那里听到好听的故事。他那脑袋就像是个装满了各种故事的仓库，什么薛仁贵征东，薛丁山征西，什么三国英雄梁山好汉，杨六郎的故事，孙悟空的故事，听啥有啥。我是个天生胆儿小的，到了晚上根本不敢独自出门。书里的即便是鬼怪故事听着也不是太怕，最怕的是讲距离我们身边不远处——场边上那个牛圈坑里的故事。

牛圈在紧邻打麦场边的一个两三丈深、三两百平米的大坑里。马叔说：有天夜里，月色朦胧，轮值看场的人半夜里出去巡场，来到场边，不经意朝那牛圈里瞥了一眼，你猜怎么着？他居高临下看得清清楚楚：一个穿一身白衣服的，慢悠悠，从一个窑洞出来，走进了另一个窑洞。值班员立马警觉起来，心想，会不会是来偷牛的贼？值班员是个生来不怕鬼神的大胆子。他扛了把铁锨，咳嗽两声，进了那窑洞，可是里边除了两头老黄牛，什么都没有。

回到场房窑洞，他突然意识到，自己看见的那一定是鬼……

听到这里，我吓得头皮发麻毛骨悚然，怵溜一下钻进了被窝，只觉得那鬼此刻就站在门外。马叔说，这故事里的那个看场人不是别人，正是我的爷爷。爷爷的胆识我是知道的，可爷爷在世的时候我也时常陪他来看场，他从没有亲口给我讲过这个故事。

鬼的故事到此为止，让我说说发生在这窑洞里的人的故事吧。

刚刚中学毕业那阵，仲夏时节，请来一位眉清目秀又心灵手巧的小木匠，给生产队的小学堂做一些桌椅板凳什么的，就住在这场房窑洞里。小木匠我此前就认识，虽说长我五六岁，可我们算得上是无话不说的好哥们。做木活的那些日子里，我一有空总跑到这里跟他聊聊天，而且有好几个晚是在这里跟他一起住的。一旦住下来，我们就会大半夜地天南海北聊个没完没了。

有天晚上，我看他情绪好得异常异常的，还没盘问几句，结果他就把自己的“老底儿”全部与我分享了。

他告诉我，那天下午，“好看得要命”的小芹来了这里。

实话，小木匠说得不算夸张。小芹姑娘的好看那是没得说了，人所公认。按小木匠的说法，小芹那是比电影《英雄儿女》里头的王芳还要好看的。小芹姑娘若是生在城里，不知道会有多少有出息的小伙子喜欢上她呢。

小木匠说，已经十好几天了，小芹在场上干活，一有机会就溜进来跟他说话。他能看得出，小芹的神情里那是很喜欢很喜欢他的样子。但人家越是这样，他就越是不敢往别处想。可是打心眼里，他真是太喜欢小芹姑娘了。小芹不仅性格温顺，会体贴人，而且长得又是那么好看。他说只要小芹盯着他看，他的脑子就乱得没个样子了，说话也开始前言不搭后语。而越是这样，小芹像是故意似的，就越是瞅着他不放。小芹笑的时候，会露出她那洁白整齐的牙齿。只要望一眼那好看得粉嘟嘟的脸蛋，还有那洁白整齐的牙齿，他的心跳得就像是孙猴子一样要从腔（kang）子里蹦出来。可是有一阵，他死活再也忍不住了——问题完全出在小芹那：她在跟他玩笑着推了他一把的那一瞬，他看见小芹那萱得像是刚出笼的馒头一样的乳房，在花花衬衣下面小兔子一样轻轻蹦了两下。这一蹦，他脑子“嗡——”的一下，什么话都没说，顺势把小芹抱在了自己的怀里。他觉得自己突然间就像狼就像小老虎一样，一下子变成了这世上最胆大的下家。他真是豁出去了……小芹闭上眼睛，整个人完全瘫软在他的怀里，只听见她急促的呼吸声，粉嘟嘟的嫩脸蛋顿时变得绯红。他抱着她亲着她，他亲她好看的嘴唇，他抚摸她那又萱又好看，好看得能让人丢了魂儿的雪花奶子。别忘了，这可是在大热的夏天，没多久，他们两个人全都浑身冒汗，身上像水洗了一般。可是，她们俩谁都不愿意松开。他只觉得这辈子永远抱不够亲不够这个身上绵软得像绸缎像棉花团子一样的姑娘。他说，过后想想，真是有点后怕，那一阵，若是外面进来个啥人，那就彻底完了……

他说，这是他有生第一次狗胆包天地抱着亲一个姑娘。小木匠那年二十三岁不到，小芹十八。我知道，小木匠爱小芹爱到失魂落魄，他央求村里一位德高望重的老者给他做媒提亲，小芹也是愿意得不得了，但最后俩人的一切努力全都付之东流，原因只有一个：两家的成分不合。

小木匠结婚是在文革结束以后，那时他已经老大不小了。媳妇能干，人也是蛮贤惠，但在小木匠的心里，这辈子永远没人能和小芹相比，小芹是他今生活活长在心里的一个扯不掉。更不用说，小芹又是鲜花插在了牛粪上——她后来嫁了的那个人，根本就跟她不般配，太不般配……

6　祖母的身影

此刻是正午时分。

两天或三天前，一定是下过一场雨的。山里的空气异常清新，天蓝得出奇，云白得出奇，满眼绿色的四周静得出奇，空气就像是无声流动着的山泉。这是只能属于这样的山里才会有的明媚和安静。如此没有丝毫污染和吵扰的明媚、空寂和宁静，让人感觉到这里似乎不曾有人居住。其实并不是这样，附近依然有主人暂时离开或有留守老人居住着的六七户人家。曾几何时，他们都是我的好邻居。

我突然发现，我突然意识到：并不是漆黑的夜晚才是宁静的，其实大山里阳光明媚的正午时分也是非常宁静的，而且会比漆黑的夜里更加宁静。身居这样的宁静之中，你是可以静静地想一些事情的。

我静静立在打麦场的一角，站在由着自己的性子胡乱生长的青草丛里，站在已经坍塌了的、俨然过了一百年的一溜废墟边，这里是原来生产队的仓房所在地。它的近旁，就是轮值看打麦场的那间土坯窑洞，现如今也是早已变成了一堆坍塌得如同坟墓一样的废墟。废墟埋掉了过去那个饥饿的年月，唯一没有埋住和埋不住的，是我少年时听到的各种故事和我那无边的幻想……

就在我此刻站着的地方，我仿佛听到了祖母拄着拐杖缓缓走来的声音。我望见了她的身影，我望见了那双让我永远觉得没法稳稳当当走路的三寸小脚。我看到她的衣襟在风中飘动，我看到她稀疏的白发在风中飘动……

我家的院落就在附近，距离打麦场二三十步远，中间只隔着一户人家。沿着门前小路，两分钟就可以到了打麦场。因为离得近，打小开始打麦场在我的心目中始终亲得不得了，简直就像是我家的一样；因为离得近，打麦场也成了奶奶时常出门散步的地方。沿着场边低矮的围墙，奶奶看河坝里树冠茂密的大柳树，看圈里悠闲地吃草的牛群，看四周或是河岸对面山上的庄稼，听对面回族近邻们漫个不停的花儿，当然，最重要的是，站在这里朝山顶上瞭望，那是她一生望了几十年的地方。我说不清，奶奶的后半生，把多少的时间望在了这座满是期盼的山梁梁上。在奶奶的心上，那是怎样的期盼啊……

对晚年的奶奶来说，岁月的孤独和孤独的岁月，真是太漫长了。父亲和我们几个孙儿常年在外工作念书，家里只有奶奶和母亲相依为命，而母亲又是每天都在地里忙活，于是家里只留下奶奶。她帮着母亲做饭做点家务，一个人待家里没人说话，所有的孤独都是她一个人的。一天又一天，她靠看玻璃相框里父亲和我们的相片过日子。

那个时候不像现在，没法打电话，即便写信，也是没法确定我们回家的具体时间，或者说压根想不起给奶奶和母亲定一个具体的时间，然后写信告诉她们。寒暑假回家的时间，从来都是个大概。于是，到了那个“大概”的时间，母亲和奶奶就开始等了。夏天，母亲在挥汗如雨的田间劳作中等，奶奶在炎炎的日头下定眼瞅着山卯卯的遥望中等；冬季里，母亲夜以继日紧赶慢赶把一切该做的家务活儿全都做完，开始在期待跟我们团聚的喜悦中等，奶奶在凛冽的寒风里冻得手脚发麻，依旧定眼望着山卯卯等。那时，年少不懂事的我们，很少想到这些，既是想到了，也觉得那是应该的……

其实，即便不是寒暑假我们该回去的时候，奶奶平日里也会习惯性地往山顶上眺望，因为她知道，那是我们父子的身影每年假期都会出现的地方。那山顶顶上，有她今生深深的心疼、牵挂和希望……

2015－09－21 简要提纲

2016－01－31 开始写作

2016－02－04 完成初稿

不老的废墟

我的不老的废墟，
你是我灵魂永恒的栖居之地！
我活着，你活着；我死了，你还活着……
——题记

1

路，梦中的那条小路，此刻就在眼前。

可是，眼前被荒草覆盖、已经看不出一点“路”的样子的这条小路，它真的就是曾经的那条路吗？就是我和弟弟妹妹们蹲在路边瞅着忙碌的小蚂蚁看上大半天的那条小路吗？就是我家温顺的小毛驴“燕青”和邻家的小黄狗“老实人”走过的那条小路吗？是落了那场厚雪的日子里，马云家那个穿着红绸子棉袄、俊俏得天仙似的新娘小心翼翼走过的那条路吗？那可是一条被我们打理得干干净净、路面光洁平展的小路啊……

如今，这小路已经被不知从哪里硬生生冒出来这么多、这么茂密的各色杂草强行霸占了，或者被一侧的崖畔任意塌落下来的泥土无情地覆盖和埋没了。我硬是寻着原来的线路，艰难而固执地默默行走着。走着走着，我仿佛听见脚下的小路用不曾有过的沧桑低沉的音调，无可奈何地告诉我：就这样啦，你和孩子们可要小心着点儿，别绊倒啦！你看看，旁边还有那么多的马刺草和荨麻，小时候，你可是吃过他们不少苦头的……

听着这声音，心头漫上一层淡淡的酸楚。我在前面引领着，弟弟、弟妹、儿子还有两个小可爱双胞胎侄子跟在身后。可是有一阵，我的双胞胎侄子开始停下脚步，有点不愿前行了。他们不无委屈地嚷嚷着：这哪里是路，这哪里有路啊！给我们找条好点儿的路吧！

我平生第一次拿出了一家之长的威严，命令一般，硬是要他们跟着我前行，从这看似没有路的路上走过去。

艰难地走过这条荒芜的、早已被彻底废弃的小路，大家好不容易来到崖畔上面的平地。平地里，一边是当年生产队的打麦场，如今变成了空荡荡的荒芜之所；一边是邻居大娘和“我家”一字排开去的两座院落。

邻居大娘家，我上次来过已是八年前的事了。待我像亲哥哥一样的邻家小妹招呼着，让我在这里吃的午饭。而今，大门口“老实人”那低矮的家还在，可一生忠于主人的老实人，却早已不在世上了——它离开这个世界已经过去两个五年了。老实人替主人看守过的这扇大门，眼下由冷冰冰的“铁将军”把守着。为了遮雨防锈，铁将军用一个天蓝色的塑料袋紧紧包裹着。风吹日晒变了色的塑料袋在告诉我们，铁将军至少已经有很长时间没人理睬过了。我知道，大娘家也是住到县城里去了。

我们两家的院落并排着，大门前临近崖畔一边，是一棵挨着一棵打小随了性子长大的歪脖子杏树。杏树个头不大，树上的杏子也都小巧玲珑模样秀气。黄澄澄的杏子，一半挂在枝头，一半落在地上，俨然从来无人理睬。我望着满地的杏子，而胆小的杏子们更是吃惊地瞅着不知突然从何处而来、或面熟或陌生的这一拨人，俨然是多少年都没有见到过这么多的城里人来到他们的面前。

我俯下身去，这些像是有点认得我的杏子们，不无伤心加口吃地轻轻诉说道：大当家的，你来、来、来啦，看看吧，我们是从你和妹妹弟弟小时候抬、抬、抬水浇灌的这棵树上落、落、落下来的。如今没人看管，我们就这样落得遍地都是，若不是你们到来，连看上我们一眼的人都没、没、没有啊……

怀揣着杏子们不无伤感的诉说，我来到自家的门口。出现在我眼前的，是同样一把沧桑和淡定得没有丝毫表情的铁将军。

这我是知道的。自从二十多年前我们举家离开这里，一直居住在这院子里的远房亲戚，因为一些缘故、又一些缘故，四年前已经搬迁到村落高处的新居了。望着大门上的铁将军，我的这颗急于“回家看看”的心，不无热切不无激动地一遍遍幻想着大门里头的情景。自然了，一切都该是我八年前见过的那番虽有变化但依然让我感到欣慰的景致吧。

平生第一次斗胆做了破门而入的“强盗”——因亲戚家住在山坡高处，离这儿有点远，我告诉弟弟，我们得“想办法”进去。弟弟会意地笑笑，点点头——我们决计从门闩一边撬门而入。生来劲儿比我大好多的弟弟，我指手画脚指挥着要他如何如何把门“打开”。可是费了九牛二虎之力，根本没着。不死心的我，抱着最后一丝希望，上前试试，神了——门竟然悄悄开了。那一刻，夹杂着成功的喜悦和兴奋，闪现在我脑际的就是你能想象到的那个词：“心诚则灵”。

可是，跨进院落的那一刻，我彻底被眼前的景致震惊了——二十多年来一次次出现在我梦中的家园，变成了彻彻底底的废墟。如此景象，若不是亲历亲见，今生我是决然无法想象和不能相信的。

望着眼前的景致，我的身心顿时僵在那里。我的血肉仿佛在这一刻不听使唤地凝固了。

我的家，我在这里长大成人的家。此刻，环顾四周，横陈在眼前的，是躯干比我个头还要高出许多的各种各样的蒿草、灌木，还有不知从哪里跑到这里偷偷生长的、同样高大茂盛的罂粟花以及其他连名字都叫不上的各色野花野草。除了一座依然守候在这里没了门窗的正房，寂静异常的院落，房倒屋塌，一片颓废，满目苍凉，彻头彻尾的面目全非了。令人不无惊异的是，在我的家乡，在如此缺少水源、降水稀少的山里，这座院子里的蒿草、花木们，何以能够长得如此惊人的茂盛呢？

寂静中，我和我的心，在有生以来从未有过的呆滞和凝固感觉中，无声地过了很久……等我回过神来的一刻，那休眠于心的数百上千与这座院落血肉相连的故事，开始争先恐后地在我记忆的密室里苏醒、跃动起来，想要抓着我的手牵着我的心，来到此刻的阳光之下。

望着眼前的荒草萋萋，我紧紧牵着记忆的手，把我的故事，把这庭院里亲人们鲜活的故事，信手拈来三五个，讲述给此时读着我这故事的朋友……

2

变成废墟的庭院，荒草萋萋，破败异常。在遥远得望不到尽头的前世里早已经属于这座院落的这个老大不小的游子，此时此刻，他就站在这里，站在这信天游一般横行生长的荒草丛中，四周一片寂静。

时间在这凄然的寂静和满目苍凉中，开始无声倒流。

“当——、当——、当——”，听听，这是祖母拄着拐杖缓缓行走的脚步声。

这轻轻的脚步声，仿佛很远，又似乎很近。

随着祖母的脚步声，渐渐的，满目的荒草消失了，随之出现在眼前的，是一座打理得十分干净整洁的农家小院……

放学了。我和弟弟背着书包从大门进来，发现祖母正在扫院子呢。看看，还是跟以往每一次一样的扫法——祖母不是站着扫院子，而是跪在院子里扫。所以如此，是因为她那一双从三岁开始裹脚，被裹缠得太小太小的“三寸金莲”，上了年纪，站着费劲不大稳当。祖母扫院子，不是拿了扫帚随便就扫的，她说那样会弄得尘土飞扬落得满屋都是。她会特意从厨房的水缸里舀上一洋瓷脸盆的泉水，先给院子沐浴撒上一点水，然后等上片刻，等沐浴的地面干湿恰到好处的时候才去扫的。祖母扫院子，并不用我们通常的毛竹大扫把，那是农忙时节干大粗活的家当。祖母扫院子，始终用她亲手扎制的“芊芊蒿”扫把。芊芊蒿通常会长到半人高，是祖母在我家菜园子边上特意种了的，种它就是为了扎这样的扫把。芊芊蒿从来都是天然地长成一副扫把的模样，等长成了，轻轻磕几下，芊芊籽儿落了，中间齐腰处拿根细绳子一扎，一把模样好看的小扫把就这样成了。祖母拿着应手的芊芊蒿扫院子，一下一下，从来都是扫得认真仔细，扫得异常干净，干净得就像每天清晨打理过的上房的地面。

祖母细心打扫过的院子，自然是干净得一尘不染。而庭院每个角落屋檐下该搁置的物件家什，也同样都是安顿得整整齐齐井井有条，从来如此。干净整洁，是这座虽不富裕但却温馨异常的农家小院的传统，是这个院落仿佛天然的风格。从打理得如此干净利落的院子里走过，家里没有人愿意把它弄得七零八乱。

看看，祖母刚刚扫过的院子，妈妈拎着一筐麦秸从大门外走进来，脚步轻盈得一阵风儿似的将麦秸拎到厨房做晚饭。没小心，几根麦秸不声不响落到院子里。已经走到厨房的妈妈，好像听到了适才麦秸无声落地的响动，麻麻利利回过头，脚步轻盈，捡起落在院子里的那根麦秸——也许是被里里外外太多的活儿练就出来的，或者是老天安排与生俱来的，从我记事的日子起，妈妈的勤快远近闻名，她走路的脚步永远都是轻盈得一阵风似的无人可比。看着这个比亲生的女儿还女儿，不满十七岁便进门跟自已相依为命、干散麻利不知疲倦的儿媳，幸福的笑容从心里蔓延开来，乐呵呵地挂在了早已不剩几颗牙齿的祖母的嘴角……

祖母贫苦坎坷大半生，历尽人生无数的艰苦和磨难，但这一切的不幸与苦难，都没有浇灭她生活的热情和坚定的人生信念。我最是知道，祖母的生活热情和人生信念源自她深藏心底的那份爱，那份对自己的儿孙们无尽的疼爱。没错，祖母正是为了她万般疼爱的儿孙们，才用心操劳着这个家，也用心打理着这座可爱的、每个角落都透着生气的院落。

祖母很是爱花，花可以让这小小的院落充满生机，让一家人的生活充满花一样的欢乐。记得上房盖好的来年春天，院子里便载上了好些花。那些花，有的栽在上房的屋檐下，有的种在南边的李子树旁。花种是我用背篓从邻村感情极好的穆斯林朋友家请来的。我们两家从祖父祖母年轻的时候开始，就是好连手好交情了。这朋友家有一座比平常人家的院落还要大许多的花园，各种各样姹紫嫣红的牡丹花、玫瑰花，长得比人还高。听说祖母要花种，这家叔叔就选了最好的几株，从根部小心翼翼移下子苗送给我们，有红牡丹、有白芍药，还有紫玫瑰、大丽花等等。

花有情义，花通人性，她是植物中的最富性灵之物。种在我家院子里的牡丹、芍药和玫瑰们，当年就开出了鲜艳无比的花朵。打那以后，每年的春、夏、秋三季，这院里都有四溢的花香。花朵散发着芳香和喜悦，花香诉说着穆斯林友人和我们之间的美好情谊。直至有一天，朦胧的夜色里，我一时没有看得清，在茂盛的花树旁边不小心踩到了家里那只把我跟前跟后的小猫咪的脚，听到小猫咪凄厉哭声的祖母，才决定将生长得越来越占地儿的花仙子们，移栽到院子外面的果树菜园里。不久之后，家里的果园菜地的一大半都变成了五彩缤纷的花园。因为花的品种越来越多，这里从此成了黄鹂唱歌蝴蝶蜜蜂嗡嗡叫的鸟和昆虫的欢乐园……

3

变成废墟的庭院，荒草萋萋，破败得令人不忍目睹。此时此刻，我就站在这深深的荒草之中，四周一片寂静。时间在这凄然的寂静和满目苍凉中，满心忧伤地凝固在我的周围。

南墙脚下，八年前的那个夏天我来这里的时候，已经变得空空荡荡了。那里原本生长着一家人最喜欢的那棵李子树，李子树的年岁差不多跟这座院落的年岁相仿。听说十年前，因为嫌李子树遮住了院子的阳光，或者是因为想要使用李子树的木料，院落的新主人就把它砍掉了。记得，获知砍伐李子树消息的那个晚上，我做了一个清晰的梦。我梦见口干舌燥、满身伤痕的李子树的树干上，生出好几双眼睛，那满含忧伤和恐惧的眼睛，定定瞅着我，流下一行行满含伤悲的眼泪……

望着李子树生长过的地方，一种莫名的伤悲袭上心头，蔓延开来。就在这一刻，我仿佛听见我的近旁有个轻轻说话的声音：我的主人，不用难过，你看看，我还在这儿呢。我不无惊奇地转过身去，发现就在离我不到一米远的地方，默默生长着一棵枝干修长、枝叶翠绿的树苗。看那轻轻摇曳的树苗和微微颤动的树叶，像是在跟我说话。我即刻认出，那是一颗默默长在蒿草丛中的新生的李子树。我像是见到久别的亲人一般，亲亲抚摸起那幼树鲜嫩的枝叶。我分明看见，这幼树的叶子在咧着嘴朝我微笑——这是只有我才能看得见的李子树的微笑，生命记忆中多么亲切和温暖的微笑啊……

李子树的微笑带着我，重又回到那月明星稀的夏夜。

属于小山村的夏夜，属于这座农家院落和李子树的夏夜，何等美妙。那是世间最宁静，最温馨迷人的夏夜啊。在那月明星稀的夏夜里，透过李子树的枝叶，你可以看到那轮明月像打扮得端庄娇美的新娘一样，从东山缓缓升起。啊，这世上，谁家还有如此这般的明月呢。你看，那是多么的文静和水灵呢。我总以为，这样清新娇媚的明月每每升上夜空之前，一定是仔仔细细梳洗打扮沐浴过了的，否则怎会有那般耀眼的旖旎清辉呢。月亮仙子洒下的清辉里，你可以感受到被山乡夜赖的诗意和温柔轻轻裹胁着的身心的浪漫和惬意。

李子树下度过的夏夜是真正难忘的。月亮升起的一刻，我亲手给祖母撑起上房的棋盘格子窗，这样她可以依窗望见夜空里的明月，望见婆娑的李子树和李子树下让她深感欣慰的孙儿们。心疼我们的母亲正在轻手轻脚麻利地打理着手头最后的一点活儿。比情同手足还情同手足的懂事的弟弟和妹妹，在院子里不远不近地围着我，庄严地等待即将开启的月夜下的小院盛宴——听我吹拉弹唱的各色表演；若不是在假期，含辛茹苦的父亲是肯定听不到我的演奏的，他正在千里之外的陕南上班，给他需要抚养的这一家老小挣钱呢。

今天的朋友圈，没有几个人相信我会有如此吹拉弹唱样样都来的“十八般武艺”的侍弄本领。我能够弹秦琴、吹笛子、拉二胡、拉板胡、拉手风琴、拉小提琴，还会吹唢呐。村子里的大爷大妈小狗小猫还有河坝里的青蛙们和毛头(duo) 脑树上的猫头鹰夜鸽子大家一致认为：这个山里娃，是一块天生的戏子艺人材料——乡下人把摆弄吹拉弹唱行当的人，统称戏子艺人。不信你看看：

听到我的琴声，夜不归宿躲在树冠里谈情说爱的猫头鹰会兴奋得把自己才认识三天的热恋情人丢到一边；河坝里的青蛙们，经常因为听我的琴声听得高兴了，便受其感染不知天高地厚地唱起歌来跳起舞来——你可以听到那些孤男寡女幽怨的咏叹调、热恋中成双成对的情侣们的爱情二重唱、争风吃醋恶言相向甚至拳脚相加的三重唱直至昏头昏脑的醉鬼们那五音不全的混声大合唱……

十八般武艺我最先学会的是笛子。那支好看的笛子是七岁那年姑姑根本没有征得姑父的同意，私下里悄悄送给我的——看着侄子情有独钟地瞅着那笛子一整天不吃不喝，她一咬牙，就答应送我了。后来我不止一次地想，不见了笛子的姑父，一定会很好奇自己的心爱之物不翼而飞到何处去了。我的学吹笛子纯属于地地道道的无师自通。也正是因为这个，我至今不怕讥笑不怕人骂地信口开河道：真正成就艺术的人，天资禀赋一大半，后天学习一点点。记得最初一段时间，放学坐在半道的田埂上吹笛子忘了回家的事，那是家常便饭。那份专注那份用心——根本不是十分而是十二分，彻头彻脑全都集中到笛子上去了。我是拿上笛子当下就吹响那物件的。吹响了之后，伴着惊喜和兴奋的心跳，就对着手头的一本革命歌曲，数着笛子的六个孔，一首接着一首往下吹，越吹越来劲。噢幺幺，这世间可真没有如此令人入迷的事情——笛子让我吹得得意的时候，真恨不得钻到那空间有限的竹子筒筒里，甚至踅摸着怎么把家搬到那里头算求了。

我的笛子吹得不赖，师范音乐班入学考试就吹的笛子。那年月连乡里的羊倌放牛娃都熟悉的那几首曲子：枣园春色、草原新牧民、扬鞭催马运粮忙什么的，被我颠来倒去吹得有声有色像模像样。好多人以为我是花银子拜过师的，岂不知道，我的老师就是家里的那只半导体和那台心爱的“洋戏匣子”，外加死缠硬磨从爷爷手里要来的三毛钱买的那本让邻居大爷总说成是“独子笛奏”的笛子曲选。吹笛子的经历就像我后来干好多事情一样，更像我有一天突发奇想写小说一样，硬是让我把所有的七八条心都捏在一块、闭着眼睛钻进自己的心里给摸索出来的。这档子事，我从来没有打板子的好师傅教过，根本没有。后来常想，学习音乐的路途上，我和那个三岁学琴四岁作曲的神童莫扎特有点儿像。面对着音乐，我们都是自觉自愿的、一样的欣喜一样的呼吸。我们只有那么一点点的不一样——他，是由做宫廷乐长的父亲陪着在家里的钢琴边；我，则是由蓝天白云和路边的小花小草和树上的黄鹂麻雀们陪伴着在大山里旷无人烟的田间地埂上。至于学琴入迷的程度，那位神童莫扎特也就不过如此罢了吧？

反正贝多芬肯定是比不过我的，因为大家都知道他小时候不大喜欢练琴，隔三岔五总是挨他酒鬼老爸的拳脚和板凳腿什么的。说起来，童年的记忆里，最难忘的事情不多不少也就两样：一个是我心爱的笛子，一个是上小学不久有一天突然看到的那个从省城里来的小女孩——脸蛋粉嘟嘟眼睛毛茸茸心疼得要命的小女孩。

其他几样乐器我学得较晚——上师范之前，无师自通学会了二胡、板胡；读了师范音乐班之后，拜师学会了风琴、手风琴还有洋气无比的“维奥琳”小提琴。十八般武艺中，所有乐器可以随时随地演奏，而唯有我的那把小巧的唢呐是不可以在月夜的李子树下吹的，甚至平时也是不可以随随便便乱吹的。

说起这坐冷板凳受了一生委屈的唢呐，今天还得替他稍稍多说上两句，替他抱个不平。记得有一天，我去好友晓红家，临别，作为礼物，晓红将他家唯一的镇家乐器小唢呐送给了我。兴冲冲带着唢呐回家。还没吹上两嗓子，好心的邻居家大爷不无神秘地把母亲叫到一边，神情严肃地告诉母亲：给娃说，唢呐是万万不可以在家里吹的，吹了不好！想吹，也只能躲到地窖里吹。就这样，听了忠告的母亲，转着弯儿给我转达了大爷的劝告——母亲没有制止我，只是要我到存放土豆的地窖里去吹。

虽说有点委屈，但摸摸手里很是喜欢的唢呐，我还是痛快地答应了。看，李子树不远处的西南角，就是那眼地窖。钻到地窖里，像是到了一个山高皇帝远的去处，放开胆子鼓着腮帮子闭上眼睛摇头晃脑吹了起来，那家伙，真是越吹越来劲越吹越得意。晕头晕脑吹累了，睁开眼睛刚想歇歇，唉幺我的天大大！你猜怎么着？阴暗的角落里，两只瞪着眼睛的大癞蛤蟆，在那儿装出一副蛮有教养的样子，绅士一般静静蹲在那里做我忠实的粉丝。我的奶奶娘呀！老天爷！谁都知道，除了传说中白脸黑胡子的魍魉鬼，癞蛤蟆先生和花花蛇，是我今生并列第一怕!!! 看到那两双眼睛，我的可怜的魂儿呀，吓得裤子都顾不上穿，呼啦一下，光着腚飞出了地窖——至于我的身子是咋爬出来的，现在死活记不得了。从那以后，院落西南角那个去处我想起来都会满身长毛，至于摇头晃脑吹唢呐的病，从此也就被治巴得干干净净了。

人呐，这辈子就怕认认真真、万般虔诚地爬上所谓“正统”的贼船。我悄悄告诉你，有些事儿，一正统，万事皆休。我经受正统艺术教育之后，不敢再吹笛子啦。等到有一天人人都把我叫作音乐家之后，那亲爱的笛子变得一脸陌生，知趣地逃之夭夭，再也不知了去向。后来有天突然想起，找来一支可以调音的高级笛子试试，怎么都吹不响了——笛子和我都变成了哑巴……

记忆中如此的月夜盛宴所带来的欢乐，在我们弟兄们后来长大成人，成为他人眼里“真正的音乐家”和“国家干部”之后，是越来越难以感受得到了。尤其是随着我们事业的“成功”而举家离开这座小院，离开这座凝聚和积淀着我们一家人的血肉亲情、心心关爱的小院，离开这蕴藏着祖母和母亲可以弥漫到大山背后的希望和梦想的小院的那一天，小院和月夜和李子树还有李子树下的欢乐，从此便悄悄地离我们越来越远了。

4

变成废墟的庭院，荒草萋萋，破败得没了模样。此时此刻，我就站在这深深的荒草之中，四周一片寂静。时间在这凄然的寂静和满目苍凉中，满心忧伤地凝固在我的周围。

位于院落西北角，悄悄躲在上房一侧的，是一孔用土坯箍起来的窑洞。这窑洞，从生到死仿佛命定了的无声无息，就像那从生到死都不懂得张扬的默默无闻的人一样。窑洞是祖父年轻力壮时的杰作。这种内里是窑洞外部看上去像房子一样的土坯建筑，冬暖夏凉很适宜住人。窑洞说大不大说小不小，曾几何时，一端住人一端做厨房。眼下这副模样足以说明这窑洞足够坚实——整个屋顶被茂密的蒿草覆盖，屋檐早已裸塌，面目全非一副远古走来的样子，可窑洞依旧安然无恙并未坍塌。

窑洞与上房之间有一米见宽的通道，而今被密密匝匝齐腰深的荒草严严实实锁住了去路。可是，我多么想要钻到这窑洞里看看。

这深深的荒草丛里会有大花蛇吗？完全可能。然而，生来怕蛇怕得要命的我，那一刻却不知为何，压根就没有想到草丛里有没有花蛇这档事儿。

手脚并用，拨弄着、踏着荒草走过，弯着身子低头跨进黑乎乎的窑洞的一刻，俨然来到宗教般的圣地。弟弟他们和我一道领受着我心头的这份肃然和静穆。我用双手轻轻抚摸着留下岁月记忆的墙壁，抚摸着墙壁上亲切得像我的亲人我的生命一样的尘土的时候，我的心在轻轻地颤抖。在这静谧的时空里，我在心里轻轻唤一声年迈的母亲，再唤一声远在九天的祖母……

思绪由不得我自己，轻轻飞向遥远的过去。那，是什么时候呢？奥，那是这个国家遭受三年自然灾害的年月。那年，就在此刻我站在地中央的这座窑洞里，一个男婴啼哭着来到了这个世界。你猜得出，那个婴儿就是我。

那一天是公历的某月某日和阴历的某月某日。按照传统习惯，我的出生年月始终按阴历计算，以至于连我今天的公家档案中都是如此。

妈妈说，她怀我的时候，从前一年的农历中秋开始，就和二姑一起到人民公社兴修水利的会战工地干活去了。那超负荷的苦力活一直干到年底。近半年的时间，即便是在严冬腊月，母亲她们住在村子里原地主王乐天家大院子里的一间屋里，每天晚上只能睡在铺着薄薄一层麦草的冰冷的地铺上，身上盖着的，是一块硬邦邦根本挨不着身的羊毛毡。严冬腊月，冰天雪地，那种寒冷至今想起都会令人即刻感觉到一种彻骨的寒意。为此，我还经常跟母亲开玩笑说："妈妈真是太苦了，那时我怎么就没被冻死在你的肚子里"。

小时候就听奶奶说，我是下午出生的。那时政府有规定，农村每家生小孩必须得请当地的接生婆来，否则就不给报户口。当然，这接生婆是一位经过专门训练和有接生经验的巧手老人，附近几个庄子就这么一位。据妈妈说，生我那天她感觉肚子阵痛不久我就出生了，来不及请接生婆，只好由同村李家的奶奶看着接生的。虽说如此，但请接生婆的规程还是要有的。所以在我出生之后，庄子上一位有名的热心肠大妈立即牵了一头毛驴，毛驴背上胡乱搭了一条被褥什么的，便上气不接下气地跑到邻村请那位专业接生的王奶奶。据说，还没等那接生奶奶问明究竟，大妈早已把王奶奶驮到驴背上跑出二里地了。尽管如此，等她们汗流浃背地赶到时，王奶奶自然看见一个娃儿已经出生了。据说那娃实在是丑得要命，在破破烂烂的襁褓中像表演花腔咏叹调一样哭着喊着。就凭我出生时如此麻利没怎么折腾这一点，祖母经常乐呵呵地说我天生就该是个勤快的娃。

刚出生的我，先被接生的李奶奶放在炕沿下妈妈的一只护膝里，怕着冷受凉，身上盖了妈妈的一件折叠起来的单衣——大前年五月的那个晚上聊天，妈妈特别给我这有身份的儿子解释一番：她的那双护膝缝得挺好的，里边绵绵的、光光的。不知谁说的，当时祖母她们把我放在一个即便对新生的婴儿来说，也可能觉得空间略微有点憋屈的青色瓦盆里洗浴呢。我总怀疑，那瓦盆可能是预备夜里撒尿用的，至于当时撒过了没有，哈哈，我不得而知。据说，洗的时候我是睁着一只眼闭着一只眼，没说什么，不过哭可能还是哭大发了。终有一天，当我长大的时候，想起我出生时被放在那么小的一个瓦盆里凑合着洗了洗，心里总觉得不是回事儿。可再后来听说当年某位不得了的伟大人物出生时也是那样洗的，我这心里就舒展了许多。我确实不知道自己为何总是有着如此这般的“瓦盆”纠结。因为就这件事，妈妈这里有不同的版本，说我是被放在接生的王奶奶拿来的一个白洋瓷脸盆里洗的。我不知道该信谁的。我坚信自己刚出生那阵儿一定是丑得要命，因为我从没见过一个从娘胎里一出来就看着眉清目秀的孩子，更不用说我那一阵又是睁只眼闭只眼的，你想想那副模样……我是祖母给我洗的，祖母一生疼我，为此，我至今想起来都是幸福的。

因为我的姑姑多，再加上我又是爷爷奶奶的长孙，所以全家老小都视我为掌上明珠，稀罕的不得了。然无论家人怎么稀罕我，老天爷却明明白白让我在一个鬼都想起来惧怕的饥荒年月溜达到这世界——我从出生到三岁，不迟不早，正好赶上天灾人祸造成的三年巨大灾害，这是我所有黄土地里耕作的亲人所无力改变的。家乡有不少的人被饥饿夺走了生命，饿殍遍地，偷食死人的现象时有发生。我的亲人们尽管没有被饿死，但爷爷奶奶他们吃着树皮草根的日子，那煎熬于苦难岁月的滋味可想而知。听奶奶说，三年过后，山坡上所有的草根被挖得一干二净不见了踪影，所有榆树的皮被剥得精光，裸露着它们本不该裸露的白花花的身子……

我没有被饿死，是因为挣扎着活了下来的亲人们在千方百计极力地呵护着我。尽管到后来，亲人们一个个饿得皮包骨头，大家的脸一个个都变成了干枯的绿色，爷爷躺在地上半天都爬不起来……到我懂了事的时候，我不止一次地想，那个时候，如果老天爷说这一家人中只能有一个人的命可以存活下来，那个人肯定是我。每每想起这，我就痛恨起那个时候的老天爷。

5

变成废墟的庭院，荒草萋萋，破败得没了半点原来的模样。此时此刻，我就身处这深深的荒草之中，四周一片寂静，心里被酸楚搅拌过的忧伤塞得严严实实。无言走出我的出生窑洞，我的目光直接投向与这窑洞成对角直线的东南角。

而今这里是一处没有屋顶的、只有几平米大的低矮小屋的废墟，废墟中好像被催生一般疯长的蒿草连同一棵枝叶滴翠的椿树苗，飚得几乎跟侧墙一样高，被雨水冲刷过的墙面高处，依稀可见曾经打过顶棚的痕迹，诉说着岁月留在这里的所有记忆。我记得，那是我的手艺。这里的一滴一点，看得见看不见想得起忘不掉的所有，一一浮在眼前，让我懂得人生一世什么叫亲切什么叫难忘。我多想走进去，可是几乎没有可能，这里的蒿草长得比这院落的任何一个地方都浓密，根本无处下脚。更不用说，入口处被坍塌的大块泥土阻隔了，像是压根故意不让你的脚再次踏入的样子。我在想，蒿草长得如此茂密，莫非是想要把这里有过的一切美好往事，从此悄悄封存在这静谧的黄蒿深处……

把所有的真诚所有的美好揣在心的深处，虔心站在这里，我的心潮在这特别的废墟前不由自主地起伏着，因为这个去处于我太不一般——在我小小少年时，它是城里来的大干部们的居所，而后来，则成了我新婚不久从省城“衣锦还乡，荣归故里”的新房……

那场让我的小山村变得洁白又宁静的雪景，像是一副十分久远的宁馨画图。踩着春节临近的脚步，一家老小按捺不住的欢乐和喜悦早早挂在了脸上。我的亲人们，大家都在等待着这座小院从未见过面的一位新人——祖母的大孙媳爸妈的大儿媳弟弟妹妹的大嫂，第一次上门。当我和我的女兵新娘的身影出现在山梁梁上的一刻，爸爸妈妈立即从家里出来迎接我们，给想象中依然罩着红盖头不曾见过俊俏模样的儿媳铲雪扫路。虽是银装素裹的严冬腊月，可那一刻，从未有过的幸福、温暖和亲情，浓浓地包裹了我的新娘。那温馨的气息让她浓浓地感觉到，从今往后，她在这个亲人之间相依为命的农家小院里，将领受一家老小满满的关心、疼爱和稀罕。那个春节，是我记忆中这个幸福祥和的小院又一个令人难忘的幸福祥和的春节。整个春节，快乐亲和的一家人，被浓浓弥漫在小院里的喜悦滋润着包围着。对于已是耄耋之年的祖母来说，人生的天伦之乐，莫过于此了。

撩起门帘进得我们的新房，一股饱含着温馨的暖意笑盈盈喜洋洋扑面而来。被母亲烧得热腾腾的火炕上，平展展铺上了崭新的毡褥，大红大绿的龙凤呈祥丝绸锦被叠得整整齐齐，条纹好看的床单也是我从未见过的洁净。地上清扫得一尘不染，洁白的顶棚纸和墙上漂亮的画片，是父亲和弟弟重新更换过的。所有这一切无不包含和传达着一个意思：新来到这小院的穿着军装的女孩，你在这小院的心目中，何等稀罕。

这小院小屋，你是我生命真正的摇床。记得省城的家里，睡觉从未有过这般的踏实，可是回到这小院，在这整洁简陋的小屋，我们总是酣睡不醒，直到外面树上的喜鹊或是屋檐上的小麻雀耐着性子唤上七遍八遍，才能依依不舍走出梦乡。梦中醒来的一刻，伴着小鸟的鸣叫，我们闻见的是母亲千层葱花油饼那钻心的香味……

我的女兵新娘的到来给小院增光添彩，小院的温暖和亲情给她留下温馨美好的记忆……隔年的夏天，怀揣着储存在心底的美好记忆，为了想念孙儿孙媳的年迈祖母，为了一家人亲情的牵挂，为了这温馨小院的殷殷期待，在那个雨过天晴的下午，我们又一次回到这温馨的小院。这次来，多了一个成员——过了半岁的儿子。

假期里，只要我们外出，孩子从来都是由勤快有加懂事异常的小弟弟照看着。两人踩着露珠的户外逍遥游是最最难忘的，这个时候，我可以给她轻声唱上一首动听的歌儿，当然是属于我自己的创作；或者停下脚步听听山里嗓音嘹亮的犬吠鸡鸣；或者指点着某个突然闯入我视野中的看似并不起眼的去处，讲述一段她准保爱听的乡村故事。当然，最有趣的是夜里熄了灯之后给她讲故事，讲那红脸绿毛黑长衫的鬼故事，哈哈，没讲几句，她准保会即刻把头埋到被窝里……

我的新房，小小的屋舍，无论你多么不起眼，但这里储藏着我无边的幸福和难忘的记忆。对于我来说，这里无疑是我的爱、我的灵魂的金銮殿……

6

变成废墟的庭院，荒草萋萋，破败得没了丝毫往日的模样。此时此刻，我就身居这深深的荒草之中，四周一片寂静。在这样的寂静中，我的飞翔的思绪，轻轻落在了那个下午。那是二十六年前，全家即将连根拔起离开这亲亲院落的前夕。那个时候，祖母已经被弟弟接到县城“享福”去了。母亲一个人独自留守这里，打理最后的收尾活儿。

那个下午，临时从省城回家的我，走进院落，发现大半个院子白花花一片，仔细一看，是母亲正在晾晒的洋芋淀粉。那年家里的洋芋大丰收。母亲知道一家老小都爱吃粉条，于是就把丰收的土豆用传统的土办法加工成了如此多的淀粉。这么多的淀粉，全是孤独的母亲一个人夜以继日加工出来的。可那个时候，我这个麻木依然多于体贴的儿子，压根就没有意识到，拿着一颗一颗的土豆磨出这么多的淀粉，得花去母亲多少的辛苦和汗水。当然对于母亲来说，她从来都不会感觉到那是一种苦和累。多少年来，用自己矮小的身体无怨无悔支撑这个家的母亲，从来没有抱怨、甚至连想都没有想过，自己扛过来的令人难以置信的苦和累那叫苦和累。上天准备给母亲的那本字典里，偷偷省去了苦和累这两个字。在母亲的人生里，死死遮挡住那沉重的苦和累的，是自己的孩子，是远方那比梦还像梦的幸福日子的微笑。而今想起这一切，我伤心得再也不想说下去了……

看着儿子从大门乐呵呵地走进来，母亲别提有多高兴了。那个晚上，母亲为我做了平素最喜欢吃的面条——家里的东西都搬到县城了，就连吃的东西已是所剩无几，母亲动着心思给儿子做了可能做到的那碗面条。这是我在这个院子里吃的最后一顿晚饭。

那一夜，也是我今生在这院子里住过的最后一个夜晚。我陪着母亲，母亲陪着我，一同睡在上房里。儿子长这么大了，记忆中已经好些年没有跟母亲一个炕上睡了。可我明白，在母亲的心里，儿子永远都是那个长不大的黑蛋蛋山里娃。那夜，和母亲说了许多许多的话。是的，在这座弥散着离愁别绪的院落里即将度过的属于我们母子的最后一个夜晚，是最应该和妈妈一起再说一说属于这座院落的故事的。让我最感幸福的是，我又一次和妈妈说道小时候她下地干活收工回来，总要给我和弟弟拔上一大把开得正艳的苟菊花。那漫山遍野如粉如雪的苟菊花呀，虽说花的词典里没有她，而且科学家们说她还有毒，但她却是我童年的最爱；还说道，那年母亲胃疼得吃不下饭，可是六七岁的弟弟放学回来还要趴在妈妈怀里吃奶，也许就是因为吃妈妈的奶吃得最多的缘故吧，弟弟对妈妈的孝顺和耐心，是我这当哥的这辈子怎么都比不上的；还说道，小时候陪妈妈深更半夜里给自留地里的党参浇水，我坐在地埂上，妈妈去河坝里跳水。朦胧的月色下，夜鸽子的叫声听着让人觉得后心哇凉哇凉，河坝里的每一棵树影，都像是一个蒙面的鬼影，妈妈害怕的时候咳嗽两声，我害怕的时候叫声妈妈；我们想起，大南风吹来的时候，祖母拄着拐杖，当、当、当，在院子里走来走去，紧一声慢一声，唤起睡懒觉的我们，赶紧把田里的麦子拾掇到打麦场上。疼爱儿孙疼到无以复加的祖母，永远是我们的家长，一家人无不孝敬她，永远都愿意听她的指教；我们还想起，夏日里，北边的狂风来了，压得很低很低的黑色加黄色的乌云山一样翻滚着，不一阵，狂风暴雨惊天动地地下起来了。见我落汤鸡一样从大门外跑进来，奶奶竟然急的“骂”起母亲来，母亲回答道：天上的沛雨是我下的吗？哈哈哈；我们还说道从小到如今，爸爸每年夏天或是过春节从外地回来的无比喜悦。真的，爸爸一回来，这座院子顿时变得蓬荜生辉。在我们的心目中，按照今天时兴的话说，爸爸有一股强大的气场，他一回来，家里整个的气场就变了，整座院落充满了前所未有的生气，充满了明媚的幸福祥和；我们还说道好多好多。至于那个天上挂着下弦月牙的夜里，和妈妈、妹妹一道看见的坟地里隐隐闪烁的蓝光一事，我是想起来的，但没有说。我知道，我第二天一早就离开了，妈妈还要一个人住在这里，会害怕的。那夜，母亲似乎没有丝毫睡意，见了儿子心情异常好。我知道，母亲一定有三天三夜说不完的话，可是说着说着，不知道什么时候，我早已经抱着梦的脚后跟，踏踏实实睡着了。等我一觉醒来的时候，已经是太阳升得三竿子高了。小院清新的空气里，弥漫着、飘荡着无比熟悉的香味——那是母亲亲手为我烙制的千层胡麻油饼的味道……

尾声

我蹲在草丛里。在眼前的罂粟旁一支开着紫色花的牵牛藤蔓上，有一只我和弟弟妹妹小时候称为花花姑的七星瓢虫，不声不响地爬了过来。我轻轻向她伸出手去，她先是停下来看了看，随即便顺着我的手指尖大大方方爬了上来。七彩瓢虫在我的手心走走停停，甚是愉快，甚是悠闲，就像是早已熟悉的老朋友。在我的手上爬了一圈，跃跃欲试地翘了几下她的小甲壳翅膀，没有声响地飞了，直至消失在我的视线之外。我知道，被七星瓢虫带着一同飞出我视线的，是我童年记忆中的七彩梦幻……

站在荒芜的废墟里，我将拍下的几张照片发给远在省城的爱妻，特意嘱托要她给妈妈看。结果，那边电话里妈妈笑了——古稀之年的妈妈，她竟然说废墟很好看，还有院子里的那些疯长的蒿草、树苗，还有各种各样的花们，都好看……啊，这世上，妈妈最最懂我的心……

流连忘返了好久，看着早已显得百无聊赖的小侄子们，我意识到的确是该离开这里的时候了。弟弟、弟妹和孩子们走在前面，我一步三回头落在最后。可是即便如此，我依然发现我那表情凝重的魂儿，依然迟迟呆在原地，死死不愿意挪动他忧伤的脚步。灵魂和属于他的深深的忧伤，不跟我作任何的商量，像无言的浓霜一样开始在我的心头无声地凝聚起来……

就在这时，我被毫无准备地吓了一大跳！——在这无声的寂静中，我衣兜里的手机突然间自个儿唱起“歌”来——是一首从未听过的清丽无比却又满含忧伤的小提琴旋律。

起初以为是来电话了，但我很快就反应过来：不对，这根本不是我的电话铃声，不是。我从来没有过这样的电话铃声，我也从来没有在这个假期妻子和儿子精心选购送给我的这枚手机上，听到过这样的一首曲子。我完全不明白这是怎么回事，我惊异得双手战栗。乐曲该是手机里随机播放的在线音乐。可是我的手机是带了硬壳的那种，此刻，外壳关得严严实实装在我的裤兜里，我根本就没有动它，突然间自个儿会怎么“唱”起来的？大家觉得好奇极了，于是停下脚步，待我拿出手机看个究竟。

手机的音乐是怎么停下来的，我当时就记不得了。只记得，拿出手机查看的时候，发现就在一两分钟前——应该正好是那音乐开始发响的时候，我的“女神”给我发来了一条短信。短信含两样内容：上面是一只摇动着可爱的小身体正在吹着一支玉笛的小白兔，下面是爱妻写给我的七言短信：“听听音乐开心点”。

亲爱的妻子，你是从来不给我发这样的短信的，可今天，你这是怎么了？我两手捧着手机，捧着这仿佛有性灵的物件，眼睁睁地望着它，像是望着一件神奇的珍宝。瞅着瞅着，突然间觉得它变成了钻进我心灵深处的爱人。于是，我的眼泪就再也止不住地哗啦啦流了下来……

我们六个人，没有人相信会有这样的事发生，于是停下脚步，仔细检查手机，仔细琢磨这到底是怎么一回事。两位聪明的小侄子怎么也不相信，于是从手机上找到大妈妈刚才发来的“小白兔”，重新为我发了一遍又一遍。结果除了静悄悄还是静悄悄，没有半点声息。最相信科学的儿子终于发了言，说这是真正的“奇迹”——即便是因为我们不得而知的某种巧合；院长弟弟对此作了如是的解释：或许是“听到”嫂子这条“安慰短信”的那一刻，我们故去的亲人——爷爷、奶奶，或是父亲，轻轻为我们点播那首乐曲——要他们满心忧伤的儿孙们“听听音乐开心点”……

这无法解释的“神奇”在我的心头挥之不去，成了我今生永远无法解释的亲亲的谜语……

就在“奇迹”发生的那一刻，一路走来非常“无神论”的我，突然间觉得，天地间或许真有冥冥之中的某种神秘存在？也就在那一刻，我宁愿相信，我多么希望：天堂里真有神明存在……

此刻正午时分，我们周围的世界一片宁静。我的头顶上，是无限遥远的苍穹，是只有我的故乡才有的、如此这般瓦蓝瓦蓝的天堂和大片大片洁白如雪的云絮。

满心伤感、没法开心的我，望着不远处自己曾经平整过的川地里长得似有一丈高的茂盛的苞谷，身不由已地出神发呆。合着我的脉搏的跳动，我的流泪的心里有一个声音在不停地徘徊着、低吟着：我的不老的废墟，你是我灵魂永恒的栖居之地！无论我睁着眼睛还是闭上眼睛，我都能清晰地看到、听到、触摸到曾经鲜活也将永远鲜活在这里的一切——我活着，你活着；我死了，你还活着……

见我久久发呆，一旁的弟弟问我：哥，你在想什么呢？我说，我在聆听流淌在我心底的一些声音、一些如同晶莹剔透的清泉一样的声音……

2015－09－21 提纲

2015 中秋节初稿

城里的媳妇来了

让雪如感到无比欣慰的是：
没想到，这样善良美好的一家人，
今生今世，竟能够跟自己深深结缘……
——题记

1

轿子车缓缓停在山顶公路边的那一刻，常青的心“突突突”地跳了起来。他知道，那不是因为紧张，是心情激动。

车门打开，一阵不掺杂任何污染、清新得如同企鹅故乡空气质量般的凛冽寒气扑面而来，清清楚楚地钻进了常青的衣领衣袖。雪如跟在常青的身后，用两根手指尖下意识地揪着常青的衣袖，随他下了车。

从清冽得一尘不染的空气中，常青用心而不是用鼻子闻到了打小就熟悉的那股淡淡的山野味道。那属于家乡、属于这山间特有的味道——洁白得无声无息的雪和着山野树木的淡淡香味。几天前的一场雪，虽说公路上的雪已经不见了踪影，但山坡上、树林里，依旧是安安静静的一片洁白。在他的心里，如此一尘不染的洁白，仿佛整个世上只有在这亲亲的故乡才能看到。

“就这儿吗?”雪如俨然像一个小孩一样，有点吃惊地问道。她问话时并没有看常青，而是不无好奇地环顾着、巡视着四周的山野。

“是啊！是不是特别美?”

雪如没有立即回答，她依旧望着四周的山野，望着蜿蜒起伏的大片山林，白里透粉的脸上露出一丝甜美的笑容。

洁白的山野，还有一棵棵紧挨着簇拥着亲密在一起的杨树柳树小松树，一齐瞪着不无惊异的眼睛，满眼新奇地望着眼前这个一身军装的漂亮女子。是的，在这宁静偏远的大山里，它们可是从来都没有见过这么好看的一位女兵。

“你不是说家乡的山上不长草没有一棵树吗，怎么这里竟是大片的山林呢？你骗人。”

常青笑眯眯望着雪如：“没骗你，这山上原本真没有树的，可能是听说你要来，就一夜间偷偷冒出来这么多。”

“还瞎说。”雪如边说边轻轻揪了一下常青的耳朵。

“啊吆，别揪，冻硬了的耳朵会被揪掉的。”

笑呵呵，两人一边说着，一边朝公路右侧一条蜿蜒的林间小路走去。

常青想要雪如和自己并行，可是小路有点窄，没办法，两人只能一前一后。

常青特意让雪如走前面。可是走了没几步，雪如便停下了脚步，笑着转身道：“还是你走前面吧。”

“为啥？”

“我走前面看不见你。”

“啊？我不就跟在你身后吗？”常青忍不住笑了。

“我走前面好像有点怕。”

“怕啥？”

“我也不知道。”雪如说着便笑了起来。

于是，按照雪如的指示，常青提着行李走前面，雪如拎着包包跟在后面，一路笑语，向着前面不远处的山峁峁走去。常青知道，那山峁峁的脚下，有他梦中的缕缕炊烟，那是他心中永远温暖的家。

雪如所谓常青“骗人”一事，话还得从头说起。那是一个多月前新婚后的一日，雪如好不容易凑足了假，主动提出春节前跟随常青回老家见“公婆”的时候。

2

“雪如，我给你说过，我家那可是在真正的大山深处，十足穷得要命的地方。光秃秃寸草不生的山梁，走老半天连一棵树影儿都没有。下了长途汽车，还得步行二三十里。这还不算，更糟的是那里没有水，吃的是老天下雨储存的窖水，住着黑乎乎的土窑洞，睡着草铺，吃着煮土豆……如果没有这样的心理准备，你就趁早别说跟我回乡下去的话……”——听雪如一再催着说要跟着他去一趟乡下老家，常青便如此这般将家底描述一番。

可让常青没有想到的是，听了他这吓人倒怪的一番描述，雪如像是满不在乎地笑一笑，只说了一句话：“没关系，你能住的地方，我就能住。”

很多人或许都不能明白，当时还那么年轻，根本谈不上有多少人生阅历的雪如，究竟从常青身上看到了什么，而让她像是吃了秤砣似的对这个来自大山深处的小伙子如此铁心。

短暂的恋爱期间，所有家庭成员中，只有大弟文斌见过雪如。有意思的是，向来有眼光的文斌见过雪如后，回到家中给奶奶和爸妈只说了一句：“你们就别做梦了，那姑娘人家条件特别好，根本不可能看上我哥的。”

3

来到山头，朝下望去，山脚下现出一座宁静的小村落。

常青和雪如没有立即下山，而是站在这个视野开阔得可以将高低远近的一切尽收眼底的地方，尽情瞭望视野内一片洁白的蜿蜒山峦和炊烟袅袅的人家。在常青的心里，冬日白雪覆盖的山野大地，还有或紧凑或散疏地坐落在山湾里的庄户人家，这份特有的洁白特有的宁静，是他心目中无以言述的绝美风光。他以为这里蕴藏着一种看似宁静、实则内涵深厚的蓬勃生机、天然气韵。

因为提前寄过信，所以家里知道常青他们到来的日期。

邻居家的小男孩三娃发现了，兴冲冲即刻跑到常青家传信：“大妈，山顶上有两个人，好像是我大哥回来了。”

三娃称常青“大哥”，其实他们只是邻居，没有任何的沾亲带故。住这儿多少年了，两家关系亲近，加上常青的人缘极好，三娃打小就习惯这样称呼，或者说喜欢这样称呼。

一家人还正在吃午饭——虽说已是下午三点，因为一早开始忙着收拾这收拾那，饭做得有点迟了。一听三娃喊，全家人碗筷立即扔下了，哈哈，你看那股劲儿，俨然是要去迎接一位从未见过也从未有过的远方贵客。八十岁的奶奶，虽说没有下炕，但老人家脸上露出的那番神情比哪个人都要喜悦都要幸福。

这一刻，奶奶俨然是威严丝毫不可忽视的一家之长。她一边催促，一边安顿着，要年近花甲的儿子儿媳赶紧给孙儿、孙媳他们去扫雪，去铲路。

虽说只是出来给孩子们扫雪铲路，可细心周到的母亲没有忘记，脚上特意穿了一双不曾沾脚的条绒新鞋——她心想，穿上新鞋去迎候，那是对新来的“儿媳妇”的重视和尊重。

已经走得够快了，可是妻子催着丈夫，要他走得再快一点。就像事后母亲高兴地告诉常青的那样：你爸你妈这辈子走路的脚步还从来没有那么轻快过。

在两位老人的心中，此刻站在山头的，不单单是自己儿子和未来儿媳的青春身影，那是暖暖照射在他们心头的幸福和阳光。

眼看着儿子和“新媳妇”越走越近了，爸妈的脸上露出了从未有过的喜悦。那一刻，眼前和周围的一切都让他们感觉到一种从未有过的清新和喜悦，他们甚至从来没有意识到，家乡四野里的山坡坡和积雪覆盖的弯弯小路，竟是眼前如此这般的美丽。

走到跟前，像是早就见过、早就熟悉似的，雪如朴实亲切地叫了一声“妈”，唤了一声“爸”。这一声“妈”，这一声“爸”，叫得常青好不感动，只觉得一股通透的暖流漫过他的心头。他悄悄望了一眼身边的雪如，瞟一眼那张遮掩在军帽下俊得不知道该怎么言说的脸庞，觉得她好看得就像从天上掉下来的仙女，心头涌起一份从未有过的甜美和快慰。他默默庆幸着自己今生有这样一个好妻子，爸妈有了这样一个好儿媳……

雪如顺手接过“婆婆”手中的扫把的那一刻，乐呵呵的神情按捺不住地洋溢在婆婆的脸上——她认定，自己这个儿媳一定不会是“何家川的那个新媳妇”。

4

说到何家川来的城里媳妇，这话还得稍微多说两句。

在雪如尚未到来之前，婆婆看着烟熏火燎显得黑乎乎的厨房窑洞墙面，不无着急地催促着让刚上初中的小儿子想办法收拾收拾。小儿子故意逗母亲，装作不当一回事，待理不待理似的捧着一本书在看，像是没有听见母亲的安顿。小儿子蛮有理似的给了母亲这么一句：“人家情不情愿，不在咱收不收拾这破窑洞。”在小弟的心里，他多少有点忘不掉此前见过“准大嫂”一面的二哥从省城回来时曾说过的那句话。他不止一次不无好奇地想，城里来的“大嫂”会是啥样的？

听了小儿子的话，于是，母亲给他讲起了何家川的故事——

何家川涝坝畔上何耀祖在省城工作的大学生老小儿子俊杰，找了一个据说是在省城炼油厂做技术员的女朋友。

何家的老小儿子领着自己的女朋友回家，可是走到大门上，一只脚还没踏进门槛，那女娃子脸上当下就变色儿了——何家大门的门面有点陈旧破烂，一看就是光阴吃紧的贫寒人家。

这新媳妇，站在大门口，不愿意进院子，对着自己的男友，神情淡定口气平静，明明白白说出一句话来："我要回去，现在就走。"

这句话惊呆了何家上下老小。俊杰一时没了主意。八十多岁的老奶奶拄着拐杖颤巍巍走到女娃跟前，抹着老泪说了一堆好话，不顶用。女娃的脸上不见任何表情。最终全靠了村里有名的"乡绅"——邻居家能说会道的李万顺大爷出来说话，才算暂时调节了紧张的氛围。

李大爷说的最后几句话是："娃娃，你是大城里见过世面的文化人，既然已经到了咱这苦焦之地，你就当是撞上了一个难得的艰苦地方，得到了一个体验生活经受锻炼的机会。你看这天色立马就要黑了，听我乡里老汉一句话，你先将就着在这土窝里凑合上一夜，一定要走的话，明天再走。"

就这样，听了万顺大爷的劝，城里女娃将就了一夜。第二天一早，平素起得最早的婆婆发现门大开着——俊杰的女朋友早已离开了，走得神不知鬼不觉。

……

为了不让自己的"新大嫂"成为第二个"俊杰女友"，常青弟弟"吃吃吃"笑着，听从了母亲的吩咐。

雪如最终看到的厨房窑洞，墙面被聪明能干的小弟裱糊得一片洁白，厨房里所有的锅碗瓢盆各等家什，一概收拾打理得一尘不染。

5

公婆迎上儿媳，有说有笑领进村子的那一刻，好邻居们无不好奇地走出自家的院落，想要远远地眊上一眼常青家新来的儿媳妇。离得最近的王家大婶，紧赶慢赶地轻轻问常青母亲："你的儿媳妇，在哪塔呢？我咋没看见个穿花衣裳的女娃呢？"

常青母亲乐呵呵道："老死的，看，那不，已经走过去了，穿啥花衣裳，穿的是军大衣，戴大檐帽的那个。”

王家大婶：“戴的大檐帽，那不是个男的吗？”

常青母亲道：“尹，老死的，你少丢咱姊妹的人了，我的儿媳妇是个当兵的。”

“当兵的，是个军官？”王家大婶睁大着一双好奇的眼睛。

……

走进小小院落，雪如发现眼前的一切完全不是常青这个“大骗子”此前给她描述的那样——院落打扫得格外干净，收拾得异常整洁，所有该摆在外面的家什用具，一概摆置得整整齐齐，井井有条，不是她想象的那种零零乱乱的样子，俨然是她在农家题材的唯美故事里才读到过的那种整洁的乡村小院。

等候在上房炕上的奶奶见到雪如的一刻，说的第一句话是：“我的娃，看这心疼的！唉把我的娃冻坏了，赶紧，赶紧到炕上暖着。”

常青惊喜地发现，雪如见到慈祥的奶奶，完全没了城里人的规矩，趾溜一下脱了鞋，顺顺溜溜爬到炕上。后来雪如笑着告诉常青，那一阵她根本没搞清楚，自己是啥时候脱的鞋子怎么上的炕，等她反应过来的时候，发现自己已经亲亲地坐在了奶奶的身边，心里暖暖的。

像地道的农村人一样，雪如蜷曲着两腿坐在奶奶身边，亲亲握住奶奶伸过来的双手。奶奶孙媳，俩人像是三百年前就活在一搭的亲人。雪如所以如此这般，是因为此前无数次地听常青说起过奶奶，讲述过奶奶一生的艰辛沧桑和生活的不容易，讲述过孤独的奶奶对孙儿们的万般疼爱。从常青的述说，雪如早已经认定，奶奶是这世上历尽苦难的、少有的善良老人。

乐得合不拢嘴的奶奶，看着眼前这个白粉桃一样的女孩，高兴得不知道说什么。一生饱经风霜的老人，像是盼来了一颗天上的星星和月亮。那一刻，连屋子里的空气都被这一幕深深感动了。

从那一刻开始，在家的日子，只要看见雪如，奶奶的脸上便是舒心的笑容。看着眼前水灵灵粉嘟嘟“心疼得要命”的孙媳，老人家说得最多的一句话是“我的娃，心疼得就像是天上掉下来的花骨朵……”常青心里明白，奶奶的心头只有一个心思：我活着，终于看到了我天天念着想着盼着的“稀罕宝贝”了。

此后的几天或更长的日子，邻里乡亲不时地来常青家，瞧上一眼这个从城里来的新媳妇，欢声笑语让这座农家小院弥漫着散不去的温馨和喜庆气氛。这是常青和自己所有的亲人们记忆中美好的日子。

雪如给所有见到她的乡亲们留下美好的记忆。热情善良的李家大婶逢人便说：常青的媳妇，那娃心疼稀罕的呀，我都没有看够。

乡里人，心底里装着的永远是这样的一份质朴和善良……

6

院落东南角的小屋，是一家人给常青和雪如准备的临时新房。墙面是新裱过的，顶棚也是新打理过的。除了带花的崭新墙围，屋内一片洁白，显得格外整洁。裱糊过的墙面上贴着几幅样板戏的清新剧照，显得格外明快大方。热炕上，铺上了洁净的床单被褥，大红大绿的缎面锦被叠得整整齐齐，一切干净平展得不像是这个年月的山里人家。常青知道，这一切都有小弟弟的手艺，都是父母的细心料理……

忙前忙后的母亲给雪如留下难忘的记忆。母亲走路的速度极快，俨然就像是快速竞走的运动员。要说这是平日里养成的习惯，倒不如说是岁月逼迫着让她练就出来的功夫。常青他们到来之前，紧赶慢赶早已经把里里外外一切活儿干完了的她，按理这一阵可以闲下来歇一歇了，可她依然闲不住。母亲总是想把一切都打理得让自个儿觉得没有半点的不遂意才合心思。在这个家里，她总是想要给孩子们打理和营造出一个在她自己看来算得上舒适的氛围，从来都是如此……

躺在婆婆精心煨过的热东东的炕上，雪如觉得暖暖的、舒适的不只是自己的身体，更多的，是心底里感受到的满满的温情、亲情和暖意。看着如此幸福和美的山里人家，让雪如感慨得许久难以入眠。她不停地在心里问自己：常说一方水土养一方人，难道只有这方水土才会养育出常青这样的人吗？才能养育出这样亲和温馨的一家人吗？想着想着，她怀揣着满满的舒心和惬意进入梦乡，脸上挂着幸福甜美的微笑。

一辈子在外工作的父亲，勤劳爱家孝敬老人是方圆出了名的。可没想到他竟然会有那么好的厨房手艺，这是常青此前从来没有注意到的。这个春节，从除夕这天开始，无论做菜煮肉，父亲成了大厨，母亲倒成了他的下手。父亲精心做的每一样菜，可谓色香味俱佳，可真是心诚则灵啊，不仅年的喜庆在这色香味俱佳的饭菜中，父亲对上老下小一家人的悉心关爱也在这赏心悦目的色香味之中。

从来没有过如此温馨的除夕之夜。这个年月还没有后来的央视春晚，即便有了，大山里没有听说过哪家有电视的。随着夜幕降临，一家其乐融融，大家围着奶奶坐在炕上，吃着核桃、大枣、花生，水果糖；尚好的花茶，自然是要加上冰糖的——所谓糖茶，要的就是那份香甜和沁心。大家边吃边喝边聊，当然少不了的是所有人加入打扑克争上游。除夕的欢声笑语飘荡在这座温馨的农家小院……

这年除夕夜特别新增的一项内容——燃放烟花，特意交给仿佛还没有长大的小弟弟。对于这一家人来说，或者说对于这个村子来说，过年燃放烟花，着实还是头一回。

没错，这个春节，这个春节的欢乐和喜庆，对于大山里的这个农家小院来说，是前所未有的……

7

美好的时光从来都是急匆匆跑得飞快。

雪如只有十多天的假期，在一家人欢声笑语的簇拥中，这让人异常好心情的十多天，一眨眼的工夫就溜过去了。

常青的村落虽说临近国道西兰公路，但平日里并不是很好乘车，过年期间就更是没指望了。常青几天前就开始掐算着日子，坐在奶奶膝边以看似不经意的口气，给奶奶提示着自己和雪如返程的日子。像每次离家前一样，常青给他们祖孙二人从无例外的那番依依不舍必须提前打个预防针，这次就更是不同以往了。不尽人意的是，原本说好了第二天的返程，因为熟人关照，说是临时有辆去县城的轿子车可以顺便，常青和雪如启程的日期提前了。

这个下午，上房里炉火正旺，一派节日喜庆气氛——整个屋子里暖融融乐融融，满满一屋子的喜笑颜开。乐得合不拢嘴的奶奶正在瞅着雪如说说笑笑跟公公在内的大家伙儿玩贴胡子的游戏。就在这当儿口上，突然听见外面有人传信喊话：让常青他们即刻到山上候车。

大家玩得正在兴头上呢，一听这消息，满屋子的欢声笑语即刻戛然而止，满屋子的快乐开心和奶奶的笑脸一道，瞬时不见了。

临别一刻，一家人最难过的莫过于奶奶。

听说孙儿孙媳要走，奶奶的眼泪即刻就流下来了。看着奶奶如此伤心难过，雪如也是眼泪哗哗哗地流淌下来。打从跟她相识到现在，常青还从来没有见过雪如如此伤心流泪的时候。望着雪如的眼泪，常青深深懂得那哗啦啦流淌着的不是寻常的眼泪，而是雪如的身心融入这一家人的真爱和感情。瞅着雪如，瞅着“心疼得就像是天上掉下来的花骨朵一样”的宝贝孙媳，奶奶一时间哽咽得一句话都说不出来，以至于颤颤巍巍走出大门的一刻，连衣服上的扣子都不知道该怎么扣了。寒风中，这一幕常青比谁都看得仔细，但硬是没敢上去给奶奶扣上那扣子。这令人满心酸楚的一幕，成了常青心头一个永远抹不去的记忆。日后常青只要想起奶奶，便是奶奶站在寒风中流着眼泪与他们告别的消瘦身影，还有那敞开的衣扣……

是的，大家还在热热闹闹地过年呢，我的两个心疼的娃怎么突然间就要走呢！这是泪如雨下的奶奶那一刻的想法。真可谓，相聚时有多欢乐，离别时就有多伤感……

奶奶的这份痛苦，只有打小被奶奶百般心疼拉扯大的孙儿常青最是理解。奶奶毕竟是八十岁的人了，老人家一生大部分的时间都是孤独的，跟日夜牵挂的儿子，跟心疼得如同掌上明珠似的孙子，从来都是聚少离多。这个家一年四季大多时候的“常住人口”就是相依为命的奶奶和母亲，日夜陪伴着她们婆媳两人的，除了对亲人的思念便是无尽的孤独。奶奶时常给孙儿说：人到八十，就是风地里的一盏灯了。在奶奶的心里，总觉得每一次跟儿孙们的离别，说不定就是彼此间的永别，这一次也不例外……

除了奶奶一人留在家里，爸爸、妈妈、弟弟，一个不少全都陪同雪如和常青来到六七里外的山顶公路。大家来到山顶公路边的林带养护站候车。这天的天气异常寒冷，像是要对来这里候车的人一个小小的考验。

有一阵，雪如发现小弟怎么不见了踪影，以为他跑别处玩儿了。约莫一个钟头以后，满脸是汗的小弟上气不接下气地跑来了。只见弟弟径直来到妈妈跟前，从怀里取出一个报纸包着的东西，打开，雪如发现是妈妈的棉鞋。

弟弟急匆匆跪到雪地上，亲自给妈妈把棉鞋换上……

原来，出门的时候赶得急，母亲忘记了换上棉鞋，脚上穿着那双在屋子里干活时穿的单鞋，到了山上才被弟弟看见。地冻天寒，一看妈妈脚上竟是单鞋单袜，小弟什么话都没说，跑回家，给妈妈拿棉鞋去了。才上初一的弟弟，一边是牵心妈妈的脚被冻坏，一边是担心来迟了哥哥嫂子的车子走掉，于是只好上气不接下气地汗流浃背一场……

看到这一幕，被感动得几近流泪的雪如，心头禁不住再次涌上满满的暖流。她在心里默默地念着："天底下，什么叫家教，什么叫孝道啊！我在小弟弟的身上，算是真正看到了……"

人生，让雪如感到无比欣慰的是：没想到，这样善良美好的一家人，今生今世，竟能够跟自己深深结缘……

2015－06－07 简要提纲

2016－03－05—08 完成

山 歌

一旁的歪脖子柳树笑盈盈轻轻摇曳着，
像是在给雪如证实：常青所说的一切，全都是真的。
——题记

1

常青领着雪如回乡一事，给故乡、给位于大山里的这个小小村落和村落西头的那个不起眼的小小院落，留下许久散不去的记忆。

常青的家乡所在县是一个偏远的贫困之地。可在该县的东南部，有不大不小方圆数十里的那么一方水土，却偏偏有着与传说中这个穷困县的满目荒凉所截然不同的自然风光。这里不仅有延绵不断绿意盎然的茂密林带，还有清冽甘甜的山泉。据说，有人化验过这里的山泉，微生物含量不次于青岛崂山的矿泉水。这话传到外面，有人闻讯专门远道而来，只为品尝一下这里清冽的山泉甘露。更有夸张者道，一个濒临死亡的耄耋老妪，眼看就要过去了，可是就因为抿了一口那石头缝里汩汩流淌出来的清冽山泉，又神奇地活过来了，且足足活了一年又八个月……

笑话莫讲，还是让我们走进故事里这个小村庄吧。那传说中清粼粼的山泉正就在这个满眼绿色的小村庄里。常青第一次把雪如领到这里的时候，满是惊喜的城里女孩死活不能相信，这就是此前常青给她讲过无数遍的那个寸草不生、一眼望去不见一棵树的穷乡僻壤。

绿色环抱的小村庄坐落在山坡脚下，这里一半耕地一半绿树成荫，显得格外宁静。一方水土养一方人，多少年来生活在这里的农人们过惯了清静的日子。绿树掩映的村落，说它宁静，说它小，真是名副其实——宁静是因为小村子里鸡鸣、猫叫、孩子哭闹或者有人轻轻一声咳嗽，左邻右舍没人听不到。小村子只有十几户人家，即便是在西部人烟稀少的地方，也算得上是地道的小村落了。

村子虽小但名气不小，就这么小一个村庄，竟然出了不下十个的大学生。仅就常青一家，弟兄三人全是大学生。按地方上人的话讲，这是个出念书人的地方，甚至有人说，这个庄子的每一棵杨树柳树，都长得挺挺拔拔文绉绉的蛮有精气神，一看就是陪着读书识字的娃娃长大的。

常青家的小院，只有那座上房和一间小屋是土木结构，其他基本上都是爷爷手上土坯箍起来的窑洞。土坯窑洞说得好听是为了冬暖夏凉，但是从没见过有哪个家底殷实的富裕人家，会放着青堂瓦舍的好房子不住，偏去享受这土坯箍起来的“冬暖夏凉”。话说村子里没有哪家的院落比这里更朴素更不起眼，但朴素和不起眼丝毫不影响这座院落的干净整洁和弥漫在这座院落的温馨亲情和生气。这里是家庭和睦的天堂，是天伦之乐的所在……

在这一家人的眼里，常青电影明星一样的女兵媳妇雪如，无疑是这个家庭这座院落的稀罕宝贝。这个夏天，在奶奶和父母的翘首期盼中，常青和雪如的如期而至，给这个安静却又充满生气的农家小院，又一次带来了如沐春风般的清新和明媚。

雪如已经是第二回来到这座小院了。上回是上一年的春节。时隔一年半，但那个春节的欢声笑语和洋洋喜气，似乎依然轻轻弥漫在这座朴素而幸福的院落……

2

这是夏日雨后异常清新明媚的上午。

午夜偷偷下过不大不小一会儿阵雨。到了早晨，天空变得瓦蓝瓦蓝，满天不见一丝半点儿云彩，太阳和大地都像是痛痛快快洗过澡一样出奇的清爽。按前一天已经安排好了的，常青今天要带着雪如在山间小路上痛痛快快走上一圈。如此安排，不仅是为了让雪如看看常青心中美丽的夏日风光，同时还要让雪如身临其境，给她现场讲述他早就想给她讲述的那一个个故事——那些故事，蹲在家里是讲不好的，只有到了山间，到了弯弯的山路上，到了故事发生过的地方，才能讲得好，才能讲得鲜活生动。是的，常青是想要把自己心中的一切幸福，把心中的一切美好的记忆，全都讲给自己的爱人。而一场沁人心脾的夜雨，更是给他心头如歌的故事，给他们的山间漫步增添了一份诗意和清新……

伴着清脆的鸟鸣从睡梦中醒来，已是早晨八九点钟。弥漫在整个院落里的，是新鲜胡麻油那钻心的香味。常青知道，这是母亲在为他们准备早餐，那是母亲最最拿手的千层葱花油饼加荷包蛋。

俩人出门，照料不到一岁的宝宝儿子的光荣任务，全“赐”给了懂事勤快的小弟弟——有了几天来的认真践习，尤其是经过前一天措手不及的那场“突发事件”实地演练。哈哈，小弟打理孩子的能力有了大幅度的提升。

没错，昨天，是这么一回事——雪如跟着常青去泉里挑水，孩子暂时交给了再三许诺着“请你们一百个放心”的小弟。

说是挑水，其实两个人在外头跟邻居家放牛抓松鼠的小三娃悠哉悠哉聊上了。等晃晃悠悠回到家，发现孩子的所有衣服凉了一大片，晾衣绳子上尿布飘得万国旗似的。小弟弟咧咧着嘴“哈哈”个不停——说他看小家伙咿咿呀呀唱得像回事儿，挺乖的。可刚刚一眨眼的工夫，不得了的天爷爷，稀里哗啦一大滩的麻烦事儿来了——他发现小样儿已经被屎巴巴糊得糊得没了样子了。奶奶直笑得咳嗽起来，不无夸赞地笑着道：一看孩子糊成那样了，说小弟弟一下子皱着眉头张着嘴，一副无处下手的样子。可是没过半分钟，立即开始全身心地打理起来了——俨然像一个很在行的保姆，又是擦又是洗，三下五除二就把娃收拾干净了，手脚麻利得从来没有见过的样子……

3

出得门来，外面的天外面的地外面的阳光和空气，似乎跟在院落里感受到的更不一样。阳光明媚得让你只能眯缝着眼睛看头上的蓝天，山里的空气清新得让人根本不知道该怎么呼吸。

她们顺着山坡上的蜿蜒小路，像是漫无目的地向前走着。路边的杨树还有饮足了甘霖的小花小草，还有挂在树叶和小草尖尖上没来得及躲起来的眼睛亮晶晶的露珠，像是轻轻微笑着跟他们招呼。常青和雪如并排走着。尽管有了常青早已想好的“旅行”线路，可在常青的心里，他们是用不着刻意要去什么地方的。对于常青而言，这里的任何一个去处都是他熟悉而又亲切的，都是他想领着雪如亲自走一走的，因为这里的每一个地方每一处景色，甚至路边上看似不起眼的一棵歪脖子柳树，或田埂上的一簇簇雪青色的牵牛和淡紫色的山菊花，或远处山坡坡上沙棘丛里红腹锦鸡的一声声鸣叫，都有他可以给雪如讲得津津有味的有趣故事——那属于大山里的故事，属于深深长在常青心中的家乡的故事，他的故事。

常青告诉雪如，读大学时的每个暑假，永远是他记忆中最美最难忘的时光。

“大学放暑假的时候，”常青如是这般地开始了自己的讲述“夏日里雨过天晴的日子，就像今天这样，阳光明媚得只能眯缝着眼睛看头上的蓝天，空气清新得让人不知道该怎么呼吸的清晨，一定是我最惬意的创作构思的时间。至今想起，我的身心仍然有种爽歪歪的感觉。每当那样的时候，我会轻轻踩着挂满青草尖尖的露珠，听着清脆的鸟鸣，独自心境怡然地行走在田埂上，就像我们的此时此刻。当然了，我的手里或者是衣服的兜里自然备了纸笔。那样的时候，我表面看上去或许显得十分安静，可心里却一定是最不平静的时候——在大自然清新宜人的怀抱里，我的整个身心都会忘我地沉静和陶醉在我向往的美的情感、美的艺术和美的幻想世界里……”

“好美，听上去像是在讲一位伟大诗人的故事。”雪如一脸愉悦地笑着道。

“可不是，你难道不觉得我就是个诗人？诗人都是天生的，就像我一样。”一脸的陶醉，一脸的阳光明媚。

“有的时候，我会带上我心爱的竹笛。对了，看看那儿，”常青边说边指着远处一块荞麦田“那个田埂上的三棵大柳树下，就是我时常吹笛子的地方。你要知道，坐在大山里的田埂上吹笛子，是别有一番兴致和情趣的。那个时候，你自己会吹得悠然吹得忘我，忘我到连你身边的小草野花都仿佛凝神忘我地欣赏你的笛声，甚至那些天上飞过的一对对小鸟，也会抖动着他们的翅膀，开始盘旋在你的头上或者落在你身边的大柳树上，倾听你的笛声，随着你悠扬的笛声欣然和鸣。那一阵，你会相信小鸟乃至田埂上的小花小草，都是有着和人一样的灵性的。”

“看你，真是越说越神了。”雪如话虽这么说，但她听着常青绘神绘色的讲述，她的心中别提有多么享受。她心里明白，她是多么的喜欢自己的爱人拥有对生活的这种热爱和常人所没有的激情与浪漫。

“雪如，看看小河的对面，那一大片开着紫色花的苜蓿地。我小的时候，经常能够听到在那块地里干活的一位邻村回族青年动情的花儿。那英俊的小伙是这一带出了名的花儿歌手。他唱的花儿，声音高亢明亮，那清脆迷人的劲儿，我至今也没有听过有哪个歌手的花儿可以唱得如他一般，给我留下如此深刻的印象。他们村子里，人人都唱花儿，但是没有一个人能够和他相比。正是从他那儿，我懂得，我深信，一个人的艺术天分，大半儿都是与生俱来的。”说着说着，常青停下脚步，抬起自己的右手按到耳边，轻轻闭上眼睛，开始学着那回族小伙的样子，声情并茂地放声唱了起来。雪如连声叫好“常青，你唱得太好听了，你怎么以前没这么唱过?”

“以前？你说是在城里？在家里？那怎么可能！怎么可以！这样的花儿，只有在家乡的大山里，只有在这夏日雨后的青青山野里，对着自己心爱的人，才行。”常青一脸的灿烂。

“啊，你唱得太好听，太有韵味儿了!”

“这还好听？这就算有韵味儿了？你若是听听那回族小伙的演唱，哈哈，我估摸着你就不愿意离开这儿了。”

“你的花儿是跟他学的吗?”

“算是吧。小时候时常用心听他唱，时间久了，不知不觉就会唱了。”

刚说着，就听见远处传来悠扬的花儿。

“常青，花儿，是那个小伙吗?”一脸兴奋的雪如问道。

“哪里，那小伙现在已是人到中年，当年他的歌声比这好听到哪里去了。不过这地方随便哪个人，一张嘴都会唱得有声有色有感情的。你要记住，回族人居住的地方，到处都是花儿的故乡。我生长在这里，算是沾了回族邻居的光了。”

“啊，这儿真好，空气清新，阳光明媚，还有这么迷人的花儿，真是太诗意了。”

“哈哈，也有让你感到不诗意不美好的时候?”

雪如停下脚步，有点疑神地瞅着常青。

“想听吗?”

“想听。”

“好，那我就给讲一个不诗意的故事。”

这时，他们已经走到离家有好一段距离的地方。小路两边，远处近处，都是五颜六色的各种五谷杂粮的庄稼地，放眼望去，令人心旷神怡。

“看，就在那里，”常青边说边抬起手指指右边的一道种满了钻天杨树的河沟“让我经历了这辈子最可怕最黑色的一幕。”

听了这话，雪如下意识地一下子用双手抓住常青的胳膊“啊，你小时候就是在那里看到的那只可怕的大灰狼?”她说话的声音不由自主地提高了八度。

“对,”看着雪如的样子，常青笑了“记得那天的下午，我正独自在阴湿的河坡上专心地摘瓢儿，瓢儿知道吗？就是野草莓。我突然听见好几个人在喊：狼来了，狼来了。等我抬头一看，我的天爷爷地爷爷，大灰狼就在离我不远的地埂上，一双可怕的眼睛直勾勾瞅着我，那样子说不上是在哭还是笑呢?”

“你当时啥样呢？怕了没?”

“还怕了没？我吓得差点儿尿了，当下不知道自己的魂儿躲哪儿去了——我吓得心提到嗓子眼儿，声儿都出不了了。跟狼一个模样，我眼睛直勾勾地盯着它，盯着它脸上那些至今还能清楚记得的一条条黑里麻乎的纹纹道道。”

“妈呀，后来呢?”

“幸亏是不远处的牧羊人喊得紧，大灰狼瞅着我盘算一会儿，摇摇头，转身跑掉了。”

“啊吆，我的妈呀。”

“幸亏，否则，我早就做了那狼大叔的晚餐了，你也就听不上今天的这故事了。”常青顿了顿又补充到“那是我平生第一次亲眼看到狼的模样，比他舅舅狗的模样可怕到哪去了。”

“啊吆，还给我贫嘴，我都要吓得断了气儿了。”

真像是怕了，或者有点累了。雪如提议坐下来谢谢。

过了一会儿，雪如突然道“这山里的夜晚一片漆黑，伸手不见五指，是不是很可怕?”

“才不呢，我告诉你，这里最美的就是夜晚，尤其是夏天的夜晚。”

“在你的眼里，这里的一切都是美好的，除了大灰狼。”

“那是。不过这里的夏夜真是太迷人了。”

“说说吧。”雪如笑盈盈望着常青。

“山里的夏夜，有一种令人感到温馨的宁静。你不知道，在温馨的夜色里仰望天上的星星或是静静欣赏河坝里此起彼伏的蛙鸣，那是别有一番情趣的。在我的心目中，天上的好多星星跟我那是相当的熟悉。我总觉得星星们挺孤独，他们每天晚上似乎都在等待着，等待着大地上有更多如我一样的好人，与他们遥遥相望……”

见常青讲得身心投入，雪如凝神倾听着，唯恐打断了常青的曼妙思路。

“如此美妙的夏夜，河坝里的青蛙蝌蚪癞蛤蟆，或许也在看天上的星星。当然，他们不仅仅是看星星，他们还唱歌嬉闹，还谈情说爱，还争风吃醋打架斗殴干坏事……”

伴着曼妙的故事，欣赏着四周的山野景色，他们沿着山路继续前行。空气里不知不觉多了一份炎热。

“有一天，我终于懂得了，”望着远处绿色映衬下五彩斑斓的田野风光，常青换了刚才的话题“真正的田园诗，绝不是由诗人写出来的。诗人写出来的田园诗，无论看上去修饰得多么的美妙，其实已经脱不了人为做作的娇柔痕迹了。真正好的田园诗，就蕴藏于大自然本身。只要你拥有一颗能够体味这种诗意的心，大自然一切的潜在诗意你都可以感觉得到。挂在草叶尖尖上那晶莹剔透的露珠儿，空气中弥漫的野花的芬芳，风中摇曳的青青垂柳，榆树枝头两只正在你一言我一语聊得起兴的黄鹂……都是绝妙的田园诗。这样的诗情画意只能领略不能描述，一旦描述，便会伤了它的诗意动了它的灵气。那样的诗意，那样的灵气，会胜过诗人笔下的诗意十倍百倍一千倍……”

时间在常青和雪如身心的舒适和惬意中过得飞快。他们已经来到了山顶上满眼绿色的林带。经过常青如此这般诗情画意的描述之后，两个人暂时都会心地停止了说话。他们停下脚步，雪如眯缝着眼睛，手搭凉棚望着从身边延向远方的蜿蜒林带，像是在回味常青适才津津有味的描述。

“雪如，看看这里视野多么开阔，我们歇会儿吧？”

“嗯嗯，我正这样想呢！”

他们席地坐在一片树林边歇息。常青看见远处的天空生起一片洁白镶边的云朵，很像小时候记忆中的那片云朵。小时候的那片云，也是在现在看到的那个方位。“雪如，看见远处天空的那朵云吗？”

“嗯嗯，看见的。”

“那儿就像是我们这儿云的故乡。小时候，夏日里每一次发雷雨，最先的云朵似乎都是从哪儿生长出来的。你喜欢大雷雨吗？”

“不，我最怕雷雨，尤其是小时候，一个人的时候特别怕晚上的电闪雷鸣。”

“哈哈哈，你竟是如此胆小。我告诉你，我很小的时候，有一回就现在看见云朵的那地儿，生起不大的一片云，后来那云朵演变成了一场昏天暗地的大雷雨。记得暴雨到来之前我正帮着妈妈在麦场边的菜园里，用一棵棵可爱的菜苗儿种圆白菜呢。我狂喜欢大雷雨就是从那一次开始的。说来真是奇怪，打小就胆小的我，唯有不怕大雷雨，不仅不怕，而且出奇地喜欢，总觉得雷声惊天动地最好，大雨倾盆才过瘾。从那时起，每每面对昏天暗地的大雷雨，我的心情总是异常激动，我深信那是大自然一种超凡力量的象征，这种感觉一直延续到今天。”顿了顿，他乐呵呵补上一句“你现在不用怕了，黑夜里大雷雨的时候，有我呢。”常青微笑着，边说边将雪如轻轻搂在怀里。

已经过了正午时分，常青和雪如沿着山路来到他小时候的母校附近。

站在高处俯视，昔日的校园尽收眼底。假期没有人，整座校园显得异常宁静。站在此处，常青仿佛能听到“日月水火，山石田土”那朗朗的读书声从教室里传来；望着有玫瑰花开放的校园一角，常青仿佛看到那个安静地蹲在地上、手里拿着一节小木棍忘我地画了一大片生字的小男孩，没错，那就是小时候的他……

“你可能难以相信，我从小对纸多么的心生敬畏，那简直是一种无法用语言形容的敬畏！说我爱纸爱到着迷毫不夸张。”常青以一种肃然的语气如是告诉雪如：“记得六岁刚刚上学那阵，我看见好些高年级的同学将只写过一两个字的白花花的大楷纸，撕下来扔得满地都是，我就心痛不已。等到别人不注意的时候，我即刻跑过去，以最快的速度捡起来，叠叠整齐，装在自己的口袋里。纸是用来写字的，我是从来舍不得下手撕自己的作业本的。记忆中，我似乎是从看见纸的那一天，就感觉到了它的无比珍贵，仿佛命中注定了这一辈子对纸心生爱恋和敬畏，要和纸结下深深的不解之缘。这一切，现在想起来，简直有点不可思议。我的家里祖上并没有读书人，可我从走进校门的那一天开始，就深深地爱上书了。看见新书的那一刻，我的心激动得开始不由自主地颤抖起来。我觉得世上没有比眼前的书更好看的东西，新书散发出来的那股油墨的香味，令我着迷到无法形容的地步，我觉得那是世上最好闻最芬芳的味道，直至今日……没错，跟纸跟书的亲缘，是我前世今生命中注定了的……”

两个人信天游似的逛了大半天，才意识到有点饿了，该是回家的时候了。

站在校园附近的崖畔，沿着河道放眼望去，整个河道被巨大而茂密的杨柳树冠覆盖着，蓬蓬松松，绿意盎然，蜿蜒着伸向家的方向，真是美不胜收。

“啊，这绿色茂密的河道真是太令人陶醉了！”雪如一脸按捺不住的激动。

常青显出一副孩童般的神情，不无自豪地告诉雪如：“小时候，就是这条河道，就是这让我看不够的满眼绿色，让天生痴迷和爱恋绿色的我，心生无尽地幻想。有很长很长的时间，我总是不由自主地幻想着，自己能够身轻如燕脚步轻盈地踩着绿色蓬松的绵延树冠，走向遥远的地方……”

心里装上了满满的绿色，真的该回去了。两个人从崖畔高处下到河滩，沿着河道穿行在绿荫之中，走在回家的路上。

途中，常青牵着雪如的手，特意领她来到一片开阔的乱石河滩，看望常青那“永远失去的水塘”，神情肃然地给雪如讲述今生那令人难忘的故事。“这里曾是一座很大的天然水塘。水塘因形似月牙，被我称之为月亮池。神奇的水塘，无论多么寒冷的冬天，这里却是从来都不结冰的，被当地人称为‘暖水’。说是暖水，但手摸上去并没有温热的感觉，最多也就是不冷而已。这里是我童年的天堂，小学时的不少时光都留在了这儿。不幸的是，那年夏日的某个夜晚，夜深人静时突来的一场特大暴雨，巨大的山洪引发泥石流，让不知道在这里安静了多少年清澈了多少年的“暖水”，在夜深人静时分瞬间消失。”

常青突然停止了讲述，脸上露出极度失落和惋惜的神情。深深的叹息之后，他又接着道“在这场令人绝望的泥石流灾难没有发生之前那几年，无论春夏秋冬，上学的路上，每每经过，我都会在这里驻足。我不知道我生来怎么会那样爱水呢。独自蹲在暖水边上，凝神望着清澈见底的水塘，望着轻轻摇曳的水草，望着水中快速穿梭的小鱼儿们可爱灵巧的样子，心中会充满无尽的快乐。我在这里一次次地幻想令我魂牵梦绕的保尔和冬妮娅。那时候，我刚刚读过连环画版的苏联小说《钢铁是怎样炼成的》，我总是情不自禁地把这里幻化成保尔和冬妮娅第一次见面的那个池塘——他们初恋的地方。”常青边说边指了指左手边一棵歪脖子大柳树“我总觉得，手里捧着书的漂亮的冬妮娅就坐在那个树杈上，水边垂钓的那个少年保尔就是那一刻静静蹲在池塘边的我……”

“亲爱的，你的想象力真的太丰富了”雪如被常青如此这般绘声绘色的讲述深深吸引、感动不已。望着眼前的常青，觉得自己这个健谈又浪漫的夫君越发可爱了。

“有一会，”常青咧着嘴道“我梦见有一个水仙女从水塘出来，笑盈盈朝我走来。现在想起来了，那水仙长得跟你一模一样……”

一旁的歪脖子柳树笑盈盈轻轻摇曳着，像是在给雪如证实：常青所说的一切，全都是真的。

2015—04—19 简要提纲

2016—03—11 完成初稿

花落花开

雨滴声越来越清脆，
一种滋润温软的气息，
从门缝里悄悄钻进来，
甜丝丝地弥漫了福来和桃花的整个屋子……
——题记

1

桃花刚一进门，喜存办公桌上的电话铃响了。

电话是张乡长打过来的，他要秘书梁喜存把一份责任田承包制的补充文件即刻给他送过去。喜存没来得及跟桃花说上一句话，便立马手忙脚乱给乡长找寻文件。

桃花的眼睛瞅着窗台，发现插在罐头瓶里的那朵牡丹，蔫不拉搭，显然是已经脱水了。

“喜存，花儿都蔫成这样了，你咋不给瓶里灌点水?”

“灌了。”喜存快速翻着手头的几份文件，随口应答着。

“这哪灌了？你看瓶底子剩不到一指儿水，根儿早就接不上水了。”声音中流出一丝的委屈。

“噢，这两天乡上太忙，忘了。”梁喜存边回答边拿着文件冲出办公室。

其实，刚一进门，桃花一眼看到的就是窗台上罐头瓶里的牡丹。三天前才花苞初放的牡丹，只隔了两天咋就变成了这样。桃花心头不由得泛起一丝莫名的忧伤，觉得那花就像是自个儿被人遗忘了一样。

正这样想着，只见那牡丹“扑啦”一下，整朵花儿全部脱落，掉在地上了。

花儿落地的声音轻微到近乎无声无息。

看着牡丹身首分离，桃花的心不由得抽搐了一下，就像是自己的头被寒风削掉一般。

送完文件，喜存这才有了跟桃花说话的功夫。他刚把门掩上，便急不可耐走到桃花跟前，眼睛笑眯成了一条缝儿，啥话都没说，一把将她搂在怀里。

可是喜存明显感觉到，桃花没有了往日的热情，俨然变了个人儿似的。

尽管没有说话，可你知道恋人之间的那份感觉从来都是最敏锐的。喜存搂着桃花，但从她的呼吸，从她低垂的眉眼，从她紧闭的嘴唇，从她勉强挨着自己的胸口，断定桃花心里有事了。

他轻轻地搂着，屋子里显得很静，弥散在空气里的只有喜存那劣质头油的味道。

片刻，喜存轻轻问道："桃花，你咋啦?"

桃花没有回答，深深叹了口气，无力地把头靠在喜存的怀里，就像刚才那蔫不拉搭的花儿。

房间里的空气像凝结了一般……

宁静中过了好一阵，桃花轻声道："喜存，我已经好久不来"那个"了。我听生了娃的女人说过，不来那个肯定就是怀上了。"

像是数九寒天当头浇了一桶冰碴子，喜存打了个透心的寒噤，不由自主地推开桃花，瞪大眼睛道："啥? 怎么会呢?!"

桃花没有说话，只是眼睁睁望着他，随即，两颗豆大的泪珠从她的脸庞滚落下来。

喜存不再说话，一屁股靠在写字台上。或许是用力太重，写字台发出吱吱咯咯的声音。看着眼前的桃花，像是第一次认识这姑娘似的。喜存突然间觉得，桃花并不像他去年夏天第一次在露天电影场灯光下看到的那样漂亮。

"喜存，你，你赶紧娶了我吧。"声音很轻，轻得几乎听不见。

喜存没有直接回答，他深深叹了口气，把目光从桃花身上移开，眼睛瞅着搁在墙角的暖水瓶。他觉得那暖水瓶正在看着自己，眼睁睁替桃花等待他的回答。房子里一片寂静，除了暖水瓶那"丝——丝——"泄气的声儿。

过了一会儿，喜存再次深深叹了口气，开口道"桃花，你可是真的爱我?"

"你啥意思呀?"桃花一脸愁云，抬头望着喜存，现出一副急切期待的神情。

"桃花，这辈子你就恨我吧。"喜存瞅着桃花，顿了顿接着道："听我一句，你把这孩子打掉去。”声音小得就像是一张压在屁股底下的嘴发出来的。

“喜存，你怎么能说出这样的话呢？你不是给我说好好的，你会娶我的吗？”

喜存什么话都没说，跪下了。

他先是狠狠扇了自己两个耳刮子，然后给桃花述说实情：“桃花，你一定要相信，我爱你绝对是真的，可是我没有想到你怎么就糊里糊涂给怀上了。”

“你这啥话么？怎么是我糊里糊涂……”

停了一会儿，喜存接着道：“事已至此，我只有把实话告诉你了。其实我，我，”他眼皮抬起来看了桃花一眼“我已经结婚了。她是家里大人以前给我们包办的，我和她一点感情都没有。自从见到你，我就没办法地爱上了。我以前瞒着不愿意告诉你，是真的怕失去你，再说你还小，还不满二十岁。我是想着怎么把家里的那个离掉了，就和你结婚，可不巧的是，那时候她已经怀上我们的女儿了，我一时没有办法……”

桃花顿觉五雷轰顶。

她终于哭出了声，转身想要逃出喜存的办公室。

喜存一把拽住桃花的胳膊：“桃花，你听我说，这事儿你先等一等，让我想办法，咱们千万不能让别人知道，否则我的这点前程就彻底完蛋了。”

桃花像是什么都没有听见。挂着一脸的泪水，像逃难一样，冲出了喜存的房间。

2

一个多月后，在一个叫柳家河的地方，桃花病倒了。

她发着高烧，拖着疲惫不堪的身子，在一座打麦场的麦草堆里躺了两天。迷迷糊糊中，这一个多月来的经历，像做过的噩梦一样浮现在她的眼前。

那天从梁喜存办公的房子里出来，一时间只觉得眼前的世界变得昏天暗地。懵懵懂懂脑子一片空白的她，一出门刚到公路就差点撞到一辆迎面疯驶过来的东风卡车。那司机停下车来，凶神恶煞般破口大骂：“你妈来个×的，你想死，你爸我还想活呢！”骂完了，一看桃花木头一样没反应，司机这才发现自己原来遇上了精神病人，立即跳上车，马达轰隆一声，飞了，屁股后扬起一路尘土。

桃花心想，当时真要被那车撞死就好了。被车撞死，一了百了，她一定会感谢那个司机。

回到家的那个晚上，桃花整整一夜没有合眼。她越想越可怕，觉得一切就像是一场噩梦，而自己就像是刚刚从噩梦中醒来。她不知道该怎么办，不知道这以后的日子自己该怎么活。

她想到了死。尽管从小就胆小怕事，可这一回，谁要给她指点个合适的死法，她毫不惧怕。拿根麻绳吊死在河坝里那颗大柳树上，或是直接从门前不远处十丈高的悬崖上跳下去，或是喝上一碗家里拌种籽用的敌敌畏六六粉，都可以。死，她一点都不怕，但是她不能那样做——打小孝敬父母孝敬爷爷奶奶的她，那样一死，家里的人拿什么由头给村子里人一个说法？在这不大不小的村子里，爷爷奶奶大大妈妈，一辈子可都是有头有脸的人。

想来想去，直到鸡叫头遍的时候，她终于做出了一个两全的决定——离家出走。

天刚亮，她带了自己这两年攒下的 20 块钱，手巾里包了一块妈妈夜里烙的苞谷面发糕，悄悄离了家。

她先是坐长途汽车到了平凉，从那开始讨饭。一路乞讨，最后来到宁夏，来到这个叫柳家河的地方……

躺在麦草堆里，高烧不退，浑身发冷，病情越来越重。有一阵，她觉得自己可能真的要死了，而且那一阵她自己也特别想死。

周围从没有过的寂静。像是整个世界都没有人想象得到，在这个叫柳家河的地方，在这麦草堆里，躺着一个还这么年轻却在等死的姑娘……

桃花绝望地躺着，迷迷糊糊听着外面的宁静。她觉得自己这只像是木头一样的脑袋开始变得特别大，整个身体不像是自己的，浑身上下如同乱针在扎，没有一丁点让她觉得舒服的地方。近乎一片杂乱的脑子中，一刻不停地像是交错着缠绕着布满了细细的铁丝网，有好多萤火虫一样的小眼睛在铁丝网间不停地挤眉溜眼眨动着、眨动着。她好像看到了那个已经死了的倒在地上的自己，忽而又掠过一丝曾经的记忆。想着想着，她昏沉沉睡过去了……

她从来没有做过这么长时间的梦，也没有做过这么长这么杂乱的梦。

她最先看见的是自己家门前的那条小河，河边开满了姹紫嫣红的各色小花，潮湿的水草滩边生长着一簇一簇的阔叶冬花草。打小就有的汩汩流淌的清清河水，时不时就能看见的小鱼，一切都是那么可爱。可是当她走近河边的时候，突然发现一切全都变了。河边的小花不见了，河水开始迅速地由清澈到浑浊到干涸，一条小小的鱼儿在一滩淤泥里无望地摆动着自己可怜的尾巴……远处，一个佝偻的身影正在朝着自己走来，她一眼认出那是妈妈。妈妈的背上压着沉重的一捆新割的紫苜蓿，因为弯着腰，没有看见自己的女儿……她快速躲到那颗歪脖子大柳树背后，不让妈妈看见。她的心跳得嘭嘭嘭直响，心里害怕极了……忽然听见身后有瑟瑟缩缩的响动，一转身，发现身后站着一个不记得是小时候哪个戏里曾看见过的黑毛大汉，一个面目狰狞的强盗。强盗龇着牙朝她微笑，可那笑比哭还要可怕！强盗一边微笑一边把自己的脸皮从下巴处朝上，刺啦一把撕扯下来。桃花的心一阵抽搐——定眼一看，眼前的强盗不是别人，正是那个梁喜存……

她“啊——”的一声惊叫，从梦中醒来。

桃花发现自己湿淋淋的满身大汗，躺在一家陌生人的炕上。

“女子，可怜的娃呀，你终于醒来了，”炕沿边的老奶奶对她说“你都迷糊快两天两夜了。”

桃花浑身乏力，疲惫得说不出话来，她望着眼前慈眉善目的老人，眼泪不由自主地流淌出来。

从昏迷中醒来的桃花，隐隐约约能想起此前梦中的一切——家里门前的小河，还有妈妈弯曲的身影，像是在轻轻呼唤着她。

小河在呼唤，家里的亲人在呼唤。听着流淌在心里的亲切的声音，桃花不想死了。

眼泪，流不完的眼泪，想要把自己的过去清洗一遍……

3

从老奶奶的讲述中，桃花知道了自己得救的经过以及恩人老奶奶家的大致情况。老人的小儿子和儿媳妇都去内蒙的黑河打工了，等到地里的庄稼熟了的时候，他们才会回来，眼下家里就剩下老奶奶和还在上小学的孙儿。孙子那天去打麦场给奶奶取烧炕的麦草，发现了身上盖着麦草躺在那里处于昏迷中的桃花，赶紧跑回家告诉奶奶。

看见躺在麦草堆里的桃花，小孙子望着奶奶，轻轻说：“奶奶，这个姐姐病了，咱们把她背到家去吧。”善良的奶奶赶紧唤来一位邻居，将桃花背到了自己家，并给她请来了医生……

昏迷中过了两天两夜，在医生的救治和这家奶奶孙子的精心照料下，桃花终于从昏睡的噩梦中苏醒过来了。

听了奶奶的讲述，面对这么善良的祖孙二人，桃花不知道该怎样感谢这善良的祖孙恩人。她将自己的得救，看作是老天爷的恩情，是老天让她命不该绝。

“娃呀，看你长得这么心疼这么俊俏的，怎么会一个人跑出来讨吃要喝？一定是有甚缘由吧？跟爸妈斗气了不是？”

老人家这么一问，桃花心头的委屈又开始不由自主地翻腾起来了，一肚子委屈的眼泪止不住哗啦啦往下淌。老人一看这光景，看出这娃心上装着大麻烦呢，也就不再往下问了。

过了两天，面对着善良跟自己的亲奶奶一样的老人家，心存感激的桃花，将自己的身世和憋闷在心里的遭遇，一股脑全都告诉了老人家。

听了桃花的述说，老奶奶深深叹口气，把能说的、能想起来的所有开导和安慰桃花的话，全给她说了。老人家体谅桃花心头的苦楚，就更加地关心和疼爱起这个不幸的娃娃了。

这可真是少有的一家善良人，是桃花今生不能忘记的一户人家。你看，就连他们家养的那条大黄狗也都是一样的善良——有的狗，真是比人还要有灵性的。老奶奶家的这条大黄狗，就是这样。看见大病初愈的桃花过去，大黄狗只是习惯性地轻轻“汪”了一声，然后静静望着她，随即便开始友好地摇起自己的尾巴，再也没有叫一声。

在老奶奶的精心关照下，几天之后桃花身体恢复了，她告诉奶奶，她打算回家。说是回家，其实是要继续在外乞讨——老奶奶待她再好，可她一直住在这里总不是回事儿啊。

“桃花，”老奶奶一脸和善地对桃花说“有句话，我不知道当说不当说？”

“奶奶，您说吧，您还有啥当不当的。”

“那我就说了，如果说错了，你就当奶奶啥都没有说昂。”

“奶奶，您老人家待我这么好，您就像是我的亲奶奶一样，您老人家有啥话就说吧。”

“是这样，我一个邻居，早先里给我提起过，她娘家有个侄子，谈下的个对象后来跟别人走了，如今老大不小还没有娶上媳妇。我这两天想着，如果你觉得有意，我不妨跟她说说，如果你觉得合适，你们就见见面，看你能不能看得上？”

桃花一万个没有想过，在自己走投无路逃难的路上，昏天暗地的她，还会有心思盘算这样的事。她一时真不知道该怎么回答一片好心的老奶奶。“奶奶，您老人家的好心我领了，可是你看看我是这个样子，我……还是算了吧。”

老奶奶知道桃花的心思——她是为难在自己肚子里的孩子。

“桃花，你这么善良懂事的娃，长得又这么好看，谁要能娶得上你，那要看他的造化呢。”听了会儿，老奶奶接着道“邻居的娘家侄子，我虽然没见过，但听他姑说，她侄子人蛮老实，我才想到给你提这档子事。”

一时间，桃花只觉得自己的脑子乱成了一团柴草。

“娃，你不要为难，奶奶我也就这么一说，不愿意就当没这回事。”

“奶奶”桃花想了一阵，此前的表情不见了“要不，我们见见吧。”

人的命真是天注定，此话一点不假。

老奶奶把桃花的情况给邻居大妈说了，邻居说让她先见见，先看上一眼桃花再说。

没想到，见了桃花，那大妈当下喜得合不拢嘴，一眼就看上了。左右一掂量，这个当姑姑心窝里的满意直接窜上了头。心想，这女娃就是领着一个孩子也没事。更不用说这娃还在肚子里。肚子里的娃，生下来不就名正言顺是她侄子的娃了吗?

大妈当天晚上就乐颠颠跑到娘家去了。

第二天一大早，桃花在老奶奶家见到了那个比自己大六岁的小伙子——她的人生就这样，于一夜之间又出乎预料地转了一个弯。

4

我只想活下去——这是阎王爷门上转了一圈之后，桃花唯一的念想。

有了邻居大妈一片真诚的耐心说服、劝导，再想想自己的境况，桃花决定听从这位大妈的劝说，嫁给她的大侄子——比桃花大六岁的望来。

按法律规矩结婚，对于桃花成了一件麻烦的事：结婚要户口要证明，这是桃花根本不可能办得到的，因为她坚决不能让家里人知道这回事。面对这样一个状况，没有结婚证，望来家怕被别人说是拐卖人口，但看着这么好的姑娘，不光是望来，望来家里的所有人，都不愿意放弃。于是，不敢登记的一对男女，双方协议，暂时就这样不明不白地住下了，扯结婚证的事儿，以后再说。

望来的模样还算好看，人也老实。可生活在一起，桃花发现这个寡言少语性格内向的男人，有大麻烦——望来是先天的性功能丧失。

他们成了名存实亡的夫妻。

开始，桃花并没有把这事看得太严重。在遭受了和梁喜存的感情灾难之后，她想起男女之间的事儿，心里怀有一种强烈的逆反和厌恶感。她满以为这种厌恶感会永远伴随着她，永远地持续下去，以后根本不需要“男人”。

可是她错了。当生活一天天平静下来，每天晚上面对着躺在自己身边的“假男人”，她的心头慢慢生长着一种好似猫爪一样的焦虑。这种焦虑，在一天胜似一天地悄悄生长着，直至后来有一天，她终于在心底里偷偷问自己：桃花，你是不是没法跟一个假男人过下去?

即便这样，桃花还是一次次地说服和安慰自己。夫妻生活男女之事，没有就没有吧，反正自己已经有了这个女儿，外人眼里看着也是个完完整整家的样子，就这样过下去吧，可以了。但最终，她的心里还是折腾得没法凑合不下去了。

桃花将这一切看作是老天对她的惩罚，可看在善良的婆婆面子上，她还是硬撑着，在这个家里过了三年。积压在心头的火焰一样的焦虑，让她对自己的“男人”越来越失望。

桃花觉得自己心里的一堆无名之火在昼夜不息地燃烧着。她觉得自己一天天变得完全不像是从前的那个桃花了。她的心里，她的身体里，觉得没有一处合适的地方，就像是得了某种难以言表的病一样。她终于明白，自己的生活里，需要一个“正常的男人”——她明明白白地告诉自己：桃花，你是这样年轻，如果老天公平，它应该让你有一份属于自己的生活——长眼睛的老天爷没有权力让你这样过下去。

想了好久，她终于把积压在心底的话给自己的男人说了出来。不出所料，她的丈夫坚决不同意。

从他娘肚子里出来几十年寡言少语的望来，换了个人儿似的，暴跳如雷，突然变得很凶的样子。最让桃花受不了的一句话是“想想你的来路吧，这家里对得起你！想找男人睡觉我可以不管，想要离开我，你别想!”

桃花意识到，跟这个男人商量肯定不会有任何结果的。这时，她开始庆幸，幸亏他们并没有领过结婚证。

桃花最终是抱着不到三岁的女儿，趁望来外出打工的机会逃出来的。

那个凌晨，四周一片寂静。收拾停当临出门的时候，桃花突然改变主意

——她将已经包在衣服里的两千块钱，留给了这个自己生活了三年的家。两千块钱对桃花来说是个大数目，那是这三年来她卖枸杞药材积攒下来的，但是想到善待过自己的婆婆，她毅然决然地把这些钱留下了。她小心翼翼地把钱压在叠好的被子夹层里，心想只要拉动被子，钱就会掉出来。

5

对于桃花来说，三年是老天让她经受磨炼的岁月。走过了这三年，一旦有了回家的这份勇气，那些记忆中曾经有过的让她生不如死的痛苦和压力，仿佛全都放下了。

桃花回来，是家里所有亲人从来没敢奢望的事。他们全都以为桃花早已经不在这个世上了。

抱着女儿跪在妈妈面前的那一刻，桃花妈已经完全意识到了自己的女儿为啥消失的原因。

回到家，回到娘的膝下，被亲情包裹的桃花，悲喜交加，十天八夜一肚子说不完的愧疚和伤心。最让桃花痛苦得不能原谅自己的，是今生再也看不到从小疼爱她的父亲了。这三年，家里人千方百计地寻找她，可始终都是杳无音信，最终只好放弃。他们认定桃花早已不在这个世上了。父亲为此急得得了脑溢血。偏瘫的父亲，病入膏肓的日子，望着自己的老伴儿，老泪横流，留下的临终遗言是："如果有一天咱女儿回来了，你不要责怪我的娃……"

桃花，回想自己三年的人生，一切就像噩梦一场，不堪回首。

受命运眷顾，一年后，桃花迎来了自己新的人生——桃花的堂嫂，一见桃花回来，再一看如今桃花的光景，前后左右一权衡，即刻八面周旋着，把桃花介绍给了自己的娘家小兄弟福来。

一朝被蛇咬，十年怕井绳。一开始，桃花着实有些心悸。她谢过嫂子的好意，一口拒绝——"望来"换了个"福来"，"娘家侄子"变成了"娘家弟弟"，她觉得这像是命运在故意捉弄她。更不用说，这个福来又是一个被女孩子甩掉的人，自己会能耐到哪里？他若真能耐，订了婚的对象，外出打工就能随便跟上别人一走了之？唉，这老天爷难道又要跟自己开玩笑，作弄自己一场？

这会，桃花的顾虑还真是多余了——在经受了传奇一般的人生磨难以后，这一次，她是真的找到了自己心所期待的归宿。

堂嫂的弟弟是一个聪明能干的养蜂专业户。

“福来，你这么干散麻利一个小伙子，那女孩怎么会跟上别人走呢?”看着福来那双显然是满心喜欢全心满意的眼睛，桃花不无大胆地问道。

“这个，唉，就不说了吧，反正，你比他还好。”福来说着，忍不住笑了，笑脸中流淌出透心的幸福。

“说吧，我想听呢。”声音温顺的桃花微笑着。

“想听，那我就给你说说。”福来轻轻叹口气“那姑娘是我的姑舅表妹，家里打小给我们俩定的娃娃亲。她上过两年初中，人长得俊俏。他哥，也就是我的姑舅表兄在省城当干部。她给哥哥去看小孩，城里待了两年，眼界宽了，遇上了他哥单位开车的司机，人家条件好。”停了停接着道“前年她和那男的回来，我见了，人变得洋气得我都认不出来了。人往高处走，我不怪她……”

一听福来这么说，桃花再没往下去问。

俩人领取结婚证的先一天晚上，心里乐开花的未婚夫李福来不无神秘地给桃花讲了童年第一次遇到她的故事：小时候去姐姐家，跟着还东西的姐姐到了亲房家，也就是桃花家。桃花的父亲把一颗大大的红苹果“咔嚓”一声脆生生掰成两半，一半给了桃花，一半让桃花给了福来……那年桃花不到六岁，而福来快十岁了。

桃花知道福来的这个故事不是胡诌的，因为她隐隐约约能够想起此事，可让她怎么都没有想到的是，那个眼睛大大的小男孩，竟然就是自己今生要依靠的男人。她突然觉得，眼前的这个福来是那么英俊、那么好啊……

一股被浓浓的蜜糖拌过的甜美和暖意，像清泉一样从桃花的心上哗啦啦流过，她的心按捺不住咚咚咚跳起来……人的一生啊，一切都是冥冥之中命定了的。

只读过小学的桃花，一句深信不疑的词儿，一脸清新地跳跃在她的眼前——春暖花开，冬去春来。

结婚的那个晚上，福来瞅着桃花，半晌，笑吟吟说了这么几句：“桃花，你不知道你笑起来有多么好看，好得就像是一朵才开的牡丹花。真是做梦都不敢想，这辈子，福来能娶上你这么心疼的一个媳妇。我前世修来的命怎么这么好啊……”

从说话的声音里，桃花知道福来说的全都是心底里的话。她把脸蛋紧紧贴在福来的心口上，轻声道：“福来，你日后怎么打算的，我是说咱们往后的日子？”

“这个，见到你的那天我早就想好了，咱俩一起出去养蜂。我们再添置几十箱，扩大规模，你可别嫌辛苦啊。孩子距离上学还有几年，先由爷爷奶奶看着……”

“福来，太好了，跟你在一起，没有辛苦……”

不知是两只什么夜不归宿的鸟儿在外面呼应着又说又笑，心花怒放地唱着夜歌，和鸟儿一样心花怒放的桃花，心里浇了蜜一样钻进福来的怀里。两颗喜上眉梢的心，咚咚咚咚咚，喜笑颜开地跳着……

福来紧紧地抱着他的“心疼得要命”的桃花，心里绵软得就像是桃花的身子……

不知啥时候开始，外面滴滴答答下起了润物的细雨。

已经好久不下雨了，这久违的雨滴声，好是个清新爽人。夜鸟儿不笑了，换成了夜莺婉转的、青叶细杆儿的美妙歌声——可是，这山里哪来的夜莺呢？真是太新奇了。

雨滴声越来越清脆，一种滋润温软的气息，从门缝里悄悄钻进来，甜丝丝地弥漫了福来和桃花的整个屋子……

2014－03－13 简要提纲

2016－03－31 完成初稿

秋 莲

再好的女人，一旦栓死在
这山沟里，再别说是走出去见见外头的
世面，恐怕连外面世界的脚丫子也难得梦见一回。
——题记

引子

在望不到尽头的绿色林带覆盖的桃花岭北侧，在那一大片茂盛的酸枣刺旁边，常青遇见了故事里的男主人公。

他扛着那副至少三代人用过、早已上了年岁的榆木扁担，衣衫褴褛，驼着背，腰弯得像一张弓，步履缓慢地朝常青迎面走来。

下意识里，常青觉得来者似乎是一位熟人。于是停下脚步，仔细地瞅瞅。可是直到距离三两米的时候，对方那曾经的模样，好不容易才从常青盯着瞅了又瞅的那张脸面的背后，显影一般慢悠悠浮现出来。

他是何占魁。

何占魁年长常青十一二岁。他们两家原本没有任何瓜葛，但从拐了七道梁八道湾的远房亲戚那里，他们竟然曲里拐弯攀上了亲戚，常青和他算同辈。

真的没法相信，记忆中那个浓眉大眼、不无英俊又血气方刚的汉子，如今竟会落魄成眼下这般惨不忍睹的光景。勉强五十的人，看上去像是早已六十出了头。字典上“沧桑”那个词，像是专门准备给他的。

“啊呀——哪搭的风把你吹到这山上了！我能把你碰见，不容易，不容易啊——”音调中含着一丝亲切，更饱含着挡不住的疲惫“唉，碰得好，碰得好，咱哥俩在这坐上一会。”他一边说着，一边顺势将肩上的扁担放在一旁，坐了下来。

看着何占魁的穿着模样，使得常青的脑子一时难以清整下来跟他说话——若是放在二三十年前，乡下人穿这么破的衣服，或许没人觉得奇怪，可在当下，竟然有人穿这么破的衣服，可真是不多见了，说句不好听的话，简直就是对时代和社会的不满。

何占魁的上衣，从下半截能看得出是蓝色，而上半段早被厚厚的、硬邦邦的汗渍和尘土糨糊得看不出底色了。裤子上两个膝盖处难看的补丁，用了颜色形状不一样的两块破布，从粗糙的针脚看得出八成是他自己缝的，补丁的下方又破了，泛着棕褐色的干枯的皮肉露在外面。套在脚上的一双属于上世纪的可怜兮兮的球鞋，右脚的大拇指和那显然放任自流信天游生长着的、因瘀血而变得青紫的脚趾甲，不知羞耻地裸露在外面。一切，俨然就像是某个电影里被化妆师刻意打扮成的标准叫花子模样。

坐了下来，常青刚刚问了没半句，何占魁便大声接过了常青的话茬——这老哥给常青说的第一句话是："唉，我的好兄弟，老哥如今把日子过到苦处了……"

常青三年前回过家乡一趟，但那次没有遇见何占魁。常青少说已经有十年没有见过他了。没想到，今天一到这里便遇见了他，缘分。见到何占魁，昔日的往事——亲历的，道听途说的，尽现常青眼前。

1

六十年代末，那个落了厚雪的春节深深留在常青的记忆里，想必也留在了同村很多人的记忆里。留在记忆里的原因，一是因为那年的春节下了那场足有一尺厚的雪，而且那雪好像比以往任何时候的都要白，白得眼睛根本就睁不开——等常青后来长大了一些，懂得了一点科学方才明白，那是因为天气太晴朗，空气质量太好。在他们那样的山里，两天两夜下了那样的大雪，然后出了太阳，天上变得瓦蓝瓦蓝，地上的雪便就耀得再也睁不开眼了。留在记忆里的第二个原因，也是最主要的原因，便是那个春节村子下河里何家举办的那场喜庆空前的婚礼，和那同样为了那场婚礼而特别请来的社火表演。

娶新娘的喜庆日子定在正月初四。那时的农村人，从除夕开始一直到正月十五以前一直在过年，正月初四跟初一相比，年味儿浓得没有丝毫两样。由于这桩喜事，那天从一大早开始，喜庆的气氛仿佛笼罩了整个村庄。也就是从那一天开始，常青的印象和记忆里从此坚决地固执地认为，娶新娘必须得在过年的时候，而且必须得在地上积了一尺或至少半尺厚雪的日子里。只有在地上积了那样厚雪的时候，那穿着大红棉袄的新娘，才会被大地上的洁白映照得格外好看。

记忆中那天的情景就是这样，红红的新娘骑在精心打扮披了红戴了花的毛驴的背上。毛驴由穿了新湛湛一身蓝制服的新郎何占魁牵着，新娘由一位穿着得体仪态持重的长者在一边小心翼翼地扶着。嘎吱嘎吱，人和毛驴踩着地上洁白的雪，一路走来，像是在演电影，甚至比演电影还要好看。在常青的心目中，穿着大红棉袄严严实实罩着红盖头的新娘，从进入视线的一刻开始，早已被他毫无商量地幻化成了祖母故事里的那个天仙女。

之所以大肆描述这场婚礼，是因为这场充满喜庆的、在常青的记忆里第一次留下如此铭心记忆的婚礼，多多少少跟常青有点瓜葛。

山里人有个习俗，小孩子换牙，假如过了好几个月还不见新牙长出来，就必须得让村子里刚刚娶进门的新媳妇，而且必须是没有揭开盖头的新媳妇，用她的右手食指在小孩的豁牙缝儿里那么轻轻一摸，过不了多久，新牙就会神奇地长出来。

常青“有幸”掉了一颗门牙。一年多过去了，快十岁的他却死活不见那新牙长出来。这不，恰好遇到何家娶媳妇，于是，娶新娘的前一天晚上，临时家庭会议上由奶奶慎重决定，让小姑领着常青，第二天去何家让新娘子替他“摸牙”。

常青是有名的天生胆小没出息，说心里话，看看新娘子倒是一百个的愿意，可是想到让人家新娘子用手指头摸他的豁牙，常青就觉得当下羞得喘不过气来。毫无疑问，那是常青记忆中第一件觉得羞死人的事情。但是，牙长不出来总归是一件大事，既难看，说话还漏风。权衡着想来想去，最后只好怀着极其矛盾和羞怯的心理，硬着头皮去了何占魁家。

到了新娘的屋子，望着端坐在炕上盖着大红绸被的新娘，望着顶了红盖头的新娘，常青感到神秘又好奇，一时竟然忘了羞怯，忘了自己来这干啥来了。可一边的姑姑朝常青笑着推了一下的那一刻，常青突然回到现实，想起自己将要面临的“大麻烦”。

没想到，新娘子还真是挺大方，听说要给一个小男孩摸豁牙，自己竟然忍不住“咯咯咯”笑了起来。她边笑边用双手轻轻撩起盖头，看着常青，自己像是突然害羞起来，哗啦放下盖头，不吱声儿了。过了好一阵，在婆婆劝说下，她才伸出右手，用那个细细的食指替常青摸牙。你可以想象，新娘罩着盖头，怎么才能摸到常青的豁牙缝缝？她好像蛮紧张的样子，手指在常青的整个嘴里一阵乱摸，啊吆吆，老天爷……

常青只记得，当时的他差点没被羞死，甚至看见自己那一阵已经死了。可是常青毕竟还是没被羞死，只是觉得自己的魂儿暂时出了窍。常青无意间透过贴着窗花的一块玻璃，看看斜对面屋顶上厚厚的积雪，一时间觉得那原本白花花的积雪，此刻竟变成了红色或黑色。至于自己是什么时候坐到炕上，怎样坐到炕上，坐到了新娘身边，一概记不得了……

从暂时的羞死中缓过劲儿来的常青，只记得，那位自己掀起盖头的新娘，是一个模样十分好看、俊俏得像画儿里的女孩一样的新娘子，她的名字叫秋莲。

不无神奇的是，被新娘子摸过的豁牙，没多久便真的长出了一颗新牙……

几天后，在何家大院子里举办的那场堪称场面壮观的社火，深深留在常青的记忆里。那一路蜿蜒着鱼贯而行随后又鱼贯进入何家大院的，好像是数十上百造型各异的大红灯笼。就是在那个晚上，在那么多大红灯笼映照下，常青再次看到了新娘，看到了那张被红灯笼照得白里透粉的俊俏脸庞，还有那娇美得合不拢嘴的年轻笑容。那一刻，常青不由自主地想，等自己将来长大了，也一定要娶这么一个漂亮的新娘，那是必须的。

锣鼓在敲在响，秧歌在扭在唱，红红的灯笼在轻轻荡漾，可是在常青幼小却充满了奇异幻想的心里，这美妙的一切，像是在梦里，而不是发生在他们这样一个小山村里。

记忆里，如此好看的社火，仿佛只有那一夜才有。无论此前此后，常青再也没有看到过那样好看的社火……

2

过了约莫七八年，常青中学毕业了。外出奔前程之前，在庄稼地里劳动了一年时间。那时的劳动，货真价实的辛苦，整修水平梯田，且在好几里外的一个村子里，每天要走上好一段路程。

正是在劳动的路上，常青才算真正认识了这位叫秋莲的女人。秋莲性格异常热情开朗，算得上天生善良多情的好女子。多年后，常青禁不住一次次这样想：秋莲若是当一个电影演员，那该是另一个红河谷中那位美丽迷人的藏族女子。只可惜一时走了神的老天爷把这样一位要啥有啥的女子投错了胎，稀里马虎撂在那样的一个深山旮里。再好的女人，一旦栓死在这山沟里，再别说是走出去见见外头的世面，恐怕连外面世界的脚丫子也难得梦见一回。

“大学生，还记得我给你摸牙的事不?”有一回，秋莲故意开玩笑这样问常青。边问边看了常青一眼，她自己先哈哈哈笑了。

“记得”常青笑着小声回答她，觉得有点难为情，没好意思转身看她。见常青不好意思，秋莲又一次笑了。

常青不仅打小有一副天生脆亮的好歌喉，而且有着天然的好乐感，唱起歌来人人爱听。常青的众多歌迷中，秋莲嫂子肯定要算一个。她十分爱听常青唱歌，所以每回收工的路上，总喜欢和常青一起走。走在一起，时不时就要听常青唱歌，唱山歌，漫花儿，唱那个年月的抒情歌曲“春风最暖”和“万泉河”什么的，有时也会唱上一两段样板戏中李玉和或阿庆嫂的秦腔。秋莲一直夸奖常青的花儿唱得好唱得有味道，说常青唱得比邻村那个回族小伙子优素福的还要好听。对此，常青是从来都不敢苟同，因为在常青心目中，优素福是他最最佩服的歌手，他的花儿绝不含糊。听优素福的歌，你会激动得浑身酥麻，那份清脆那份悠扬迷人，远超过收音机上的歌唱家。所以常青听见秋莲拿自己跟优素福相比的时候，真是觉得有点不好意思。

有时候，她也会跟常青说说成年大人们说的话。记忆最深的一次，是她跟常青说了她的一个梦。

“你说人的睡梦有时咋那么有意思？白天想梦到的人，夜里却梦不见；从不想的人，却偏偏就梦见了。比如，我白天想着把一个人梦见，可是夜里梦到的却是八竿子打不着的牛万福老汉，哈哈哈哈哈，太奇怪了，唉!”说着，一片红晕飞上她的两腮……

当时，因为听故事的常青，才十六七岁，年纪尚小，着实有点不好意思。记得当时听了她的故事，觉得脸红心跳，一路上再也没好意思看她……

数年之后，大学毕业参加工作的常青已在外地的政府部门当上“大干部”了——家乡人把外面工作的人一概叫“大干部”。有次回家，山湾的泉边树荫下，常青远远望见一身素装正在挑水的秋莲。常青和秋莲隔着远远的距离，高声大嗓地聊了几句。离得百八十米远，常青只听见秋莲的声音，没法看清她的脸上变成了啥模样。单凭秋莲那身素装，常青觉得有种淡淡的凄然在不声不响地爬上他的心头。

万没想到的是，这竟然是常青最后一次见到秋莲嫂子。

3

不远不近的邻村有一个打小就让大人们时而点头竖拇指，时而摇头摆手的小伙子。小伙子姓南，名耀华。南耀华是一个聪明之极却又很多时候都没法管得住自己的半个浪荡子。可就是这个浪荡子，天生从不缺少女人缘，远处近处好多大姑娘小媳妇，都蛮喜欢他。城里人有句俗话：小伙儿不坏姑娘不爱，这话在山里乡下也应验。

常青的印象中，南耀华年轻英俊，自学成才拉一手好二胡，一些小手工活也做得好，干活麻利，手脚敏捷。南耀华天生具备翻墙爬树的轻功。若要不信，你就看看他燕子一般的敏捷身手：轻轻一搭手，两根或最多三根指头轻轻扶一下，就能“蹭——”地一下，从七尺高的墙上翻过去。常青亲眼看见过他爬树，那个干散利索劲儿，可以跟老何家那只大花猫相比，真是令人赞叹。

耀华的这番身手，常青称赞，人人羡慕，何占魁也羡慕。何占魁和南耀华俩人同样的年轻力壮，曾经比过劲儿，不相上下，好长一段时光，两人算得上是蛮要好的朋友，但后来被一个拉闲话的多了一句嘴，从此一切变了味儿：“小心，让南耀华一搭手，‘蹭’地一下从你家院墙上翻进去。”

这句话，真是说坏了。从那以后，何占魁心生芥蒂，他俩人彼此心里都长上疙瘩了。现在想起来，这南耀华肯定是老天爷给秋莲派来的灾星，是她前世的冤家对头。

据说这浪子爱慕秋莲还真是爱到了魂不守舍、上天入地。话虽这么说，但一切最终只是传言，只是“据说”，因为没有任何的人证物证，证明他们之间曾经发生过什么故事。

据何占魁说，有天晚上，在外面打工半月披星戴月回到家的他，半天敲门不开，油煎一般心急火燎等到门开了，发现一个“有点眼熟”的身影，在下院苹果树那儿，像鬼的影子一样从墙上飞过去了……

再三拷问，老婆自然是死不承认，所以到了了也没人可以证实，“鬼翻墙”一事是真还是子虚乌有。有人认为是何占魁疑心太重出现的幻觉。总之，从那之后，何占魁像是幽魂俯身一般动辄找自己老婆的麻烦，再也没有消停过，隔三岔五总会整出一点好看的给左邻右舍看新鲜。

一次，老婆煮了一锅排骨，何占魁逢人就说，他根本没有吃上几口，出门半日，等回来好吃的排骨不见了。他一口咬定，是那臭婆娘给那姓南的飞鬼野汉子吃了；又一回，何占魁将整篮子白花花的馒头底朝天倒进沟里，说是这些馒头是给那打算外出的野汉子蒸的。从那时起，秋莲的生活发生了巨大的变化。她再也不敢穿好看的衣服，只要穿上一件颜色比较靓活的衣服，何占魁就说是穿给她那野汉子看的。心里越来越扭曲的何占魁，整个变了个人似的，过去的男子汉样在他身上越来越找不见了，大家看到的，是一个隔三岔五“修理”“整治”老婆的凶神恶煞。

有一阵，一位邻人实在看不下去了，将何占魁肆意虐待老婆的恶行报告给村上的干部。几位村干部轮番做工作，不大见效，直至采取经济处罚才略有收敛。可没过多久，一切又恢复了原样。不知道何占魁从哪里探听到“管闲事”的邻居，把那人挡在路上硬要问个明白，吓得那人好一阵躲着何占魁。一看这般架势，村里人再也没有人敢管何家的“家务闲事”了，“教训”老婆完全成了何占魁的家常便饭。有人说，何占魁是患了失心疯，得了妄想型精神病了。

4

那年端午节上午，是何占魁打老婆打得最凶的一次。秋莲被打得浑身青紫，惨不忍睹，三天水米未下，彻底起不来床了。

三天后的那个中午，何占魁做了个梦，说梦里来了一个有头无脸一身黑衣的道人告诉他：你家婆娘让扫把星附身了，必须请来大法师做法。梦中醒来，何占魁将梦中的一切仔细回忆一遍，决定搞搞迷信。他托人请来了半医半巫胡吹冒料装神弄鬼远近闻名的胡半仙，做法。

胡半仙名不虚传。从午夜子时一刻开始，念念有词烧过三张黄表之后，先是给秋莲的鼻子两侧及两个虎口穴位各关了两根银针，然后一个劲翻着白眼，嘴里咪里哇啦重又开始念念有词。念毕，大喊一声，两手空中乱抓一番，随即又抄起手边准备好的一把箩面用的箩儿和一把明晃晃的菜刀，像舞狮一般开始急急惶惶舞动起来，动作夸张熟练、花样繁多，从屋里折腾到院子里又从院子里折腾到屋子里，进进出出前后整整折腾了一个时辰，那副煞有介事的神情和玄虚表演，让几个跪在院子里陪着做法眼冒金花的人，现场领受了胡半仙的高招，似乎真的感觉胡半仙把那绿毛红胡子的厉鬼给拾掇到当院的清水盆里了。

胡半仙做法绝不能说做得不彻底。可问题是，一周过去了，秋莲的状况依旧不见半点起色，且一天不如一天。牛万福老汉是村子里有名望的老者，也是出了名的热心人，两年前因为劝阻何占魁的虐妻行为而遭到过何的破口辱骂。老汉到底是有心胸的人，于事于人不计前嫌。这次他实在看不下去了，于是又提着自己一张老脸，跑到何占魁家，把事情的严重性和该说的话，认真仔细地说了一遍，劝何占魁无论如何必须送秋莲上医院。

经合计，何占魁决定让自己从小惯坏了的、三天两头不着家的儿子狗胜和他的姑舅表弟顶柱，用架子车送他娘去医院。出门前何占魁给儿子又叮嘱一遍："就到乡卫生院，千万不要去县城，你老子没那么多钱。不行就拉回来，该死该活那得看她的造化。"

秋莲送到乡卫生院已是太阳落山的时辰了。卫生院大夫一看，病情挺严重，根本不是乡卫生院能诊治得了的。医生告诉狗胜，先在卫生院力所能及地治疗一宿，次日一早，必须赶紧送病人去县医院。

5

想了一夜。第二天一早，狗胜决定把他娘拉回家去。

"那怎么行？你咋能这样，你看舅妈都病成啥样了，还能把她拉回家去啊？"顶柱有点生气的样子。他比狗胜小半岁，但从小懂得孝敬老人。

"我老子不是说了吗，乡上卫生院不行就回来。"

"狗胜，她还是你妈吗？你这当儿子的咋就这么心狠呢？"看着狗胜对待自己的亲娘竟是这个样子，将心比心，顶柱想起了自己的亲娘。顶柱心想，若是自己的娘病成这样，他这做儿子的不知道会有多心急。他真是不理解，这个狗胜咋会是这样。顶柱越想就越是气不打一处来。

一看表弟的脸色和口气，狗胜脸上掠过一丝愧意，终于决定送他娘去县城医院。路上走了两个小时，来到一个小镇，碰巧是这里的集日。一看，路边有打台球的，狗胜提议："唉，乏求得很，走不动了，歇求子呱（歇一歇）再说。"

一看狗胜那副龇牙咧嘴的样子，顶柱叹了口气，一肚子的火气却又不好说啥。

“咱俩稍歇会儿，我正好在这捣一盘台球，缓口气儿。”狗胜边说边瞅着不远处的台球。

“狗胜，这都啥时候了，你还有闲工夫在这捣台球呀?”顶柱一脸的焦急。

像是根本没听见似的，狗胜毫不理会顶柱的劝告，还是凑到台球桌旁去了。

也许是老天有眼。这一切正好被来这里赶集的牛万福老汉遇上了。老汉看见路边停着一副架子车，见上面躺着一个人，盖了一条很旧的大花布棉被。再一看，发现不远处的台球桌旁是那狗胜扛着球杆站在那儿。牛万福老汉顿时觉得火气直冲头顶。刚要过去教训狗胜，突然听见车子上的秋莲急速咳嗽，又连忙回转身来到架子车旁。

“万福叔，我怕是不行了……”

“秋莲你这说哪搭的话呢，赶紧给你看，会好起来的……”刚强了一辈子的牛万福老汉，看着眼前憔悴得已经没了模样的秋莲，真是不能相信曾经那么好一个女人怎么会被糟践成这个样子，只觉得秋莲实在是太不幸、太可怜了。想到这，从未有过的凄凉涌上老人的心头。安慰了秋莲两句，转身去收拾狗胜这个大逆不道的乖儿子。

“狗胜!”声音喊得太猛，万福老汉突然间剧烈咳嗽起来。

一竿子刚捣出去，听见有人喊，一转身发现万福老汉就在自己身边。

“我日你祖宗的，你个不孝之子！好一个狗食!”

浪荡惯了的狗胜见过些世面的，但没见过万福大爷发过这么大火！显然是有点怯乎这位“祖宗”了，瞪大眼睛张着嘴，却说不出话来。

“我今个真想把你这个坏（ha）怂抽沟子踏上两脚！你妈都病成这个样子了，你这没良心的狗日孙还有闲心捣台球呀？你就不怕那天上的雷神爷把你娃的头击了!”万福大爷越说越气，差点被气得背过劲儿，扶着路边一棵大柳树，又开始大声咳嗽起来。

一看这架势，狗胜再没吱声，扔下球杆，给等在一旁的顶柱哼了一声，赶紧拉上架子车，赶往城里医院去了。

秋莲在县医院总共住了三天。因多处外伤和内伤，加上病情延误，引起并发症，医生们已经彻底无力回天。主治医生告诉狗胜，让他跟家里说一声，准备后事。秋莲被拉回家的第二天晚上就咽气了。临终，一句话都没有说，只是一双眼睛静静瞅着丈夫，然后瞅着院子墙角的那颗满面愁容的苹果树……

6

就跟自己走到人生尽头的凄凉日子一样，秋莲的葬礼一片凄凉。村子里的人都哭了，哭得比何占魁和他的儿子都伤心。何占魁一脸的木然，那副模样，俨然就像是死了的这个女人跟自己没几毛钱的关系。那几日，他整天说得最多的一句话就是：女人病了这一个月，把家里的钱花干净了。

何占魁的话，让众乡亲听了无不感到吃惊。

秋莲死后刚三七，何占魁做了一个梦，梦见茫茫雪地里，一班娶亲的队伍由远而近朝自己走来。走近了，他发现那牵着毛驴的新郎不是别人，正是年轻时候的自己；那盖着红盖头骑在毛驴身上的，不是别人，正是他新娶的媳妇秋莲。他看见，秋莲那双睫毛黑黑的好看的眼睛，正在盖头下面瞅着他笑呢……可是一转身，适才的一切突然消失，只见秋莲衣衫褴褛，一脸病容，赤脚站在雪地里，伤心地哭喊着：老天爷，我冤枉啊！哭声令人心碎……何占魁从梦中惊醒，见是自己三岁的女儿中了邪一样正在院子里放声嚎哭。只有三岁的孩子，不知道为什么竟哭得如此恓惶，恓惶得像一个懂得世事的大人……

何占魁，像是突然间从沉睡百年的噩梦中醒来一般，先是朝整个屋子环顾一圈，然后发了疯一样，一声紧似一声地呼喊着“秋莲！秋莲！你到哪里去了呀？”紧接着，便开始嚎啕大哭，哭声惊动了下院的苹果树，惊动了周边的邻里。

村里人都说何占魁疯了。但只有他家下院里的那颗苹果树说：他没有疯，是他的失心疯在梦中恢复了，是他的良心发现了。

何占魁在秋莲的坟前跪一阵，哭一阵，哭一阵，跪一阵，不分昼夜在坟头睡了整整三天三夜。然后就把自己挂在了坟前的那颗歪脖子柳树上——上吊了。

常言道，有罪之人，老天爷都不会让他就这么轻易地死去。他还得偿还一下自己拖欠的深重罪孽债——吊在树上的何占魁在已经听见阎王爷咳嗽声的当口上，被附近的放羊娃发现，救下来了。

活过来的何占魁，就像变了一个人，从此变得少言寡语。看着只有三岁大的女儿，他心里明白，难心的日子还得过下去。头枕着灰蒙蒙的日子过了一个月，也想了一个月。想来想去，他决定振作精神，好好拉扯三岁的女儿，把娃好好养大，以此偿还自己心头对秋莲犯下的罪孽。可是老天预备给他的惩处还没有结清，命中注定的惩罚最终没有让他躲得过去——不知道什么原因，何占魁突然间得了一种怪病：一夜醒来，腰疼的死活直不起来了。他的腰疼病没有人治得了，最终，腰不疼了，但却从此弯成了一张弓。

腰疼得起不来的那一阵，他不止一次地想过跳崖或是上吊，但看着眼前的女儿，他最终放弃了轻生的念头。病情好转之后，他拖着病残之躯，领着女儿开始靠给别人家打工糊口。

冥冥之中，上天总有一份怜悯之心。孩子善良的远房姨姨眼看没娘的娃可怜，主动承担起照料孩子的义务，让病残之躯的何占魁减轻了心上的负担。可越是这样，他心头的罪孽感就越是深重。

现在的何占魁，逢人声泪俱下说得最多的一句话是：秋莲要是能活过来，我愿意给她做牛做马呀！这世上啥药都有，可就是唯独没有后悔药啊……

2014－01－08 简要提纲

2016－03－20 完成初稿

乡村葬礼

父子俩人为了一颗洋芋推来让去，
俩人都不肯吃那个洋芋。最后父亲将洋芋三七掰开，
自己先在少的一半咬了一口，然后将多的一半递给儿子……
——题记

永强的民营企业，两个厂子经营范围扩展之后不到两年的时间，盈利突破千万。

借着新创建的第三个厂子“永强马铃薯综合加工厂”开业之际，这位刚过不惑之年却已是全县乃至全市小有名气的农民企业家，举行了一场称得上隆重的开业典礼。前来参加典礼的，除了新招的近百名员工，除了永强的朋友和不少跟永强有交情有来往的企业家外，县上的好几个部门都来了人，县长杨永亮和农牧局康学谦局长亲自为新厂开业剪彩。

典礼结束之后的这个下午，永强让司机开车送他到离县城三十里外一座宁静的小山湾——永强父亲的墓地就在这里。

在距离墓地一公里的地方，永强让车子停下来。他要自己走过去，并特意嘱托司机，等他的电话，过上两个小时再来接他。

父亲孤零零的坟茔，在一处不起眼的荒地一角。坟茔的脚下那颗树冠巨大的旱柳，是永强爸去世的来年春天，听那位懂风水的阴阳先生的建议，特意栽上的，至今过去已经整整三十年了。阴阳先生说，栽上这棵树，可遮挡对面远处的破山烂水，好聚拢脉气。

这里很安静。对面远处大堡子山下曾经只有两三棵大柳树的荒坡，那曾经的“破山烂水”，如今已经被退耕还林和扩展的林带绿化得满眼青翠，山脚下的沟沟坎坎也是被茂密的林木覆盖，早已不见了往日的狰狞面目。

选择这个日子为自己规模最大的公司开业，有着永强一番特别的感情和用心——今天是父亲的生辰日。在他的心目中，这是他最看好的黄道吉日。永强点着两支吉祥牌兰州烟，一支轻轻放在父亲的坟前，另一支留给自己。永强素常并不抽烟，今天这烟，是他特意带来的，只为安抚心上那个遥远的记忆。

永强的心从来没这么静过。陪着父亲深深抽一口烟，轻轻飘散的烟云中，父亲的音容笑貌清晰地浮现出来。闭上眼睛，泪水忍不住涌出眼眶。泪水里，遥远的苦涩记忆满面愁云地爬上自己的心头……

1

春日那个早晨，跟头天一样，他们父子俩正准备出门扛活。

两天前，父亲好不容易托人揽下的这份活儿——给松树湾回族马有布家打十天的土坯。活虽说辛苦，但父子俩每天可以挣到整整两块钱，这在那个时候可是个不小的数目。事先给他们说好了，干活其间父子俩的午饭和晚饭在有布家吃，但不管他们早饭。

为了这天父子俩的早饭，病怏怏的永强妈夜里真是犯了难心。想来想去，她背着永强他爸，从不多的洋芋籽种里取出来两颗，洗净了埋进炕灰。

母亲烧这两颗洋芋给出门扛活的父子俩当早饭，可不到五岁的小女儿，看见了烤得黄澄澄闻见香喷喷的烧洋芋，哭着闹着硬是要。挨了母亲一顿巴掌，可她还是瞅着灶台上的洋芋流眼泪。永强走过去，抹掉妹妹的眼泪，拿起一颗洋芋塞到妹妹手里。

烧洋芋只剩下一颗。出了门，父亲说他昨晚吃得饱，不饿。儿子说他也不饿。父子俩人为了一颗洋芋推来让去，俩人都不肯吃那个洋芋。最后父亲将洋芋三七掰开，自己先在少的一半咬了一口，然后将多的一半给了儿子……

永强的父亲，真正的善良人一个。他不仅心疼自己的孩子，关心自己的老婆，而且对待村里邻人，也是一样的一颗善心。村里人的记忆中，从来没有听见他高声大嗓骂过谁一句，跟谁过不去。可就是这样一个善良的好人，老天就是让他过不上一天的好日子。永强这年十三岁，再有一个学期就要上完小学了。学习成绩一直名列前茅的他，本来可以上个好学校的，但看着家里的难心光景，母亲有病，妹妹年幼，父亲确实需要帮手，于是，不管父亲怎么说，他执意不再去学校了。父亲叹口气，不再说什么。他太了解永强这娃的脾气，虽然年龄小，但特别懂事，这么大的娃，体恤孝敬老人的那份心思，真是世上少有。

找到了马有布家的活儿，父子俩一起干。父亲拿重活，永强给他填土打下手。

永强还小，干这样的苦活真是有点吃不消，一天下来，早就累得没有声气儿了。当父亲的看着儿子，心疼地叹一口气，想说句什么，可话到嘴边又咽回去了。他觉得对不起儿子，可是自己又不知道有什么更好的办法。

2

马有布家真是一家热心肠的人。有布的妻子看这父子俩人好，干活实诚，土坯打得好，午饭晚饭尽量给他们做好的，让他们吃饱不说，上午还特意给他们父子送上茶水和干粮。那年月，大家的日子都过得艰难，能这样对待上门干活的人实属不易。

有一天，有布还特意笑嘻嘻给永强他爸递上了一根纸烟。“这是有名的‘兰州烟’，”有布不无自豪地说“我省城里的一个姑舅给了一盒，听说这烟在省城也是只有那些大领导才能吃上。”父亲拿着烟，闻了又闻，看了又看。就这一支烟，他分三次抽完，每抽一口，都要说上一声“就是香。”几十年过去，永强一直能记得那根纸烟散发的味道。

有一天活儿收得比较晚，吃晚饭时天有点麻麻黑。有布媳妇赶紧给他们点灯，永强爸说：“天这么亮，不用点灯，不要浪费灯油了。”说话间，有布媳妇得知，永强家黑天吃饭的时候，时常用干树枝或竹子点灯照明。有的时候，甚至连竹子都不用点，就那么摸着黑吃饭的。

同情和善良永远是女人特有的天性。有布媳妇听了这话，心里酸酸的不知道该说什么，当下拿了一个装过药的玻璃瓶儿，把自家点灯用的煤油灌了满满一瓶，送给这父子俩。

离开有布家，那瓶煤油本来是永强拿着的，但是出了有布家的大门，父亲立即从儿子的手里接了过去，端在自己手里。永强没说什么，但他心里明白，父亲是怕他不小心把煤油倒掉。望着手里的一瓶煤油，父亲轻轻说了一句：“有布家媳妇可真是个善良人啊”。这天回家的路上，父亲的好心情始终挂在慈和的脸上。

就是这瓶值钱的煤油，永强家可以足足用上两个月，这是后话……

这是揽下活的第七天。晚上收工回家，父子俩累得筋疲力尽。刚刚走到山顶的国道上，一辆拉煤的拖挂大卡车朝着他们缓缓驶来。这里刚好是一个大上坡，煤车拉得太重，嗡嗡嗡吃力地呻吟着，走得比这疲惫不堪的父子俩快不了多少。

“儿子，实在乏得很，这车这么慢，咱俩要不顺个车?”

所谓“顺个车”就是爬煤车。

大卡车依然在嗡嗡嗡叫着，距离他们越来越近，像是给这累得散了架似的父子俩说：“上来，上来，赶紧爬上来吧。”永强想了想，离家附近，那儿也正好有这么一段慢坡，他们刚好可以在那儿下来，于是就同意了父亲的建议。

在那个拐弯的地方，父子二人顺顺当当爬上了煤车。

坐在车上，到了前面平展的路段，车子加快了速度。晚风吹来，父子两人觉得浑身舒坦多了，一天的疲劳也顿时减去了一半。

不大工夫，大卡车到了他们该下车的慢坡处，父子俩小心翼翼同时跳了下来。

可谁能相信，跳下车来的当儿，拳头大小一块煤正好也跟着掉了下来，父亲的脚不偏不倚刚好踩到了这块煤上，身子一仰，倒下了。

父亲的后脑勺，不轻不重磕在了柏油马路上。

永强赶紧把父亲扶起来。一看还好，在他搀扶下，父亲还能够站得起来。

“没事，就是头有点晕，把我扶到路边坐一会儿，缓一下就好了。”

刚坐到路边一会儿，凑巧有一个邻居从镇子上回来，拉着一辆架子车打这里路过，正好可以帮着永强把他父亲送回家。

回到家，永强妈一看早晨出门还好好一个人，怎么突然就成了这样，当下觉得整个天就要塌下来了。再看看身边的儿子，因为缺乏营养一直面黄肌瘦的样子，加上干了一天的土活，头上身上全是泥土，做娘的心上像是刀扎一样，心想这人世间的可怜和不幸，咋就全都落到自家这个院子里了。她难过得跪倒在丈夫的身边，拉着他满是老茧的手恓惶得再也站不起来了。看着有病的妻子哭嚎着跪倒在地上，永强爸吃力地睁开眼睛，想要给她说句啥，可是嘴皮颤抖着，最终还是没有说出一个字，眼皮就耷拉下来了，两股子苦水一样的眼泪从紧闭的眼角滚落下来。那多少年没有见过的眼泪像是在告诉可怜的妻子：苦命的你啊，这辈子嫁给我，没让你过上一天的好日子，我对不住……

永强发现父亲的伤病在发生着急剧变化，不像最初摔倒的那一阵，脸上开始变得通红，连睁开眼睛的力儿似乎都没有了。

年幼懂事的永强，他意识到父亲一定是伤了大脑了。他即刻跟母亲商量，得赶紧送父亲去医院。

父亲像是听见了娘儿俩的心声，把他们叫到自己跟前，用微弱的声音告诉娘儿俩："我没事，缓一缓就好了，千万不要送我去医院，你们……"谁都知道，他不是不想去医院，是他心里明白，家里根本就没钱送他去医院。

但永强坚持一定要送医院。他给前来探望的李大爷和队长张大伯跪下，他知道李大爷和队长是庄子上说话顶用的人。永强求他们帮忙出面，能不能赶紧跟乡亲们凑点钱，送他父亲去医院。

村人邻里，大家看着这个只有十三岁的娃娃，竟是这么懂事有孝心，当下凑了一笔钱，连夜把永强他爸送往医院。

临出门，永强妈硬要陪着自己的男人一同去医院，但是被众乡亲好说歹说留下了，不单因为她托病在身，家里还有五岁的小女儿需要她照看……

到了县城医院时天已经大亮。永强爸被诊断为脑溢血。

一天一夜没有合眼的永强，寸步不离地守在父亲身边。陪同一道前来的亲房们劝他歇一会儿，可永强始终就一句话"我不乏"。就这样，他眼睁睁望着父亲，又过了整整一天。望着病床上昏睡的父亲，永强想到从自己上小学的那时起，父亲为了身体一直有病的母亲，为了他能够上学读书，为了养家糊口所做的一切。他想到自己因为眼看父亲实在忙不过来，不得不辍学帮衬父亲干活时，父亲脸上流露出来的那份深深的伤心和愧疚。父亲实在是太苦了……

父亲进入深度昏迷前，最后一次睁开眼睛望着儿子，像是费尽千斤的力气才能睁开眼睛一般，用微弱的力气断断续续说下了一句话："我的娃，你还小，听大的话，回到学校再念上几天书，将来……"话还没说完，眼睛又就闭上了。

3

永强的父亲送到医院的第二天晚上就去世了。

棺材是一同前往医院的队长跟永强商量，当夜去城郊一家棺材铺买的。材木选了最便宜的柳木。铺子里的材木有三底两盖，有重底重盖，最便宜的是四块薄板子凑合到一起的"薄皮子"。队长心里明白，就永强家眼下的光景，这娃能给他大背上一副"薄皮子"就算尽了孝道了。但是永强抹着眼泪指了指重底重盖:“给我大买上这个吧。”一听娃这么说，队长心疼地摸摸永强的头，再没有二话。

亡人被连夜送回到村子里。按本地的风俗，殁在外面的人，是再也不能进家门的。永强爸的棺材，就只好停放在山顶的一片树林里。

迷糊着睡不醒的老天爷这一会像是动了悲伤了。已经快一个月没有下雨了，可就在永强爸的棺木停在林子里的一刻，阴沉了一夜的天，突然下起了大雨。这老天爷的眼泪，流淌的还真是个时候。

第二天一大早，瓢泼大雨中，请来老少两位“书生”给永强爸画棺材。两个人，一个是永强小学里的语文老师，一个是村子里在省城读书放暑假回来的大学生。这大学生还真是赶得巧，头天晚上回到家，第二天一早就赶上了帮这个忙，说来还真是缘分。按照乡里的习俗，亡人的棺木是不能这样白着下葬的，它必须得按照丧葬习俗，画上合适的图画。好在这两位心灵手巧的书生都学过画画，再加上此前见过村子里给上年纪的老人们准备的寿材，这活还真能干得了。俩人一合计，三下五除二便定下了该描该画的路数。

提起这能写会画的大学生，胆小可是出了名的，打小最怕别人讲死人讲鬼故事，天黑下来大门都不敢出的。可这一天，他俨然像是没有了平素的胆小——他知道，蹲在树林里画棺材，那死者就躺在棺材里头。

只有他自个儿心里明白，他这天为什么突然间胆子大起来了。他是想起了小时候永强爸总是笑呵呵，摸摸他的头，然后给他好吃的李子和杏子。他家里人力单薄，有什么需要帮忙的，永强爸从不推辞。他的心里会永远记着这个善良的人。让他不能理解的是，老天为什么要这要对待如此善良的人，要这样对待这个不幸的家……这天一早冒着雨出门的时候，祖母特意嘱托孙儿一句:“永强他大，一辈子都是良善人，少有的良善人，可命不好就这样可怜的死去了，我的狗娃去给他把棺材画好……”

大学生第一次这么有胆量。他一点都不怕这个躺在棺材里的死者。人啊，感情真是可以战胜一切的。

最令人心碎的是下葬的那一天。

人们搀扶着来到墓地与亡儿诀别的八十岁老父亲。老人家一头的白发，哭天喊地要爬到儿子的墓穴里去。老人身体不好，卧病在床两三年了，儿子受伤的事此前没有给老人说，原指望儿子送到医院能有个好的信儿，没想到这么快人就没了。儿子去世后，庄子里几位上了年纪的老者，才将这事说给老人。听到儿子死讯，真是如同晴天霹雳，痛不欲生的老人家当下就抓下了两把自己的白发，哭了一声就没气儿了。老人的三个儿子，因为这个的媳妇长期有病，这几年家里经常穷得揭不开锅，所以老人家最牵心这个，可老天爷偏偏就跟这个可怜的儿子过不去……

跪在父亲坟前的永强，看着哭得死去活来的爷爷和有病在身的母亲，眼泪哗哗哗往下流。没有了支撑这个已经穷得不知道该怎么过下去的家的父亲，小小年纪的他，真不知往后的日子该怎么过下去……

看到这凄凉一幕的所有乡亲，没有一个不伤悲不心痛欲碎的……

尾声

永强在父亲墓园里躺了大半天，直至日头西下时分，才给司机打电话要他来接自己。

永强决定好好整修父亲的墓园。他想着以此缓释和平复多年来积压在自己心头的深重痛苦，以此表达自己对因为贫穷而失去生命的父亲的一份孝心。他打算花三十万，用白色大理石为坟园做成雕花围墙，坟茔上方修建一座好看的遮雨亭子。他计划好了托人请最好的雕刻艺术家设计、监工，为父亲修建这样一座让他和母亲都觉得遂意的墓地。一切就这么定了。

可是，睡了一夜，第二天一觉醒来，一切都变了——一切皆源于自己夜里的一场梦。

他梦见了父亲，梦见了慈爱的父亲在梦里给他的一席肺腑之言……

次日，永强重又来到父亲的坟前，站立良久。随后，双手捧了一捧泥土，用心添在父亲的坟堆上。

面对父亲，永强做出一个决定：在原来打算修建墓地的三十万元基础上再加一倍，六十万，全部捐给自己的母校，为家乡的学子们修建一座新的校舍。

2014—01—23 简要提纲

2016—04—01 完成初稿

万福老汉

人们发现，除了最基本的锅碗瓢盆……
屋里唯一值钱的东西，就是那套几十年来给
数不清的人带来欢乐、而今差不多已经被人们遗忘了的皮影。
——题记

1

“毛主席万岁！共产党万岁！乡亲们万岁！我的斧头－革命的斧头－英雄的斧头－专政的斧头万岁万万岁！”

“喀！喀！”两声咳嗽，清清嗓子接着喊道：“乡亲们，听好了，你们就是我的见证人，大家听好了，我要为妇女同志除害，我要杀流氓犯罪分子牛青山！我的斧头万岁！”

“喀！喀！”又两声咳嗽，再清清嗓子继续接着喊道：“我的心已经碎了，我的肺已经炸了，我的肝就要裂了，我的肠子就要断了！乡亲们，我要杀流氓犯罪分子牛青山！我的斧头专政的斧头万万岁！”

就这样一路喊着，万福朝他的“情敌”牛青山家的方向大步进发。那架势，让当时所有看到这一幕的人以及亲历这一幕的河滩里的石头路边的柳树以及柳树枝上正在亲嘴的一双喜鹊两对麻雀，全都心跳加快却又忍俊不禁——与其说是可怕，倒不如说是滑稽可笑。在苇子河村的记忆里，以前可是从来没有发生过这等令人捧腹的可笑事。

对当天发生的这一幕看得最清楚的莫过于我，因为当时我正在挑水。正当我跳着满满两桶水离开泉边不久，便看到了这新奇得令人眼珠子跳舞的一幕——手里举着明晃晃斧头的万福，正好与我迎面走来，我发现时，距离我不过二三十米。如果说村子里别的人都是在看热闹，而那一阵的我，心里却多少有点犯嘀咕。人人皆知，我的小得像麻雀一样的那点屁胆子在村子里是早出了名的。我在想，看样子这老汉多一半是疯了。心跳加快的我还想，这个老神经病万一要是神经彻底失控，从我身边经过之时，突然愤怒猛增气血上升，一动念一兴奋一走神一马虎，那把雪亮的斧子朝我这刚刚打算走世界看天下的少年脑袋劈下来，那我不就完了？因为谁都知道，情绪失控的人，那可是脑袋一双胆子三个心肝一点都没有，什么事都能干出来的。这样想着，下意识里我匆忙闪到了路的一边，两条不争气的腿像上了发条一样不由自主地颤抖着，给英雄万福和他的斧头让了路，桶里的水撒得满地都是。

斧头闪着刺眼的寒光，万福老汉嘴里喊着既表达自己的心愿也符合那个时代大气候的口号，旁若无人地从我近旁走过，看那神情，根本没有发现我的存在。那声音听上去满含仇恨和愤怒，可让我纳闷的是，他脸上的表情却又不是那么回事——他的眼睛似乎根本没再看脚下的路，而是直勾勾地盯着自己心里头的某个地方，真是有点滑稽。

一切只是轰天的雷声虚惊一场。“流氓犯”最终根本没有被杀成，甚至连身上的毛也没拔下来一根。因为从我身边走过不久，一位晚辈后生不知道突然从什么地方闪了出来，嘻嘻哈哈赔着笑脸走到万福老汉的身旁，跟他打招呼。那一阵，我真是有点紧张，因为我担心弄不好那“革命的斧头”会朝那后生胖乎乎的脑袋斜着削下去。

显然，我的担心是多余的。也不知那后生说了两句什么灵丹妙药一般消火解气的话，万福的喊声即刻停止了。我一时心想，看来，怒气冲天的万福老汉根本就不经劝，真没劲儿！我知道，那些站在崖畔上的好事者本想好好看番热闹，可没想到好端端一场热闹竟然这么快就收场了。大家只好怀着遗憾的心情，很不情愿地走进自家的大门。

这事儿，说起原委来真是有点令人啼笑皆非——闹剧皆因一个不懂事的小孩的一席谎言而起。

众所周知，文革期间大到高级领导，小到普通百姓，有段时间人人要做的一件天大的事，就是每天至少必须背诵一条毛主席语录。这件事，所有的人都必须雷打不动，苇子河的百姓自然也不例外。万福的老婆，人虽长得漂亮但却大字不识一把，背诵语录对她来说还真是件犯难的事儿，因为谁都知道，对于许多大字不识的人来说，有些语录，如果搞不清它的意思，背起来就要费事得多。已经连续两天，由于背诵达不到要求，不仅挨了队长的批，而且还被罚了她的工分——尽管大家都知道，万福老婆被队长罚的真正原因并不在此。背诵一事着实成了她心头的一大负担。于是，她就采取了一个办法，随时随地，不失时机，抓紧一切机会，就像寺庙里和尚念经一样，认真诵背。

这天，社员们在崖畔上的地里割苜蓿，崖畔下面如若圆形地坑有着十个窑洞的地方，是生产队的牛圈。割草期间，有一阵万福老婆觉得尿憋，于是就跑到下面牛圈的窑洞里解手。背语录已经背到习惯性条件反射的她，一边解手一边开始背诵。她先背诵了红宝书上的“下定决心，不怕牺牲，”那一段，背得挺顺溜。然后又开始背诵此前本已背的差不多的“革命不是请客吃饭”那一段——可她只背得前三句，后面的全忘了。反复了一遍，可还是只有前三句，第四句死活想不起来，于是她就开始用唱的办法，因为这首语录歌她是会唱的——她早已经发现，用唱的办法来帮助背诵是个妙招。于是，她就唱一遍背一背，背一遍唱一遍。尿早撒完了，但由于她背得太入迷，竟然忘记了提起裤子割苜蓿的时间，一直光着屁股蹲在那里背呀背。

这时，平素里风趣幽默不失童心又凡事好奇的牛青山恰好路过此处，他听到有人竟然钻在牛圈里背诵语录，而且是唱一遍背一遍，背一遍唱一遍，没完没了。他觉得非常有趣，暗自失笑，心想这会是谁家的婆娘呢？于是跑过去想看个究竟。跑到窑洞门口往里一瞅，里头光线不是很好，马马虎虎只瞅见万福老婆圆滚滚白花花的大屁股。万福老婆正蹲在那儿，双眼紧闭身心投入神情忘我背得十分带劲，根本没有发现有人在窥视自己。而看到这一幕的牛青山本该即刻转身就走，可是无奈他那两只贪馋的眼睛被眼前白花花令人眼花缭乱猫抓心的大腚给吸住了，于是就定在那里多看了两眼。谁知就在此时，窑洞里突然飞进来两只正在闹恋爱的麻雀，扑棱棱尖叫着，惊动了万福老婆。睁开眼的那一刻，她看到一个人影“刷”地从窑洞门口闪过。猛然反应过来的万福老婆，大叫一声站起来，情急之下一时竟然忘记了提裤子。那老婆以为有人想跟她使坏，于是提着裤子，高声吼叫着骂出来：“哪个挨鞭挨刀挨斧头的死鬼！死流氓！死——”最后一下还没骂出口，她便看到了满脸涨得血红的牛青山。其实如果她早看清楚是牛青山，肯定就不这么大声嚷嚷了，因为私下里，她一直挺喜欢这头既幽默又善解风情的“老牛”。她曾告诉自己一位要好的妹子，说她不止一次，做梦还梦见这头“牛”呢……此时此刻，不好意思的老牛吓得眼冒金花，后心透凉，一转眼工夫早已溜得不见了人影。

不凑巧的是，最后这一幕恰好被路过的放牛娃狗蛋看到了。

狗蛋天生就是个闭不上嘴的话痨。不仅话多，而且那动不动出奇邪乎的歪把子想象力，根本不是他这个年龄的一般山里娃能比的。这一点真不知是随了谁，因为他的娘老子都不是这样的人。狗蛋将自己看到的一幕添油加醋加调料施化肥，编成一个足以让听者瞪大眼睛浑身酥软的诱人故事，一口气绘声绘色道给了万福。

狗蛋告诉万福老汉：他先是听到牛青山和他老婆在窑洞里如何调情如何嬉闹，然后又如何折腾如何乱叫，一袋烟的功夫之后，牛青山怎么满脸通红汗流满面左顾右盼从窑洞里溜出来，然后他老婆又如何扭着细腰晃着屁股边走边系着裤带满面春光出了窑洞，等等。

殊不知，这万福是个爱自己的老婆爱得要命的人，更不用说，小他一大把的老婆人又生得美白漂亮，是村子里大家公认的美人。平日里，万福啥都不在乎，就在乎村子里那姓刘的生产队长以及那些和刘队长一个球模样坏心思的臭男人，有白天没黑夜地打他老婆的主意。看看，这下，担心着担心着，事儿果不然就出来了。

事发之后，说闲话的放牛小子狗蛋，回家刚一进门，就看到了他大那张黑得像锅底一样的脸。狗蛋他大平素里大家就称他“包相爷”，这一下被儿子一气，就更是黑的没样样了。狗蛋被他铁青着脸的老子拿根皮绳捆起来，绑到门前的双叉子大杏树上，用那根平时用来打牛的皮鞭，让这个多嘴多舌的话唠小子扎扎实实挨了一顿冷揍。第一鞭子下去，狗蛋嚎叫着：“我说的全是真的!”第二鞭子下去，狗蛋再嚎叫一声：“我说的全是真的!”第三鞭子下去，狗蛋连连嚎叫两声：“大呀，别打了，我说的全是假的!”——被打得屁滚尿流哭爹喊娘的狗蛋，立马乖乖儿说出了实情。

真相大白后，事件很快得以平息。事后觉得自己理亏的万福，越想越觉得对不起青山兄弟，心想，自己一定得找机会主动给人家好好道个歉才对。

道歉是在狗蛋挨了打的第二天。先是狗蛋他大亲自上门给牛青山道歉，赔了一箩筐的不是，随后又跑去给万福赔不是。经狗蛋他大说和，当天下午万福也亲自上门给牛青山道歉。万福一改两天前“杀流氓犯”时的满脸“专政”相，不好意思地赔着笑脸，跟牛青山称兄道弟说了一屋子的好话。说好话还不算，还特意送上了赔情道歉的礼物——一大筐新鲜香甜的大接杏。

回到家，深知自己捅了狗头马蜂窝死罪可免活罪难逃追悔莫及无脸面对老婆的万福，背了一根绳子提了两根杂木棒子，棒子长短不等粗细不一轻重有别，乖乖来到老婆的面前，扔下绳子撂下棍子，像个勇敢赴死的大英雄：“老婆，你男人今天是犯下了不可饶恕的死罪，你把我拿这根绳子打个死扣捆结实，绑到院子里的大李子树上，两根棍子，嫌轻你就挑重的，嫌重你就拿轻的，瞅准了要命的去处，任你怎么抽怎么打，往扁里揍往死里打，我决不吭半声，若要是吭了，我就不是你男人。”

遇到这样的“死皮无赖”，老婆气得直掉眼泪死没法子。“怎么，你不愿打还是舍不得打？你是舍不得打是吗？那就由我自己亲手来处置”。万福先是当着老婆的面在自己的头上脸上屁股上夸张地花里胡哨一顿拳掌，一看就知道根本是做样子给她看的。然后找来打牛的响鞭，怒冲冲走过去朝着院子里的李子树一顿狂打乱抽，边抽嘴里边骂：“李子树啊李子树，你是我栽我养我浇水长大的，今天我就把你当成该死的我，你就得代我受过！你这可恶的该死的不要脸的臭东西，若要是哼哼一声，我就打死你！”足足抽了三十鞭子，李子树果然一声不吭，再回头一看，院子里早已没有老婆的半点影子。

提着斧头杀“流氓犯”一事，是万福一生中干下的最邪乎最令人捧腹的事情。那年万福老汉五十岁，小他一轮的老婆三十八岁。几十年过去了，无论是本村的邻里，还是外乡的熟人，只要提起此事，无不重又为之而捧腹哈哈大笑者，可唯独有一个人始终不相信竟有这样的事情发生。这个人不是别人，正是万福——每回有人提起，他总是不无滑稽地笑一笑，然后说他从不记得曾经有过此事。

2

万福是个十足的“怪”人。

他在号称蟠桃山西山腰的簸箕坪有一处院落，那是一块人人看好的风水宝地，夏天的毒日头晒不着，冬天的西北风吹不到，同时还不失开阔的视野。院落的周围栽满了桃树、杏树、杨柳树，而且还有一大块菜园子，再加上他们夫妇两人十分勤快，那菜地里的葱蒜韭菜红萝卜，总是比别人家的长势更好。人人眼里，有着一儿一女，又刚刚嫁了女儿娶了儿媳的活神仙万福一家，住在这里该是要多舒适有多舒适。可就是这样一处好好的院落放着不住，万福却铁了心愣是要在别处开辟一座新的家园——他将自己新家园的地址选在了整个村子里几乎人人想不到的一个地方。

同样是在蟠桃山下，在离万福原来的庄园不过二里地的地方，有一座地势较为平缓的、朝东偏南的向阳小山弯。整座山弯除了从山巅层层而下的条田耕地外，就剩下围着这些耕地每到春天发芽，每到冬天落叶的片片山林，以及山林里春夏秋冬都能听得见的雀欢鸟鸣。正如你所想象的那样，这里没有一户人家，真是一块要多安静有多安静的与世无争的地方。山弯的脚下是数丈高的悬崖，悬崖下面是一块占地数亩、常年阴湿的环抱式沟坡荒地。这就是有着慧眼的万福一心瞅准的地方。

看好了这块地方，不顾老婆的反对，不听儿女的劝阻，万福老汉便开始不分昼夜地在这里大动起干戈来。他在悬崖顶端的平地上按自己的设想划定一块长宽适度的地盘，然后开始下挖。就这样，热火朝天地大干了一个月零九天之后，嵌在悬崖上大有与世隔绝之势的一座院落的土方工程全部竣工。整座院落左右长二十余米，进深十米，后山崖面高八米。然后他在进深一面挖了三眼窑洞：一眼用来堆放杂物，一眼当厨房，一眼住人。新居最后一道工程，便是在院落左手一边挖出一条足有五六米深的通道，通道犹如备战时期的防空地道，是为院落通向外界的山门。山门后来装上去的门框门扇，是堪称好木匠的万福挖了两颗自家的大榆树亲自做的。不难想象，要是在数十年前土匪出没的年月，住在这样的地方，还真是个安全的去处。但万福拾掇这出院落的时候，土匪抢劫自然是早就成了人们记忆中的影子，他开辟这块地方的根本目的只有一个，那就是为了享受一份我行我素式的悠然清静的世外桃源生活。数月之后，一切收拾停当，万福开始喜气洋洋地入住新居。

万福说这里是世上难得一见的风水宝地。他乐呵呵不无幽默地给村里人说：自己梦见八百年前孙大圣保护唐僧西天取经，正好途经此地，就因为风水好，师徒四人差点就留在这地方不想走了。要不是那虔心向佛的唐僧一心向往西天，再加上长着狗鼻子的孙悟空又闻见这山里头有修仙等候师傅的绿尾巴狐狸精的骚味，今天就根本没得他万福老汉在这里享受洪福的份儿了。这是笑话，但下面这番话无疑是万福的真心话——他说住在这里，一来日照时间长昼夜温差小，冬暖夏凉又安静舒适；二来这里视野十分开阔，与对面绿树环抱的整座村落隔河相望，小河弯弯、炊烟袅袅、大人劳作、小孩嬉闹、鸡犬相闻、牛欢马叫，李家的大妈每天养鸡喂鸭，马家的桃花担水浇菜，一切都会一览无余皆收眼底，心情别提有多清爽。

万福对自己的这块“洞天福地”真是情有独钟，取名“万福宫”。“万福宫”的命名日，他特意精心准备了酒菜饭食招呼前来的客人。菜是自家地里他亲手种的，肉是年前腊月里宰杀的一头猪存储的腊肉，酒是附近供销社走后门才能买到的最好的金徽大曲。他隆重请来乡亲代表，代表中男女老少皆有。成年男人们喝酒吃烟，女人小孩则特意准备了冰糖。万福举行这样一个隆重喜庆的仪式，以示将他的“万福宫”郑重告知天下。

到此为止，一切都顺心，唯有一件事让万福一时犯难——入住“万福宫”，老婆请不动。

“万福宫”命名的这天，老婆可是给万福给足了面子。她又是帮丈夫炖肉炒菜刷碟子涮碗，又是招呼前来道贺的妇人、娃娃。漂亮而又干净利落的万福老婆，在村子里那是出了名的既善良又大方的好人一个，向来有着再好不过的人缘，无论大人小孩婆娘女子，人人喜欢。正因如此，所以在这样的场合她无论如何也不会给自己的丈夫难堪，更不会冷落了自己的好乡亲。这一天，她把所有该做的事情全都做得井井有条、圆圆满满。但是，过了“命名日”，她明确告诉万福：她不来这里住，他要和孩子们一起在老院子里住。说实话，由于赌气，丈夫花大力气整出的这“万福宫”是个啥样的去处，在此之前她还真是不大熟悉，因为她是在“命名日”的前一天，为了招呼客人，才第一次走进丈夫的“万福宫”。此前，虽说不止一次地从远处看到过丈夫的“洞天福地”，但里头是个什么样子，她不知道，也没有想要去看的心思。

“万福宫”很快就变成了一个令人向往的好地方。接下来的日子，万福花费心思将这里精心打扮成一座令人心情舒坦的新天地。他将整个院落拾掇得异常的平展、干净、整洁。为了防止雨天泥泞踩坏了院子，他特意从河滩里捡来一筐又一框筐个头几乎一般大小的各色鹅卵石子，在院落的必经之处，蛮有花样创意地铺上蜿蜒有趣的各色石子小路，然后又用黑白相间的双排石子为其镶了边。院落靠外的边沿，他用一根根削了皮去了结、大拇指般粗细有致的杨树、柳树或梨树的树枝，编成约莫两尺高的菱形矮篱将其围栏起来。篱笆下，他按其爱好，间隔有致地种上了一簇簇的牵牛还有别的花花草草。不仅如此，他还在院落里三眼窑洞的间隔位置以及与进出的门洞遥遥相对的一边，用心开辟了三处小小花园，里头特意种上了他从四处乡邻那里搜集来的牡丹、芍药、玫瑰、大丽花和九月菊等等。如此一来，一座生机盎然令人赏心悦目心满意足的院落，呈现在了万福和乡亲们的眼前。更为有趣的是，生来爱吃火烧饼的万福，富有创意地造了一个专门烤烙烧饼小小火塘。这小火塘，不在作厨房的窑洞里，而是在院落里进门的露天拐角处，按万福的话说，这样会显得更天然更有趣。比起院落里的精细活，几眼窑洞里倒是显得简单多了——一切皆为实用，除了生活的必须用品，多余的一样东西都没有。到此为止，万福在院落里的全部工程基本就绪。这样一座富有情趣的小院，凡是见到的人，无不啧啧赞赏者。

说到底，万福终究是个有能耐的人。经不起万福的软磨硬泡死缠硬磨，几个月后，万福老婆还是作了让步。俩人达成的协议是：受万福“邀请”，平日和新婚不久的儿子儿媳一同生活的老婆，每十天里光临一次“万福宫”，而万福老汉也是十天里必有一天要回到老院子和老婆孩子们一起过——他把这种发明称之为“万福走亲”。万福两口都不会忘记，老婆隆重入住“万福宫”，是在下了那场足有两尺厚的大雪的前一天。而“走亲”数月之后，喜欢上了“万福宫”的老婆，即便万福想让她走，她自己再也不愿意离开了。

精心打扮、别具一格的“万福宫”，无论在万福眼里，乡亲眼里还是我的眼里，俨然是修仙者的悠然去处。有一阵，一位到过这里的县里干部，在这院子里转来转去流连忘返。他风趣地说这里是世外桃源人间天堂，比起他的县委大院，真是舒适多了。尤其是品尝了出自万福火塘里的烧饼后，更是大加赞赏。没错，万福的火塘烧饼那是一绝，我和村子里很多人都品尝过他那满院飘香的烧饼，而今想起，都会让人禁不住直咽口水。

3

有几件发生在“万福宫”的有趣故事，说起来真是令万福老两口一生记忆尤深的。

万福向来是个爱动脑筋的人。在他所有动脑筋做过的事儿中，很值得一提的是被他自己称之为“里通外国”式的小便通道，用他的话说，那是他的现代化发明。他在窑洞里靠近炕沿边不远处高低适中的墙壁上，斜刺挖了一槽，然后给挖槽里装了冬天燃煤火炉使用的小号白铁皮烟筒。烟筒总共用了三节，装好之后，再将斜槽用细灰泥抹平以便与墙壁一色不显痕迹。烟筒靠里的一端装了拐头，拐头朝上偏斜露在外面并加了封盖；烟筒另端一直顺墙斜刺向下延伸到屋外，屋外的一端离地一尺余，下面放置塑料小桶一只。说到这里，你自然已经完全明白这一设计的使用目的。其实，万福的这一发明，主要是考虑到，冬天天气太冷的时候，半夜小便不用出门。用万福的话来说，那是既简单又方便实用。

万福老婆第一次“走亲”入住万福宫的当天晚上，因为俩人睡觉前吃了两瓶万福特意准备的樱桃罐头——说是罐头，其实多一半全是冰糖水，见那糖水香甜可口，心疼老婆的万福就全让她一个人喝了。这一喝，心润了，肺润了，胳膊腿儿奶头屁股全润了。平日里从来不起夜的万福老婆，这天老早醒来，觉得尿憋想上厕所。万福说：“正好，可以体验一下我的现代化‘里通外国小解方便器’。”老婆说：“不行，我没有屋里小便的习惯，我还是到外面去。”刚一开门，发现外面白茫茫一片，一夜之间，老天爷一声不吭下了足有两尺厚的雪，老婆根本没法去上厕所。

“嘿嘿”万福乐滋滋笑了一声道：“我说嘛，这老天就是诚心要我老婆体验一下她男人的发明呢！”老婆看了一下万福的小便器具道：“唉，你看，你把它安得这么高，我怎么能用？”万福乐颠颠道：“老婆莫急莫急，待万福帮我的白娘子来。”老婆道：“怎么个帮法？”万福二话不说，光着身子跳下炕来，就像大人给小孩把尿一样，抱起了同样光着身子的老婆，然后凭感觉对准了烟筒口。

一时笑得浑身发软发痒的老婆急忙道：“这哪行呢？”万福道：“这哪就不行呢？嘘——嘘——”

可话说回来，这还真不行——把了半天，无论万福怎么“嘘——嘘——”胳膊都抱困了，老婆还是“嘘——”不出来。万福道：“老婆，撒不出来，可能是心理打别扭呢？”老婆道：“我也觉得是，我怕瞄不准会刺到墙上、撒到地上！死鬼，我都要憋坏了。”随即俩人忍不住又大笑起来。笑得浑身散软的万福，不得不赶忙将老婆放下来。

“有了，”刚放下老婆的万福灵机一动即刻道：“罐—头—瓶！”

万福赶忙拿过罐头瓶，面对面蹲在老婆眼前，对准地儿，屏气凝神全神贯注地给老婆盛着——一瓶没盛下赶忙换上另一只，边接边说：“看来真把老婆憋坏了，我这该死的！”

撒完了，舒服了，老婆这才顾上回过神来说：“万福，你那器具不好使，还是罐头瓶子顶用。”

“不对，”万福道：“你只能说那东西女人不好使，男人用起来就完全是另外一码事儿了。你看着，”万福一边说着一边示范起来。唰啦啦啦、咕嘟嘟嘟，开了大水龙头一样，撒完了，得意兮兮地拍拍老婆的光屁股道：“老婆莫忙，等过一阵，我发明个男女两用的就是了。”

俩人身上早已经冻得冰冰了，赶忙上炕钻进了热乎乎的被窝。

很多时候，万福都会别出心裁干出一些让人意想不到的事来。

有一天，万福老婆听见回娘家的女儿小凤跟儿媳翠花在屋里唧唧咕咕说话——人凭的是缘分，这原本同一天嫁出娶进的姑嫂俩人，打第一次见面就亲得像是一个娘胎里出来的一对双胞姊妹，万福两口子真是没见过世上有相处得这么好的姑嫂。这天万福老婆听见姑嫂二人正用羡慕的口气夸赞上河李家模样俊俏水灵的闺女秀儿。“嫂子，你看那秀儿长的多好看，粉粉的脸蛋儿红红的嘴唇，水汪汪的大眼睛，村里的小伙子没有不喜欢她的。”“是啊，你再看看她那两条黑格黝黝的大辫子，尤其是配上她那大红绸头绳，就更是好看了。”“就是，我刚要说来着，没想到那两条红头绳太能衬人了！也不知道那好看的头绳是从哪儿买来的。”“说不定是哪个瞅上秀儿的小伙子送的。其实，我们家小凤模样长得一点不比秀儿差，你看，”嫂子边说边用手摸了摸小姑子的发辫“这又粗又长又黑的大辫子，要是配上好看的红绸子头绳，村子里的小伙子没准就再也顾不上看那秀儿了，只可惜呀，我们的小凤已经早早嫁人了。”“嫂子讨厌。”……

回来后，老婆把这件事告诉了万福，说道：“不知哪里有彩绸头绳，我们也给自己的儿媳和姑娘买上几条，娃们喜欢。”顿了顿，她又说道：“他大，你看咱们这儿媳妇，多好的女儿家，我感觉就跟自己的闺女一样。”

万福道：“不就是两条红头绳嘛，简单，我过两天上街买上几条不就得了。”话刚说完没过一分钟，万福马上又说：“老婆，有了，根本用不着上街去买，我这里有现成的。”“现成的？那里有？”“嘿嘿，”万福诡秘地笑着“我会变，不出明日，我把红头绳给老婆就是了。”

第二天中午收工回来，老婆真的发现四根好看的红绸头绳、四根同样好看的绿绸头绳，卷成卷儿，整整齐齐摆在一张报纸上。

“哎呀，他大，这么好看的红头绳绿头绳，哪来的？莫非还真是你给变出来的？”

“那可不，哈哈，我的心疼老婆，难道你还不知道你男人有多聪明有多能干吗？”

卖够了关子，万福将头绳的来历告诉了老婆——他笑呵呵地指了指炕上叠置得整整齐齐的大红大绿两床缎被。“啊？你这个死鬼，难道你把咱家的被子剪了?”老婆边说边翻开被子,却发现两床被子完好无缺。

没错,头绳就是从被子上剪下来的。万福告诉老婆,背面子太大,缝在里头实在浪费。他这脑筋完全动在了点子上——彩绸头绳有了,被子又完好无缺不受任何影响,何乐不为?

红红绿绿四长四短八条头绳,老婆说长的给儿媳,短的给女儿。万福道:“唉,老婆此话差矣,长短红绿八条头绳,长短搭配,红绿搭配——儿媳和女儿一模一样。”老婆道:“看我这一根筋的脑子,我家万福就是聪明!”

老婆正式入住“万福宫”后不久,提出养几只鸡,万福即刻同意。他们总共养了三只鸡,一只公鸡两只母鸡。

按老婆原来的意思,只养两只母鸡下蛋就可以了,养多了费食料。但万福说:“唉吆,我的傻老婆呀,那哪儿行呢?没有公鸡,母鸡不仅下的蛋个头小,而且蛋的营养也必然是大打折扣,甚至,如果没有公鸡踩蛋,母鸡的心情肯定不好,弄不好一旦得了抑郁症,恐怕连一颗麻雀蛋都下不出来——人和鸡,一个理儿。”

老婆觉得万福的话完全在理,即刻道:“好的好的,那就再买来两只公鸡得了。”万福连忙道:“唉吆,我的傻老婆,说哪里话来,母鸡再多,公鸡可是只要一只就够了。你怎么连这道理都不懂?你看看东湾村那刘家老地主,他不就是一个人有三个老婆吗?要是换了皇上,那就比刘财主强多了——数十上百成百上千的老婆,只需他一个人呼风唤雨潇潇洒洒,就会打理得井井有条分寸不乱,再说,这鸡……”老婆扯住万福的耳朵狠狠拧了一把:“好了好了,就你知道的歪理儿多,给我闭嘴。”

如此一来,院落里便多了一只拥有东西两宫洋洋得意潇潇洒洒的浪情大红公鸡。

养鸡没过三天,一只黄头红腰绿尾巴的大狐狸鬼鬼祟祟前来造访。那大红公鸡还真是个有点责任心的大男子伟丈夫,发现敌情,他镇定自若、临危不惧,先将自己的两房老婆护藏在身后,然后底气十足地振臂高呼一声。这一呼,镇住了狐狸,惊动了主人——一来因万福赶得及时,二来,这狐狸初来乍到,从未见过哪家的公鸡会是这般身手,一时慌了阵脚。第一晚上狐狸出手不利,被赶跑了。

隔了一夜,也就是第三天晚上,绿尾巴狐狸又来了。狐狸狡猾,万福聪明——有了前一晚上的有惊无险，万福自然是早有防备，他知道这狐狸肯定还会再来。所以，这天晚上，他将门开个缝儿，睁大眼睛一直候在那里。没过一个时辰，那狐狸踏着月光摇着身子扭着屁股，姗姗而来。一看那架势，万福心里顿时泛起嘀咕，心想：这绿尾巴妖精莫非还真是修炼过的千年狐精？还没等狐狸靠近鸡窝，万福像孙大圣一样大喊一声："骚狐狸老妖精，哪里跑！"紧跟着喊叫，万福掀开门，举着一根俨然金箍棒似的木棒冲了出来。

这狐狸根本不是吃素的下家。狐狸也是早有防备，见有人来，那狡猾的家伙翘起漂亮的绿尾巴，腰身一扭屁股一撅，"噗嗤"放出一股子土黄色的烟雾来——唉哟，我的天哪！那狐狸的臭屁像喷射器一般持续了足足一分半钟，奇臭无比的狐屁弥漫到整座院落的角角落落，连墙旮旯的老鼠洞都没有放过。两只老母鸡当场被熏晕过去，精力旺盛、意志坚强的大红公鸡还有万福两口子也如同煤气中毒，半天缓不过劲儿来。根据这异常骚臭的杀伤威力，万福判定，这肯定是一只道行不浅的母狐狸精。第二天，脸色蜡黄的老婆对同样脸色蜡黄的万福道：看来这狐狸精是故意来捣乱的，鸡，肯定是养不成了。

万福不同意。他没听老婆的话，而是从村子里的一个小孩那儿搞来个弹弓，告诉老婆："有再一再二，没有再三再四，老婆你等着，看我怎么收拾这死不要脸的家伙。"

第四天晚上，那只死不要脸的骚狐狸精又来了，而且像是有意挑衅似的、大老远嘴里就开始哼哼着不阴不阳打情骂俏的狐狸小曲儿。万福出现了，狐狸不进也不退，朝着万福狞笑一声，调转屁股不偏不倚准确无误朝向万福。狐狸尾巴刚刚翘起，就在准备放臭屁的那一刻，"嗖——"万福的弹弓提前一秒射发，不偏不倚精准无误，正好射中狐狸摆放端正即将张开的屁眼儿，随即听到那骚狐狸精五音不全失了声变了调似的一声惨叫，顷刻之间，腾出一只爪子捂住流着黑血的屁眼儿，颠了两下丑陋的屁股，嚎哭着没了踪影。

经历了万福的"三打狐狸精"，从此之后，这"万福宫"的院子里再也没见过半只狐狸的影子。

4

"万福宫"的院落种上了各种花草，真是越来越漂亮。但对于生来勤快热爱生活热爱劳动的万福来说，这还远远不够。不久，他便开始了早在开辟"万福宫”前就已盘算好了的一项大工程。

前面已经提到，万福院落篱笆墙外的崖下，是那片左右环抱着、足有数亩地的阴湿沟坡荒地。这苇子河山弯里土地本来就多，荒地更是不少，按村子里的土地政策，每户人家院落前后左右的荒坡荒地均归该户人家所有，用作植树造林，而且是谁家栽的树便归谁家所有。实际上在建造万福宫的那一刻，如何开垦这片沟坡洼地、开垦之后作何用途的宏伟计划，早已在万福的脑海中形成了。

入住新居的第三天，万福立马动手开垦沟坡，这里土壤肥沃，墒情极佳，是种植果树再好不过的绝佳地方。一个月平坡整地下来，一条条平展展的蓄水反坡水平沟整治完毕。万福当年便在这里种上了足足一百棵桃树、杏树和冬果梨树，并将这一令人称羡的果园命名为“万福花果沟”。

花果沟除了临河的一面外，其余三面不是悬崖便是陡坡。临河的一面，万福筑起了一道围墙，围墙一角，装了一扇篱笆门。如此一来，牛羊牲畜就不会进入果园损坏果树。

六十岁后获得农业社生产劳动自由且又身体壮朗的万福老汉，没有像村子里的其他老汉，还想着继续参加生产队的劳动挣上几个可怜的工分。他是个生来喜好自由不善被约束的人，由着自己的性子生活，是他的人生信条。万福将自己大量心血和汗水花在了他的花果沟。真是苍天不负有心人。花果沟，在万福的精心呵护下，五年成果林，桃杏满沟坡。这是名符其实的花果沟：春来花团满枝，夏来绿叶繁茂，秋来果实累累，香飘满园，四季鸟鸣。几年下来，这里成了苇子河方圆远近闻名的一道迷人风景。

这么大一座果园，再加上每年都是桃杏大丰收，盛产的桃子、杏子以及冬果梨，即便十个万福家也享用不完。而且从最初开垦果园的那一刻起，万福早已经想好了，他是一心要让整个村子里的人以及远方的来客，都能够品尝到产自他的花果沟的香甜果实。对于一辈子大方出了名的万福来说，这是他最大的幸福。

自从园子里的果树开始结实那年起，每到果熟季节，万福两口总是请村人邻居提着篮子亲自到园子里采摘，愿意摘多少就摘多少。有人可能会问：自家树上产的果实，难道会分文不取白白送人吗？是的。自从有花果沟一来，几十年里万福从来没有说过一个“卖”字。他也从来不拿这些桃、杏到集上去卖，一来嫌麻烦，二来那样做根本不是万福的风格。

坐在院子里篱笆墙边的小石凳上，看着人们提着一筐筐从他的果树上采摘的果实走出花果沟，幸福的笑容挂在万福的脸上，那笑容里分明包含着只有他自己才最懂得的成就感。

尽管万福分文不取，但采摘花果沟香甜可口桃杏的乡亲邻人，有时也会有人将几毛几块多少不等的钱，悄悄塞进万福家的大门缝儿。每当此时，万福便会乐呵笑一笑，然后，他会拿这钱去供销部买来水果糖或是冰糖——村子里凡是遇见的孩子，人人有份。遇了今天，万福定是“和谐社会”的典型。

5

万福也是苇子河村人人皆知的“老愚公”，因为在开垦了花果沟之后，已过花甲之年的他，又断断续续花了两年的时间，挖通了一座“山”——此前提到的蟠桃山。世外桃源“万福宫”就坐落在蟠桃山山弯脚下面朝花果沟的蟠桃崖畔。此山因为山的顶端形似一颗大蟠桃而得名，但实际上称它为“奶头山”或许更确切，因为那山形远看俨然就像是一个乳头突起的少妇丰满的乳房。

说是“乳头”，可当你登临山顶，站在了乳头之上，你会发现这“乳头”竟是何其大也——若将它周边堪称“乳晕”的地方连在一起，足有一个生产队的打麦场的面积。乳晕的周边，围着一圈高不过一两米的、如若塌陷的古城墙般的废墟。据说这是两百年前本地人为了躲避四季不断的匪患而在山巅修筑的土围子工程，因为年代久远，风吹雨淋，牛羊踩踏，便成了这般模样。

万福老汉挥汗如雨的宏伟工程就在这巨大的“乳头”上展开。整座工程形似人人皆知的“备战备荒”年代的地下防空洞。万福先从中央乳头形状山包的南端作为洞天的入口开挖，然后根据奶头的外围弧度迂回着向纵深开挖。据说整座地道洞深近三十米，但实际深度有待考证，地洞每隔五米便有个用来透气的小巧窗洞通向外边。在地道的深处尽头，向右回转，开挖了一处堪称宽阔的去处，即万福老汉的“宫殿”。说是宫殿，实则是一间面积不过十平米的大猫耳洞。这里是整座地下工程的高潮所在。为了防止坍塌，万福在这里大动干戈。他根据需要运来十多根结实的椽子檩子，以作必要的支撑。土方工程完工以后，他又在这里盘上一方土炕，并且准备了必要的生活用具。到此为止，宫殿内部工程就绪。

奶头山的工程之所以进展缓慢，主要是因为，万福平日里得把大量的时间花在呵护花果沟上。如此一来，两头兼顾，奶头山的工程自然也就进展缓慢了。两年之后工程全部完工，万福将其称之为“蟠桃离宫”。

“离宫”周边的废墟城墙以内，围绕着整座洞天福地是从来没有人注意过的山野荒地，更没有人想到过要来这里开垦。万福对这块荒地做了悉心的开挖整治，将其开垦为整洁平展的菜地，然后从山下一担又一担挑来上等的农家肥。施了上好的肥料，再加上这里一年四季的雨水没有丝毫外流，商情奇好，是理想不过的菜地。菜地平整完毕，万福将土地的三分之一用来种植豆类，扁豆豌豆和蚕豆，应有尽有；另外的三分之一种菜，萝卜白菜土豆洋芋马铃薯，应有尽有；剩下的三分之一，特意留在靠近宫殿正门的两侧，种了花，牡丹芍药大丽花，应有尽有。夏天站在“奶头”上朝四下里观望，围着“离宫”色彩搭配有致的菜地花花绿绿、一派生机盎然的景致，令人神清气爽。

“蟠桃离宫”建成以后，为了吸引村子里的乡亲前来光顾，万福开始在这里隔三岔五地上演他所拿手的皮影戏（当地叫牛皮影娃子）。万福没有念多少书，但由于他生来天资聪慧，无论什么事儿都难不住他，加上有超强的记忆力，凡是他想学的就没有学不会的。万福天生兴趣广泛，比如唱皮影戏就是他的一大嗜好。最初的日子里，万福影戏的表演操持、唱腔、伴奏等等，都由他一个人完成。唱腔无论男声女声老生小生生旦净末丑全由他一人担当，伴奏的“乐器家什”自然只能是他那张万能的嘴巴。几天之后，有同村三位影戏好家参加，一个笛子、一个二胡、一个锣鼓，于是一切齐全，万事俱备。

皮影戏招来了一拨又一拨万福最热心的观众粉丝。每到此时，万福老汉会乐呵呵地奉上他的烤土豆、烤烧饼，再加一壶配上冰糖的上好陕清茶，如果是小孩来了，还会有水果糖，遇上了水果成熟的季节，自然还会有桃子、杏子和李子。想想看，这样的美事，除了这名不见经传的“蟠桃离宫”，哪里还有？观众来宾们大家一边吃着喝着，一边看戏，唉吆我的天哪，那个那个美呀！

万福的皮影戏是从他的爷爷那里学来的，因为他天生聪明，一学就会。折子戏、全本戏，《杨家将》《鸿门宴》《李凌牌》《游龟山》《赵氏孤儿》《铡美案》，全都是他的拿手戏。据说，万福肚子里装着大小不下五百本戏——是真是假，我不敢保证。按他爷爷的说法，万福学到了爷爷皮影艺术的正宗。

后来，慕名而来的观众越来越多，因为“离宫”地儿太小，不得不将“戏班子”转移到山下的“万福宫”。但有的时候，戏迷们的活动照样还会在别具一格、有吃有喝，天高云淡皇帝远、奶头上一吼满河川的“蟠桃离宫”举行，参加者自然只能是包括我在内的少数“嘉宾”。一切不因别的，只为这“蟠桃离宫”接近碧云蓝天、放眼八面群山的一份舒坦与天然。

几十年的时间里，“万福宫迷糊皮影”远近闻名。这项活动一直持续到万福老汉过八十岁生日的那天。一来自己毕竟不再是年轻小伙子，唱不动了；二来这山里电视越来越多了，村子里人们都开始在家看电视了。

6

万福八十岁生日过后不久，与他相亲相伴一生的老伴因脑溢血突然身亡——夜里睡觉前有说有笑好端端一个人，可早晨该醒来的时候却静静地睡在被窝里始终不见个动静。等万福像平日里一样爬到耳朵上学公鸡叫，却发现人早已经没有了任何睁开眼睛的意思。万福伤心得要死，可乡亲邻人们还一个劲地说：那是她老人家天大的的造化。说是造化也对，不知不觉一觉睡过去，毕竟没有受任何病痛的折腾。但万福的伤悲是可以理解的，因为小他一轮的老伴还不到七十，走得实在有点早，更不用说俩人一辈子感情那么好。

老伴的突然去世，对于天真乐呵了一辈子的万福来说，简直是个致命的打击。过了好久，万福老汉都不能相信，自己的老伴真的已经离他而去了。

老伴去世后，有好长一段时间，痛不欲生的万福老汉听不进劝阻，执意要到离家不远的老伴坟头去陪伴她。孝顺的儿女们拗不过，只好答应。于是，万福用谷草在老伴的坟头边上打了一个简易的棚子，每天晚上都陪着她。那是万福一生中一段没有瞌睡的日子。每当他醒着的时候，他便开始回想和老伴走过的一生，和这一生中他们共同生活的日日夜夜、点点滴滴。

记得他俩相识和结婚的那年，十年来一直走四方浪天下的万福整三十岁，而他的新娘只有十八岁。在那个自由恋爱少得稀奇的年月，他们俩却是地地道道的一见钟情自由恋爱。他忘不了正月十五闹社火的那个晚上。正在舞着狮子的万福，发现一根大麻狮子毛不小心挂在了一位身穿红棉袄、身材好看眉眼俊俏得要命的大姑娘的纽扣上。没想到，这一挂，就给他“挂”上了一个一生相守的媳妇。姑娘是和母亲一道来苇子河姨姨家走亲戚的。常言道，千里姻缘一线牵。没想到，牵来他们姻缘的那根线，竟然就是那根让俩人千谢万谢、终生难忘的“大麻狮子毛”。虽说俩人年龄差距大了些，但因为万福尽人皆知的聪明能干，岳父岳母一点都没有反对小女儿的这桩由吉祥的“狮子毛”牵来的婚事。老人认为这是上天注定的美好姻缘，因为这之前，有数不清的人前来提亲，可就是没有一个能让小女儿瞧得上眼的。没想到，在那么好的一个日子里，俩人只看了一眼就把一切全都看合适了。也正是从那个时候开始，万福那颗生来感恩命运感恩生活的爱心善心，开始变得一天胜似一天的虔诚了。

万福在老伴的坟头一直陪到百日以后。不仅如此，他对老伴的坟园也是额外做了精心的收拾打扮——先在周围围上了整齐的篱笆，然后在墓园四周栽上了一棵棵松树、柏树，同时还在墓园里种上了牡丹、芍药和刺玫花——苇子河人自古以来都没有这样的习俗，但万福老汉在自己老伴这里破了千年乡俗。

由于万福和儿孙们照管的好，时至今日，墓园里每到春天都是鲜花盛开、花香四溢、蜂蝶飞舞、生机一片。

二零一零年中秋节的下午，天气十分晴朗。阳光暖融融，“万福宫”前的“花果沟”，茂密的绿色覆盖了整座沟坡，一片苍翠，鸟鸣阵阵。年逾八十八岁、生活却能完全自理的万福老汉，在自己“万福宫”的阳坡旮旯晒太阳，甚是惬意。

万福眯缝着眼睛，开始回顾自己的一生，脸上不时露出如同这暖和的天气一样的神情。他觉得自己这辈子一切都好、都遂意，唯有两件事让他感到十分惭愧，一件是举着斧头杀“流氓犯罪分子”的事——本故事的一开始就已经讲过了；另一件事，是他压在心里始终没有给别人讲述过的。关于这件事，每回想起，他都要在心里愧疚地深深忏悔一番。

那是六十多年前的事了，当是他还是个二十岁出头的小伙子。当时他正给陕西富平的一家富人家扛活。这期间，尚未成亲的万福，遇到了喜欢他的富家小媳妇翠花。翠花那年二十岁。

翠花是万福扛活那个村子里另一个财主东家的小媳妇。年纪大过翠花二十六岁的东家已经有三房老婆，却还在到处拈花惹草。翠花嫁给这财主，全是因为她的爹妈贪图人家的钱财，所以这门亲事翠花压根就不情愿。本来对那老东西就谈不上什么感情，再加上性情幽默、讨人喜欢的万福又是那样的聪明能干，这一来二往，翠花就不知不觉喜欢上万福了。俩人背地里神不知鬼不觉地着实好了一阵子。

那时候，万福年轻，风趣幽默的同时，难免做出一些冒失的事儿来。

有一次，他俩在麦田边的一个树林子里偷情，俩人惊天动地地折腾了一番。等风平浪静下来，他发现翠花的那个如同小花苞的地方一跳一跳、一开一合地还在动。调皮的万福随口道："怎么？我的"小翠儿"还动来动去，不舒服还是没受活够？看看，小嘴儿还一个劲地骂我?"边说边扯下身边杨树上巴掌大一片叶子，照准地儿"吧唧"一下，轻轻贴到翠花的下身，把骂他的"小嘴"给封上了。

这下可把翠花惹大了。翠花翻起身来，眼睛瞪着万福，气得说不出一句话来，随即眼泪就哗啦啦流了下来。翠花伤心的眼泪流到地上，足足湿了碗口大碟子大的一坨。

万福这才发现自己一时的癫狂骚情，把不住分寸将玩笑开大了。他赶忙把翠花紧紧抱到自己的怀里，把她的脸蛋儿贴在自己的胸口，使出他三头六臂的能耐拼命地哄起来。结果他越是哄，翠儿就哭得越厉害。一看这架势，万福知道，自己彻底把不该干的事情干下了。

打那以后，翠花见了面绕着走，再也不理他了。

这是万福这辈子想起来最不能原谅自己的一件事儿。

尾声

八月十五过后是八月十六。一大早，村子里细心的李家大妈发现万福老汉依旧蹲在"万福宫"院子里前一天的那个旮旯里"晒太阳"。她觉得有点不对劲儿。

李大妈立马找人去看个究竟。等万福的儿子儿媳和乡亲们走到近旁，发现老人已经去世了，时间应该是在前一天下午或傍晚。

虽说已经是年近九旬的人了，但万福老汉身体一直硬朗，生活完全自理。无论儿女们怎么劝说，他就是坚持着要在自己的万福宫独自生活，其中的原因大家心里都明白，因为这"万福宫"是他和老伴生活了半生的地方。据儿子说，先一天下午他离开的时候，父亲还好好的在那里哼着迷糊调儿晒太阳呢。

跟老伴一样，万福得的是脑溢血。

"万福宫"的院落里，依然像往日一样干净整洁、秋菊盛开、清香四溢。走进万福老汉的窑洞居室，人们发现，除了最基本的锅碗瓢盆和几件朴素但却干净整洁的衣服和同样叠放整齐的被褥外，屋里唯一值钱的东西，就是那套几十年来给数不清的人带来欢乐、而今差不多已经被人们遗忘了的皮影。

2012—11—02 起草提纲

2013—01—17 开始写作

2013—01—24 完成初稿

2013—01—27 修改定稿

生死绝恋

常林知道，这辈子，他的心他的命，
从此和桃儿天长地久、永远化在一起了……
——题记

1

常林是个平凡的人，但就是这个平凡人的名字以及他的故事，却越来越频繁地出现在所有熟悉他、喜爱他的人们的记忆里。

人们之所以记着他，忘不了他，并且还要将他的人生像故事一样到处传说，是因为在人们的记忆中，他好似一个戏剧中的传奇人物。甚至听说有人要将他的“故事”编写成电视连续剧。

常林最先给人们留下记忆，大概是在那次如同突然而至的“沙尘暴”一般的批斗大会上。那是“文革”初期，在常林所在的村子——那个时候叫生产大队的一次批斗大会上。

那是一次充满杀气的批斗大会。全大队所有的地、富、反、坏、右五类分子，二三十号人全被押上了会场，其中就有常林。常林的父亲是一个被定性的“地主分子”，批斗大会上，他是五类分子的排头兵。而常林被押上去，是作为地主分子“梯队”，给自己的父亲赔场子的。

那是常林生来第一次在这么多的人前亮相。那也是村子里几千号人第一次聚集一起见到常林——这个高中尚未毕业，约莫一米七八个头、长得十分英俊的小伙子。在杀气腾腾的场子上，在黑压压数千人面前，他陪着一帮“黑五类分子”，被高呼革命口号的革命群众呵斥着、甚至是强制着，低下头来。自始至终，常林在那里面无表情地站着。

从那之后，凡有批斗会，作为“常委”的他，每次都会“准时登场”。

那年月，群众是革命的群众，而孩子是革命的红色下一代，是毛主席的好孩子、好学生。但就是这些个天真孩子中的几个同样天真的十五六岁的小姑娘，听听她们在背后怎样悄悄地议论着——

其中一个说：“地主肯定是坏人了，可是看着那个当“船姑”的常林也站在那里，让人心上真个难过。”

另一个接着道：“就是，你看他多英俊啊，他要的“船姑”真是太好看了。这么英俊和善的人，怎么可能是坏人呢？唉。”

说这话的几个姑娘，一脸茫然、遗憾和失望的表情。

2

常林来到这个世界，就像是老天爷在这世上开的一个玩笑。他似乎就是专门为了遭受不幸而来到这个世界的——老天爷给了他健美的体格、英俊的相貌和聪慧的禀赋，然后又让他偏偏出生在那样一个家庭，再赶上那样一个“大好”时代，真可算得上是“要啥有啥”了。

常林祖上或者更准确地说是从他的父辈开始，是当地有点名气的家道殷实人家。在常林的家乡，众人皆知，早年民国时候有一个号称“三魔王”的人。“三魔王”因排行老三而得名。此人生得眉清目秀，相貌堂堂，却偏偏不务正业，而入行经营了与他的相貌不甚相符的、打家劫舍行当——他是那一带小有名气的土匪头子。提起他来，十里八乡没人不知，无人不晓。听老人说，哪家的孩子夜里要是哭闹，大人马上会吓唬他：“别哭了，再哭三魔王就要来了!”。还真灵，听了这话，孩子即刻就不哭了。

就是这个“三魔王”，在自己还没有成为“魔王”的少年时期，便娶了个比自己大好几岁、且漂亮得远近闻名的老婆，十五六岁就得了儿子。他的这个儿子就是常林的祖父。

据说，他们这个家族除了“三魔王”，其他所有的人都是一些正儿八经的老实庄稼人。包括常林的父亲，虽说是地主，但实际上都是一些待人十分厚道、靠着自己的两只手在地里辛勤劳作过日子的人，深受人们的敬重。如今提起，这都是一些显得有点遥远的“古话”了。

常林是家里的独子，自幼聪明过人，性情温厚，写得一笔好字。家里人一直供他读书，从乡里一直读到县里，入了高中。就他目前的学识来看，这个村子里还没有过他这样有文化的年轻人。照此下去，他肯定是一个很有前程的娃。

常林本来该有个绝对算得上幸福如意的婚姻的。按现时的说法，他有过算得上是自由恋爱的经历。但命运不济，最终一切都变成了梦一样的泡影。

提起这件事，话还得从头说起，时间大概是在文革到来的前一年。

那年正月，聪明精干、在县城中学读高中的常林，正好放寒假在家，于是就参加了村子里的社火队。有一天，他们的社火队去别的一个村子闹社火，担任“主角”的他，自然是少不了的。当时只有十七岁的常林，在社火队里扮演的是跑旱船的“船姑”。因为他个头高，长得本来英俊，再加上特别上装，于是，装扮起来一下子就真的变成一个十分俊俏、光彩照人的“船姑”了。

据说那天晚上来自四方八面看社火的人非常多，其中有姑嫂二人。那嫂子的名字叫荷花，小姑子名叫春桃。由于春桃长得十分俊俏，好看的鹅蛋脸白里透粉，所以村里人都习惯叫她桃儿。荷花和桃儿，说是姑嫂，其实荷花只长桃儿两岁，年方十八，是那个腊月才娶进门的新媳妇。桃儿虽说还不满十六，但身材长得好看，高高的个头跟嫂子不相上下。这姑嫂二人本来生得俊俏，再加上身上过年的红衣服的映衬，那粉咕嘟嘟的脸蛋，在社火队灯笼一片柔和灯光的映照下，就更显得白里透粉了。俩人都像是“桃儿”，算得上是真正的好看。也许就是因为自己长得好看的缘故吧，姑嫂二人对那个漂亮得像芙蓉仙子一样的“船姑”，也一下子感上了兴趣。

姑嫂俩人都以为旱船里的“船姑”真是个姑娘，于是姑嫂二人就跟上去看，想把这个俊得像画儿里人一样的船姑，看个究竟看个够。常林见两个长得如此俊俏的姑娘追着看他，于是有点不大自在起来，脸上顿觉有点发热。好在脸上涂了油彩上了妆，别人什么都看不出来。不过常林暗自在想：长得这么俊俏的俩人，你们这是看我呢还是故意让我看你们呢？无论咋样，窃喜之余，常林把那两个姑娘算是看得仔细记在心里了。

后来在旱船表演的间歇时间，终于听见常林同一起的伙伴说话，这让两个姑娘顿时大吃了一惊——她们这才知道，原来这个“像画儿里一样的船姑”根本不是个姑娘。惊奇之余，姑嫂俩心头顿时生出一种莫名的感觉来，那不是一种纯粹的高兴和喜悦，那是一种夹杂着心跳的淡淡的惆怅。

好看的社火终于散了，姑嫂二人随着散去的人群回家。回去的路上，起初姑嫂俩人仍继续谈论晚上的社火、谈论“船姑”，但她们说得不多，甚至很快谁都再也不说话了。但谁都知道，她们是在各自想各自的心事。其实，就是那个晚上，过了大半夜，姑嫂俩人还都没能睡得着……

按常理，桃儿这辈子一定是很感激自己这个善解人意并关心着自己的嫂子的。打那次社火之后，荷花这个当嫂子的很快打听着了“船姑”家的村落——她心里盘算着：尽管桃儿年龄还小，但过不了几年，她总是要嫁人的。想想跑旱船的那个“船姑”，这世上哪里还有比他更好的小伙子呢？她拿定主意，一定要想办法让自己瞧上的这个“船姑”来向桃儿提亲，心想先把这门亲事定下来，将来好成为自家的姑爷。但是她把这一切暂时没有告诉桃儿。

随后，荷花将这个想法告诉了自己的男人，并要这个甚是听自己话的男人，将她的打算告诉公婆。听了自己漂亮新娘子的话，做丈夫的在自己的两位老人跟前将常林美美地天花乱坠了一番。其结果是，七天之后，荷花的公公请了自己的亲家、也就是荷花她爸，亲自到常林家提亲。因为荷花的父亲五八年大跃进的时候，和常林的父亲一道修过大关川河的水渠，早就是有过交情的熟人了。

常林的父亲见有人来给儿子提亲，当下谢过荷花他爸。常林的父亲觉得这是满意的不得了的一门情事，于是当下答应择个吉祥的日子，去桃儿家相亲并见过她的老人们，那时桃儿的爷爷奶奶都还在世。

再说常林，一听是要给自己提亲找媳妇，心里也不知道是哪家的姑娘，更不知道那女孩长得俊俏还是难看，能不能可自己的心。但打小懂得孝道的他，深信父亲的话应该是没错的，也是该听的，于是就跟着父亲去了桃儿家。

真是不看不知道，一看乐得心儿蹦蹦跳。

经这么一相亲，差点没把常林乐晕颠——他万万没有想到，和自己相亲的小姑娘，就是过年那天社火场上三番两次看过她的那俩俊俏姑娘中的一个——桃儿。对桃儿来说，她一看尽然是“漂亮俊美的船姑”站在了自己的面前，美得她心里哗啦啦只觉得就像是在做梦。

就这样，俩人只瞅了一眼，便知道眼前站着的，就是自己前世里定下、这辈子连做梦都在打着灯笼寻找的那个人。于是，就在俩人对视的那一刻，羞涩的红晕泛上桃儿的脸庞，幸福的蜜汁开始在常林的心河里流淌……

后来的事情是大家能想来的，两家孩子满意得心儿乐花乐花的，大人自然也就跟着满意了。在这门情事上，媒人只是个幌子。两家商量后，选了个合适的日子，很快就给俩人把亲定了。

可以想象，日后常林娶了桃儿，那绝对是情投意合的一对儿。从订婚的那天开始，他俩就像是掉进了蜜罐罐，心里真是甜蜜不尽，那仿佛永不消逝的笑脸常挂在一对年轻人的脸上，就连邻人家的姑娘小伙，看了都觉着羡慕。常林去丈人家，哪怕是去泉里挑水的时候，桃儿都要借口跟了去，甜蜜恩爱的日子仿佛已经拉开了序幕……

然而，天有不测风云，当他们的幸福梦想眼看就要变为现实的时候，像是故意跟人作对的生活，将他们拖进了噩梦一样的苦海。

3

仅仅几个月之后，文革开始了。常林的家乡也和其他地方一样，进入了不得安生的日子。

一切急转直下。常林父亲作为地主分子，一夜之间成了被严厉专政的对象。出身、家庭成分，以及与其有关的一切，在那个年月成了人们最为敏感的问题。平日里，人们遇到“五类分子”就像是遇到了瘟疫，躲都躲不及呢，更不用说是与这样的家庭谈婚论嫁了。

桃儿家庭出身贫农。成分决定了她和常林俩人的婚事，一夜之间出现了不可逾越的鸿沟。但是桃儿虽然人小，但性格可是挺倔强的。由于各方面的原因，虽说只读了三年小学，但她却是那样的灵秀，赛过很多读书比她多的娃。她的心底里是那样的喜欢常林，自打见到了常林，她就再也没法忘记他。更不用说她现在已经和常林定了亲。在她的心目中，她死死的认定：定了亲，常林这辈子就是她的了。对于她来说，她也从此铁了心一样认定：这个世上没有比常林更可她心的人了。定亲以后这些个日日夜夜，她无时不在牵挂他，恨不得让自己赶紧长大，嫁给自己心上喜欢的人。

自打定亲以后，俩娃娃心里的那份掩饰不住的满意，就挂在他们的脸上。对这一切，桃儿的父母看在眼里喜在心头，心想给自己稀罕的女儿找到了让她这辈子心满意足的小伙子，做父母的也就放心了。可是，眼下时势发生了这样的变化，该是如何才好呢？做父母的也看出了桃儿近来的心事，他们更理解女儿的心思，觉得这事情是着实有些难办了。

为了女儿的事，老两口真是犯了大愁了。半夜醒来睡不着，就开始合计起来。但合计来合计去，还是没有个好主意。唯一的主意就是不用任何的主意——把这门亲事退了。但桃儿的爸妈都是待人真诚的厚道人，这样做不仅觉得不好给自己的娃说，再者给常林家里也不好开口。

当儿子的看出了父母的心思。一天吃饭的时候，趁桃儿不在家，他冲着父母开了口："爸，妈，你们看见现在的形势都变成啥样了，桃儿跟常林家的事，还要拖得啥时候呢？再不做个决断，我看咱一家人都要拖累进去了。上面说了，即便是一家人，好的和坏的都要划清界限呢！为了这事，和那么一家永远抬不起头来的人扯在一起，咱犯不着。"

桃儿的爸叹了口气，没有吱声。见没人吭声，当儿子的又开腔了："桃儿这又不是已经嫁给他家了。人家结了婚还有离婚的呢，定个亲算个啥么。"

荷花的想法和丈夫不一样。她给公公说，这事最好还是先等一等再说。公公婆婆都觉得媳妇的话在理，可儿子还是坚决不依。

说实话，在荷花的心里，让常林做桃儿的女婿，不仅桃儿满意，她也是十二分的舒心和遂意。作为一个女儿家，荷花似乎比别人更能看清什么样的小伙是好小伙。至少，直到现在，她还从没见过一个各方面比常林更好更让人喜欢的小伙子。她不止一次这样偷偷地想过：这辈子老天若是让她有福分嫁了常林这样的男人，她幸福和喜欢的份儿一定不在桃儿之下。

看着一家都不同意他的想法和意见，荷花的男人干脆来了个绝的——他背着一家人，直接去了常林家。

就像是一个很懂政策的干部一样，荷花男人在常林家转弯抹角的又是道理又是政策地讲了一通。末了，才顺势表明了来意。其实，常林一家都是心明眼亮的人，从荷花男人进了家门的那一刻，他们就知道他是来干啥的。甚至在他还没有来的时候，一家人早就知道，他迟早都会来的，甚至连他进了门要说的那些个话都想到了。

常林一家，从父母到儿子，都是通情达理的人。听完了荷花男人的一番话。常林爸轻声慢语地说了几句怎么听怎么在理的话。他说这一切都是因为时势，谁都不怪。言语里丝毫没有责备对方的意思。

常林，自始至终都没说一句话。有一阵，他仿佛看见桃儿笑盈盈的模样，浮现在自己眼前，但却转瞬即逝。听完了桃儿哥的话，他觉得自己的心头空落落一片。

在桃儿那边，当她知道哥哥做下的事情后，那反应真是一家人万万没有想到的。才十七岁大的姑娘，平日里那样的懂事，听话，孝顺老人，没想到这一下就像是完全变了一个人。她说出的一些话，让做父母的大为吃惊。她对着父母又是哭又是闹，而后冲着她的对头——指着当哥的鼻子："你凭什么？我抬不起头，我没活头，我过不下去，我死了，那是我的事情，你管得着?!"

这辈子，桃儿算是恨死了这个当哥的。甚至受了牵连，连嫂子也觉得不是以前那个让她喜欢的嫂子了。

面对残酷的现实，桃儿和常林，俩人的心里都不能相信这一切是真的。但随着形势一天胜似一天的严峻，他俩不得不相信，周围发生的一切都是真的，那是他俩的力量无法抗争的。他们绝望了。

4

运动到来，学校也开始闹革命。作为地主分子的儿子，常林的学是再也没法上下去了。无奈辍了学的常林，带着满心的沉闷回到了家里。而且"有关方面"还特别指示：作为地主分子的儿子，尤其是一个读过书、有思想的"地主狗崽子"，他必须参加每次的批斗会。

村里十天半月一次的批斗会在雷打不动地进行，那是当时每个地方的例行公事。每次批斗大会，常林父子没有一次可以幸免。那几个小时里，轻者被民兵或革命群众或积极分子吆喝着罚站低头认罪；重者则被捆绑或架"土飞机"。每次被捆绑或架了土飞机，那被折磨的人，一个个全都面无人色。

作为一个没有见过大世面的庄稼人，常林的父亲算得上是个明事理和想得开的人。他心想，对于他本人来说，不用说眼下这"地主分子"的帽子，即便给自己头上再多加上一两顶什么帽子都无所谓，自己无论受什么样的皮肉之苦，他都认了。但是看着无辜和可怜的儿子，跟上自己受牵连，他就觉得自己这颗心像是被无名的魔鬼撕扯着一样难受。儿子，一个成长在新社会、受公家教育的孩子，他没有过过一天"地主"的日子，更没有干过什么反党反社会的事，他究竟有什么错呀？

尽管如此，但这一切，他只能在自个儿的心里想想。作为父亲，作为一家之主，他知道，无论什么样的苦水他应当自个儿咽下；老天把秤砣搁在了他的心上，他得咬着牙关自个儿消化。

每次批斗回来，常林许久心情难以平静。他死活不能理解，他和父亲，跟这个世界无冤无仇，跟批斗他们的那些人无冤无仇，可他们为什么要那样的凶狠？就像是前世几辈子结下的不共戴天的仇怨！想起那些仿佛从里到外变了人样，疯狂折磨父亲和自己的人，常林心想，人怎么可以变成这样？他觉得他们实在是太可憎了，这个世界太可憎了！一想到这些，原本性情温和的他，那一腔的血就轰然冲上头来。他恨不得用自己的命豁出去，拿刀戳死那些恶人，毁了他周遭的一切，毁了他仇恨的这个面目狰狞、可憎无比的世界！

仇恨归仇恨，愤怒归愤怒，一旦当他心境稍稍平静缓和下来的时候，他就进入一种无可奈何的郁闷之中。他觉得周遭的世界是灰色的，他压抑得喘不过气来。然而，面对这一切，他觉得自己真是一点办法都没有。他真的快要压抑死了。

看着时而满脸怒容、时而愁苦郁闷不堪，却又一言不发的儿子，常林爸的心里有种说不出的感觉，但又不知道该用什么话来开导儿子。唯一能说的一句话就是："娃呀，你大实在对不起你，可这也就是我娃的命啊，你就认了这命吧!"

那年月，对广大的无产阶级革命群众贫下中农来说，那是头上金光灿烂的阳光日子，而对常林这样的人家来说，那是一天连着一天等不到尽头的阴霾天气。对他们来说，日子只有这样在无边的灰暗中一天天度过。

好在人这种动物，还真有着比任何动物更强的适应能力——"五类分子们"被天天批斗，这时间久了，整个人也就变皮实了：每次上场，仿佛就成了例行公事。常林也是一样，在这样一次连着一次的批斗中，他那颗原本倔强的心渐渐服帖下来了。

三年后，有人给常林提亲，女孩叫杏花，家里出身是富农——比地主好不到哪里。

这个叫杏花的姑娘，尽管人长得十分俊俏而且贤惠，但常林对这门亲事却没有一点心思。常林觉得跟杏花不可能有感情，因为他的心压根里全搁在桃儿的身上了。但常林是个孝子，他理解父母的心思。他没说什么就同意了，并且很快就和杏花结了婚。

桃儿很快听说了这事。她理解常林，理解他们一家人的境况。但理解归理解，可她觉得自己的这颗心却从此被掏空了，她觉得自己的心就像是从天上掉到了无底的涧沟里了。她觉得这世上的一切都失去了活气。

5

老天爷就像是算计好了、要故意不松劲地捉弄常林这一家人似的——他们新婚没出俩月，父亲于四月里突然病逝，据医生说是脑溢血。父亲的猝然离去，对心身憔悴的常林来说，无疑是头上的天塌落了。然而世事难料、祸不单行——父亲刚刚去世没几天，家里又出了另一档子让常林伤心至极的事——可怜的母亲得了大病，得了一种令人不可思议的怪病。

她得的是人人都没听说过的怪病——每天只要天黑下来的时候，她就开始心跳加快，呼吸困难，神情恍惚。每当此时，一种难以抑制的恐惧感顿时便会弥漫她的心头。此时此刻，她就特别期望儿子常林能够来到自己的面前，守候在她的炕头。令人难以置信的是，只要常林来到母亲跟前，老人家的病症尽然真的就会开始缓解，有的时候甚至会完全消失。

常林是个孝子，每当母亲发病，他便立即来到母亲的炕头前，一刻不离的守候着她。

但不幸的是，常林妈的病不但不见好转，反而症状一天胜似一天越来越严重，求医问药、捉神弄鬼搞迷信，什么法子都用上了，但都不奏效。后来，发展到每次患病，常林必须坐在母亲跟前，一直陪着老人家，直到她完全入睡，否则病情就会即刻加重。这样的折磨，无论对病人、对家人来说都是痛苦不堪。

艰难的生活让常林感到绝望，不祥的阴云彻底笼罩了这个家。

6

为了治疗母亲始终不见好转且一天天加重的病情，常林可真是想尽了法子。家里先是请来附近的医生包括私下里的一些“神医”、“半仙”，但看来看去丝毫不奏效。最后，庄子里有人说，镇子上卫生院最近新来的刘大夫，是个从外地新调来的医生，虽说年纪不大，但看病却是很有些手段。因为周边十里八乡上卫生院看病的人多，若是没个有面子的人去请，这个刘大夫一般是不会出诊上门给人看病的。

常林听了之后，马上想办法去请这个大夫。很快，他托到了“有面子的人”请到了刘大夫。

刘大夫年纪在三十左右，斯斯文文，说话不多，那架势那神气，看上去感觉像是个有办法的大先生。看着请来了卫生院的大先生，一家人心想着：老人家的病该是有了指望了。

农村里人，对医生的那番恭敬，就像是对待庙堂里头的神佛爷，该敬的心该上的供一定会一点不落的全都敬上。看过病，刚刚开过药方没一会儿，常林媳妇把男人一大早就收拾着宰好的一只老母鸡，用上心思，炒了一大盘，香喷喷地端上来献在了刘大夫的眼前。

那年月，百姓的生活都很困难，不要说平时杀鸡宰羊，即便是过年，也不是人人家里都能杀鸡的。这一切想必这刘大夫自然是心里明白。可是，当一大盘鸡肉端到眼前的时候，刘大夫并没有忙着光顾盘中的美味——他那双眼睛开始不由自主的、直勾勾盯在了站在眼前伺候他吃饭的这个新媳妇身上。看她长得那么端庄好看，再看她的身材，高高的乳房细细的腰，圆圆的屁股直溜溜的腿，他像是管不了自己的眼睛了。常林媳妇即刻像是意识到了什么，她不敢正眼去看刘大夫的眼神，说了声“刘大夫，我不会做饭，做得不好，你吃着不要嫌弃”。说完了，便难为情地低下了头，不知如何是好，羞答答地退在一边。

吃着香喷喷的母鸡肉，刘大夫像是换了一个人似的——不仅话多了起来，而且态度也比先前好了许多，对着常林两口子：“老人这个病，不能急，得慢慢治疗，慢慢调养。不过问题不大，我想经过我一段时间的治疗，应该问题不大”。

“哎呀，真是感谢刘大夫了！”常林用十分感激的口吻。

“最近卫生院病人比较多。把我开的药先吃着，过几天有了空儿，我记着再过来看看。你们就不用专门跑到医院来叫我了。”

“哎呀，刘大夫真是个好人，真是感谢刘大夫了！”常林那是发自内心的感激。

7

没过几天的一个后晌，老人又一次犯病了。情急之下，常林刚准备要去医院请刘大夫，结果真是巧的不得了——刘大夫推着自行车上门来了。他说是出诊路过这里，顺便来看看。见到他，一家人不知道该怎样感谢才好。

看过病，时间已经有点晚了，刘大夫就被盛情留了下来，住在了常林家里。

看着常林挽留，刘大夫没打推辞。一来，刚才来的路上，他的自行车胎偏巧被扎破了，没法骑了；二来，老人病情较重，常林两口子特别想让刘大夫留下来，这样他们心里踏实。

这天晚上，像往常一样，常林陪同自己的母亲住在堂屋，刘大夫被安顿住在旁边的另一间屋子里。那是一间被杏花收拾得干净整洁，平时不大住人，专门供家里来了亲戚住的。

已经是七月天了，即便是这山乡，夜晚的天也是燥热燥热的，等要凉爽下去，那得等到大半夜。独自躺在宽敞的炕上，听着外面的宁静，不知为什么，刘大夫死活睡不着。他在想：自己隔壁这间屋子，正是常林两口子的住房。这一阵，常林在上屋里陪着老太太，给他端饭沏茶的那个粉嫩嫩一脸羞涩的小媳妇杏花，自然是独自一个人睡着。这一阵不知道她睡着了没有？那小媳妇躺在那里是个啥姿势？那红扑扑的脸蛋，那好看的胸、那细细的腰身……他越是不想让自己去想，就偏偏越是要想。他的脑子开始乱哄哄杂乱无章了。

突然，他像是想起了什么，他开始在心里告诫自己：一定要管住了自己这颗像野兔子一样胡蹦乱跳不安分的心。

他想了个办法，试图转移自己的注意力：他刻意让自己静下心来，想要听听万籁俱寂的夜色里有没有什么能引起他的兴趣的声响，比如什么夜游的动物或是喜欢夜生活的飞禽的叫声；过一会，又把窗帘拨开个缝儿，看看天上的月亮和星星，再看看院墙外面高高的梨树那硕大的树冠，想想那树冠里夜眠的，或是像他一样失眠的鸟儿什么的，等等。但他发现一切都根本无济于事。

他的心里一阵胜似一阵的燥热，就像是最近这数日没落过一滴雨的七月艳阳天。

大约午夜十二点左右，越睡越清醒的他，突然想要起来去上厕所——自己都觉着有点奇怪，平日里，他可是没有起夜的习惯。

因为天太热，大家晚上睡觉都没有关门，每个屋子只是挂了一条薄靓靓的门帘，他住的这间屋子也是。来到院子里，不由自主地朝杏花屋子的门帘瞅了瞅，他的心开始像兔子一样突突突跳了起来。他意识到，他的心渴望那门帘后面的一切。不听使唤的心，让他的胆子突然间变得大了起来。他轻手轻脚地朝杏花的屋子走去。

就在他掀起门帘跨进门槛的一刻，一只大花猫“跐溜”一声从他的旁边窜了出去。他被着实吓了一大跳，差点儿没叫出声来。

杏花的窗户开着，借着从窗户透进来的朦胧月光，他能看清楚屋内炕上的一切。让他吃惊不已的是，杏花竟然光着身子，半侧着，舒舒坦坦地睡在那里。小媳妇好看得没法形容的胴体，光溜溜地展现在刘大夫的眼前。看着眼前的一切，刘大夫觉得自己浑身的血呼啦啦向头上直涌。他发现他管不了自己了。他轻手轻脚往炕上、往杏花身边凑过去……

正在此时，院子里屋檐上的瓦片可能被他刚才惊吓的那只大花猫打落，掉到了院子里。

杏花被院子里的声音惊醒了。朦胧中，见身边有人，以为是常林，但仔细一看发现不对。下意识中，她刚要喊叫，却被刘大夫一把紧紧捂住了她的嘴。就在这时，他认出了她身边的人是那个原本让她敬重和仰仗无比的刘大夫。

“杏花，你千万不要出声，否则咱俩都就完了!”刘大夫因过度紧张，声音无法控制地颤抖着“杏花你听我说：自从我第一面见到你，我就真的特别喜欢你，心里头再也放不下你。今晚来找你，我也是没办法，我实在是太喜欢你、管不了我自己……”一句话还没有说完，却发现有人掀起门帘走了进来。

走进来的人是常林的表妹秀儿。秀儿是常林舅舅这几天专门打发过来给他们帮忙来的。

原来，刚才听见院子里有响动，常林和睡在东屋的妹妹同时被吵醒，一同跑到院子里。看见屋檐上掉下来的瓦片，他们立即意识到，是自个家的花狸猫干的。

人大概是真有第六感觉的——看了一眼自个儿的房门，常林心头忽然觉得有种异样的感觉。但他不愿意再往多处想。可是，好奇的表妹却偏偏鬼使一般地跑了过去。于是，就看到了屋里正在发生的这一幕。

见表妹不出来，常林也进了自己的屋子。

看到眼前的一幕，常林只觉得脑子“嗡——”的一声，整个人一时间全懵了。脑子发木的常林支走了表妹，要她悄悄回到自己屋里，不要惊动了上屋里姑姑。秀儿会意地点点头，走了。

生活让性情早已变得异常温和的常林，这一阵实在气不过，一腔怒火涌上心头。他一把抓住刘大夫的衣领，气得呼呼直喘气，恨不得一拳敲碎了这个人模狗样的坏孙的狗头。

刘大夫扶着炕沿，跪在常林面前，声音抖抖瑟瑟地说：“常林，你别急，你听我说，我真是该死！可是你一定要听我说，你一定要相信我：我打小就患有

‘夜游症’的瞎毛病。本来，好久没犯了，可今晚不知道怎么着又犯了！真是见了鬼了！唉，看我干的这事，你可以不原谅我，可你千万不要怨你媳妇，你媳妇她什么都不知道。唉，我真是该死！真是该死!”。

刘大夫滴滴答答说了一堆，听起来，还挺像是人话。

怕吵醒了上屋里的老太太，刘大夫说话时始终捏着嗓子，声音小得几乎听不见。由于屋子里昏暗，隐隐约约没法看清他的嘴脸。这一刻，真不知道他那脸上是一副什么成色。

看着眼前这个“大好人、大恩人”刘大夫，常林不知道该说什么，不知道怎么是好。见他的衣服穿戴整齐，知道并没有发生什么。他在心里安慰自己：就当这个“夜游症患者”说的一切都是真的。

杏花裹着一条单子泣不成声，一个劲儿地抽泣，浑身抖得像是筛糠一样。常林心里头七上八下，那是一种说不出的味道，即便他看得出媳妇那心头的委屈。虽说结婚才半年，而且这半年的时间里，因为他的始终半冷不热，杏花的心里的确没少受委屈。但良心和潜意识告诉他：尽管发生了眼前这等让人实在很难过得去的事，但杏花的清白是应该相信的。可一转念，常林又不得不想：既然这事儿跟自已的媳妇没有一点关系，那么一个野男人进了她的屋，杏花为什么会装的悄悄地，连个声音都没有？——是啊，常林哪能知道，那一刻杏花的嘴是被刘大夫用手捂着的。

那一刻，至于聪明的杏花心里头到底是咋想的，是真的一下子恨死了那个姓“流”的？还是前后左右地想过之后，原谅了他？这事，除了杏花本人，这世上恐怕是永远都没人知道的。

第二天一早，天刚蒙蒙亮，刘大夫就推上自己那破了车胎放了气的自行车，背着所有人，悄悄地、匆匆忙忙离开了常林家。

一大早，常林特意给表妹安顿：昨晚发生的事，是因为刘大夫的“夜游症”所致，这件事就让它烂在肚子里，千万不能说出去。

常林想过了，就他当下的境况，无论从哪个角度，这事一定不能让别的任何人知道。无论是多么难喝的苦酒，他都得悄悄喝下去。一切做得就像是什么都没有发生过一样。

8

纸里终究包不住火。无论常林怎样用心藏着掖着消化着，但这事最终还是没有瞒过母亲和外人——对嫂子心怀不满的表妹秀儿，还是把事情说出去了：不仅说给了自己的姑姑，而且还添油加醋地道给了她的一个长舌头姐妹。

殊不知，这山里头的一大特点就是：交通那是死个不方便，但闲话传起来却比什么都来得快。按当地的说法，那是：死是个灵通。

话还得从头说起。前面说过，秀儿表妹是常林舅舅的独生女，她从小就十分钟情于这个聪明有文化，长得英俊，性情温厚的表哥。和其他许多地方一样，在常林的家乡，一直有着约定俗成、人人“管不着”的风俗习惯，那就是：表兄妹之间可以结婚成亲。秀儿这姑娘说起来哪方面都好，就是个性太强，那张嘴从来不饶人。虽说她一直喜欢表哥，但常林却从来没有动过这样的念想。

半年前，常林听父母的话，勉强着自己娶了杏花。这事按理没有杏花一丁点的不是。可在秀儿的心里，总像是有那么一把无名之火。她觉得不能跟自己喜欢的常林哥在一起，全都是因为这个杏花。杏花，这个名字、这个人，想起来就让她秀儿气不打一处来。她心里认定，这个讨厌的表嫂，就是自己命里注定的克星对头。

身心疲惫的母亲听了这一消息，真是有点难以置信。老人家本来就有病，这下听到这样让他难以接受的事情，心头更是添堵上了一大堆的郁闷，她伤神落泪。她那是替自己不幸的儿子难过。但是话说回来，老人家是个明事理的人。思前想后，她觉得最好的办法只有一个，那就是：在自家的墙旮旯挖个坑，把这一疙瘩难以启齿的呕心事儿，悄悄地就地埋下——“家丑不能外扬”。

老人家把儿子叫到跟前，给他前比划后比划，把该说的都说了，把该劝的都劝了。听着妈的一番话，常林直掉眼泪。对于常林来说，他再清楚不过妈的心思。其实，在常林的心里，他的想法又何尝不是跟妈完全一样呢。

也许就是天意吧。母子俩人的对话，被窗子外面刚要准备进屋取东西的杏花，一字不落的全都听到耳朵里了。她在心里自言自语：事情原来如此。这下，杏花觉得天真的塌下来了。杏花心想，自己的“丑事”被婆婆知道了，她不知道自己在这家里以后的日子该怎么过。想到这里，她只觉得自己的头沉得就像是装满了石头，再也抬不起来了。

让杏花更为难过的是，以为她并不知道这场“母子对话”的婆婆，在杏花面前只字不提不说，而且完全表现得就像是什么都不知道——对儿媳还像从前那样好。杏花是有自尊的女娃，这样的日子不仅不能让她开心，恰恰相反，她觉得更为难受了！想想从此以后，常林的心里与她更是要无声无息地隔上一堵看不见的墙，杏花的心里真是受不了了。她不知道，这今后的日子到底该咋过。她觉得，自己就像是真的干了见不得人的事，而知情的、“宽宏大量”的丈夫和婆婆那是在原谅她。一想到这些，她真不知道自己该怎么办才好。

若是这样也就罢了，可比这更糟糕的事情还在后头。经过秀儿的那个小姐妹，闲话传来传去，传得满世上都是，自然也很快传到了刘大夫那里。

说心里话，一想起杏花那可爱姣好的模样，刘大夫心想能不伤着她最好还是不要伤着她。他跟杏花无冤无仇，跟这样一个他看上去满心喜欢的女子家，不利于人家的事情，自然是犯不着去做的。但这话，是在没啥事儿的时候说的。而一旦有了事儿，有了碍着他的名声和利益的事儿，那想法就不是这样了。刘大夫，到底是念过书见过世面的人，精明着呢！尤其是在处理这种事情上，似乎很有些经验——那天夜里在常林家的“零时夜游症”就是最好的证明。得知自己干的好事败露，他这脑子转得比谁都快——他即刻动了心思，想着最好来个先下手为强，不要让自己陷入被动。

话说回来，这等事，你说像刘大夫这样的人，哪能把自己得屁股坐到被动的板凳上？顾忌名声是小事！谁不知道，在那年头，一旦有人告你强奸罪，那是注定要坐大牢的。那样一来，名声和前程全没了。

刘大夫给关心他并过问此事的一位关系挺熟的领导，用像是十分诚恳的口气说：其实，是常林媳妇勾引了他，一切都是他们俩人事先约好的。不巧当时被她家里人发现，他们之间真的什么都没有发生。再说，既然啥事儿都没有发生，这事情就再不要提了——不是为他，而是为了杏花，为了那一家人的名声。

话虽这么说，但刘大夫心里明白，这事情不会就这样随便了结。弄不好，事情一旦闹大了，想要像他现在这样随便拿几句话搪塞过去，根本是不可能的。因为人都不是三岁的憨娃娃，即便是那一家“不敢说话”的地主。事情想要“根治”，必须得拿出个更妥当的招数。

这人呐，无论你是当官的还是种地的，有些人你可以不央不求，但是有的人你就得求。比如说，这得了病你就必须得求医生。一个有点名气的医生，在大伙儿的心目中，那还真是个有身份的下家。凭着他的“人人不得不求”的大夫身份，刘大夫托人同常林村子里的蹲点干部拐弯抹角拉上了关系。

这蹲点干部是县里来的，看了刘大夫的面子，和村里的干部私下里一合计，即刻拿出了解决问题的“方案”。他们找常林谈话，又是讲道理，又是讲形势，讲的有头有尾。聪明的常林，自然听得出那话里头的软硬兼施。常林知道，就凭我这样一个人，胳膊哪能拧得过大腿？他满口答应，一切就按领导所说。

若是遇了今天，没有人肯受那样的窝囊气。可那是一个什么样的年月，尤其对于常林这样接了父亲“班”的地主分子。一切就只能按人家说的那样了。

背着一身的冤枉和憋屈，杏花真是觉得自己没法在这个家里待下去了。她提出离婚，想要以自己以为合适的方式向世人抗争。

通过这一系列的事情，常林像是重新认识了杏花。虽说他们没有多深的感情，但这一阵，他意识到媳妇既是一个外表看似温顺娴熟的女子，又是一个骨子里头倔强、有自己的做人分寸的女子。他心头生出一种对自己的媳妇前所未有的敬重和理解。他动了心，真心实意对媳妇安慰了一番。聪明的杏花能看得出，常林的话也的确是出于真心。

这里，还得说说这个“因故”调来的刘大夫。刘大夫不是本县人。听人说他是老三届，后来读了省城的医学院，学西医。毕业后，被分配在他家乡的县城医院工作，算得上是个年轻有为、手上有两下子的“好医生”。但他在那里只工作了两年——因为“作风问题”，被调到了这里。犯事的原因是：一天夜里，他突犯“夜游症”，游到了自个儿医院一个长得非常漂亮的年轻护士的床上。“甜葡萄”没吃上，却被那护士告了发。但由于他的姨夫是这个县上革委会的一个头头，刘大夫最终得以平安脱身。处理的结果是：年轻人闹恋爱，没什么大惊小怪。但鉴于影响不太好，决定让其调动工作。

9

经过两位干部的苦心“开导”，常林这里算是没事儿了。可是，村子里的流言蜚语，就像是春天融化的雪水，搞得遍地泥泞，让常林和杏花连个落脚的地儿都没有。无尽郁闷、着实窝囊、觉得满腔无名之火没处发的常林，难免有按捺不住、与妻子冲突的时候。

有病的母亲，怕儿子出事有个闪失，便一次次安慰儿子，要他忍耐，要他想开。她说：谁让咱是这个成分呢！

话虽这么说，但老太太心头的郁闷却是一天胜似一天。她的病情一天重于一天——

在如同度日如年般的过了三个月之后的一天夜里，在孝顺的常林陪伴着她入睡之后，这个得了怪病、身心憔悴的母亲，就再也没有醒来——她永远地睡着了。

母亲过世，常林真是悲痛欲绝。更为糟糕的是，老人去世没过三天，村子里对她的死因便风言风语地传开了。想象力出奇丰富的人们，在信天游似的推断着、猜想着。

不知从哪个阴沟里，窜出来一种恶毒之极的说法：杏花犯了那档子事，引得婆媳不和——媳妇给“晚死不如早死”的婆婆饭里下了药。

常言道：闲话虽轻压死人。原本已经心力交瘁、有苦无处诉的杏花，听到了这样的传言，看着人们的眼神，只觉得头上的天爷变了脸色。她算是看清楚了：纵然自己有八张嘴，她都不知道该怎样对旁人解释。这一身的污水呀，看来自己是跳到黄河里都洗不干净了。

经不起巨大的压力，在婆婆死后不出一个月，杏花上吊自杀了。

管闲事的人们，原本是一个劲儿谴责杏花的，可现在看她上了吊，人死了，那闲话顷刻间调转了风向——一切开始冲着常林来了。一夜之间，无尽的谴责，劈头盖脑砸向常林；所有的不好、所有的错，又全都变成常林的了。

不出一个月，家里发生了这样的变故，加上人们的谴责，常林心想，我这一生为什么会是这样？难道我的前世里做了什么伤天害理的亏心事吗？他身心俱碎，彻底崩溃了。

10

时光就像是在半死不活吃力地、缓慢地向前挪动着，常林生活在漫无边际的黑暗之中。较劲的生活，让常林的性格发生了巨大的变化。除了早已出嫁的一个姐姐，常林在这个世上没有了任何的亲人。不要说和十年前做“船姑”时的那个精干无比的英俊少年相比，即便是跟前几年站在批斗场子上的那个沉默不语的常林相比，他已经变得让人们认不出来了。面对他无力改变的现实，常林只有屈服了。平日里，人们很少见他说话，有时甚至一天都不说一句话。

日子就这样，一天又一天没指望地熬着，熬着。终于有一天，常林熬到了命运让自己的生活现出一线生机和活力的一年，那是“文革十年”结束的前一年。

那一年，常林所在的村子，当时叫生产大队，轰轰烈烈搞起了“路线教育”。一时间，县里给这个村子派来了三四十个有头有脸的“大干部”，每个生产队都有两三个干部长年驻扎，和社员群众吃在一起、住在一起，做他们的思想政治工作。

路线教育期间一项重大的生产工程，就是几个生产队联合起来，不分昼夜地大干苦干，兴修水平梯田。对此，当时有个时兴的说法，叫作“水平梯田大会战”。就是在这大干苦干修水平地的日子里，常林竟然有了和桃儿天天见面的机会。

尽管离得比较远，尽管每天都要来回走上将近十里地，但队队联合兴修水平梯田时，常林和桃儿所在的两个生产队被联在了一起。他们前去参加会战的那个村子，正好处在包括他们两个村子在内的四五个村子的中间。这样一来，大家干活的时候，就等于从四面八方向中心地带集中，倒也算是安排合理，省了时间。

这个联合生产队的宏伟任务是：遵照“人定胜天”的思想，经过“苦干加巧干”，争取在一年的时间内，将三个不大不小的山头，靠大家手中的镢头铁锨，把它整平，变成一座高山顶上的“人造平原”。

五六个庄子的上百劳力在一起大会战，劳动的场面甚是热闹壮观。这样的生产劳动方式，尤其乐了那些年轻力盛的姑娘小伙。比起原先在各自的生产队干活，大家伙儿显然是更喜欢这种方式——别的不说，如此一来，他们可以见到更多别的村子里的姑娘小伙，那干起活儿来劲儿都不一样。至于这种大会战方式是否劳民伤财，那不是他们该考虑的事情。

联合生产队的队长，是个年纪三十七八岁、做起事来干脆利落的汉子。虽说他是一个大字不识几个的庄稼人，但是由于为人厚道、做事公正，在大家伙儿心目中很受敬重。就是这个善良、有心的联合队长，他给常林和桃儿提供了每天在一起干活的机会。这样的安排并非偶然，因为他知道这俩年轻人曾经是定过亲的一对儿。

常林和桃儿被安排做“贴边”的活儿。修水平地是个挖土的力气活，可在这些苦力活儿中，他们俩人干的这个活儿，却算得上是有一点技术含量的、面上的活儿。俩人没有辜负队长的期望，他们干得很好。经他们修整的地边地埂，看上去平展光溜得俨然就像是城墙。

俩人虽说在一起干活，但起初他们却很少说话。主要是常林，始终在那里闷头干活，半天里没有一句话。无论桃儿怎样一次又一次神情专注地盯着他，还是桃儿找着借口和机会同他搭话，他都是半理不睬的样子，那副模样，就像是和桃儿从来都互不相识似的。这样的日子过了足有十天半个月。

半个月后，有一天下午中间歇工休息的时候，像往日一样，常林转身就想离开桃儿，找个没人的僻静地儿独自歇息。但这一次却被桃儿叫住了："常林，你别走，我有话跟你说呢。"那声音和语气里，带有一种无须商量的命令味道。

常林站住了，随便看了桃儿一眼，什么话都没说。

桃儿就地坐了，常林也坐了。

"你要给我说啥?"见桃儿半天不吭声，常林声音有气无力的开腔了。

桃儿不吭声，只是用那双大大的眼睛，一丝不动地定定瞅着常林。

常林抬起头来，看到桃儿的眼睛，立即又低下了头："想说啥，你就说么。"声音还是那样的有气无力。

"常林哥，我知道你心里有多苦。我看着你这样，我的心里真的难过死了。今晚收工，你一定在大柳树下等我，桃儿有话跟你说呢。"

常林想了想，叹口气，轻轻点了点头。

11

桃说的大柳树，就在他们每天干活经过的路上。不过大家伙儿一般都走捷路，不来这边。所以桃儿约常林到这里说话，还真是个合适不过的僻静地儿。

常林过来时，桃儿已经先到这里等候了。桃儿轻声指点着，俩人在大树坑边儿上坐了下来。

好一阵，两个人都不吭声。常林不知道该说什么，从哪里说起。过了一会，还是桃儿先开了口："常林哥，你知道我这几年是咋惦记你的呀。自从你家里接连出了那么多的事，我哪能不知道你的日子是咋过的！我哪能不知道你的心上的苦处呢！可是在咱们这地方，我一个女孩家，又没法跑去找你。你真不知道我的心里有多苦有多难。这次干活正好遇见了你，总算有了和你说话的机会，可是你为什么要这样对我不理不睬呢?"

桃儿想听常林说两句，可是常林嘴闭的严严实实。他只是深深叹了口气，眼睛瞅着前面路边上的一簇像是听他俩说话的山菊花。

见常林不吭声，桃儿只好接着说了："常林哥，你别这样，你跟我说句话么，我都快让你憋死了！"

常林终于开口了："桃儿，你就什么都不用说了。你看如今我这都是啥样儿了，我还能有啥可跟你说的，你就彻底忘了我吧。"

"不！"桃儿打断常林"常林哥，我已经想好了，我一定要嫁给你！"桃儿的话，平静中带着一份决然。

常林像是被棍子从头上猛击了一下，突然睁大眼睛，用不无惊异的神情看着桃儿，桃儿也同样用睁大了的眼睛，连眨都不眨一下，看着常林。

一阵挖心的痛苦出现在常林的脸上。他深深地皱起眉来。他的呼吸开始变得急促，随即明确地摇摇头："桃儿，你别再说傻话了，看看我现在的样子，我的光景，你别傻了，怎么可能啊！"

"咋就不可能？常林哥，你听我说，你看我都这么大的姑娘了，在咱们这里，哪有我这么大的姑娘还不出嫁的？你可知道这是为啥吗？我就是为了等你！你只要不答应，我就一直这么等下去！"

常林的手在发抖，看得出，他心里那份异常的激动，那是他的心在颤抖。他深情地望着桃儿，望着这个十年来一直活在他的梦里姑娘。被生活折磨得早已没有了眼泪的常林，此时此刻，他那眼泪终于止不住地流了下来。他用哽咽得几乎说不出来的声音："桃儿，有你这番话，我这辈子就足够了！哪怕老天爷今天就让我死了，我都不后悔了！可咱总得面对现实呀！如今我这般光景，我哪能拖累你，哪能配得上你呀？你这么好的条件，嫁什么样的人家没有。桃儿，你就不要再牵心我了。"

"常林哥，你别说了，你一定等我，我想办法做我家人的工作，你要相信我！"

"桃儿，你别傻了，那根本不行，你家所有的人都不会同意。再则，从我这边来说，我一个地主分子，我这辈子是没有任何的出头之日了，我怎么能害你呢！"

"常林哥，你说的啥话呀，你怎么是害我呢？我已经想好了，我这辈子什么都不图，只要能跟你在一起，我就足够了。我陪着你过苦日子，那是我心甘情愿！你还不知道，我哥哥从去年开始，就一直劝着说着磨着，非要把我嫁给他的一个熟人的弟弟，但我坚决不同意！我早就恨死他了！"

一丝难以察觉的表情从常林脸上一闪而过。他随即到："桃儿，我觉得你该听哥哥的话。哥哥给你找的人肯定不会错，我觉得你应该嫁给他，听我的话。"

"你再别提我那个哥了。想起来，我这辈子恨他都恨不过来。那个小伙子听说在外地当工人，有一次都被我哥领上门来了，但我没有见。常林哥，我给你留下一句话：只要你的心给我留着，我就什么人都不嫁!"

常林被这最后一句话深深地感动了，他的眼泪再一次哗啦啦地流下来："桃儿，你咋就这么傻这么倔呢！听哥一句话，你该咋样就咋样，你不要再为我拖着累着！我欠你的，我下辈子做牛做马还你!"

这一刻，常林多么希望能把头埋在眼前这心上人的怀里，痛痛快快地哭上三天三夜，把心头积压得像山一样高的仇和恨，怨和愤，痛苦和心酸，全都哭出来……

12

大柳树下约会之后，别人的生活和日子依旧，但对常林来说，仿佛生活的很多方面都在发生变化。春天在他心中悄悄苏醒，属于活人该有的生气又开始出现在他的脸上。他仿佛闻到了久违的春天的气息，他开始注意到头顶的蓝天和白云。原本一向特别注意穿戴工整的他，无情的生活改变了他，这几年，他似乎把一切都不在乎了。可是，从这个时候开始，他又开始在乎起自己的穿戴了。

后来，桃儿一次又一次和常林约会，每次常林都如约相会，他不愿意让桃儿失望。但每一次，他都会用一些他能够想起来的话语，开导和劝告桃儿。

在他的心里，那是多么喜欢桃儿呀！说心里话，他何尝不想把桃儿娶回家，和她过上一辈子，过上十辈子！但他觉得自己和桃儿之间，终究隔着一层又高又厚无法逾越的墙。那墙，不是他和桃想要翻就能翻过去的。他觉得自己年龄比桃儿大几岁，懂的也应该多一些，既然这么爱她，就应该无私的替对方着想。不能跟自己心爱的人在一起，但为了她，无论自己心里有多么痛苦，都必须强忍着咽下。

此后的日子里，常林和桃儿每天一同劳动。休息的时候，他们坐在一起也不避人。大家总能看到他们轻声在那里说话，就像是有说不完的心里话，但不知道他们究竟在说些什么。心灵手巧的桃儿，总是边说话边做手头的活儿——

先是织了一件毛衣，后来又做起了鞋子，说是给他爸做的。

在大伙儿的眼里，几乎没有人不觉得：常林跟桃儿，可真是天生的一对，他们看上去真是太般配了。

虽说心里有说不出的苦痛，但常林的生活还是真的开心多了。只要每天能够看见桃儿，他就觉得自己的头上有一块属于自己的晴朗的天空；只要能听见桃儿说话，他就觉得他应该感恩生活，即便他明白这样的生活终有一天是要结束的。

从根本上来讲，常林已经被生活，被残酷无情的现实驯服了。他不再是在城里读书的那个常林，也不再是扮演“船姑”时的那个常林了。桃儿有多爱他，他有多么爱桃儿，他们俩人的心里都清楚的像镜儿一样。而他最终之所以忍痛拒绝桃儿，说到底，一切皆因他太爱桃儿，太害怕那个时代了。

13

当桃儿深知并懂得了常林那决然没有余地的心思后，她终于听从家人、听从命运的安排，决定嫁人了。而且就嫁给他哥哥一直死盯着给她介绍的那个熟人的弟弟，那个当工人的小伙子。桃儿深信，常林哥的心这辈子肯定给她留着！但她却不得不嫁人——不是为了自己，而是为了不让常林为她无尽的牵挂和痛苦下去！

出嫁前，桃儿跟常林约会，说一定要与常林哥见最后一面。常林犹豫再三，但还是答应了。他觉得，桃儿这样诚心，自己这么爱她，即便是头上的神明，也一定是愿意让他们俩见上这一面的。

见面的地点在桃儿姨姨家的庄子附近，那里距离常林的庄子不远。这天，桃儿跟母亲商量，说是自己特别想去看望姨姨。桃儿妈一想，女儿该出嫁了，去看看自己的姨姨也好。

可到了那里以后，桃儿根本没有去姨姨家。

常林在说好的地方等候桃儿。天黑的时候，他们前往桃儿提前看好的地方。那是姨姨他们生产队一间用作饲料棚的、里外两间的房子，桃儿熟悉这里。这饲料棚在庄子的边上，距离人家比较远。等饲养员取了草料喂过牲口扣了门之后，他们俩人悄悄走了进去。他们知道，生产队里这样的地方很安全，饲养员走了之后，是绝对不会有人来的。

草料棚里，左手一边稍远处，靠墙重重叠叠码着七八架新买来的架子车，靠门口的近处是一大堆已经铡好的高粱青，后面整整齐齐地铺摊着新割来的几大捆青翠的高粱。俩人进来，顿时闻见一股清新无比的青高粱草香味儿，飘散和弥漫在他们的四周。

起初，他们觉得整个棚里黑乎乎的，但是呆了不多一会，眼睛在黑暗中适应了，发现里边越来越亮。后来又有了月亮，月光从两个大格挡的窗户里映了进来，于是，他们发现里边的什么都可以看得清清楚楚。自然他们也能看清对方的面容和脸上的表情。

他们在铺开的青高粱上刚一坐下来，桃儿就紧紧地靠在常林怀里。对于常林来说，这一切都像是天赐。对于煎熬在人生不幸中的他来说，这仿佛从天而降的幸福，他几乎觉得自己担待不起。俩人什么都不用说，他们听见对方的心跳；什么都不用说，他们的心跳将各自心里的一切，分明地传递给了对方。

“常林哥，答应我，我要你抱着我，在这里躺上一夜！”桃儿说得很从容，像是早已经想好了的。常林不知道该怎样回答。他紧紧搂着桃儿，用他整个身心所有的一切。

常林是那样的激动，激动得浑身热血奔涌。

桃儿是那样的幸福，幸福得整个身心天旋地转。

常林和桃儿，他们多么希望时空就此停止，生命就此停止。

过了没一会，桃儿突然对着常林说：“常林哥，你能不能答应桃儿一件事？”

常林让桃儿枕着自己的胳膊，紧紧抱着她“我的桃儿，我的心疼的妹子，别说一件，一百件我都给你答应呢！”

听了这话，桃将自己的脸庞紧紧贴在常林滚烫烫的胸口，眼泪唰啦啦流了下了。常林静静等着她的话，可是她却什么都没有说。

“桃儿，说话呀！”常林用抱着桃儿的手轻轻地拍了拍她。

“常林，你今晚要了我吧！”声音那样轻，却又是那样的诚恳。

常林浑身不由自主地哆嗦了一下，忽地翻身坐了起来。桃儿也跟着坐了起来，两眼定定望着常林。常林用两只颤抖的手捧着桃儿白里透粉、如若桃花一样好看的脸。随即，把她紧紧搂在怀里。“我的傻桃儿呀，你让我说什么好！你怎么这么傻，那怎么行呢，你疯了！那哪行呢！”

桃儿流着眼泪“常林哥，我生来本就该是你的。而且你刚才都已经答应过我了，你不能说话不算数，你不能反悔。”

常林把桃儿越抱越紧，心疼得不知道说什么好："傻桃儿，这哪是反悔不反悔的事儿！不能啊，如果那样，你以后还怎么做人呢！"

"常林，我不要以后，我就要今天；这辈子，我不要别人，我就要你！"

"桃，你再别说了，其他什么事都行，唯独这件事，真的不行，除非我的心里没有你！"

看着常林那样的坚决，桃儿更是爱他、心疼他了。她只觉得，为了这样一个男人，她这辈子做啥都值了。

"常林，既然这样，也就不用硬为难你了。但是你如果不嫌弃我，那你今晚能不能看一看桃儿的身子，你就算是了却了桃儿一个心愿吧……"

常林的心颤抖了，他觉得自己的心都碎了。他把桃儿紧紧揽在怀里，无力的闭上了眼睛。

夏天，本来就没有穿太多的衣服。桃儿解开自己的衣扣，一件件脱了下来，直到全身上下一丝不挂。

看着桃儿粉白的身子，看着她那异常好看的圆圆的乳房，看着她的……常林觉得眼前的一切，就像是一场让他再也没法活过来的梦——人的一辈子，哪有这样的爱呀，他被桃儿的深情桃儿的爱彻底融化了。

"常林哥，你抱着我，亲亲我！"她轻轻说，眼泪断了线似的流了下来。

常林跪在桃儿身边，就像是看着从梦中的天堂里飘到自己面前的天仙女。

他俩忘记了时空的存在，他俩忘记了身外的一切。常林俯下身了，用他有生以来全部的情和爱，抚摸她，抱她，亲她，亲她，抱她。他流着眼泪，亲遍了桃身上的每一处地方……

就这样，不知过了多久，俩人仿佛筋疲力尽了。终于，他们开始安静地躺了下来。桃不愿穿衣服，光着身子，她说这样就可以和他的身子挨得更近。常林怕她着凉，把自己的衬衣轻轻搭在俩人身上。常林抱着桃说："桃，你听着，有你今晚给我的这一切，把我过去心上的苦难都抵消了。活到这份上，我这辈子已经知足了，即便明天死了，我都没有遗憾了，真的。"

听了常林这话，桃儿又一次抽泣起来。她恨不得让自己整个儿钻到常林的身子里，而常林又何尝不是呢？

他们就这样没有合眼地整整过了一夜。俩人说好了天亮之前悄悄离开这里。

对于常林和桃儿老说，这一夜似乎过得比任何一夜都快。接近黎明时分，他们刚说着准备离开这儿，突然听见远处有人在咳嗽。

天还这么早，会是什么人呢？俩人心想，会不会是饲养员清晨要给牲口添草料了？他们猜对了。

老饲养员走近草棚，自言自语道：“哎，我记得昨晚扣了门的？可这门怎么是开着的？哎，人老没记性了。”

老饲养员添了几趟草料，扣上门，走了。

常林和桃儿听着没有了动静，从码在后面的架子车背后走了出来。原来，听见外面有声音，他们俩赶忙手脚麻利地松了松身子下的青高粱，免得被人发现，随后即刻躲了起来。可现在的问题是，门又被老饲养员扣上了，怎么出去？

常林只觉得，这下要是被人发现，可真是害死桃儿了。

他搂着桃儿，安慰她：“桃儿，你不要急，我一定会有办法让咱俩出去的。”

他试着拉了拉门，不行。就在这时，他突然想到，那些低低的用来给草料透气的窗子上面，只是稀稀拉拉装了一些不怎么结实的木条，随便一使劲儿就可以拉掉。

其实根本用不着拉断，他发现有好几根木条根本就是随便按在上面的，轻轻一拉就掉了。俩人心想：看来是老天爷怜悯和成全他们。

桃儿紧紧依偎在常林怀里，久久不愿分开。

临别了，桃儿打开头巾，取出她编织的一件毛衣和一针一线做的一双鞋，深情望着常林，捧给她。这毛衣，这鞋，都是常林熟悉的，那是桃儿的心。常林把它们连同桃儿一起深深揽进自己的怀里。

“常林哥，我忘不掉咱俩的这一夜。我这一辈子都是你的人了……”

常林知道，这辈子，他的心、他的命，从此和桃儿天长地久、永远化在一起了……

14

常林走了。他死在三天前和桃儿约会的那个饲料棚里。

人们发现的时候，常林非常安静地躺在那里，就像是进入了甜美的梦乡。只见他穿戴得十分整齐——白衬衣，新新的蓝涤卡制服和裤子，脚上穿的是一双崭新的丝袜和桃儿给他亲手做的那双千层底布鞋。身下铺着整整齐齐的一片新割的、散发着清清草香的青高粱。

常林就这样不声不响地走了，留下的，是供各式各样的人们那各种各样的无尽猜测。可至今，一切仍旧是个谜，人们始终不知道他得的是什么病，或是怎么死的。他死的时间是桃出嫁后的第九天。

也许，只有亲眼看着他和桃儿约会、看着他在这里让生命终结的这间简陋的饲料棚，才是一切秘密的唯一见证。

2007－10－14 构思简纲

2012－02－11 开始写作

2012－02－14 情人节完成

母性之光

茫然中，她觉得自己的身心忽而升腾，
升腾至寒流滚滚、冷风刺骨的万里高空；
忽而下降，下降到一片漆黑、身心恐怖的地狱深渊。
——题记

引子

清明刚过，东方舞蹈学院招生委员会决定让宋林教授带两名青年教师，随学校招办一班人马赴乌兰市招生。他们计划在乌兰所在的这个省招收几名民族舞蹈专业的学生。

招生考点设在乌兰民族艺术学院舞蹈系。这次报考的学生真不少——第一天一大早，报名的队伍已经排了好长。

在参加报名的考生队伍中，一个约摸十七八岁、身穿半长白色雪绒外套的女孩，引起宋林他们的注意。这女孩在所有的考生中显得异常的显眼，而且不知道为什么，从第一眼看见她的那一刻起，宋林便隐隐约约觉得有一种似曾相识的感觉。

作为报考舞蹈专业的考生，这位女孩显然有着极好的条件——修长的身材、秀美的五官和几乎可以称得上是天生一般的高雅气质。毫不夸张地说，她简直就是一个天生的舞蹈演员。女孩的长相显然不能用简单的漂亮或美丽来形容，无论是她那漂亮的鹅蛋脸型，修长的眉毛，明亮的眼睛，还是秀美的鼻型和美丽动人的嘴唇等等，可以说，那是一种美得让你见过一次便很难忘却的气质。

很快就轮到她报名了。随后，宋林从报名登记册上得知，少女的名字叫白雪。

作为一个前来招生的考官，宋林自然希望能够发现和招到最好的舞蹈苗子。说句心里话，自从宋林看见白雪的那一刻起，他便开始在心里琢磨着，特别期望着能够一切顺利，一切如他所愿——让这个叫白雪的女孩，顺利地成为东方舞蹈学院的一名学生。

宋林住在长安西路的天山大酒店。回到住处，看到茶几上放着一张便条，上面写着，有位朋友想要约见他，而且特意说好了要他务必等候她再次来访的时间。宋林心想：这是他平生第一次来乌兰市，在这个地方人地生疏，哪来的什么朋友呢？出于好奇，他倒是想见见这个朋友。而随后发生的事情终于让他明白：世界原来竟是这样的小。

按“朋友”约定的时间，下午三点钟，宋林听到了有人按他房间门铃的声音。

“请进!”随着宋林的声音，门开了，一位四十开外、风韵楚楚的女士，出现在了他的面前。

“老同学，还认识我吗?”来者笑盈盈开口道。

“嗨，这不是彩珍吗！你怎么会在这儿?”宋林吃惊地问道。

“来找你呀！知道你来了，还能不来见见老同学呀?”她边开玩笑，边被宋林招呼着坐在了沙发上。

寒暄了一阵，她告诉宋林：“我是来这儿看我姐姐的，她就在乌兰市。在这里能见到你，你说这是不是巧合呀?”

“那你怎么会知道我在这儿?”

“我不是说的‘巧合’吗，……”

真是想不到，天底下竟有如此凑巧的事情。

宋林随后得知：彩珍的姐夫身体不好，她这次来乌兰市，就是特意来看望她患病的姐夫，给姐姐帮忙来的。这不，她的外甥女儿今年正赶上参加舞蹈学院的高考，今天她是特意陪她前来报名的。

世上的事情就这么巧！让宋林万万没有想到的是：彩珍的那个要参加高考的外甥女儿，正是宋林在报名处看到的白雪，这着实让宋林感觉到一种惊喜。与此同时，宋林才恍然大悟地明白过来：难怪在第一眼看到那孩子的时候，宋林觉得怎么会那样面熟呢！原来，这孩子长得太像她那年轻时候的妈妈了。

“那你怎么会知道我在这儿”宋林问彩珍。

“姐姐家的一位朋友告诉我们的，他是民族大学的一位领导。他也很关心外甥的考学，特意跟我们提到前来招生的人。我一听他说的是你的名字，因为我知道你就在东方舞蹈学院。你说这难道不是巧合吗？”

“是啊，是啊，巧合，真是巧合！”

他们多年不见了，老同学真是有很多的话想说。他们说起从前的人和事，各自问起这些年来的生活。当然，期间更多的话题，自然会扯到她的姐姐，还有她姐这个参加高考的孩子。彩珍的姐姐彩凤，十八年前“远嫁口外”那件事，宋林是知道的，因为，那是当时轰动一时的“爆炸性”新闻。

送走了老同学，宋林的思绪陷入深深的回忆之中……

1

那是十八年前的文革中期。

阴历五月，一个甚是晴朗的下午。这个位于西部的小镇——高家河，也就是宋林的家乡，正在举行一次前所未有的犯人宣判大会。会场设在一片能站得下足足三万人的大缓坡上。

作为小镇历史上一次空前的万人宣判大会，有方圆好几个公社的群众前来参会。这次被宣判的近二十名罪犯中，七成以上都属于“现行”，判刑从三五年到十多年到二十年到无期直至死刑，罪行不等，应有尽有。想必所有经历过这个场面的人至死都不会忘记，这次宣判的重刑犯罪分子，是一个叫荣涛的二十八岁的英俊男子。作为现行反革命，他被判处了死刑。

事情的经过大致如此：某天晚上，县城里不少地方发现了对时局发泄不满的“反动传单”。这在当时可是一件不得了的事情。见此情景，人们一时心生恐惧。作为要案，省上和地区两级有关部门迅速下达指示，命令县公安尽快破案。结果，案子的侦破比预想的还要快——事发第二天，罪犯就被缉拿归案，犯罪分子名叫荣涛。

荣涛的罪行严重，但却并不复杂——在省城工作的他，回到高家河老家探望父母，看到自己的父母及家乡父老过着极端贫困的日子，加之了解到的其它一些情况，顿时对时局心生极端不满。

他在家只住了一夜，那是一个心头翻江倒海的彻夜未眠之夜。第二天一大早，他像是十分平静地告别了双亲和其他家人，去了县城。而到了县城的当晚，便有了街上的那些“反动”传单。

无论荣涛多么罪大恶极，但在宣判大会上，当法官宣布对他“判处死刑，立即执行!”的那一刻，人山人海的会场上，一定有数不清的人，都在为即将走上刑场的荣涛深感惋惜，以为这样一个“一表人才”的英俊小伙就这样死了，真是太可惜了。

荣涛被两名公安驾着面向万人会场。大家从来没有见过这样一位犯人：他身穿一身崭新的靛青色中山装，手上戴着洁白的手套，留着标准的“五四青年”发型，真是英俊之极。被宣判的那一阵，他突然呼喊起口号来：“我死了，可我还会再生，我的生命将会永生!”——那场面俨然就像电影里的英雄人物就义一般。

但他立即被公安人员处了下去——更不用说，他的脖子上还套着一根“应对突发情况”的绳子。被强行低下头颅的那一刻，他那黑色的头发哗然垂下，盖住了他的不屈的脸孔。这一幕，或许给当时所有在场的革命群众，留下了不可磨灭的印象。

原本十分晴朗的天气，不知为何，就在宣判大会结束的一刻，突然间刮起狂风来。一时间，沙尘漫天飞舞，四周一片昏暗。人们开始四散，快速撤离会场。

平时显得宽宽敞敞的高家河街道，此时被来自四方八面参加会议的各乡群众，挤得水泄不通。

就在这时，不知从哪里突然冒出来的消息：上街肖尚德家没过门的大姑娘彩凤，昨夜生了个“私生女”。

“私生女”！这在那个年月，在高家河这样的小地方，在听到这一新闻的所有人的心目中，无异于引爆了一颗重型炸弹——那是不得了的事情!

爆炸性的新闻，就像是眼下的漫天沙尘，顷刻间刮遍了整条街道。前所未有的新闻，毫无遮拦地、直杠杠钻进了几乎所有人的耳朵。

听到消息的人们，一个个露出无比惊异的神情。那份表情，那份好奇，那份惊异，无异于听到“九大”隆重召开的消息。

刚刚领受过杀气腾腾宣判场面的人们，仿佛全然忘记了此前发生的一切，即刻间换了心情。看看，黑压压的人群，伴着苍蝇一样的一片嗡嗡声，像拦不住的洪水一般，朝上街涌去。

人山人海，人浪起伏。各自互不相识的人，有的向身边的人打听，有的向一旁的人述说，有的大睁着眼睛，有的张大着嘴巴，有的神情亢奋，有的面无表情，统统夹在密不透风的人群中，像是没了根的灵魂东摇西晃。各式各样的神情不一而足。

“幸运的”先头到达者们，他们一个个就像是贴在墙壁上的毛毛虫，一个个眯缝着眼睛，从窗缝、门缝、木板墙缝里向里窥视，恨不得变个法术钻了进去。肖家有着木质结构前沿的铺面，经历了它多少年来空前的岌岌可危、摇摇欲坠——整座铺面几乎要被好奇好事者们掀翻了。

突然，铺面的大门哗然敞开——它不是被外面的人推开，而是被这房子的主人从里面打开了。

一位年约四十左右的中年妇女，两手交错着、搭在前襟下端，背靠堂屋里的桌子，像一座塑像一样站着。她嘴唇紧闭，脸上没有丝毫的表情。但正是这没有表情的表情，仿佛以一种无声的语言，撞击着围观群众的眼睛、耳朵和心。那神情在告诉所有的围观者：看吧，我就是这个生了私生女的姑娘的母亲！我就是你们眼里这个天底下见不得人的、有罪的母亲！看吧，想看就请你们看个够！

围观的知情和不知情者，仿佛都听到了此时此刻她内心深处的满含愤怒的沉重声音。

有位当时目睹过这一场面、后来当了国家干部的人。他说，那位打开门来把自己示众在光天化日之下，示众在世人面前的母亲，活脱脱就像是西方宗教画里的圣母——那份把无尽的凝重、愤怒和无奈掩藏在无声宁静中的神情，那令人永生难忘的神情，俨然是要让这个世界上一切想看人间圣母的好事者、感兴趣者们，任情来看！是要让这个专门欺凌弱者的世界，任情来看！

从敞开着的门里，好事的围观者们看到堂屋内的所有陈设——几件简陋的桌椅橱柜，还有养活一家人生计的一台缝纫机。眼前的一切告诉人们，这家人过着清贫的日子。可虽说清贫，但室内却打扫收拾得异常干净整洁。

从大门敞开的那一刻，拥挤在外面的所有好事者，一个个仿佛木桩子一样，全都定在了那里。如此多的人，无疑被屋子里这位母亲，这位始终静静地站在那里一言不发、面无表情，却又散射着一种无形之力的母亲震慑了。

这位母亲，这位生活在高家河小镇上艰难度日的母亲，是命运把常人原本该有的许许多多，从她这里剥夺，变成了她和孩子们生活中的奢望。无情的命运剥夺了她太多太多，而唯一没有剥夺的，就是艰难的人生。

其实，人生来就是这样：当拥有一切、过得舒心的时候，人往往会有更多的贪欲之心，包括对物质和精神的贪欲之心；相反，当人们被剥夺了一切的时候，一些原本该有的念想也会随之而丧失，甚至连生的念想都不想要了。

彩凤的妈就是这样。此时此刻，在她的心中，除了生命，除了自己的呼吸和内屋孩子不停的哭声，这世界上的一切仿佛都不复存在。此时此刻，她的心中像是没有了任何的念想。茫然中，她觉得自己的身心忽而升腾，升腾至寒流滚滚、冷风刺骨的万里高空；忽而下降，下降到一片漆黑、身心恐怖的地狱深渊。

街上拥挤的人群依旧在不由自主地摆动着。许多人的嘴巴张着，眼睛也张着，像是犯了痴呆。没有人说话，除了因相互间拥挤而发出的摩挲声外，除了从内屋传出的婴儿不停歇的啼哭声，没有别的声音。

眼前的人群和他们脸上的表情，对这一切，彩凤妈无所谓。她感觉自己和周围的一切沉静在一片死寂之中。在她的眼里，眼前像海浪一样忽忽悠悠晃动着的人群，就像是被一只无形的魔爪控制着的没有生命、没有灵魂的木偶，所有木偶的眼睛变成了没有眼球的黑洞。

2

孩子出生后的第三天。

彩凤所在的屋子里光线很暗。借着临街的窗缝和通向堂屋的门帘周围透进来的微弱光线，可以看到屋内极其简单的几件桌椅陈设那半明半暗的大致轮廓。

孩子睡着了，屋子里显得格外宁静。

母亲坐在女儿炕头对面的一把半新不旧的木质椅子上，左手托着脸腮，神情就像是一位久病初愈的患者，显得十分疲惫。她目光呆滞，眼里没有泪水，有的只是一脸的沧桑和憔悴。此刻，她像是在昏暗中看着远处的什么地方，也好像什么都没有看。这几天来，她差不多一直就是这样过来的。

过了一阵，眼泪突然从她的眼里涌出。那哗然的、仿佛流不完的泪水，俨然就像是整个躯体都是用来盛储眼泪的。她皱着双眉，痛苦地闭上眼睛，微弱的气息里，用一种几乎听不见的声音，轻轻地念着“作孽，作孽呀。”

彩凤半侧的身子蜷曲着，身上盖着一条单薄的浅绿色纱绸面料的夹棉被。她用近乎呆滞的眼睛，望着斜上方黑魆魆的屋顶，眼泪浸湿了的头发贴在枕上。

“孩子，咱要让他娶了你。”母亲轻声的话语，打破了屋内的沉寂。

彩凤没有作声，脸上依然没有表情，就像是什么都没有听见。

“他们家要是不娶你，听妈的话，咱豁出去告了他!”母亲又接着说了一句。

“不，妈妈，我喜欢他。”

彩凤的声音很轻很微弱，颤抖着，眼泪再次从眼眶涌出。

“尚德呀，你来看看我呀，你让我怎么活下去呀!”彩凤妈像是对天哭诉着，声音中充满了无尽的凄苦。此时此刻，她多想放声地痛哭一场呀。

3

彩凤家是少数，祖上并不是高家河人。

彩凤的父亲肖尚德是因为做生意，年轻的时候领着他新婚的妻子从口外来到这里，并在这高家河镇子上定居了下来。彩凤爸一米八零的个头，五官俊美，相貌堂堂，一表人才，是个十分能干的人。再加上少有的勤快，生意在当地算得上数一数二。尤其是他那率真的为人和少有的诚信，堪称远近闻名无人不晓。

来到镇上一年后，她们的大女儿也就是彩凤出生了。在此后的几年里，又先后有了彩铃、彩珍和彩琴。四个姑娘，年龄一个比一个正好小两岁。随着一天天长大，姐妹们一个个出落得越来越像出水的芙蓉，着实招人喜爱。因为一个赛过一个的水灵好看，所以方圆没有人不知道肖尚德有四个像花儿一样的女儿。人们送给这四姐妹一个令人羡慕的美称：“四朵金花”。

肖家在镇上开着一个不大的铺面，丈夫做着布料生意，妻子是能干的裁缝。因为生意的缘故，一家之主的肖尚德走南闯北，到过省里省外的不少地方，县城里那是他十天半月必须要去一趟的。他进来的布料不仅花色好看，质地上乘，而且价格也不贵，很是受镇子及周边人们的欢迎。

做裁缝的妻子，彩凤妈那可是数得上的少有的心灵手巧。因为手巧、麻利、做工精细又价格合理，她手头的活那是一天比一天多，有时活多得都有些接不过来。听听私下里人们是怎么议论的：肖尚德的媳妇，不仅人长得漂亮，而且手还那么巧，看来老天爷有时也偏心眼儿，要不怎么把这些好处全都给了她。

可是好景不长啊——在突击“反右”的那一年，肖尚德在一个不大合适的场合，说了一句在当时可能不大得体，可在今天看来根本没人在意的话，不知被什么有意还是无意之人，添油加醋地反映到了上面。起初，他还找有关方面的领导解释、讲理。这不讲、不解释还好，没想到这一讲理，更把事情闹大了——结果就这样糊里糊涂被打成了右派分子。

打成右派之后，先是被送到了县上。一家人都以为，他是被送到那里教育教育，“去去就回”。可没有想到，一个月之后，肖尚德和其他犯了错误的“坏分子”或什么人一道，发配去了很远很远一个叫“夹边沟”的地方。对离家之后发生的一切，尚德的妻子是三个月之后才知道的。

一家人失去了顶梁柱，一夜之间什么都变了，彻底变了。女儿们没有了父亲，仿佛一下子失去了依靠。尽管还有这个无论在她们姐妹眼里、还是外人眼里都异常能干的母亲，可在生活的许多方面，母亲终究是没法替代父亲的。更不用说，父亲又是那样的疼爱她们，父女之间那可是少有的相依情深。就这样，一家人的生活一天天变得艰难起来。

六个月以后，彩凤妈去了趟夹边沟。记得那是初冬时节，镇子上还不算太冷，结果一到了夹边沟，她方才知道，那里比家乡镇子上寒冷了许多。

那是夹边沟一个大雪纷飞的日子。风雪中的夹边沟，一个满眼望不到一丁点生机、仿佛没有人烟的世界。

见到丈夫，看着眼前这个自己心爱的人，从前那样英俊挺拔的七尺男子汉，已经瘦成了一把骨头。她简直看不出丈夫一丁点原来的样子了——他在来这里一个月后便患上了严重的胃炎，吃的很差是不用说了，而且无论吃什么喝什么都胃痛。在这个地方，这些“坏人们”有病根本得不到起码的治疗。但他把这一切，在前来探望的妻子跟前只字未提。望着面容憔悴，眼睛深陷的丈夫，彩凤妈的心碎了。

彩凤妈在夹边沟只度过了半天的时间，那是她这一生不能忘记的日子。丈夫从头到尾说得最多的一句话就是“我这辈子对不起你和孩子”。而妻子心里再明白不过：这哪里是你的错呀！

面对着同样憔悴和心里万般凄楚的妻子，丈夫说他不知道自己哪天才能回到她和孩子们的身边。在他的心里，那仿佛是个没有尽头的日子。他让妻子不要牵挂他，好好照料几个女儿——家里的一切重担全靠她了。

那天天黑之前，头顶着漫天的风雪，彩凤妈坐着工地上的一辆顺路马车，离开丈夫，前往几十里外的大沙沟车站。离开丈夫的那一刻，她只觉得，自己的那颗破碎的心，仿佛被掩埋在了漫天大雪覆盖下丈夫和他的难友们开挖的沟渠里了。

从此之后，一家五口——这个没有男丁的世界，一切重担都落在了彩凤妈的身上。就是这个独自把泪水吞进肚里的母亲，不得不硬撑着直起腰来，用她原本柔弱的肩膀向上扛起一片天，用她慈爱的双臂，艰难地呵护起自己的四个原本像天使一样的孩子。她在心里默默祈祷，希望真主从睡梦中醒来的那一刻，能看到她和孩子们的艰难和疾苦。

然而，对这家人来说，雪上加霜的日子似乎是那个并不善良的老天爷的肆意安顿——那一切都是注定要到来的。两年后，肖尚德因疾病、饥饿和劳累，悄无声息地死在了夹边沟挖沟渠的工地上。

许久之后，得到这一消息得那一刻，彩凤妈只觉得眼前一片漆黑，她整个人仿佛于一瞬间失去了知觉。尽管两年前在那个非人的去处看到丈夫的那一刻，她隐隐约约意识到：想要让丈夫健康地回到自己和孩子的身边，似乎已经是无望的梦想。可当这一天真正到来的时候，她发现，这一切竟是那样的无法面对、不能接受。

命运的残酷捉弄，让她心力交瘁，她再也站不起来了。彩凤妈病倒了，在床上躺了整整一个月。

就在这段卧床不起，历经心的磨难、度日如年的日子里，有天晚上，她突然做了一个梦。她清清楚楚地梦见一身洁白的真主来到她的面前，用慈爱的声音对她说：“世间最善良的母亲，你要振作起来，你必须振作起来，只为你的几个可爱的孩子！”说完这话，真主飘然而去。可就在他即将离开的那一刻，彩凤妈突然发现，适才的来者竟然是自己一个月前离开这世界的丈夫，是孩子们日夜思念的爸爸。她用尽她所有的气力悲切地呼唤了一声：“孩子她爸，你别走！”

她从梦中惊醒，只觉得刚才梦里的一切俨然是切身经历。被她的呼唤声惊醒的孩子们来到母亲的面前，个个大睁着眼睛，显出惊恐的神情，不知道妈妈出了什么事。望着眼前孩子们那一双双水灵灵的眼睛，回想梦中的情景，她的母爱之心，她那颗不得不活下去的心被唤醒了。

第二天，望着透进窗棂的东方的晨曦，拖着依然虚弱的身体，她从床上爬了起来。

4

无论日子艰难与否，时光总是会一天天地过去；而随着一天天过去的时光，也会将人心中的苦难一天天的逐渐抚平。

眼看着自己的几个长得像花骨朵一样的女儿，看着她们在越来越多的笑脸和欢声笑语中一天天长大，彩凤妈的脸上也渐渐开始现出从前一样的生气和神色。她继续做着她先前的裁缝伙计，一家人的生活完全过得去。

几年后，彩凤已在读初二，最小的彩琴也开始读小学了。几个女儿真是越长越漂亮，一个个出落得简直就像是来自天宫里的小仙女。望着她们，彩凤妈有时不由自主地发呆出神，心想：老天爷能让我有这么可爱的几个女儿，也算是给我的另种安慰吧。要是她们的爸爸还在世上，看着自己这么可爱的四个女儿，他该有多高兴呀！

彩凤就在镇上的中学读书。全校几百个学生中，绝对找不出第二个长得像她一样好看的女孩，甚至连她一半的好看都没有。按今天的说法，她那是地地道道的校花。不要说这个学校只有几百个学生，哪怕有几千个学生，她也一定是当之无愧的校花。彩凤无论走在校园还是走在外面的街上，从她身边经过的人，无论男女老少，没有一个不回头看上她两眼的。她的漂亮在镇子上算是着实出了名了。

就在这一年，一个男孩闯进了她纯情的心灵，开始扰乱了她的生活。说起来，彩凤早就见过他，因为这男孩的家也在这个镇子上。但此前她从来没有注意过他，就像她从来没有注意过自己所见到的其他任何一个男孩那样。

可就是这个男孩，这个叫高翔龄的男孩，从彩凤读初中以来，找一切机会接近彩凤，仿佛拿出了一个青春少年全部的热情和用心。

一年后，彩凤升入高中。真是巧得很，高翔龄成了彩凤高中的同班，而且和她同排而坐。在教室里，彩凤几乎每天每时每刻都躲不过高翔龄那偷偷的却又显得异常执着的目光。彩凤，一个心灵和她那水汪汪的眼睛一样晶莹剔透的少女，她的一颗清纯而善良的心，就在这样的无时不在的目光中，经历着她情窦初开的日日夜夜。

彩凤的美丽和纯情，那份没法挡得住的美丽和纯情，让高翔龄为之迷恋、痛苦和魂不守舍；而高翔龄那份看似少有的少年执着，也最终打动了彩凤的少女之心。她们悄悄相恋了。

彩凤是多么纯真而善良的女孩呀，她一旦爱上高翔龄，方知自己的这种感情一天胜似一天，心里已经完全放不下他了。不可救药的两个人，最终彻底地陷入一种难以自拔的“爱”的深渊。

时间就这样一天天地过去。文革中的那年，他俩高中毕业了。而就在这一年，他们的生活发生了重大变故，那是彻底改变他们的感情和彩凤人生命运的重大事件——她怀孕了。

对男女之间的一切尚处于半蒙昧状态的彩凤，当发现和明白自己怀孕的时候，一切都晚了。在她那样的年龄，尤其是在那样的年月，她不知道自己该怎样面对这一切，她压根不知道有堕胎一说。而且即便知道，她也是不敢去做的，她根本没有那个胆量。起初的几个月，她既不想给高翔龄说，更不敢给母亲说。直等到后来，被母亲看了出来——作为一个母亲，那是即便要了自己的命都让她无法想得到的。

作为母亲，当她知道了女儿这一切的一刻，那是有生以来从未有过的晴天霹雳。那种五雷轰顶的感觉，甚至超过了当初听到丈夫的死讯。那一刻，她真的崩溃了。她恨不得拿起菜刀砍死这个作孽的死丫头。她觉得突然间身心俱碎的自己，简直没有脸面再活在这个世上。如果眼前有地狱之门，她会毫无顾忌地扑进去的。

然而，她毕竟是一个母亲啊！作为母亲，当她心情稍稍平静下来的时候，她便开始责备起自己来。她把一切都揽到自己的身上，她觉得一切都是自己不好，都是自己的错，是她没有将孩子管好，她对不起死去的丈夫。她深信，一定是自己上辈子做了什么孽，所以苍天才让她这辈子摊上了让自己难以承受的灾难。

母亲问女儿，那个作孽的“畜牲”是谁？女儿死活不张嘴。此后，无论当妈的如何苦苦追问，彩凤的嘴始终闭得紧紧的，像是被万能胶粘严实了。当妈的心想，不说也罢，既然事已至此，一切只有走着看了。再说，即便这么紧着急着问出来，又能怎样。但是，纸里终究包不住火——有一晚，彩凤说梦话，没想到，竟然哭着喊出了母亲想要知道的那个名字。

老天爷，怎么就偏偏就是高家呀！

彩凤妈心想，这要是换了别人，说不定还有的礼可讲。而遇了这高家一门，就凭那位呼风唤雨、把持一方的革委会主任高占全，她就知道，剩下的也只有她们母女叫天无应的日子了。谁不知道，高占全那是十足的“地头蛇”呀！再说，女儿的这等事情，岂能是她一个当妈的跑到大街上嚷嚷的吗？再说，这也怪咱自己的女儿呀！思前想后，她已经认定，这杯苦酒，看来是老天爷要让她们娘儿喝定了。

5

彩凤的“消息”很快被高翔龄知道了。他心想，难怪这一段时间，彩凤总是躲着、避着他，这一下他全明白了。

听到消息的最初一刻，高翔龄的腿子还是着实发了软。可比起彩凤和母亲来，高翔龄的震动不知轻了多少，小了多少。在一阵暂时的“惊惧和恐怖”之后，这个“男子汉”很快有了主意：我这么爱他，不早就想着让她当我的媳妇了。既然要她这辈子做我的媳妇，那生孩子还不是迟早的事？这下既然已经怀了孕，我和家里爸妈商量着，娶了她不就得了？

他大着胆子伺机找到彩凤。见了面，一脸沮丧地跪在她的面前，带着一脸的愧疚，不无动情地向她盟誓：“彩凤，我一定恳请爸妈，我一定要娶你，我一定尽快和你结婚。”讲这番话时，满脸一副信誓旦旦的样子，俨然是一个顶天立地的男子汉。

可等他回到家里，见到了父母，这才发现，自己干下的“光彩事儿”并不是那么好开口的，即便是在自己的生身父母面前。刚才在彩凤面前的那副男子汉的劲儿，一下子不知道“怵留”到哪里去了。这一刻的高翔龄，就像一根木头桩子一样杵在那里。他在心里头踅摸了好半天，最后才壮着胆子把母亲叫到厨房，将自己干的好事结结巴巴说给了母亲。

至于后来发生的一切，家里父母有何反应，想必那是所有的人都可以想象得到的。

高家，既是高家河镇上有头有脸的老户，也是当下镇上的大户。从高翔龄的爷爷的爷爷开始，高家在这里居住已有百余年的时间了。高家之所以在这个镇子上有头有脸，不仅因为历史久远、根基牢固、人丁兴旺，更因为高翔龄的父辈和同辈两代人中，有在省城做事的，有在县里当公家干部的。即便他的叔叔高占全这个最小的官，作为当下大队革委会的主任，那在镇子上也是有头有脸的呼风唤雨之人。

事发后，一时没了主意的高翔龄他爸高占有，找来当革委会主任的弟弟高占全商量。结果，这个当干部的弟弟瞪着眼睛，当下数落了哥嫂一番，责备他们平时对儿子管教不严，给大家丢人现眼，让他这个做叔叔的在场面上不好做人。随后，喊来个头跟自己一样高的侄子，用指头戳着指着侄儿子的眼窝，用那革委会主任平时数落人的习惯性动作，喘着气，狠狠数落了大侄子一番。

看着眼前这番架势，待在一旁的高占有夫妇，真是大气都没敢出一口。至于犯了错的侄子，自然就更不用说了。说实话，这镇上所有高家一二十几户人家，真还没有什么人不肯听这位本家“主任”的。而今，他俨然就是高家人的族长。

过了一会，等心气儿稍稍平息了下来，这位革委会主任叔叔，才换了一副口气，开始“教育、开导”起侄子来。如果说刚才那是暴风雨般的严厉的训斥，那么，这一阵应该算得上是心平气和地讲述深刻的“道理”——

“我说翔龄呀翔龄，你也不想想，那肖家是个啥情况？回回不说，家庭出身地主不说，死了的老子还可是个右派反革命，这样的家庭出身，就说那女子是个九天仙女，咱们家能要她吗?!”叔叔斜巴眼瞪着缩在一旁的侄子。

“我喜欢她，再说，再说她这已经怀了……”翔龄结结巴巴地说。

“你给我闭上你的嘴！喜欢，喜欢顶个屁用？天下的姑娘一抓一大把，找什么样的没有?”高占全的眼睛又开始瞪得像牛腰子。

翔龄的嘴皮子动了动，嘟哝了一句什么，但是所有人都没有听见。

“我告诉你，为了我们高家的脸面，更为了你的前程，这件事儿你必须就此了结——死不认账!”

侄子用手抹了抹终于控制不住的眼泪，咽了口唾沫，什么都没说。

“再说，就凭你自己这里里外外的条件，日后推荐你上个大学，或是当兵当干部什么的，那前途大着呢！你现在如果娶了这么个出身这么个名声的女子，你自己想想，你自己说说，你的前途在哪搭里？我告诉你，在山底下高家河的河沟里头呢!”

高翔龄终于有声音了“我不要什么前途，我这辈子甘愿和她一起过苦日子。”

“你这个死没出息的东西，我真想踏上你两脚！你说得轻巧，你问问你娘老子，是你的前途重要，还是那个死女子重要?”

“你让我怎么面对她们一家人?”高翔龄声气儿有点大了。

“你这一阵还想起面对不面对的事情了?”高占全又开始吼了起来“她一个被专政的地主反革命右派家庭，能怎么样？你放心，就凭她们娘儿几个婆娘女子，我料定她们在我面前大气都不敢出一声!”

“再说，人总得有点良心呀……”看了一眼凶神恶煞一样的叔叔，高翔龄大着胆子再来一句。

高占全粗声打断侄子的话“你还想反了不成，你要是还敢跟我犟嘴，我敲断你的狗腿子!”

面对着叔叔紧箍咒一般的管教，高翔龄开始泄气了。

随着叔叔高一声底一声、紧一阵慢一阵的“苦苦说教”，高翔龄在绝望中慢慢变得蔫儿下来了。

经过几天几夜的思前想后，高翔龄终于开始“醒悟”过来了——他像是第一次从梦里醒来一般，开始“理智”地思想问题：他觉得叔叔的话还是有道理的，同时也开始认识到自己过去的一切都是荒唐的。

他开始在心里暗暗提醒自己：或许真是自己无知，或许我真该听叔叔的话才是。

6

孩子出生一年多的时间过去了。高家那边，在高占全的安排和控制下，个个装的人模狗样，走在大街上就像是什么事情都没有发生过一般。而只有无奈何的彩凤妈心里在想：这一年多来发生的这一切，就像掀不掉的沉重石板一样，压在自己的心底。她心里明白：只要老天不要命，这日子还得过呀。

那是孩子满周岁后的一天。彩凤妈收到一封来自口外的挂号信。一看寄信人的地址，知道那是娘家寄来的。没错，那是乌兰市彩凤舅妈的来信。

挺长的一封信。信里写道：她一位朋友的侄子，是乌兰汽车部件厂的一位技术标兵。小伙子说起来也是个很不幸的人，在他只有几岁大刚开始上小学的时候，父母因病先后去世。二十年来，在祖母的抚养下一天天长大。两年前，祖母也去世了，于是除了姑姑也就是她的这位同事朋友外，便就没有什么别的亲人了。小伙子人特别好，年龄大彩凤三岁，说是几年前彩凤来乌兰的时候，曾见过彩凤。半年前，小伙子无意中从她这里得知彩凤的情况后，便即刻上门托付，央求她给彩凤写信，希望能通过她这个当舅妈的，给他和彩凤牵个线搭个桥。看得出，小伙子那是一片真心，真是非常喜欢彩凤，等等如何。不知是舅妈有意还是无意，信里没有提到小伙子的名字。

看过来信，彩凤妈无言地望了女儿一眼，却发现彩凤半点反应都没有。当妈的，知道女儿这两年是怎么过来的，它明白女儿的心思。

这两年来，彩凤就像是变成了一个患有自闭症的人，有的时候，她会一整天都不说一句话。

晚饭后，彩凤在那里收拾碗筷。母亲凑上去，轻声问道：“你看，你舅妈信里提的事儿……”

“妈妈”彩凤用一种非常平静的语调：“你别说了，我这辈子哪儿都不去。”妈的话才说了半截，就被女儿这样拒绝着，噎在了嗓子眼儿上。

后来又瞅机会问过几次，但差不多都是同样的话。见女儿是这个态度，无奈的母亲只好给娘家嫂子回了信。信里委婉地说了说彩凤的情况，说她身体和心情都不怎么好。并特意嘱托娘家嫂子代她向那小伙子表示歉意，说这事最好先放一放，等过段时间再说。

信发出去半个月左右，一天，彩凤家来了一位“不速之客”。

来者一米八左右的个头，生得眉清目秀。经自我介绍，方知他正就是舅母来信中所说的“那个”小伙子。他不远万里，也不打声招呼，亲自找上门来了。

见了面，彩凤一眼就认出来了。他叫赵诚，是口外舅舅家表哥的好朋友。几年前读高一的那个暑假她在乌兰市舅舅家度过，彩凤见过他好几会。期间赵诚和表哥一道，还曾带她一同去乌兰市郊的白玉河游玩，捡过羊脂鹅卵石呢。

虽说此前拒绝了母亲、拒绝了舅母、拒绝了小伙子的托付与恳求。但是当这个并不陌生的“不速之客”，从那么遥远的地方来到她面前的时候，一年多来始终与无声和冷漠相伴而显得“自闭”的彩凤，还是表现出了让母亲感到得体，让客人不觉尴尬的态度。彩凤妈完全以为，这事儿看上去是有的希望了。

然而当赵诚谈到“正事”的时候，没想到，彩凤表现出来的，却是令母亲和赵诚意想不到的态度和话语——她的神情和话语里，盛在赵诚面前的，是一盆冷冰冰的凉水。

凭着一种直觉，彩凤妈能看得出，眼前这个小伙子着实是个实在、厚道的年轻人。面对这么好的小伙子，她多么希望女儿不再钻牛角尖。

有一阵，母亲去厨房准备晚饭，彩凤的屋里头只剩下她和小伙子俩人。

赵诚说：“彩凤，我这次来，事先没有征得你和母亲的同意，真是很冒昧。我想的是，到时候哪怕你和姨姨不让我进你家的门，我还是会来的。为了你，哪怕跑比这更远的路，我也会来的。”

彩凤什么都没有说，只是深深叹了口气。

“彩凤”赵诚接着说“说句心里话，五年前我第一次见到你，我就知道，我这辈子已经很难忘记你。但我心里明白，你那么善良，人又长得那么好看，我根本配不上你。”

彩凤轻轻苦笑了一下，打断了赵诚的话：“怎么会呢？我们只不过见过几次面，你能对我了解多少？”

“彩凤，你千万不要怀疑我。真的，从第一次见到你的那一刻，我就有种特别异样的感觉。我觉得你跟很多的女孩都不一样。我认为人是可以貌相的，我深信你的心一定像你的容貌一样善良和美丽，我相信你一定是这个世界上最好的姑娘。从那一刻开始，我就再也无法改变我的这种感觉。我越是想你，心里就越是放不下你。这些年，我时常梦见你，我原以为我这辈子再也没有机会见到你了。”赵诚说着说着，声音越来越激动。

也许是为了扑灭赵诚心头的热情，彩凤用一种十分平淡的口气说道：“谢谢你。我只想给你说一句我的心里话，那就是：我这辈子不会爱上你，更不会嫁给你，你不用再说了。”

赵诚望着一脸平静的彩凤，屋里显得一片宁静。

彩凤的神情平静得简直不像是她这个年龄的女孩。是的，她的平静是有道理的。一个受过男人无底伤害而心灰意冷的女孩，尤其是像她这样一个天生专心致志，把一切都看得很真的女孩，她怎么能够再轻易地相信另一个男人的话呢？再说，和赵诚一样令人动心的话语，高翔龄曾经不知给她说过多少，那是足足能装满几间屋子的！一想到这些，彩凤的心更平静了。

片刻之后，赵诚又开腔了，用一种沉甸甸的语气：“彩凤，即便你不爱我，我都不会放弃。这也是我的心里话——我的永远都不会改变的心里话。”

“你不要太冲动，你还是实际一点，想想我的境况。”说这话时，彩凤不由自主地看了一眼小被单下酣睡中的女儿。

对彩凤的心思赵诚心里再明白不过。他即刻俯下身跪在她的面前：“彩凤，有句话说了你别生我的气：不用说你有了这个孩子，你听我说，即便你有两个、三个十个孩子，我都不在乎，我绝不嫌弃你！”

见他追得这样紧，彩凤拿出了最后的杀手锏，平静地说了一句：“别再开玩笑了，我看你是中了邪了。我实话告诉你：我已经有了娶我的人了。我们已经把一切都定下了，这事我妈都不知道。”

一副惊异的表情出现在赵诚的脸上，但他即刻到，语气比先前更实诚了：“彩凤，你也听我说一句：即便你真的嫁了别人，我都会等待——我这辈子愿意为你中邪，我会等你一辈子，等到我死的那一天。”

赵诚把跟这几句话的分量一样不含糊的神情，一并实诚地留给了彩凤。

……

三天之后，赵诚返回乌兰。而三个月后，彩凤决定远嫁口外。

女儿最后的决定，让彩凤妈感到莫大的欣慰，因为在他的心里，她真的非常喜欢她的这个未来女婿——无论从娘家嫂子那里，还是凭着自己的眼力和感觉，她认定了赵诚是个难得的好小伙子。跟赵诚一样，她也认为人是可以貌相的。

临行前的那一夜，彩凤妈怎么都睡不着。母女二人说了足足大半夜的话。

最后，彩凤轻轻说：“妈，我还是想要带着孩子。你不用担心，有一天，他若是真的嫌弃，我就一个人和孩子过。”

“我的傻女子，不要，咱们已经说好了的，你怎么又反悔呀！听妈的话，孩子就留我这儿。你看赵诚对你这样一片诚心，你也得理解人家，替他想一想。再说，将来你们有了孩子，那是够你们累的……”

经过苦苦说服女儿，孩子先留下了。

第二天是出嫁的日子。临行前的一幕，那是在场的所有人着实没有想象到的——

临上长途车了，彩凤突然对着身边的未婚夫说：她要过去和“那个人”说几句话。赵诚看看彩凤，十分听话地点了点头。顺着彩凤适才的目光，赵诚看到身后不远处的电线杆下，站着一个高个头的小伙子。他知道，那个人的名字叫高翔龄。

来到高翔龄的面前，彩凤一脸的平静。她用和自己脸上的表情一样平静的声音问道：“高翔龄，我最后问你一句话，你心里咋想的？你如果要我，我今天可以不上车，我跟你走。”

高翔龄用浸满泪水的双眼望着彩凤，无力垂着的两只手微微颤抖着，嘴只是轻轻地动了动。除了夺眶而出的眼泪，彩凤没从他的嘴里听到半个字。

彩凤的做法让在场的所有人感到意外，但她这么做，也是不无道理的：这一突然的举动，既考验了赵诚对她的宽容和真诚，也最后检验了高翔龄曾经对她许下的那些“海誓山盟”——她可以带上自己的一颗明明白白的心离开这里，开始她新的生活。

说句题外话，后来听人说，得知彩凤将要远嫁的信息，高翔龄还真的再次苦苦恳求过家人。但他从革委会主任叔叔那里听到的最后几句话是：

“没脑子的傻孙，傻到什么时候才能清醒？她能出嫁比什么都好！她嫁得越远越好！从此没有了后患，这是你娃娃的福分！至于那个孩子，一个女儿家，有什么可在乎的?!”

他瞪着那双高翔龄看都不敢看的眼睛，像是讲得特别在理，伴着一脸的冷漠。

7

和赵诚一同生活一段时间后，彩凤深感，老天让她嫁了这个人，真是嫁对了。

无论是大事小情，还是日常生活上，性情异常温和的赵诚，那份发自心底、透彻肺腑的对她的好，对她的无微不至，让彩凤深深感动。

好几次，彩凤故意找话题想要引起自己的“过去”，但都被赵诚打断了。她能看得出，那是出于无比的真诚，出于对他的一份真爱。她深信，她有了一个少有的好丈夫。她能够感觉得到，在这个无限温情和宽厚的男人的怀抱里，自己心头的伤口在慢慢地愈合着。

彩凤在心里默默感谢真主。

一天，不知何故，赵诚说了一大堆心疼妻子的话，着实令彩凤开心，那份感动，让她只觉得想要掉眼泪。小夫妻俩人话说到兴头上，彩凤突然问丈夫：“赵诚，你这么好一个人，以前怎么可能没有姑娘喜欢呢？”

望着自己聪明美丽的妻子，赵诚说：“彩凤，这世上，人跟人不一样。自从老天爷给了我你这么个善良又漂亮的妻子，我特别知足，觉得自己就是这世上最幸福的人。这之前，我没有想过，或者说根本不愿意给你提起这个话题。既然你今天提起了，那我就简单告诉你吧：我有过一个对象，人还长得挺好看。我和她，本来是她先看上我先追我的。可没过多久，有我们厂附近一家单位一把手的儿子追她，结果没过两天，她就把我蹬了。她当时的做法，说了你都不会相信，她竟然当着我的面一本正经地说：她和那个小伙子已经睡过了……”。

停了停，赵诚又接着说“彩凤，听我一句话，咱以后永远不再提这事好不好?”他的神情是那样的真诚。

原来这样啊，彩凤不知道该说什么好，说些安慰丈夫的话吗？没必要。因为她心里明白：心爱自己的丈夫比谁都懂得，身心依然憔悴的妻子，根本不具备安慰人的心力。

“彩凤，你知道，人这辈子不可能不被伤害，但我总觉得，人的心真是伤害不得的！”说完这话，丈夫用一种特别深情的眼神，望着自己心爱的妻子。紧接着，他又把彩凤紧紧地揽在了怀里，仿佛用了他全部的爱和真情。

……

8

一段时间来，赵诚发现彩凤有时会在那里呆呆地出神。他悟出妻子的心思，想着她一定是想自己的孩子了。于是，他觉得了却妻子心愿的时机到了。其实，结婚那一阵，他就再三劝说彩凤和母亲：孩子那样小，需要母亲照顾，坚持说让他们带上孩子一同来乌兰，但是岳母执意不允。他是个通情达理的人，他理解岳母当时的心思，就先答应了她。但随着这一年来他和彩凤的生活，随着彩凤对他的日益信任以及由此所获得的那份踏实，他觉得可以给妻子谈谈孩子的事了。

“彩凤，和你商量一件事。”

“什么事?”

“我们把孩子领回来好不好?”

“为什么?”

“我知道，我们结婚的时候不把孩子领来，那是因为妈有顾虑。我理解她的心情，我想着过一段时间，等到你和妈从心底彻底相信和认同我了，再把孩子领回来，可能效果会更好。”

“赵诚……”彩凤不知道该说什么。

“彩凤，我们已经生活这么长时间了，你难道还不了解我吗? 听我给你说句心里话吧：我爱你，我就会爱你的一切。你的幸福就是我的幸福，你的痛苦就是我的痛苦，你心中的一切牵挂就是我的牵挂！孩子，那是你身上掉下来的肉，在我的心中，她是你生命的一部分。”

彩凤被深深感动了，那是一种前所未有的感动……

女儿很快就被领回来了，她已经三岁了，正是特别可爱好玩的时候。也正是在这个时候，彩凤发现自己怀孕了。这对他们俩人来说，真是平添了一份喜悦。

就像赵诚自己所说的那样，对彩凤的孩子，他表现出了一份难得的关爱。看着眼前这个生得像小天使一样的小孩，赵诚问彩凤："女儿这样可爱，她一定和你小的时候一样吧？"

彩凤不无甜美和温柔地说："写封信，我让妈妈把我小时候的照片寄来，你就知道，她就是另一个小时候的我。"

"咱俩给孩子起个名吧？"赵诚说。

"起名儿？她不早已经有名字了吗？"

"不，我们给她起个新名字，起个更好听的名字。我想好了，就叫'白雪'，怎么样？"

"好听，可咱俩没有人姓白呀，为什么起这个名？"

"这么可爱的孩子——你生的孩子，看她可爱的就像小天使一样，将来也一定和你一样纯洁、美丽和善良！你难道不觉得，起这个名，于她最合适不过吗？"

就这样，孩子有了新名——"白雪"。

孩子来了没几天就是六一节了。六月，那是鲜花盛开的季节。满世界到处一片翠绿，花香四溢。再加上昨夜刚刚下过一场雨，早晨天气晴朗，空气清新异常。赵诚提议，和彩凤带上孩子去郊游。

看一眼丈夫，再看一眼来到自己怀抱的孩子，一阵幸福涌上心头。彩凤顿觉得自己的心情明媚得就像这天气一样。她在心中默默祷告：感谢真主对她的疼爱和怜惜。

他们来到郊外的民族团结湖。这是乌兰市郊风景最为秀丽的去处——开阔的湖面，大片的芦苇丛，还有岸边的绿色垂柳，加上湖面荡漾的小船和船上荡漾着的欢声笑语，真是如画一般的风光呀！望着这一切，彩凤仿佛从梦中醒来一般，心想：自己这是活在了人间天堂，生活有过的磨难，心的憔悴，仿佛从此要永远的飘散和消失在开阔无比、清澈无比的湖水之中了……

划了一阵小船后，他们来到岸边，在一片绿荫下的草地上，找了块舒适的地儿坐下来，开始野餐。

就在这时，突然听见远处有人喊："有人落水了——"随即听见离岸边几十米开外的一条船上，一个姑娘急切地呼喊"救命啊，救命！"的声音。

赵诚即刻明白：有人划船掉到湖里了。

他安顿了妻子一声，立即朝出事地点跑去。

“赵诚，当心呀!”彩凤急切地朝丈夫呼喊着。

“没问题，我会游泳!”

赵诚会游泳真是不假，但这一次在水中却遇上了意外——等赵诚跳下水游到落水者跟前的时候，那落水的人经过一阵折腾已经命在旦夕了。遇到了救命的人，那再次从湖面沉下去的溺水之人，凭着下意识一下子不顾命地抱住赵诚的两条腿。赵诚费了好大的劲才挣脱自己的腿，托举着对方的下巴将对他拖出水面。等拖着他来到就近的小船边的时候，赵诚已经有些疲乏无力了，却发现根本没法把他弄到船上，因为那溺水者已经被淹得差不多了。环顾四周，赵诚发现这个区域周围人很少。小船上的姑娘急得直哭，却没有一点办法。没法子，赵诚又只好托着他游向岸边。

等赵诚将落水者推到岸上的一刻，完全没有了力量的他，脚下一滑，再次落入水中。

周围的人越聚越多，湖区管理人员也赶来了。等一位会游泳的管理员好不容易把他救上来的时候，赵诚因呛水已经完全休克了。

望着眼前的丈夫，彩凤难以相信这一切是真的，她只觉得两眼发黑，当场晕了过去。

看来老天这次还是睁了一只眼——经过一阵抢救，赵诚吐了几口水之后，活过来了。可看那样子，他一定是淹得不轻。

公园管理人员打电话找来了一辆救护车，将赵诚一家人送往医院。经检查，赵诚的呼吸道充血，肺部有些水肿，需要住院观察治疗。

住院当天，不一会，病房里有人陪着走进来两老两少四个人看望赵诚。赵诚即刻认了出来，那俩年轻人中的小伙子，正是中午被他救上岸来的溺水者，而那女子，也就是在船上急的嚎啕大哭的那个姑娘，长得十分标致，像是小伙子的对象。来者中的两位大人，显然是夫妇二人，男的是一位军人，年纪五十开外。他们是小伙子的父母。

俩大人见了赵诚，真是说不尽的感激之言。尤其是当母亲的，见到赵诚竟然跪了下来，一口一声：“你是儿子的救命恩人，是我们一家人的大恩人呀！你让我怎么感激你呀！好人呀!”看着这位做母亲的泪流满面，赵诚真不知道怎么是好。

赵诚猜得没错。从后来的谈话中得知，俩年轻人是一对恋人，男的大学毕业在某某军工单位工作，姑娘是市歌舞团的舞蹈演员，是团里的台柱子，俩人原本下个月就要结婚了。那天在湖上划船，一对恋人闹着玩，一不小心，不会游泳的小伙子掉到了几米深的湖里。

没想到，小伙子的父亲是个有来头的大人物——他是乌兰农垦兵团的一位首长，按当地人的说法，官大着呢。不过这一切是赵诚后来才知道的。赵诚心想，难怪那天病房进来的时候，医院的领导也跟在后面。

观察了两天，赵诚是没事儿了，但不幸的是，彩凤当天就流产了——医生说，是因为极端的紧张心理所致。

回到家里，赵诚心疼地抱着妻子，垂着自己的胸口，一声连着一声，凄苦地说："彩凤呀，是我不好！我对不起你和咱们的孩子！"声音中透着无法掩饰的心碎和愧疚。

这次，轮到彩凤安慰丈夫了，她两手紧紧拉着丈夫的手，泪流满面地说："赵诚，你不用难过呀！你去救人，你做得对。有你这样善良和勇敢的男人，我这辈子足够了！孩子，咱们还会有的……"

可不幸的是，从此之后，彩凤永远也不能怀孕了，不过这是后话。医生的说法，还是那句话——由于上次事故发生时，极端的紧张心理留下了子宫痉挛性习惯性流产后遗症。

9

一个小插曲：

十年后，高家河中学校园里的大花园附近，肖家三姑娘彩珍领着一个小女孩玩。这个长着一双水灵灵的大眼睛，可爱得如同小天使一样的女孩，正是白雪。她是学校因故提前放了暑假后回姥姥家的。

正在这时，彩珍的一位男同学宋守信来找她——他不光是她的同学。班里同学们大家都知道，自从上中学以来，守信就一直在依依不舍的迷恋着彩珍。话说回来，像彩珍这么漂亮的姑娘，没人注意没人追那是根本不可能的。但在很长一段时间，彩珍却一直跟他不远不近地保持着一定的距离。彩珍的这种态度，更是加剧了守信心灵深处对她的爱慕和向往，坚定了一心想要和她在一起的决心。

令人欣慰的是，守信和彩珍后来真的结了婚，俩人一直生活得很幸福，这是后话。

见到白雪，守信问彩珍：“这么心疼个孩子？谁家的？是不是那个……”

彩珍朝守信会意地点点头。因为她此前跟守信说起过她姐的事。守信心想，难怪，那么漂亮的妈妈，自然该生出这么好看的女儿来。

守信蹲下身来，用特别关爱的口气问孩子：“你叫什么名字？”

“我叫白雪”

“你们家在哪儿呀？”

“我们家在乌兰。”

“你爸爸是做什么的？”

“我爸爸是造汽车的。”

“他对你好不好？”其实，这一句才是守信问话的真正意图。

“爸爸，他对我可好可好了！”回答的声音是那样的甜美，幸福的神情挂在孩子天真无邪的脸上。说完，跑一边玩去了。

……

10

自从大难不死的团结湖落水事件以后，彩凤和赵诚俩人的感情真是越来越好了。赵诚心疼自己的妻子，而彩凤对自己倾心深爱的丈夫，也是拿出了一个善良女子全部的温柔。俩人一天胜似一天的恩爱感情，真是令所有熟悉他们的朋友羡慕不已。大姑娘小媳妇们说：赵诚真是少有的好男人，为人正直善良，对老婆孩子又那么好。看看彩凤这么漂亮、贤惠一个女人，老天爷把这么好的男人给了她，还真是应该的；男人们无人不说：赵诚这家伙就是有福气，娶了个媳妇漂亮温柔得就像是月宫里的嫦娥，而且在他跟前又是那样的体贴、贤惠。你说，这世上哪里还有这么好的女人呢！

是的，正因为他们的善良，他们的为人，让彩凤和赵诚有了特别好的人缘和口牌。起初，私下里有关彩凤过去生活的一些风言风语，而今都渐渐销声匿迹了。面对这么善良这么好的一个女人，面对这么好的一家人，过去的一切大家从心底里不愿意再提起。

自从水中救了那位小伙子之后，那一家人便把赵诚他们真是当成了下一辈子都不会忘记的大恩人。而赵诚和彩凤又是那样善良的好心肠，他们觉得简直有些担待不起了。他们总认为，大家只要心里记着那份好就足够了，用不着如此一般挂在心上。

看来，彩凤的美丽和善良真是人见人爱。你猜猜怎么着？那姑娘——漂亮的舞蹈演员，她的名字叫赵倩——执意要认彩凤做她的姐姐，还一个劲调皮的逗着彩凤："姐姐，别这么小气么，看你这么温柔漂亮，做了我的姐姐，让我沾点你的漂亮气，变得和你一样不行吗？"

见她这么执着，彩凤答应了："赵倩呀，我哪有你漂亮呢？若不嫌弃，我就给你当了这个姐姐吧。再说，你看你的名字，和我们家赵诚就像是前世的兄妹。以后，我索性就给别人说：赵倩是我小姑子"。

听了这话，赵倩可是着实地感到既亲切又高兴。两家人从此结下了割不断的交情。那份情意，胜似亲生的姐妹。

白雪在一天天长大。到了上小学的二年级的时候，她已经长成了一个高出同龄小孩一头的小美女。她是那么的聪明可爱，难怪连她小学里带班的老师，都叫她"小玉女"。在这之前，赵倩已经不止一次的给彩凤和赵诚提议：她看得出小白雪有极好的天资和潜质，她一定要把这孩子培养成一个舞蹈演员。这下，看着眼前的白雪，她毫不怀疑地认定，这个天生难得的舞蹈苗子，该是开始好好培养她的时候了。

就这样，从这一年暑假开始，白雪不分春夏秋冬地跟赵倩学起了舞蹈。

彩凤没有再生育，赵诚为此不止一次地表现出对彩凤的歉疚。但每每说起，话未出口，就被彩凤捂上了他的嘴。然后又轻轻说上一句"赵诚啊，要说对不起，我觉得那也是我对不起你呀！这也许就是老天爷的意思，你就原谅我吧！"一听她这么说，赵诚就什么话都不说了，随即涌上心头的，只有对自己心爱之人无言的疼爱。

洒满阳光的日子一天又一天。一家三口的日子过得那样的幸福，生活像是有了彻底的改变。

然而，命运的不幸仿佛就像是难以脱身的幽灵和符咒一般，躲在一个黑暗的角落里，伺机闯进这一家人的生活——命运对赵诚，对彩凤的考验，再次降临。

有一天，赵诚在车间里帮工人们搬车床，而那些活原本根本不属于一定要他干的。但凭了他的为人，看着工人兄弟们人手不够，于是就帮他们干了起来。

干累了，和大家一同坐下来休息。然而，意想不到的事情就这样发生了——等休息完，当他要起身的时候，突然觉得原本好端端的两条腿像是不属于自己，变得没有了任何的力量。整个人一下子就瘫在了地上。

工人们即刻从厂里叫来了车，赶忙把赵诚送到了医院。

经诊断，医生说赵诚患了严重的神经性肌无力，发病的原因一时不明，可能跟过度的疲劳或挫伤肌肉控制神经有关。

赶到医院的彩凤，看到丈夫的模样，顿时瘫倒在丈夫的身边。这难以置信的一切，让她一时说不出话来，只觉得一切就像是一场噩梦。

面对医生诊断结果，彩凤真是崩溃了。她只觉得，她来到这个世上，捉弄人的命运让她一阵跌入黑暗的深渊，一阵又把她推向幸福的浪尖，就这样大起大落，一路颠簸着走了过来。如今看来，这一切的一切，原本都是命运早已安排好了的。她，好像完全就是黑暗的命运之神手里的一个活玩具。

心怀绝望的彩凤，用恳求的神情问医生："大夫，这种病难道真像你们刚才说的那样，没有什么好的治疗和恢复办法吗？"

医生说："很难，但也不是绝对没有恢复的可能。这种病想要恢复，一是要靠病人的毅力，二是要靠家人的精心照顾，要给他使其恢复的足够的信心。"

听了这话，彩凤觉得又有了希望。突然间，她觉得自己有一种生来前所未有的信心、力量和坚强。她用心默默地对天发誓：只要我活着，我就不会放弃，我要用我的整个生命，让我的爱人恢复健康。真主啊，你就做了我这颗真心的见证人吧！

彩凤坚信，丈夫一定能够恢复——用她，用她整个的生命和真爱。

赵诚的单位非常关心他的病情，无论领导还是工人，大家一致认为，赵诚的病，一定要按工伤对待。经研究，厂里决定派专人常年护理赵诚，但这一决定被彩凤好言拒绝了。彩凤一再感谢厂领导的关怀，可是派护理人员的事，她说不用了。彩凤非常诚恳地对他们说：如果真的需要厂里帮助的时候，她会来找他们。

领导明白彩凤的心思，哪怕再苦再累，她一定是想要自己亲自护理。因为，这夫妻俩人的恩爱，是众所周知的。

彩凤开始无微不至地精心料理丈夫的生活。从饮食、洗漱到一天好几次的全身按摩、活动关节直至帮助料理大小便，一切都得细心备至、照顾周全。说起来，那可真是一件不容易的事。

如果天上有双睁着的眼睛，他一定能够看见：伟大的母性之爱、母性之光，在这个有着宝石一般心灵的美丽女子身上，没有丝毫保留的、全部奉献了出来。

面对着自己心爱的妻子，看着她成天不停地忙活，看着她满脸的汗水，赵诚心想：老天爷，你为什么要这样对待、如此折磨这么好一个人呢？人生自古常言道：天妒红颜，红颜薄命。我的彩凤呀，看来人生的一切苦难，老天全都给你摊上了。

尽管有厂里领导和工人们的关心，有赵倩两口子实实在在的大力帮忙。但彩凤还是一天天地消瘦下来。可是，尽管她一天天的消瘦了，但她的脸上从来没有流露出愁苦的神情。以前很少唱歌的她，尽然时不时地给赵诚唱起歌来，而且声音是那样的美妙。

只有赵诚知道，妻子有多么苦，他是那样的心疼妻子，觉得心都要碎了。

一个月后，午休的赵诚到了该醒了的时候，却一直沉睡不醒，不省人事。医生断定他是服安眠药自杀。幸亏彩凤发现及时，被抢救了过来。彩凤再一次如若五雷轰顶，心想，安眠药自杀，这怎么可能？

事情是这样，一个月前，赵诚告诉前来瞧病的医生，说自己晚上有点睡不着。医生让他每天服一粒安眠药，并特意嘱咐彩凤，一定要看着丈夫服药。听从医生的嘱托，每天晚上，彩凤亲眼看着他服了药之后，自己才躺下休息的。所以，安眠药自杀是她怎么都意想不到的！

原来，赵诚将药含在嘴里并没有咽下去，背过彩凤，他将药藏起来了——他知道自己的病情，看着自己这样没完没了的拖累和折磨心疼的妻子，他真的于心不忍。他不想活了。

彩凤抱着丈夫，除了嚎啕大哭，心碎得一句话都说不出来。

妻子的哭声，这哭声中流淌出来的无尽的爱，重重地击打着赵诚的心窝，让他感到无法用语言表达的愧疚；这哭声，深深的唤醒了赵诚和病魔抗争的信念和毅力。他默默地发誓：我要用钢铁一样的意志，战胜病魔，为了我爱的人！

从此之后，彩凤对赵诚的照顾更是细心备至。而在赵诚的心里，彩凤既是他心爱的妻子，又像是一位无怨无悔的神圣母亲。是的，彩凤，这个有着非凡爱心和超然心性的女人，犹如人间圣母，日日夜夜精心照顾着自己生命中的这个男人。

奇迹真的出现了。由于彩凤的精心呵护，由于赵诚的无比毅力，他的身体逐渐康复，一年后，他竟然可以借助拐杖一个人行走了。医生说，根据临床经验，像他这样严重的病情，在如此短的时间恢复到这样，几乎是不可能的。

医生的解释只有两个字：奇迹。

而只有赵诚心里明白，那是神圣的爱的力量。

尾声

后来的情况大致如此：

在彩凤的精心呵护和丈夫的坚强毅力配合下，赵诚的病情在三年后，也就是女儿考上大学的这年，完全康复。

在“姨姨”赵倩的精心培养下，白雪以当年专业第一名的好成绩，考入东方舞蹈学院，成了大家一致公认的高材生。

对了，还有那个遥远记忆中的高翔龄——他后来参了军，年轻有为，成了空军某部一名上校军官。

一路顺畅，前程似锦，做了“大军官”的高翔龄，这些年来的他的心情是否平静？是否寻找过早已成为舞蹈学院耀眼“明星”的女儿？人们不得而知。

2008—02—18 开始构思提纲

2012—02—03—07 创作完成

2012—02—09—10 修改定稿

月明之夜

泪光里，他仿佛清楚地看见，
莲儿，一个笑盈盈的莲儿，出现在自己的
眼前。那笑脸，那神情，一切都是当年的模样……
——题记

引子

晴朗的夏日，一个“特殊日子”的午后，在业内早已小有名气的企业家钟良，驾他的黑色奔驰，独自一人故地重游。

离开国道的柏油路，钟良的车子放慢速度，向左拐入一条掩映在茂密松树林中的山路。在这样一条至今连沙子都没有铺的山道上，如此豪华的轿车，想必是当地的老百姓不多见的。

钟良停车的地方，是大青山脉朝北方向一个开阔的绿色山弯。山脚之下，是同样被掩映在河道绿荫里时隐时现、缓缓流淌着的S形的苇子河。森林植被茂密却视野开阔的绿色山弯，除了农民尚在耕种的土地外，整个山梁乃至接近山顶原来本属于农民耕地的部分，如今几乎全被人工种植的松树和柏树覆盖。二三十年前，这里的许多地方都是光秃秃的，根本没有眼前这么多的树。而今，顺着山梁放眼望去，被一片连着一片的森林覆盖着的绿色山弯，显得那样的美丽和宁静，宁静到仿佛世间万物都在温馨沉睡。

近处，钟良的视野里扑面而来的，是一大片长势良好、正在开着花儿的开阔的弧形荞麦地。荞麦地的中央靠边的地方，孤零零生长着一棵树冠硕大枝叶繁茂的梨树，仿佛在无声的向人们暗示着这里曾经有过的故事。望着山间这块平展展的田地，望着田间长势良好的荞麦，望着这棵孤独守候在这里、仿佛再过一万年都会生机盎然的大梨树，钟良不由自主地走了过去，直至走进田间过膝深的荞麦。置身其间，就像是走进遥远梦幻中的时空，走进自己心中那方封存和保藏着他永恒记忆的、美丽的农家庄院。

是的，就是在眼前钟良置身其间的这块蜜蜂和蝴蝶飞舞着的、宁谧而又开阔平展的荞麦地里，二十多年前的那座如若世外桃源一样的农家庭院，携带着与它有关的那些故事，仿佛梦境、仿佛迷人的童话故事一般，从这茂密的荞麦田里海市蜃楼一般，悄无声息地升腾起来……

1

二十多年前，六月的山野，那个晴朗夏日的午后。一位身背猎枪的年轻人，出现在大青山的林带。

来往行人都以为他是一位猎人，想必是在林子里寻找猎物呢。好吧，我们暂且就称这年轻人是“猎人”吧。

猎人中高个头，身材笔挺，眉清目秀，目光炯炯，五官棱角分明，年龄约二十三四的样子，绝对算得上一个英俊标致的美男子。猎人上身穿一件浅咖啡花格的确良衬衣，下身着蓝色裤子，脚上是一双浅棕色皮质凉鞋。除了肩上的七九步枪和搭在右肩上的蓝色制服，身上再没带任何东西。

在林子里晃悠了大半天，看不出他到底想要干什么——虽说身上背着猎枪，可是几次遇到山鸡、田鸡、黄鼠、野兔什么的，他几乎无视它们的存在，丝毫没有想要端起枪来猎获它们的意思。最后，他转过山梁来到一处像是自己满意的僻静地方，终于停下了脚步。

这里可真是一块难得的安静又舒适的地儿。这是接近山巅树林中的一小块儿背北面南、形如敞开的簸箕一般的缓地。此处视野无比开阔，眼前顺着山林往下不到百米远的地方，便是横跨东西的国道大马路。但是待在这里，下面时而来往的行人车辆，却一点都看他不见，真是清静极了。猎人选块舒适的地儿坐了下来。些许的阳光从稀疏的杨树柳树枝间透过来，正好不热也不凉。

坐在这山顶上，身边静静躺着他的忠实朋友——这杆像是不离身的猎枪。猎人的神情时而平静、时而焦虑，时而幸福、时而痛苦，心里好似装着什么让他难以平静的事情。

过了一阵，他终于像是平静下来了。他半卧在那里，近处远处、天上地下，他可以信天游似的观赏和品味眼睛所能看到的一切。有树荫替他遮掩夏日耀眼的阳光，他可以望得见南边无尽遥远的天空，以及那延绵起伏和变幻着层次的秀美山峦。高天上，有大块大块洁白的云朵，云天之下是一座借着雷雨季节蓄满了水的大水库。此刻，宽阔的水面在阳光下闪着粼粼波光，那番景致真是美妙得无以言述。就这样，尽情地望了许久之后，他才收回自己的目光，想要休息一会，或是闭上眼睛想想自己心头那些十天八夜都想不完的心事。

刚一转身，猎人发现自己近旁一棵栽上还没几年的小白杨树上，一株生命力旺盛的紫色牵牛紧紧地缠着绕着，依附在那笔直的树干上，那副景致好不美丽！看那一朵朵紫色的牵牛花正在静静的开放，像是在悄悄地观望着这位奇奇怪怪的“不速之客”，想要知道他心头的秘密。看着看着，年轻的猎人不由得微微笑了，神情中满含深情与怜爱，笑容中流露出幸福、甜美和隐隐的凄楚与苦涩。

年轻的猎人在山上待了整整一个下午——他等待着，等待着温馨的夜色和那温馨夜色里将要来临的一切。在这样的等待中，他时而望着远处的蓝天白云，时而望着蓝天白云下那波光粼粼的水面，时而又凝神看看身边像是有话想要跟自己诉说的白杨和牵牛。啊，白杨、牵牛，你们是何等的温馨美丽，何等的依恋情深啊！看着看着，往事一幕幕浮现在猎人的脑际……

2

多巧啊，十多年前，那也是一个炎热夏日的午后。刚刚十岁大的他，在自家附近大河旁边的大涝坝里玩水。

所谓“大涝坝”，其实是个圆形的大水池。它的直径不过二十来米，最深之处水深也不到一米，是村里人掏挖出来，蓄水饮牲口或是浇灌菜地用的。前两天，村里人刚刚清理过其中的淤泥，这一阵，池里的水清清的很是干净。所谓“大河”，那也是村子里人的叫法。说是大河，其实河道里只有一条不算太宽的小溪。从上游两三个河道下来的几条小溪在这里汇集，加上前一天才下过一场暴雨，眼下才有这般几米宽的“大河”景致。

大河的河道里，有很多大树却倒是真的。那里有高高的白杨和其他一些杂树，但最多的都是一些早年挽过头的大柳树。一到夏天，那巨大的树冠会盖住整个河道，站在崖边上放眼望去，整个河道满眼都是翠绿翠绿的。

因为天热，再加上玩水，见周围没有人，他脱光了身上的衣服，开始在水里尽情游玩。在水里泡了一阵之后，他从水里钻出来，蹲在旁边看着涝坝里的几个小蝌蚪在那里游来游去、追逐嬉戏。看那副神情，他像是玩得十分凝神而开心——他被水里的小蝌蚪迷住了。突然，他听见身边有轻微的瑟缩响动，一转脸，发现离自己不远处，站着一个跟自己个头一般大小，穿一身带小花的桃红色衣服，扎着两个羊角辫儿的小女孩，正瞅着自己这边看呢——其实，小女孩已经在那里站了有一会儿了。

虽然是个小孩，但自己这样一丝不挂光溜着身子，让一个不熟悉的女孩看见，实在不好意思，太难为情了。但为了让那女孩觉着自己对她的出现根本不在乎，便继续蹲在那里，像是无事一样、旁若无人地接着看他的蝌蚪。其实在他的心里，他早已经像热锅上的蚂蚁，难受得蹲不住了。他再也不敢回头去看那女孩，心里只想着希望她赶快走。没过两分钟，他假装游泳，跐溜一下，又钻进水里去了，只有圆圆的脑袋露在外面。小女孩发现自己打扰了人家，便知趣地走开了。

那女孩名叫莲儿，她的外祖母家就在这个村子里，而且离这个男孩的家不远。学校放暑假了，她来外祖母家已经有几天了，而且还要再住上好几天。这天下午，她到河坡上玩耍采野花，正好遇到了在河坝里玩水的他。

其实，这俩孩子都在同一所小学上学，男孩比莲儿高一级，这才刚刚读完二年级。莲儿以前也来外祖母家，也许每次都不凑巧，所以俩人不曾相识。而上学之后，也许是学校里孩子太多的缘故，总之，这之前他俩好像从来没有见过面。

这一次，可真是巧得很——男孩第二天去大人们收割豌豆的地里放毛驴。一到那里，便遇见了昨天让他着实犯“难为”的那个小女孩。莲儿是和舅舅家只大她半岁的姑舅姐姐翠花一起，来收割豌豆的地里帮她给家里养的兔子打草的，这块地里有兔子最喜欢吃的嫩嫩的藤蔓。看见她俩，想起昨天的情景，男孩心里依旧觉得难为情，于是，即刻想要躲到一边。

就在这时，看见他在放驴的翠花，开始喊男孩的名字：“良良，我和莲儿能不能和你一起玩，我们帮你放驴吧?”

这个叫良良的男孩，迟疑了一下，答应了。

这一天，他们玩得十分开心。起初，良良还觉得有些难为情，根本不好意思看莲儿。但后来他发现不是那么回事：看小莲儿的样子，昨天的事情就像是她根本没有看见过似的，啥事儿都不知道一般。见莲儿这样，良良的心里便自在多了。他不时转过脸看看梳着两条小辫儿、脸儿红扑扑的莲儿，发现她长得可真是好看。再看看他一向觉得长得好看的翠花，发现比起莲儿她可真是差远了，简直没法和莲儿相比。

3

这天以后，他们竟然接连几天都是在一起玩的。第二天，还是在收割豌豆的地里。小毛驴在地埂上吃草，他们三个人捡来地里没有割尽的豌豆给小毛驴吃。突然，小莲儿发现有一只老鼠，跑得飞快，从自己的脚下经过，跳溜一下钻进了近旁一个小窟窿。莲儿被吓得尖叫了一声。良良即刻问莲儿怎么了？听莲儿一说，他倒是乐了起来，告诉她："你不要怕，那不是老鼠，那是小黄鼠，它不咬人，挺温顺挺好玩的，我经常捉它玩的。"

良良即刻跑到割豆子的大人们那里，取来一把不知道那家上地时带来的铁锨，在黄鼠洞前挖了起来。不一会工夫，他已经看见了还在拼着命一边刨土一边往里钻的、那个缺脑子的小黄鼠。良良的胆子可真大，他想都不用想，毫不犹豫地把胳膊伸进去，一把从脖子里逮住了小黄鼠。见此情景，小莲儿又一次被吓得叫了起来。她怕那黄鼠会咬人，硬是喊着叫着蹦着跳着，催促良良赶紧放了它。

见莲儿真是有点怕，良良便真的即刻放掉了那个小可怜。

莲儿虽说是真有点害怕，但是看着良良放掉黄鼠之后，那副依然一脸兴奋的样子，觉得他真的挺好玩的。莲儿心里有种说不出的、乐滋滋的欣喜感觉，觉得自己眼前这个叫良良的男孩，挺勇敢的。跟他玩，有意思。

又过了两天，那是一个上午。他们前一天放驴临回家的时候，良良给小姐妹俩说好了，第二天要带她们一道去捉黄鹂鸟。翠花和莲儿听了，很是新奇，即刻表示同意。

大河里有很多春季里被挽了头（砍去所有的老树枝，让其重新分支发芽）的大"毛头脑树"，很多树上那密密匝匝的树冠里，都有黄鹂鸟。黄鹂鸟是这一代的候鸟，很多很多的。这种鸟，不仅毛色绚丽无比，而且银铃一般的"嘀丽丽、嘀丽丽"的叫声，更是异常的动听。黄鹂飞起来的时候，两翅间金黄色的羽毛真是好看至极，想必"黄鹂鸟"就是因这绚丽的黄色而得名。人们把这种可爱的鸟儿当作一种吉祥鸟，再加上黄鹂鸟习性容易恋人，于是，许多人家都会将它们捉回来，放在鸟笼子里豢养。

良良领着莲儿和翠花她们来，没多久，便发现一只漂亮的黄鹂从一颗茂盛的毛头树中飞了出来。良良断定，这里一定会有一窝黄鹂。良良爬树可真是个能手，他是那样的利索，只见他三下两下，就爬上了那棵高高大柳树，整个身子呼啦一下子钻进了毛头树里去了。

树下的俩女孩抻着脖子，聚精会神地朝上面的树冠望着，神情紧张地等候着良良捉到的黄鹂。她们俩不由得龇着牙张着嘴，以为随时都有可能听见被逮住的小黄鹂那挣扎的叫声，可是，上面什么动静都没有。

树下俩女孩有点等不及了，翠儿问道："良良，有没有黄鹂呀？"

"有！"良良一边回答，一边麻利地溜下树来。

"黄鹂在哪里？"莲儿好奇地问道。

"在这里。"良良指了指自己的衣服口袋。随即，他小心翼翼地伸进手去——你猜怎么着，他摸出来的是两颗小小的黄鹂鸟蛋。

莲儿马上说："良良，我听大人说，鸟蛋不能取出来的。你赶紧把它放回去吧，否则黄鹂妈妈回来会着急死的。"

翠花也说："就是，你赶紧放回去吧。"

看着她俩的神情，良良赶紧又爬上树，将鸟蛋放了回去。她们三个原本也是说好了：若是有小黄鹂，抓住了，让她俩好好看看，然后再放回去的。这下既然没有黄鹂而只是鸟蛋，就更应该放回去了。

回家后，良良也听大人说："黄鹂妈妈，人要是动了她下的蛋，她就不会浮出小黄鹂了。"听了这话，良良心里很难受，忍不住将此事告诉了翠花和莲儿，她俩听了，即刻显出一脸的伤心来。

没想到，这件事成了良良日后很长时间挥之不去的一个心结——他总是觉得，自己掏过的那两颗黄鹂鸟蛋，一定是被那黄鹂妈妈从此遗弃了。

4

小莲儿临回家的前一天下午发生的故事，深深留在她的心里，让她久久不能忘记。

在村子里常年阴湿的一面河坡上，无论春夏秋季节，密密匝匝总是开满各色的小花。到了这个季节，散在小花中的，还有一簇簇的野草莓，这里的人们把它叫飘儿。飘儿很好吃，甜甜的。良良和翠花、莲儿一道，采了不少飘儿。他们吃着手里的飘儿，继续往前走，良良说要带他们到一个更好玩的地方。

前面不远处，在一处高高的田埂上，生长着一簇又一簇十分茂盛的藤条。那足有一米或两米长的藤条上，开满了衔成串儿的小小的紫色花瓣，大老远就能闻见一股浓烈而清馨的香味。这种藤条没有刺儿，一到夏天，藤条上就会开满密密匝匝的紫色小花，不仅好看至极，而且百步之外就能闻到它的香气。若是遇上了有风的天气，几百米外都能闻到。

走到近旁，莲儿兴奋至极，因为她从来没有见过也没有想到，野山洼里会有这么好看又这么馨香的紫藤花。良良拣着细一点的从上面折下几枝来，编成一个好看的花环一样的帽子，然后问道："你们谁先要?"

他一看翠花和莲儿的神情，心里即刻明白，俩人都想要。"莲儿明天就走了，那就先给她吧"翠花说。莲儿看了翠花姐姐一眼，笑盈盈地拿上了。随后，良良给翠花也编了同样的一只。"你们都戴上吧，肯定好看!"

果然，戴上这紫藤编的花环，俩小女孩顿时显得特别漂亮，那种漂亮，简直是他们从来不曾见过的。尤其是莲儿，好看的花环配上她那异常好看的模样，再配上她笑起来时脸上的两个小小酒窝，真是好看得让良良不知道该怎么说才是。

俩女孩开心极了，她们虽然嘴上没说，但心里可是非常的感激良良。而就在这一刻，望着良良那双黑黑的、机灵的大眼睛，莲儿突然觉得，自己从来没有看见过，有哪个小男孩会像良良这样有趣、机灵和可爱，这样让她心里觉得喜欢。

不知咋的，原本说说笑笑玩得很开心的翠花，突然冲着良良说："良良，以后就让莲儿当你的媳妇吧"。话虽这样说，可翠花的小脸上，还是流露出了掩饰不住的不高兴的样子。按今天的话说，小小年纪的翠花，竟然有点吃莲儿的醋了。

良良一时感觉特别不好意思，他不知道该说什么好："翠花，你胡说啥呢。"

小莲儿的脸一下子红了，像是生了翠花的气似的，瞪了她一眼："翠花，你讨厌死了。"说着，悄悄看了良良一眼，不好意思地低下了头。

5

打这以后，莲儿每年不时地会来外祖母家玩，而每次来了，毫无例外一定会找良良。更不用说，他们还在同一个学校，俩人几乎天天都能见面说上几句话。就这样，于不知不觉间，莲儿和良良成了两小无猜的好朋友。

他们在同一个小学校读书，虽说不同班，但却经常一起玩。良良在学校里的大名叫钟良。但不知为什么，私下里莲儿就喜欢叫他良良。而良良也一样，他觉得叫莲儿比叫什么都亲都好听。俩人虽然小小年纪，可心里总是时常把对方牵挂着，各自要是有了什么好吃的好玩的，从来不会忘了对方。那份亲近，在这么小的孩子身上，还真是少见。

很快，两三年的时间过去了。随着他们一天天长大，俩人真是越来越好。各自心里有话，无论是高兴的，还是伤心的，都会向对方述说，从不搁在心里。俩人之间那份纯洁又真诚的感情，绝不是像他们这样大的孩子一般人会有的。

良良这小子，不要看他平时挺老实规矩的样子，骨子里头，有时候还真有那么一点胆大妄为的野性子。有那么一次，俩人在一起玩，说着说着，不知怎么引起来的——良良突然问莲儿：“莲儿，你说，啥样的两个人可以结婚?”

没有丝毫准备的莲儿看了良良一眼，故作生气地回答：“男的和女的能结婚呀!”

良良又说：“你知道男娃和女娃身上有啥不一样?”

聪明的莲儿一看良良这坏家伙竟然敢如此恶作剧，生气似的打了他一下：“你这个坏蛋！你让我看看我就知道了。”

良良真没想到，莲儿反应竟然这么快。在他的心中，莲儿不仅长得好看，而且她心头的那份聪明，那是其她很多的女孩根本没有的。而在莲儿的心里，良良又何尝不是如此的聪明，如此的让她喜欢呢?

就在这一年，也就是良良小学五年级的这一年，学校成立宣传队。宣传队从学生中男女对半选出了十几个跳舞的演员。身材好看长得漂亮的莲儿自然是最先选中者之一，可让她失望的是，良良没被选上。按莲儿的想法，她觉得学校的男同学中间哪怕只选一个人，都应该是良良。

没有自己份儿的良良，心里觉得很不是滋味。每天，心情失落的良良，只能在一旁悻悻地看上一阵那些宣传队的孩子们排练。其实，他和莲儿都心里明白，他之所以看得那么勤，一切都是因为莲儿。

这时候的莲儿，虽说只是个十二三岁的小姑娘，可她个头高高，长得又那么好看，和别的女孩站在一起，完全是另番模样。良良看她是那样俊俏，俊俏得赛过学校所有的女孩。她的个头比同龄的许多女孩都要高，圆圆的脸蛋，弯弯的眉毛，大大的眼睛，红红的嘴唇，那种好看，良良心里不知道该怎样形容、怎么夸她才合适。莲儿和良良，发现自己已经没法舍得和放下对方了。尤其是良良，按今天的说法，这小子算得上是个天生早熟的多情种儿。

学校在那个假期也要排节目。良良待在家里见不到莲儿，他觉得心里很着急。于是，就找借口给家里买东西什么的，往学校所在的村子里去。到了那里，他不敢进学校的门，于是就在外面晃悠着，直到看见莲儿出来。莲儿自然知道良良是怎么回事，但在别人面前，良良却总是假装不小心碰见似的。看着良良这样在乎自己，小小的莲儿心里有说不出的开心和感动。

良良和莲儿，俩人彼此心里都很清楚：对方就是自己的小相好。他们少年时的“情窦初开”，就在这个时候正式开始了。

6

良良初中毕业的那年，他们俩人竟然自己私下里悄悄商量：将来无论俩人到了那里，无论做了什么，他们俩人一定要结婚，非对方不嫁不娶。无论良良还是莲儿，这样的决定，对于打小青梅竹马、两小无猜的他们，觉得这很自然。年少的他们，为自己的决定而感到深深的幸福和陶醉。

他俩的高中不在同一所学校上。但在他们见不着面的日子里，没有一天不记挂着对方。更不用说他们每个学期和假期，都会有机会见面。俩人发现，到了两个学校读书，他们彼此之间变得比以往任何时候，更加想念和牵挂对方了。

说起来，这俩孩子，还真就像是天生的一对儿：随着年龄的增长，良良变得越来越成熟、越来越有思想，有时候都让人觉着不像是他这个年龄的孩子；而莲儿也是，刚上高中，个头已经长到高出别的女孩一头，出奇的漂亮和仿佛天生的聪慧，不时招来很多男孩子的注意，但她根本不为所动。在她的眼里她的心中，良良那真是太优秀了——除了良良，莲儿看不见别人。

无论在他俩的心中，还是在别人的眼里，莲儿和良良真是再般配不过了。每当他们坐下来的时候，俩人就会幻想，幻想将来他俩结婚走到一起的那一天，那该是多么的幸福呀。每但此时，那掩饰不住的幸福的笑容就会挂在他俩的脸上。

然而，事情并没有那么简单，更没有那么顺利。没过多久，他们的美梦便陷入了即将面临破灭的局面。

就在良良高中即将毕业的这一年，良良母亲患了胃癌，等发现时已经是晚期了。临终前，妈将儿子叫到自己跟前，吃力地睁开那双疲惫的眼睛，看了一眼日夜守候在自己身边的丈夫，要儿子答应爸妈一件事。

良良不知道母亲要他答应的是什么事，但向来无比聪明的他，即刻有种感觉：母亲在这个时候想要自己答应的，肯定是一件顶顶要紧的事情。

良良流着眼泪，想到一辈子含辛茹苦把自己拉扯成人的妈妈，不久就要离开他了。一想到妈闭上眼睛就再也永远醒不过来了，他就觉得自己难过得简直在这个世上活不下去了。于是，一种巨大的悲痛向他的心头袭来。在这种时候，一向孝顺无比的他，心想，这世上只要自己能做到的事情，还有什么不能答应妈妈的？他向妈深深点了点头：“妈，你说，我听着。”

母亲用虚弱的声音说了下面一段话——

“你知道，上河里梁家的秀花，她娘那是我的好姐妹。咱俩家无论是你爸和他爸，还是我和她妈，都是一辈子的交情。在那几年咱家最困难的时候，比咱家好不了多少的他们一家帮衬过咱，算是救过咱家的命。你看现如今秀花她爸已经殁了，一家人日子过得不好，”母亲显得很吃力，她闭上眼睛，停了停，缓了口气儿又接着说“秀花和你同岁，你们还小时候，我们老姐妹俩就说好了娃娃亲。秀花她娘打小疼你，这你是知道的，她早已经把你看成是她家秀花将来的女婿了。以前我半真半假地给你提就过，只因你们还小，我没有说透。秀花这娃，虽说长相算不上俊俏，可你能看得出这娃心眼好，心诚。她干活麻利，手脚轻快。娶了她，以后肯定是咱这屋里的好帮手。”

听完了母亲的话，良良呆呆看着母亲，觉得自己的心像一块沉重的铁砣子一样，拖着自己整个的身体在不由自主地往下沉。看着瘦得皮包骨头、一脸枯荣的母亲，他不知道该说什么，她觉得自己张不开嘴。随后，他跪在妈的跟前，用商量的口气，轻声给妈说：“妈，你说啥事情我都答应，唯有这件事，能不能先放一下，等你病好了咱再说。”良良是想要借此推脱。

当妈的看了儿子一眼，用更加微弱的声音：“你看你妈的病，还有好的时候吗？你不理解我的心啊。你如果还有一点孝心，就答应了妈这一桩心事吧。”话音未落，良良妈开始急促地咳嗽起来。看着妈妈可怜的样子，良良心疼得像刀割的一样。

听完了妈妈这最后两句话，良良除了流泪，再什么话都没有说。他只有在心里默默期盼着老天爷关照了。

就在说了这话的当天晚上，良良妈就过世了。良良痛苦万分，觉得自己的心都要碎了——不单单因为自己从此在这世上没有了妈妈这最亲的人，也因为他将要失去他的另一个最亲的人——他心上割舍不下的莲儿。

办完了母亲的丧事，良良再也撑不住了。他大病一场，在炕上躺了整整半个月。在那些日子里，他觉得自己四肢无力，脑子一片空白，他觉得自己的心里空空荡荡，一无所有。平生第一次，他觉得自己简直要活不下去了。

莲儿得知良良得了重病，特意跑去看他。见良良病成这样，莲儿伤心得直掉眼泪，简直心疼得不知道该说什么。她知道良良特别孝敬母亲，所以完全以为这一切都是因为他母亲去世的缘故。她用尽一切办法安慰良良，要他好好养病。

见了莲儿，听着莲儿的安慰，心碎的良良忍不住痛哭起来，可嘴里却是一句话都说不出来。他的心里太乱了，不知道该说什么，该怎样说。

病好了之后，良良即刻找机会见到了莲儿。良良，虽然年纪轻轻，但他始终觉得自己是而且也必须是一个有良心和负责任的人。他知道一旦告诉了莲儿这个消息，对莲儿来说将意味着什么。那种心碎和绝望，他早已经想过无数遍了。但是尽管如此，无论如何，他都必须得尽快将这实情告诉莲儿，否则，他就更是愧对他心爱的莲儿了，他就是一个没有道德的王八蛋。

听完了良良的话，莲儿不能相信自己的耳朵，觉得这一切根本不可能，她没有丝毫的心理准备。说心里话，自从她和良良私定终身后，她压根从来没有想过有一天会发生这样的事。她是那样的相信良良，她总以为，她和良良之间，这辈子不会有任何的变故。如今这突如其来的变故，对痴心一片的她来说，实在是太残酷了。

莲儿啊，当她意识到这一切的确是真的、是事实之后，涌上她心头的，是一种让她无法承受的撕心裂肺和痛不欲生的悲伤和绝望。

面对莲儿，良良心里觉得无比愧疚，但是他又不知道该怎样。一次又一次，他想要和父亲好好商量，让他这辈子能和莲儿在一起，而不是和那个他没有丝毫感情的秀花。可是一次又一次，他仿佛都能看见病中可怜的母亲，那双期待的眼睛在望着自己。每当此时，他就不得不痛苦地打消一切自己想要挣脱的念头。

更为要命的是，不知道为什么，他的心底里越来越清晰地生出这样一种奇怪的、挥之不去的念头：自己这辈子假若不娶了秀花，地下有灵的母亲，就永远都不会瞑目。

一年多以后，为了让九泉之下的母亲得以“瞑目”，良良依从母亲的遗愿，听从父亲的安排，娶秀花为妻——按父亲的话说，家里需要一个做饭的人。

7

婚后的良良，和媳妇的感情是可想而知的。他心里总想对秀花好一些，可是，他发现感情这档子事，就像是小儿麻痹后遗症患者的胳膊腿儿——胳膊来了腿不来，根本不听使唤。他日常生活中挺关心照顾秀花，可是一旦躺到一个被窝里，心里顿时没有了任何的想法——灭了灯，脑子里全是莲儿那让他揪心的模样。良良心里明白，这辈子，和秀花看来只能这样过一天是一天，走着看了。

好在，不久之后，让他完全意想不到的大好机遇，给他的生活，给他未来的人生点燃了希望。正是以这次不曾预料的机遇为起点，从此改变了他整个的未来和人生命运——这是后话。

这年春节过后，乡里要从毕业回乡的“德才兼备”的高中生中选拔一部分半脱产的干部或其它公事人员。由于良良的聪明和一贯出色的学业与为人，他的“德才”在乡里乡亲众人心目中早有公认。所以，这次令人人羡慕的机会，天上的馅儿饼一下子就掉进了良良的怀里。良良，不，从现在开始，对这位时来运转的公家“干部”，该用他的大名——钟良了。

事情是这样的，随着国家刚刚开始提倡的农村县乡新兴产业政策，钟良所在的乡政府也成立了第二产业办公室。人尽其才，物尽其用——钟良的具体工作是：晴川乡政府第二产业办的业务秘书。起初这半年，属于业务熟悉期，由负责产业开发的金主任带领和指导他的工作。

让钟良意想不到的是，这一次，比他迟一年毕业的莲儿也有了一份可心的“公事”——她被选拔到乡里的学校去当民办教师。这个消息对他来说，几乎可以算得上是一个让他感到令人振奋的喜讯。那种发自内心的喜悦和兴奋，丝毫不亚于得知自己有了这份公事时的心情。尽管他已经结了婚，但在钟良的心里总是觉得，莲儿这辈子是他心里割舍不掉的一个牵挂。莲儿的事就是他的事，莲儿的幸福就是他的幸福。

8

钟良所在的乡政府和莲儿的学校离得很近。但不知为什么，就晴川这么小的一个镇子，来到这里已经一个星期的钟良，却始终没有见到莲儿。有好几回，他有意跑到莲儿的学校附近，每次都会像是躲都躲不过似的，会遇到这学校的几个老师，但就是难得看见莲儿的影子。钟良心想，莫非是莲儿有意躲着，不想见到自己？但他又不好意思直接去找莲儿。他觉得自己心里实在太愧疚了，根本没脸去见莲儿。

每当静下心来的时候，钟良越来越觉得自己犯了大错。他越来越深刻的意识到：心中原本有着心爱女孩的自己，和秀花，和这个自己跟她没有半点感情的女孩结婚，这是他一生犯下的天大错误。结婚后的日子，对秀花的态度，等等一切，让钟良意识到：当初所谓的“孝”心，现在看来才是真正的大不孝啊！

钟良，自认为一向聪明的他，第一次痛心疾首地认识到：年轻不成熟、不经世事的自己，在人生的重大问题上，做下了无可挽回的糊涂傻事。

钟良猜得没错。当了民请教师的莲儿，在她还没到学校的时候，早就知道了钟良也要到乡里工作的消息。可是诸多的原因让她不想见到他。她觉得自己和钟良的事虽然已经过去这么长时间，但是在她的心底，始终有一种割舍不断的东西。她知道，那是她一辈子心头永远也解脱不了的纠缠。

还有一件让钟良没有想到的事情，那就是：心灰意冷的莲儿，三个月前迫于家人的压力，经自己当兵的哥哥介绍，已经勉强着自己，与一个此前没有见过一次面的人订了婚，对方也是个当兵的。

而今她和钟良俩人都来到这里，相互离得又这么近，俩人一定会低头不见抬头见。她觉得自己真的不敢见他，她不知道自己该怎么面对良良。想着良良，想想这个十余年来自己铁了心一直深深爱慕的人，她隐隐约约意识到，自己的心底有一种管不住的、莫名的情丝在生长、在蔓延。想到这里，莲儿的心里简直就像乱麻一团。

一周后的一天，钟良和莲儿在街上邂逅相遇了。与其说是邂逅，倒不如说是有意。此前几乎每一天，莲儿在校园里一个僻背的地方，看见钟良每天这个时候都在校门外晃悠。她心里再清楚不过，钟良那一定是来看她的。这一天见他又来了，于是就啥也不想啥也不顾地走了出来。

见到莲儿，钟良像是几百年没有见过她一样，也不管旁边有没有人，即刻走到跟前，整个人都几乎要撞上莲儿了。他的心在突突狂跳，可是只叫了声“莲儿”，就再也不知道该说什么了。莲儿原本想着见了钟良，自己一定会有分寸，一定会控制住自己的情绪。可是，一见到钟良，一看见他这双眼睛，一看见他的这般情绪这副模样，才发现，自己心里想的一切，那都是用来骗自个儿的睡梦。

这一刻，莲儿才明白，如果自己真的不想钟良，她根本就不可能一天又一天在那里偷偷地窥望良良，也不可能在今天看见钟良的时候，即刻冲着跑到他的身边。此时此刻，俩人从彼此的眼神里，看出对方那颗仿佛永远都不可能改变的心。

就是从这一刻开始，俩人心中那团压制不住的爱的火焰，一发不可收拾的再一次熊熊燃烧了起来，而且胜过了以往的任何时候。

虽说离得这么近，但他们发现，在晴川这样一个巴掌大的小镇，像他们这样两个身份的人——一个有妇之夫，一个订了婚的军人未婚妻，在众目睽睽之下想要约会，真是一件难得不得了的事情。他俩心里明白，刚刚有了“公事”和应该绝对注意“影响”的他们，弄不好，后果不堪设想。他们前所未有地意识到：自己的周围，东南西北天上地下，仿佛到处都是专门监控他俩的眼睛。

想归想，说归说，但他们发现，其他什么都好办，唯一一件难办的事情，那就是：他们的这两颗无论如何都管不了的心。

在那个还没有私人电话的年代，他们发挥着自己有生以来所有的聪明才智。他俩挖空心思，想出了俩人约会的方式。他们就像是敌特工作人员一样，采用了他们熟悉的电影或故事书上，那些秘密地下工作者惯用的方法。他们有了属于他们俩人用来传递信息纸条的固定的地点和联络方式——那是他俩说好了的一个地方，在那里的一块石头下面，是他们给对方留约会纸条的地方。一切都做得那样的“保险”，这样，即使别人看到了也是没有任何的危险。事实证明，他们采取的“方法”还真的管用。

9

这是当年临近五一节的一个阳光明媚的周末下午。他俩在镇上上班已经快三个月了。这天，他们俩人事先约好了一同回家。这也是他们第一次有机会一同回家。他们两个的家离得不是很远，从镇子上回家的三十里路程，其间有足足二十多里的一段路途是可以同行的。

有一阵，他们走到了山梁上，找了块有树荫的避背地方，坐下来歇息。

“莲儿，你看咱俩像不像电影里的地下党”，望着面如桃花的莲儿，钟良苦笑着说。

莲儿叹了一口气，深情地对钟良说：“你说，我们还能有什么好的办法呢。”

“即便这样”钟良说“你看咱俩依然是连个说话的地方都没有。平日里，你和我的宿舍里都有别人，我们根本没法会面。唉，你说，我们离得这么近，却连个说话的机会都没有！看来，我们就只能这样回家的时候才见一面了。”

听了钟良的话，莲儿又叹了一口：“唉，谁让咱俩都这样没有人身自由呢。”说话间，她轻轻瞟了钟良一眼。

听莲儿的话，钟良突然觉得自已的心像是被针扎了一下。他不由得闭上了眼睛。心想，是啊，都是因为我在这件事上的没有主意，才导致如今的如今这悔断肠子的结果。钟良紧闭嘴唇，脸上露出深深的痛苦表情。

聪明的莲儿即刻看出了埋藏在钟良心中的自责，觉得自已刚才的话没有说好。她立即说“良良，别难过，我没有埋怨你的意思，我只是怨咱俩的命不好。”听了这话，钟良突然紧紧搂住莲儿，随即又把她抱到自己的腿上，将自己的脸紧紧贴到莲儿的脸上。

钟良这突如其来的动作，让莲儿有点措手不及。莲儿的心，开始快速地跳了起来。说心里话，俩人相好了十多年了，以前钟良只拉过莲儿的手，可从来没有敢这样抱过她，而且竟然连一丁点的“准备和过度”都没有。拥抱、亲吻，即便他们俩人心里特别想，但一种无形的阴影总是在阻挠着他们，像是总也迈不出这一步。可当这一刻真的到来的时候，莲儿丝毫没有觉得意外——她知道，这是她的心、她的情的呼唤和渴望。

此时此刻，在莲儿的心里，除了幸福，剩下的便是让她酥心的激动和甜蜜。好半天，莲儿就这样埋在钟良的怀里。对于钟良来说，虽说是结过婚的人，但那种想起来都让人痛苦的婚姻，说实话远不如没有的好。换句话来说，也正是有了这没有感情婚姻的对比，当他把自己心爱得要命的女孩抱在怀里的时候，那种天上地下的感觉，更是给他一种惊心动魄的爱的体验。听着彼此的心跳，俩人啥话都没有说，因为他们心里明白，这一阵无论说什么都是多余的。

过了好一阵，钟良问道："莲儿，能不能问你一个我也许没资格问的问题?"

"问吧。"莲儿似乎意识到良良会问什么。

"莲儿，能不能告诉我，你和那个人，就是你的那个当兵的对象，你们是咋认识的，他在哪儿当兵，人好不好?"

莲儿眉宇之间透出一丝隐隐的痛苦，然后呆呆地回答"我哥介绍的，他在很远很远的地方，人好不好，我不知道。"随即她又接着说"良良，以后能不能不问这个问题。"

看着莲儿的样子，听着如此的话语，钟良只好把一大堆原本想要问的话，咽了回去。莲儿说这个对象是她哥介绍的，这似乎在钟良的预料之中。因为钟良知道，莲儿就兄妹俩人，哥哥在新疆当兵。这个对象既然也是当兵的，十有八九跟她哥有关。

停了一会，依偎在钟良怀里的莲儿像是想起了什么，突然若有所思地问了钟良一句："良良，你说一个人爱上另一个人，是一件简单还是复杂的事情?"

钟良万万没有想到，莲儿会问出这样一个问题。在他看来，这似乎不是他俩这个年龄的人该想该问的问题。他一下子不知道该怎样回答："莲儿，我觉得你问的这个问题好像不难回答，但我又不知道该怎么回答。"

"那你说世上有这么多的人，可是一个人的心，为什么就知道要死要活的偏偏只爱其中的那一个呢?"

听着莲儿的问话，钟良觉得自己的心像是被一根看不见的针一下一下地扎着、刺着。他的心在痛，他越来越觉得，自己是如此的心疼怀里的这个姑娘。看了一眼莲儿，钟良轻声说："莲儿，你听着，即便是世上有再多的人，爱你的这个人心中只有你一个，那是前世注定的。"说完这话，他把莲儿抱得更紧了。

莲儿轻轻闭上眼睛，眉宇间隐含着无尽的痛苦。她把头深深埋在钟良怀里，眼泪顺着她的脸颊流了下来……

温暖的阳光，天空万里无云。远处近旁，田埂上的牵牛和叫不上名来的小花在静静的开放，仿佛在看着这一对深情的恋人，在倾听着他俩的悄悄话。钟良和莲儿，俩人坐在天高地远的山顶上，周围一片寂静，四下里看不见一个人的影子。在这幸福的一刻，他们觉得自己就是这天地间的主宰。有一阵，他俩不说话，只是长时间的相互凝望着，看那副专注的神情，就像是今生今世永远也看不够似的。

这次相会之后，他们再次有机会一同回家，是两个月之后，时间已经到了炎热的夏季。

10

依然是一个下午。他们一边说着话一边往前走，走走停停，好不开心。见了树荫坐下来歇歇，俩人难得这样悠闲一会。不知不觉间，他们发现天空中堆积起越来越多的云团，不一会，便开始乌云翻滚了。盛夏季节，天气如此的闷热，像是要发雷雨的样子。

“良良，看来会有雷雨？咱们得赶快走，否则就要被淋到雨里了。”

“没关系，即便有雨，我们在大雨到来之前，应该能赶到家的。”

这一回钟良完全估计错了。没想到，这一天的大雨竟会酝酿得如此迅疾，而且来势竟是如此迅猛。没过多久，天上翻腾着布满了黑沉沉的乌云，就像是整个天都撑不住要塌下来似的，眼看一场大暴雨就要来临。看着这般情景，俩人即刻加快脚步，不久便跑了起来。

但无论他们怎样急着赶路，一切都无济于事——他们刚离开土路跨上柏油马路，拳头大的雨点便开始朝着他俩的头上，肆无忌惮地砸了下来。谢天谢地，幸好前面离这儿不到一公里的地儿，他们知道有附近林场的几间房子，可让他们暂时在那里避避雨。可是当他们顶着大雨上气不接下气地跑到跟前时，才发现，林场里连人影儿都没有——院子的大门紧锁着。正在他们不知所措之时，莲儿突然发现，院子背面的一间像是林场储存杂物的棚子，那门儿敞开着。俩人立即飞一样奔了进去。

就在他们跑进棚子的一瞬，雨势骤然加剧，雷声大作，倾盆一般的大雨劈头盖脸的从高天上拼了命似的泼了下来。十步之外，一切都裹挟在混沌的雨幕中，一时间天地难辨。

俩人早已经被大雨灌成了落汤鸡。他们面对面站着，喘着粗气，等回过神来，莲儿突然忍不住笑了起来。

“你笑啥？”钟良惊奇地问，他自己也被莲儿的神情逗笑了。

“我也不知道，我就想笑，笑这大雨，笑咱俩……”话音未落，又是霹雳一声炸雷，俨然天上落下的一颗重型炸弹在他们附近爆炸，那威力就像是要把脚下的大地掀翻一般。莲儿吓得跳了起来，大叫一声，一下子抓住钟良钻到他的怀里，那样子真是可爱极了。

钟良问：“我俩有啥好笑的？”

“看看你的样子。”莲儿又笑了起来。

钟良看不见自己的样子，但是莲儿的话提醒了他——他看到莲儿被雨水贴在脸上的头发，想必莲儿也是在笑他贴在头上的头发。突然，钟良的心不由自主的颤了一下，紧接着便开始狂跳起来——他，看到了莲儿身上让他激动得心惊肉跳的地方……

夏天天热，莲儿身上只穿了一件薄薄的粉红色的确良衬衣，下身是一件浅灰色的的确良裤子。经雨这么一湿，衬衣和裤子全都紧紧贴在了莲儿的身上，活脱脱一个近乎裸着身子的天仙女站在自己的眼前。莲儿的乳房不仅丰满而且形儿又是那样的好看，结果，经雨这么一淋，一对挺挺的乳房连同那清晰可见的小乳头，一览无余地展现给了钟良。

看着钟良的神情，莲儿问道：“你咋了呀？”话刚一出口，聪明的莲儿只轻轻瞟了一眼自己的身子，即刻明白钟良到底“咋了”。

尽管俩人心里那样亲近，但是这一刻，莲儿还是着实不好意思起来。她假装生气似的轻轻瞪了钟良一眼，然后，一脸羞涩，难为情地转过身去。这不转身不要紧，没想到一转身，更是让钟良当下晕了——他实在难以相信，世上会有这么漂亮的姑娘拥有这么好看的身材。莲儿美得无法用语言形容的身材，再一次强烈地刺激了钟良敏感的神经，让他的呼吸变得急促起来。不知如何是好、不知该怎么呼吸的他，紧紧闭上了自己的眼睛……

等他心情稍稍平静下来之后，伴着一声惊雷，他睁开了自己的眼睛。结果，他发现莲儿睁着那双特别美丽的大眼睛，在静静地盯着他，然后用特别温柔的声音轻轻问钟良：“良良，你咋了？”

“没咋。”停了停，他又说“莲儿，穿着这么湿的衣服太难受了，你把它脱下来拧一拧。”

“那咋行？”莲儿一下子脸红了。

“莲儿，我跟你说的是真的。我转过身去，你脱下来拧一拧再穿。听话。”

“哎呀，别胡说，不行！”莲儿现出生气的样子。

“莲儿，你要再不听话，我就站到外面的大雨里边去了。”

看着钟良如此坚决，莲儿只好听了他的。钟良信守诺言，他告诉莲儿：老天作证，他不仅要背过身子，而且还会紧紧闭上眼睛。

等莲儿拧过衣服之后，钟良把自己的上衣也脱下来拧了拧。

“莲儿”

“咋了？”

“想想咱俩也有点太不公平了，你觉得呢？”良良开始给莲儿卖起了关子。

“咋啦，咋不公平了？”莲儿睁着眼睛，不解地问。

“你说吧，十多年前有人就在背后偷偷看过人家光着身子的样子，可这下轮着自己了，就突然变得那么小气了。”

看着钟良一脸的坏性模样，莲儿显出又气又笑的样子：“良良，你讨厌死了”。那神情那语调，不知是在生气还是撒娇。

衣服拧了一下，确实比刚才好了一点，但是也好不到哪里去。穿在身上，那种潮湿的感觉，真有点难受。

钟良拉着莲儿的手，用自己的一只胳膊搂着莲儿，俩人身子挨得紧紧的，坐在棚子里像是上午才新剪来的几捆用来编篮子的柠条上。眼看天马上就要黑下来了，但雨还是下个不停。

“良良，你觉得冷不冷？”

经莲儿这么一提醒，钟良这才意识到，身上的衣服真是有点冰凉。“真是有点冷呢。”看了一眼莲儿，他即刻说“莲儿，让我抱着你。”

莲儿啥话都没说，即刻坐在了钟良的腿上，钟良将她紧紧裹在自己怀里。这一下，钟良的心不管怎么说，再也平静不了了。他只觉得，一个就像是完全没有穿衣服的莲儿坐在了自己的怀里，他的心头开始像装了火炉一样，迅速燥热起来……

刚坐到怀里，莲儿便说，“良良，让我摸摸你的身上湿不湿。”

听了这话，钟良看了莲儿一眼，啥话都没说，像是中了魔法一样，自己将不听话的手轻轻伸进了莲儿的衣服。他深信，这是莲儿，不，是他俩的心在分明告诉自己，要他用这双渴望而又温情的手，给予自己心爱的人深深的温柔和抚爱。

当他触及到莲儿湿漉漉细嫩的肌肤的一刻，当他抚摸到第一眼看到时便让他喉咙冒烟的好看的乳房，一股强烈的电流顷刻间像是从他俩的头顶穿到脚底。

全身发麻的俩人，只觉得自己像是在梦里一般，他俩的身子仿佛轻轻地飘起来了……钟良抱着莲儿，俩人没完没了的亲吻着、抚摸着，恨不得将自己和对方结为一体。这一刻，他俩的心彻底醉死过去了……

等雨完全停下来的时候，天早已经完全黑下来了。钟良的家跟莲儿顺路，但是比莲儿家还要远上好几里地。他把莲儿送到她家庄院附近的路口，然后自己一个人独自回去。等钟良回到家，已经是夜里十点钟了。

“大雷雨”之后，仅仅过了一个月。一天，钟良突然接到莲儿的“消息”。条子上写着：她马上就要结婚。并约好某天晚上，要钟良一定来见她——来莲儿的家里和她见“最后一面”，此外，条子上还说了别的一些提醒钟良注意的话。

这一消息，着实让钟良觉得太过意外，太过吃惊！——马上结婚？最后一面？钟良不知道这是怎么回事，他的心情一下子沉重下来，一股浓浓的忧愁开始漫上钟良的心头。

就在约定的日子，同样是在如此晴朗的午后，心神不宁，坐卧不安的钟良，终于像个猎人一样，早早出发，来到这大青山上……

11

天色已近傍晚，“猎人”，不，钟良从躺着的地儿坐了起来，拖着自己的思绪，走出这不知道让自己感到幸福还是痛苦的回忆。

望着西边的天空，绚丽的晚霞铺满了半边天空。望着远处牧归的牛群和牧童的阵阵吆喝声，钟良只觉得，眼前俨然一幅漂亮的山野牧归图画。然而，这原本动人的充满诗情画意的牧归图，此时此刻在他的心目中，却被涂上了厚厚一层忧愁的颜色。

再过了一阵，天完全黑下来了，夜幕彻底降临了。他想着，一个小时之后，自己就可以去了，就可以见到自己日思夜想的心上人了。想到这里，他觉得自己对莲儿的思念对莲儿的爱，混合着心中的痛苦和浑身上下的热血，开始沸腾、开始奔涌。

按约定的时间，钟良绕过山梁，找到此前他已经观察好的一大片密密匝匝的荆棘丛，把自己手中的猎枪藏了进去。他知道，这是个极为安全的地方，绝对不会有人想到，会有人把一杆枪藏到这里。

约莫十点钟的样子，山里人早就睡了。月亮升起来了，夜色显得异常的温馨和宁静。一阵微风从不远处的树林吹过，林中传来一阵叫不上名来的小动物或是什么鸟儿的叫声，听起来就像是诡秘的笑声。这温馨的夜色，这清澈的月光，还有这微风吹过树林的声音，还有林中动物小鸟的叫声，一切都显得那样的安静和美好。钟良这颗伴着忧愁和渴望的心，是那样的激动和急切……

洒满月光的夜色里，钟良已经看见了眼前不远处的那座独家小院，那是莲儿的家。他知道，今夜这座院子里，除了莲儿和她的父母，还有那个明天一早将要带着莲儿一同远行的熟人。

整座庄院被周围种满了苞谷、向日葵、蚕豆、萝卜、洋芋的农田和菜地包围着。靠近钟良这边，是大片的菜地。温柔的夜色里，踩着宁谧的夜籁之声，钟良轻轻穿过菜地，来到庄院墙角的大梨树下。这梨树紧挨着院墙的一角只几步远，院墙内的这个角儿上，下面是用坚实的土坯修造的窑洞，窑洞的上面，是一座铺了青砖的平台，平台上是一座修得十分漂亮，工艺精致的小楼，这里便是莲儿的“绣楼”。

几乎就在钟良来到树下的同一刻，莲儿从她的“绣楼”轻轻走了出来，其实此前她已经出来过好几回了。这绣楼朝院落的一边，是一面大大的棋盘花格窗。绣楼的门不朝院落而是朝侧面开着，正好对着旁边的梨树。钟良轻轻爬到树上和小楼一般高的地方，这儿距离院墙约有一米多宽两米不到，本来可以跳过去的，但那样肯定会弄出声音。还是莲儿想得周到，她将搁在平台上的一块半尺见宽的板条递给钟良，让钟良将板条一端搁在平直的树杈一端搁在院墙上。这办法真好，试了试，挺稳当的，于是，钟良便轻而易举地来到小楼。

12

过去之后，钟良随后抽掉板条，一切做得轻手轻脚，仿佛人不知鬼不觉。钟良走进莲儿的绣楼，心快要从嗓子眼跳出来了——既因为紧张，更因为激动。他不能相信，他这是真的来到了自己心爱的姑娘的“绣房”。

进得屋来，什么话都没说，俩人便紧紧地抱在了一起。许久之后，才听见莲儿甜美娇柔的声音“良良哥，”——此前她还从来没有这样称呼过钟良呢“我快喘不来气了。”听莲儿这么说，钟良这才意识到，他们俩真是抱得太紧了。

一轮圆月挂在水一样清澈的天上。借着透进窗户的月光，钟良看见，这不大的绣楼里，收拾得非常整洁，一面墙上贴着画儿，另面墙上是一面大镜子。莲儿的炕上铺着特别漂亮的花床单，一条薄薄的大红色锦被折在一边。

“良良哥，我要你把我抱到炕上。”莲儿的声音轻轻。

钟良心里明白，这是他和莲儿将要度过的一个不同寻常的夜晚，是他俩生命中一个不曾有过，也可能不会再来的离别之夜。过了这一夜，他的心上人将要离他去到那远在天边的、说不定是这辈子他俩再也永远都不能见得着的地方。

上得炕来，莲儿将摞在一起的两只枕头，给她和钟良一人一个。但她很快便发现，两只枕头，那根本是多余的。拉着彼此的手，顷刻间俩人觉得一股强大的热流在心头涌动。随即，俩人紧紧抱在了一起，两颗心仿佛于顷刻之间融化在了一起……

钟良任情地亲吻着莲儿那软绵绵的嘴唇，任情地抚摸着莲儿洁白细嫩的身子。他用他的手，不，用他的爱和真情，抚摸莲儿身上的每一个地方；他用他的心、用他的爱和真情，深深亲吻莲儿身子的每一个地方……

一个月前，那个大雷雨的傍晚，钟良伸进莲儿的衣服抚摸过她的身子，那番激情，那番温柔，让他俩永生难忘。可那一次，被雨水浸湿了的肌肤，没有今夜这般的光洁和丝滑。这样的光洁和丝滑，让钟良的心淹没在了无限的沉醉之中……

“良良哥，要是你心里真的爱我，你今晚就要了我。”莲儿用无比深情的声音：“你今晚要是还不敢要我，我就知道你并不是真的爱我。若是那样，你现在就可以起来，可以回去。我以后什么也就不想了。”说着，莲儿哭了起来。

“莲儿，我心疼的莲儿啊，你知道，我怎么可能不爱你呢!?”说着，钟良，用一双激动得无法控制的手，轻轻地捧着莲儿的脸，用嘴唇亲去了莲儿脸颊上的泪水，他什么话都说不出来了……

听了莲儿的话，钟良没有起来，更没有回去——他不知道自己今夜的选择是对还是不对，他想不了那么多——那一刻，他只服从了他们俩人心的深处那压过一切的渴望、爱的呼唤和生命的激情。

……

足足过了两个小时。神魂颠倒、精疲力竭的俩人，只觉得他们的魂儿像是轻轻地飘到了九霄云外。

“良良哥，你的身上全是汗，我给你擦擦。”莲儿从身边拿过来一条洁净的毛巾，擦去了钟良身上的汗。她边擦边抚摸着钟良的身子，莲儿的手上充满了无限的柔情。随后，钟良又给莲儿擦去了身上的汗——用了同样的柔情。

“莲儿，你知道我多想好好看看你的不穿衣服的身子，看来我是没有这个机会了。”

“为啥没有机会？良良哥，你现在就可以看的。”

“这屋子里不能点灯，亮了灯，外面会看见。”

“良良哥，你看，这个？”

不知从哪里，莲儿突然拿出一把手电筒，塞进钟良的手里。钟良心想，有心的莲儿啊，她竟然把啥都想到了……

为了不让一丝半点的光亮透出去，莲儿拉开了一直折叠在那里的薄薄的锦被。

借着手电筒的亮光，钟良在被子里，从头到脚，细心地看过莲儿身子的每一处：从她乌黑的秀发、长长的睫毛、清澈的眼睛、秀美的鼻子、婴儿般红润细嫩的嘴唇、好看的下巴、直至她那圆润好看的乳房……。他一遍又一遍忘情地亲吻着莲儿洁白的身子，从她的发梢到她的眼睛、她的玉颈、她的手……直到她的每一个好看的脚趾……

“良良哥，你也让我亲亲你的身子。”钟良啥话都没说，他轻轻抱着莲儿，把她贴到自己的身上。

又这样如痴如醉足足过了一个小时。俩人终于可以稍稍平静地躺下来说说话儿了。

“良良哥，你不是想要知道我的那个对象的情况吗？我现在可以详细告诉你了。”接下来，莲儿将对象的所有情况都告诉了钟良。

事情大致如此：新疆当兵的哥哥，他有个一起的战友——说是战友，其实起初跟他哥也没有多大的交情。一天他从她哥哥那里，看到了莲儿的一张照片。小伙子以为是哥哥的对象，像是发现了什么重大新闻一样：“哎呀，你小子真有艳福呀，这么漂亮的姑娘！你对象吧？”。

当他得知实情后，便一下子兴奋起来了——他说他看见莲儿的照片，第一眼就看上了。说他从来没有见过这么好看、这么让他入迷的姑娘。他说只要莲儿能嫁给他，让他做什么都可以。此后，便开始死缠硬磨地要哥哥把妹妹介绍给他。

也许，这个当哥哥的，看着人家有靠山有实力，便暗暗打起了自己的小算盘。也正是出于他自己心里的想法，他就给自己的爸妈说了这件事。没想到，爸妈一听，满意的不得了。老两口不仅当下开始做女儿的工作，而且即刻做主满口答应了人家。

原来，哥哥那个“战友”是一个大有来头的人。他家里条件好，父母都是当领导的不说，而且他的舅舅正好是哥哥那个部队的当官的，而且官还不小。得知这个情况以后，莲儿即刻明白了哥哥为什么会对这件事从头至尾“上心”得不得了的原因。那个小伙子答应，和莲儿结婚以后，不仅可以很快给莲儿安排合适的工作，而且不久之后莲儿的父母都可以迁到那里。话说回来，这样的条件，作为家长，不要说莲儿的父母，无论遇了哪家做父母的，谁会不答应呢？除非他们的脑子出了毛病。

可问题在于，莲儿根本看不上那个小伙子。长相难看、满脸的自然灾害不说，他的年龄比莲儿甚至比莲儿他哥还要大好几岁。初次见面，可能是想要在莲儿面前显摆，优越感十足的他，既想显示他的谦虚、真诚和对莲儿的超级在乎，却又无法掩饰地动辄显出一副特别自以为是的样子。不仅如此，莲儿见了这个人，无论对方怎么献殷勤，她总觉得这个人还有什么地方，总是让她感觉有种说不出来的别扭。总之，第一次见面，莲儿第一眼就没看上。甚至当莲儿明确告诉他，自己有过从小一起长大的对象，而且自己还在深爱着他时，他也不在乎，直接对莲儿说：你哪怕离过婚我都不在乎，我就爱你这个人。

莲儿相信：人有一种说不出的感觉。男女之间，第一眼若是看不上，说不定就会一辈子都看不上他。

明天，其实也就是几个小时之后，莲儿就要随今晚住在家里的这个哥哥的熟人，一同上新疆。而不久之后，她就要在那里和那个自己根本不喜欢的人结婚。想起这一切，她就觉得心头一阵阵的发凉。

听完了莲儿的述说，钟良终于把一切都明白了。

“良良哥，我这一走，我总是觉得有种再也见不到你的感觉。”眼泪汪汪的莲儿说“你可知道，见不到你，我这心里就空空的。没有你，我觉得我这辈子生活中就什么都没有了，我的日子像是到头了。”

“莲儿，别胡说。”钟良不知道该用什么样的话安慰莲儿，他把莲儿抱得更紧了。他只觉得，自己的心在一个劲地往下沉，淹没在了无底的苦水深渊。

“良良哥，你知道不，不要说我愿意把我的身子给你，我恨不得把我心剜出来，给你留下。”

“我的莲儿，你再别说了，你听哥一句：这辈子，即便我们远在天涯，我的这颗心永远给了你了。”

过了一会，钟良流着泪说道：“莲儿，你到那边和他结了婚，过一段时间，说不定会觉得他挺好的。到那时，你们就好好过日子。你就忘了我，不要再想我了。”

听了这话，莲儿一下子伤心得抽泣起来“良良哥，你难道还不明了我的心吗？如今，我已经是一个身不由己的人了。我活着不是为自己，就像你活着必须得为更多的人着想一样啊！但我太知道我是咋样一个人。良良哥，你听着，这辈子，我的心就死在你的身上了。若有来世，我的下辈子也要给你。”

……

看了看表，已是接近凌晨五点的样子。钟良说，他该走了，否则会被人发现的。莲儿觉得，自己的心有种被扯碎了的感觉。她紧紧趴在钟良的怀里，把自己的身子深深贴在钟良的身上，泪水流满了钟良的胸口。

“良良哥，半夜里，你一个人，路上可千万小心啊!”

“我的莲儿，你放心吧，我出来的时候特意带了我的猎枪呢。”

尾声

三个小孩，一个男孩，两个小姑娘，有说有笑从近处的大路上经过。她们的笑声惊醒了钟良，将他从如梦似幻的回忆中拉到现实。

海市蜃楼不见了，眼前只有彩蝶飞舞、蜜蜂嗡嗡的荞麦地，还有地里头依然可见的那颗孤独的大梨树。

钟良用很轻很轻的声音，深情地自言自语道：“我的莲儿，你当年问了一个让我不知道该怎样回答的问题：‘一个人爱上另一个人，是一件简单还是复杂的事情?’我想告诉你：我今天就是来给我的莲儿回答这个问题来的。你若是九泉之下有灵，你当听得见我这心头的声音啊!”话没有说完，泪水已经涌满了钟良的眼眶，蒙住了他的视线。

是的，当年那个让他一时不知道该怎样回答莲儿的问题，在今天钟良的心里，已经有了属于他自己的、深信不疑的答案——

人爱一个人，也可能简单，也可能复杂。而实际上，看似复杂的却往往简单，因为那种复杂往往只是外在的、抑或物质层面上的；而看似简单的却往往很复杂，因为它复杂在人的心灵深处，那里凝结着人类最美丽的真情。

人爱一个人，既可以有原因，也可以没有原因。而实际上，看似有原因的，那是人人都懂得都明白都熟悉的，因为这世上，大多数的人相爱，都是为了某种很实在的“原因”；而人世间最美丽和神奇的爱，很可能就是那些看起来没有太多原因，甚至在有的人看来，是没有任何“原因”的爱。殊不知，那是一种发自人的心灵深处的、纯真和圣洁的爱。这样的爱，没有任何的附加条件。那被爱的双方，一定是从对方的身上——不，是从对方的心灵深处，感受到了足以让自己将整个的身心交给对方的吸引之力。那样的吸引之力，是源自圣洁人性的魅力。而这，就是人和其他动物最不一样的地方。

钟良用自己的一颗心深爱着的莲儿，几个月前因患胃癌在新疆去世。这个让钟良死活不能相信的、晴天霹雳一般的噩耗，是他不久前才从一个朋友那里知道的。也是从这位友人的嘴里，钟良还得知：莲儿婚后生活过得并不幸福，这本是钟良能想到的。莲儿婚后生了一个女儿，据说她的那个要长相没长相，要德行没德行的男人，没过几年对莲儿也就淡了。他在莲儿之前就谈过好几个对象，但全都因为他自个儿的原因，一个接一个全都吹了。和莲儿结婚后，又凭着他那有权势的家庭背景，背着莲儿，先后还有过几个女人。

莲儿的哥哥干的倒是真不错。他不久之后在部队提了干，而且还找了一个当地的家庭条件甚好的姑娘，婚后生了一儿一女龙凤双胞胎。父母在莲儿结婚一年之后，迁到哪里和儿子一起过，至今身体硬朗。

没错，在常人眼里，莲儿为这个家庭做出了贡献，值了。

这其中的有些情况钟良是知道的，但更多的、要紧的，却是他一点都不知道的。莲儿结婚之后，她在曾经写给钟良的信中告诉他：自己过得特别好，要钟良不要牵挂她。鉴于此，为了尽量不打扰莲儿，钟良就尽量克制着自己，把对莲儿的那份只有他自己知道有多么苦的感情，深深埋藏在心底。

钟良时时提醒自己：如果你真的爱她，就绝不能再打扰莲儿！一切的一切，皆因为希望她有个清净的日子。但现在看来，情况根本不是他想的那样。莲儿在信里之所以那样说，也正是为了不让他再为她牵挂。唉，莲儿啊！

知道了这一切，悲伤和心碎得无法安顿自己的钟良，即刻想到了这样的一个办法：他特意选了他和莲儿的这个“特别的日子”，从外地驱车来到这里，来到这几十年来给他留下无尽记忆的地方——昔日炊烟袅袅的田园人家、今日早已变得寂静一片的荞麦地里，安顿他这颗痛苦和破碎得无以修补的、再也捡不起来的心。

他默默走到那颗大梨树下。他跪了下来，从手提包里取出一个用洁白的丝绸精心制作的小小花环，放在了树下。

望着安静的、洁白的花环，钟良的眼泪哗啦啦的流淌下来，那是钟良从心底涌出的、流不尽的爱和真情呀！泪光里，他仿佛清清楚楚地看见，莲儿，一个笑盈盈的莲儿，出现在自己的眼前。那笑脸，那神情，一切都是当年的模样……

“我的莲儿呀……”钟良痛苦得哭出了声。

此时此刻，淹没在无尽悲伤中的钟良心想：人要是能够永远居住在醒不过来的梦里，该多好啊！

2008－02－18 选题、草纲
2012－02－15 上午拟定提纲
2012－02－15 下午开始写作
2012－02－18 下午完成初稿

生命旅程

上了“枷锁”的我，临行前，泪眼迷蒙地回头望了我善良的主人全家一眼，他们个个都在伤神落泪。那一刻，我的心呀，就像是落上了厚厚的冰霜……

——题记

1

我叫燕青，是一头将要走到生命尽头的小毛驴儿。

就像你所知道的那样，人们通常把我们叫作牲口或是牲畜，这不仅仅是人们对我类的称呼，同时还有一种人类贬低我们的意思包含其中，那意思好像是说我们愚蠢，我们命贱。从我记事的时候起，养我的主人就唤我燕青。其实除了个头较小，除了眼圈和我的四肢的下端有点灰里泛青之外，我的身上是银灰色的，所以连我自己也不知道我为啥拥有这么一个名字。

今天我被一个毛驴贩子赶到了这么一个去处：这是一个以前我从来没有到过的地方，我偶尔从贩子们的嘴里听见，这个镇子好像叫文峰。我现在的去处是一个四面用旧砖墙围起来的牲口市场，从那个驱赶我们进来的铁门上宽宽的栅栏里，我可以清晰地看到远处两边屋舍俨然的街道和前来赶集的热闹的人群。今天和我同来的还有二十多个我的上了年纪的同类兄弟姐妹，我们各自心里明白：几个小时以后，我们将在眼前这几个屠夫的铁棒和屠刀之下命赴黄泉，永远离开这个世界。此时此刻，在行将离开我生存了十多年的这个世界的时候，我一生中那些让我记忆尤深的、或美好或痛苦的往事不由自主地一一涌上我的心头……

2

我是农村实行生产承包责任制的前一年出生的。听妈妈说，她年轻的时候，人和我们畜类的日子都过得艰难。那时农业合作社吃大锅饭，地里的收成不好。没有收成，人都没得粮食吃，我们牲畜自然也就少了草料。农闲的时候，放牧人驱赶着我们到四面的山坡上寻草吃。这里的山梁上本来就没有多少肥美茂盛的青草，再加上大量放牧，天长日久，连脚下的草根都让它们踩踏出来了，还哪有青草可吃呢。年复一年，山坡一天天变得越来越荒凉，日子也是一天难于一天了。我出生的那会儿，日子仍然很不好过，但好在一年之后，农村就实行了生产责任承包制，从那时起，农人的日子一天天的好了起来，我的同类们身上的毛发也一天天地亮光了起来。

刚出生的时候，虽说日子苦了些，但那时经常可以和妈妈在一起，所以心头还是很有些乐趣的。半年之后，农村开始实行生产承包责任制——要单干了。记得农人们当时很高兴，我们畜类也跟着他们一同高兴，不过我很快就高兴不起来了——按当时的政策，我们所有的驴、马、牛、羊们也都必须分配给每家每户。尽管我当时还不满一岁，但我必须从此和妈妈分开。当我们得知此事，这无论对我还是对妈妈来说，都是一件伤心的事。记得，临分别的那一夜，我紧紧地卧在妈妈身边，眼眶里浸满了伤心的泪，妈妈一直侧过头来看着我，不时地舔舔从我的眼眶溢出的泪水。我们相对无语，但我从妈妈那双隐去了往日明亮的、善良的眼睛里，看到了她深藏在内心深处的忧伤与难过。第二天，我们流着眼泪道别，心里只有一个念想：希望我们各自所到的人家能够善待我们，希望日后我们母子还能见面。

3

我被分配到了一户王姓的人家，这户人家常年在家的只有三口人——年上七旬的老太太、儿媳和一个正在上小学的小孙子。记得我被分到他们家的那一天，就是这家的小主人领我回去的。

这一家人待我可好了，他们特意为我准备了一个舒适的家。我的住处是一眼窑洞，门上挂了一个可以保暖的帘子，外面是一方小院子，晚上或是刮风下雨的时候可以在窑洞里休息，天气爽朗的时候可以在院子里晒太阳。为我准备的饲料槽也是里外各有一个，料槽的旁边放着一个白铁皮的水桶，里面盛满了清亮亮的山泉水——后来，当我不去山泉里饮水的时候，便可以饮用这只桶里的水。总之，一切都打理得有条不紊、干净整洁。初到的那天，我享受到了前所未有的美味佳肴：料槽里不仅有铡得长短适中的紫苜蓿、青草，而且里边还配上了燕麦和少许的油渣，吃起来鲜美可口。但那天我的心情很不好，也没有好胃口，因为我不知道妈妈所到的那个人家对她会不会也能像我的主人待我这样。

我的主人一家祖孙三代，他们都是天底下再善良不过和最有爱心的人，他们从来都没有让我受过委屈。我在这儿吃得好、住得好、心情也好，隔三岔五，老太太会时常拿一把舒适的洋铁梳子轻轻梳理我周身的毛发，让我感觉到异常的舒适。

几个月之后，我的周身毛色发亮，身体变得圆滚滚的了，庄子里人人都夸赞主人把“小燕青”养得好。在这样一户人家，我的性情也变得越来越温顺了，我想我应该对我的主人有一颗知恩图报的心，于是每时每刻都等待着主人的差遣和使唤。但我发现，我的主人是那样的爱惜我，每每干起活来总怕累着我，比如往田里运肥的时候，给我使用的驮肥背篓总是比别人家的小，而我的主人却每回总是自己挑着沉沉的一担肥料；去下河磨坊磨面的时候，我驮着一口袋麦子，我的主人自己也扛着一只口袋。其实，那一袋要是加到了我的背上，我还是同样可以驼得动的，充其量也就是稍微累点罢了。我时常看着主人汗流满面的样子，心里十分愧疚。

大约离别之后的半个月，有一次小主人放学后带我到山泉饮水的时候，我见到了我的妈妈。让我高兴的是，她也到了一个很爱护她的人家，这让我们母子相互间都感到异常的欣慰。此后我们也时常见面，每次见面都有说不完的话。我们的一个共同感受是：农村实行生产责任承包制，的确比以前吃大锅饭的农业合作社好了很多。

4

在我的记忆中，也曾发生过令我恐怖的事情。记得那是在我三岁多的时候，在一个中秋季节月朗星稀的夜晚，深蓝色的夜空里挂着一轮圆圆的月亮，天上的星星多极了。我想，在这样美丽的夜晚，如果早早地去休息那真是太没劲儿了。

我在我的小院子里一边吃着主人为我添加的夜宵草，一边不时地看看天上的月亮和星星们。其实谁都知道，在这个季节和这个季节的夜晚，有机会待在户外看看天上的月亮和星星，那才是最最有意思的事呢。你会发现月亮是那样的清澈明亮，就像是放在清澈的山泉水里被无数遍地梳洗打扮过了似的俊俏明亮，你看她那脸蛋儿上干净得一点点灰尘都没有，唉，只要看看她那副模样，就知道她的性格有多么文静了。

再看那漫天的星星们，我总发现他们个个都在不停地挤眉弄眼，也不知道他们心里在想什么，是不是跟我逗着玩儿呢？总之我是挺喜欢他们的。你看他们有的几个抱作一团，我想他们是正在打闹嬉戏呢；有的几个一同摆成一幅有趣的图形，一看就知道是一些读过书有文化的星星在做学问呢；有的两个在一起含情脉脉地约会，看他们那样子，你一定能想到他们在说些什么悄悄话；有的虽然离得比较远，但你看看他们那遥遥相盼的样子，我总觉得，他们定会有深深的思念在心头——也许这会儿正在打电话呢，唉，其实他们才是感情最深的一对儿。

望着望着，我的脖子有点困了，于是便低下头来闭目养神歇息片刻，这时候你可以用心感受夜籁的寂静。在这样的夜晚，尤其是在这样的山村秋天的夜晚，四周会显得异常的宁静。在这份令你心情舒畅的宁静里，你可以听到一些热衷于夜生活者的忙碌声——

这不，你听，有两只兴奋得睡不着觉的小麻雀正在我院子旁边的果树枝上轻声私语呢！一听，就知道他们是一对情侣，正在热恋中。

那雌鸟正在娇滴滴地抱怨她的男朋友，说像今天这样夜不归宿，她的爸爸妈妈一定会不高兴的。只听那雄雀甜言蜜语地说：亲爱的，不用担心，我明天只要给二老买上两包黄米点心，保准平安无事，随后便是他们俩甜蜜蜜的笑声……

就在这时，一只猫头鹰飞来了。他落在不远处的墙头上，好像是在自言自语地抱怨着一个月前发生的陈谷子烂糜子的破事。我对这个不地道的家伙顶讨厌，平时总是连看都懒得看他一眼。你猜怎么着？有一次他差一点抓走了主人家的一只顶可爱的小鸡。那天呀，如果不是那小可怜的爸爸拼死相救，那小鸡定当没命了！

唉，真是懒得看也懒得说，我干脆闭上眼睛，开始欣赏河坝里青蛙们正在举行集体婚礼的美妙合唱，那可是比什么都有趣的大合唱啊！青蛙们的歌唱从来都是即兴式的，从中可以听出他们那充满想象力的出色天赋。声音也是训练有素的，你听那音调的抑、扬、顿、挫；你听那通畅的发声方法，跟我听过的人类演唱的什么意大利美声，纯粹不相上下！咳，真是没得说了。不过，有时你也可以听见有那么一两个捣蛋鬼，他们总是唧唧呱呱，唱着一些奇奇怪怪的歌调。我想，这要么是天生五音不全，要么就是急着要去单独约会……

我正在想着青蛙们的事，一阵凉风袭来，我听到有种异常的声响——沙、沙、沙，睁开眼睛朝四里望去，我浑身一阵紧怵——我看见一个鬼头鬼脑的黑影，正在朝我的院落走来。

“黑影”手里提着他的鞋子，一副蹑手蹑脚的样子。看他那副德行，我就断定他肯定是个贼。唉，无论是人类还是动物，我对这种不地道的下作东西，从来都是愤恨至极的。但无论怎样，我还是有点紧张，我的心跳加快，我睁大眼睛看着他，暂且无法断定他到底要干什么。我心想，如果他想把我偷走可没那么容易，我只要高声一嚷嚷，他就等着让大伙儿出来敲断他的狗腿吧。

但他没有来我这儿。我看见他顺手抓了一块从猪圈里挖出来的半干不湿的猪粪（真是恶心死了）。他拿着那玩意儿，走到主人家的院墙脚下，将猪粪从墙上扔进了院子里，然后猫着腰仔细听院里的动静。这一阵我的眼睛发胀，心简直提到嗓子眼儿了。几分钟之后，见院子里没有任何动静（主人白天太劳累了，没有被小偷弄出的声音吵醒），于是，毛贼将他的鞋子别在腰间，踩着旁边一根木杠，三下五除二爬上院墙翻入院内。

一阵恐惧突然袭上我的心头，即刻间，我高声叫了起来——因为过分的紧张，我的声嗓一时变了调，连我自己都觉得那不是我生来的声音。想想看，这可是在万籁俱寂的午夜时分，我的高声呼叫不仅可以让主人听得见，我想即便是整个村庄里的人家全都听见了。果然，我很快就听见了主人大喊“抓贼”的声音……

在主人的呼喊声中，旁边的邻居也赶来了。那毛贼吓得屁滚尿流，从院里仓皇打开大门逃之夭夭了。

主人一家连同老太太来到我的院子里，月光下拍了拍我的头，我知道那是主人在感谢我。而对于我来说，更为重要的是，从这一事件中，我的主人作为人类更进一步地发现了我类聪明的一面。

5

不过，在我一生中，我也有过遗憾和惭愧的事情，尽管那不是我有意而为的。记得在我来到主人家的第二年夏天，在我无活可干的日子里，正在休暑假的小主人便会领着我去野外放牧观光。那样的日子里，我可以尽情品尝大自然为我提供的丰盛的美味佳肴，呼吸清新而湿润的空气。那山花烂漫的山野田园呀，可真是让我开心极了。

一天的午后，天气十分晴朗，因为前一天刚刚下过一场雨，空气里仿佛还弥散着湿润的水蒸气，无比清新，山里的青草也被雨水浇洗得干干净净。那天我可真是快乐极了，因为我不仅可以边玩边吃甘美的青草，而且还可以尽情地欣赏小主人吹奏的悠扬悦耳的牧笛声。

没多久我就吃饱了。记得我的小主人用翠绿的柳树枝和山里的各色野花，特意为我编了一个漂亮的、憨敦敦的花环戴在我的脖子上。那一刻呀，我真是有一种幸福得飘飘然的感觉。我真是太高兴了，我甘心情愿地让小主人骑着我。他骑在我的背上，继续吹着牧笛。不知不觉中，我竟然发现，不知不觉间自己正在和着他牧笛的节奏行走，啊，我真是快乐极了！我真的不知道比这更幸福的生活会是怎样的呢！

然而令人伤心的事情发生了——不知是哪家淘气不懂事的孩子，在我们行走的道路上挖了一个绊马坑。这坑至少有一尺深，上面盖上细细的柳枝，再浮上薄薄一层土，就像是专门恶作剧用来跟我们过不去似的。

我走路一向比较细心的，但这一次我却没能发现，因为那个绊马坑实在是伪装得太不容易被人发现了。在我突然间失去了平衡的那一刻，我的小主人还在忘我地吹着他的牧笛呢。等我们反应过来的时候，小主人已经从我的背上倒栽葱翻到地上了——我的右前腿深陷在绊马坑内，扭伤了，就差一点没被折断！我疼得两眼直冒金星。小主人的一只胳膊扭伤了，手被擦出了血。

我实在是难过极了，并不是因为我自己，而是因为经常关心和爱护着我的小主人受了伤。从他的神情里看得出，他没有丝毫责备我的意思，搓了搓受伤的胳膊，赶紧帮着我从绊马坑内拔出腿来。我的腿呀，真是疼得厉害。小主人不停地抹着眼泪，一手握着他的牧笛，一手牵着我一瘸一拐地往回走。

等回到家，才发现那个漂亮的花环被我弄丢了，我为此伤心了好久好久。

那次受伤，在主人的照料下，过了足足两个月方才痊愈。

6

我在主人的呵护下，度过了我大半生的美好时光，但幸福终有享到尽头的时候。记得在我十岁的时候，我的生活发生了重大的变故——主人一家要搬迁到很远很远的地方去住了，于是，我被决定送人了。

我要去的新家是主人家的一位亲戚，那个村庄离此有一段路程的。在我被决定送人之后的日子里，我的主人再也没有让我干过任何农活。我要么待在家里，要么由主人领着到山野田头牧草散心。尽管还是一样的天一样的地一样的青草，但我的心情却是完全的不一样了。主人家的老老少少不时地轮流着给我添料饮水，老太太有时会站在那里看上我老半天。看着这位时常为我添草加料，而今已近风烛残年的善良老人，我只觉得我黯然的心里装满了伤心的泪水。

离别的日子终于来到——我的新主人领我来了。我们并不陌生，因为以前他驾着我为主人家耕地的时候，我已无数次领略过他那恶毒的皮鞭了。我被驱赶着离开了生活十年的家，此时此刻，我的心头一片空白。我仿佛觉得自己从此成了这世界上最孤独的生命。当我回首我的屋舍的时候，眼泪止不住地流了下来。这一刻，我看见我的主人一家也全都流泪了。我们就是这样凄楚地告别的。

我满怀惆怅地行走在山路上，有一种万念俱灰的感觉，只觉得这一切几乎就像是一场梦。我觉得自己的四条腿就像是灌了铅一般，挪动起来竟是那样的艰难。因为走得慢，我的新主人不时地拿手中的皮鞭抽打我。而我，却仿佛忘记了皮鞭给予我的疼痛——心中的痛苦让我的皮肉变得麻木了。一路上不时遇到庄子里的村民们——他们全都认识我。看着我如此默默地挨打受骂，他们的脸上也露出凄然的表情来。

约摸过了大半个钟头，我们终于走出了我难舍难离的村庄，来到了山顶的柏油马路上。就在这一刻，不知是一种什么能量在我的身心里鼓动着我，让我的心头迸发出一种前所未有的悲伤！无以名状的悲伤呀，在一刹那间化为一股巨大的力量！正是这种不可自制的力量让我毫不犹豫地调转了头——没等我的新主人反应过来，我已经飞速地朝我那难以割舍的家园奔去。然而，我的这一行为最终换来的，只能是一场前所未有的皮肉之苦。

我逃回我那小院子的时候，发现主人一家老小还在我院外的园子里站着。看着气喘吁吁、汗流浃背疯逃回来的我，不用问，他们自然知道是怎么回事。我可怜巴巴地望着他们，一种无助的痛苦和深重的委屈在我的心头弥散开来。我只有一个心愿：只要能让我不离开这里，哪怕要我不吃不喝，渴死饿死在这里我都心甘情愿，但我知道那是根本不可能的。

老太太吩咐小主人赶紧给我添上草料，提来满满一桶山泉水。可这一阵的我，还哪有心思吃东西呢？没过多久，我的新主人满脸怒容，活脱脱像阎王爷一样铁青着脸赶了回来。冲到我的跟前，丧心病狂一般，劈头盖脑就给我一顿毒打，丝毫没有顾忌我原来的主人一家此刻正站在我的旁边呢！

我看得见，老太太为此十分生气，过来阻止了他的暴行。她说，如果不行的话，就让我在这儿再待上几天，但我的新主人没有答应。最后他找来一根粗粗的麻绳，满怀仇恨似的绑在我的脖子上，愤怒地牵着我上路了。

上了“枷锁”的我，临行前，泪眼迷蒙地回头望了我善良的主人全家一眼，他们个个都在伤神落泪。那一刻，我的心呀，就像是落上了厚厚的冰霜……

后来，一有机会我仍想逃跑，但因为被看得太紧最终都不能如愿，等待我的只能是被那新主人吹胡子瞪眼地抽一通鞭子。

有一回，我有幸逃跑成功了，但当我汗流浃背、上气不接下气地跑到我日夜思念中的家园时，却发现我的老主人已经搬走了。那可真是记忆中一个令我心碎的日子。我站在我的院门口，久久不肯离去，美好往事一幕幕出现在我的眼前，眼泪一串串从我的眼角滚落下来。当时，看见这一幕的邻人乡亲们，个个都感动得流下了伤心的眼泪——我知道，乡亲们一来是因为同情我，二来是因为由此而牵想到离开这里的那户善良人家。

你能够想得到，那天，我自然也不可能躲过遭受毒打的劫难。从那之后，我就彻底死了心——绝望的我，永远打消了逃跑的念头。

7

来到新主人家，真正开始了我苦难的日子。这家主人——也就是赶我来的那个老头，根本不知道怜惜我。他对我不是打就是骂，而且逢人便说：“这头贱骨头，真是个势利眼！在那家干活干得好好的，你看看，到了我这儿，懒得要命！干脆不听使唤，我真想给宰巴了这个贱驴！”说着，朝我身上飞起来就是一脚。

其实，我的苦楚只有我自己知道：来到这儿吃得不好、心情郁闷暂且不说，关键是自打那次他毒打了我之后，我觉得我真的得病了。我的腰部时常疼痛难忍，就像是骨头断了似的。有病得不到医治，但活儿还得照干不误。这样过了不到半年，我的毛发再也亮光不起来了，我觉得自己真的老了。从此之后，头上的天，脚下的地，好像都不再属于我了。

看着我一天不如一天，我的新主人决定将我卖给陇西的驴贩子。

其实谁都知道，卖给驴贩子便意味着我这一生也就看见尽头了。不过在我看来，对于早已生不如死的我来说，这倒不见得是一件坏事。

记得在赶往集市的那一天，半道上遇着了我的老主人村子里的一位村民。这人曾经当过小学的老师，在村子里是一个很有涵养和受人敬重的善良人。他听说要将我卖给驴贩子，顿时起了恻隐之心。回去后没过几天，就托人捎信带话，将这一消息传达给了迁往外地的老主人。

据说，老主人一家听了这一消息之后，老老少少各个都伤心无语。尤其让我感动的是：主人家在省城大学当教授的儿子，听说了我的不幸之后，便发誓从此之后永远不吃驴肉——他真的做到了。

但无论怎样，那天由于我的身价问题（买主只出 300 元），买卖双方没有谈妥。所以，那天我并没有被立即卖给驴贩子。这不，就这样，老天爷又让我在这世上多活了两年零三个月，多看了两年天上的太阳和月亮……

8

正想着，我突然被一阵骚动惊回到眼前的现实中来了——

我前面的一个老大哥，一瘸一拐，被一个屠夫——一个就像是拉屎的时候不小心把黑心也给拉掉了的面无表情的屠夫——连踢带打的赶走了，这也就是说，下一个就该轮到我了……

其实，我根本就不怕死。前面已经说了：对于早已生不如死的我来说，而今我这条命还有什么可值得疼惜的呢？——我真的渴望我这不幸生命的永远解脱。

我这一生，只要想想前大半生有过的美好日子也就死不足惜了。想想我的老主人一家，他们待我是何其好啊！别的不说，就凭主人家的儿子，也就是前面提到的那个教授因了我而终生再也不吃驴肉这一点，我已经是三生有幸、死而无憾了！请问，芸芸众生之我类，谁，还能有我这般的待遇呢？

今天，对于大难临头的我等来说，如果说我还有什么想不通的话，那就是今天这些屠夫们的所作所为了——我真是难以理解，既然要我们的命，给我痛痛快快一刀不就得了？可是他们偏偏要拿一根铁棒，狠狠地，先敲断我们的腿，然后再向我们动刀子……

残忍啊，人类！残忍啊！

苍天把你们叫人。可有时，你们的残酷无情与心狠手辣，可真是能到无以复加的境地……

2007—12—04 完成

清纯，在水晶般的记忆里

那是我平生第一次挨着一个漂亮
女孩的手。那种绵绵的、软软的、细嫩却又
冰凉的感觉，让我感受到了全身像被电击一样的感觉……
——题记

引子

在所有与郝水清相识者的心目中，为人诚实、本分，做事稳重、严谨的他，一定算得上是这个世界上没有多少情趣、更没有什么“有色故事”的人。然而，就是这样一位缺乏“情趣”的老实人，他最近捧给我的一堆“故事”，还是着实让我对他刮目了一回。

真的，若是遇了别的什么人，这样的故事也许根本算不了什么，但这事发生在郝水清身上，我还是吃了不大不小的一惊。

就是从郝水清这里，我总结出一个基本的道理：无论什么样的人，他的心中一定会珍藏着一些真正属于他个人的“私密故事”。只要他自己不说出口，即便是自以为相互间“没有秘密可言”的亲信知己，也不见得真能够了解得透彻。水清之于我，就是这样。我本以为，过去的日子里，他肠肠肚肚里头的什么事情，我都是知道的，但现在看来并非如此。

端午节前夕的某一天，我接到了郝水清的电话。他用一种显然有点低沉的声调告诉我：他病了，在某某医院的“康复科”住了快一个星期了。他要我过去，说他有话想要跟我聊。

我没有多问什么，便很快来到他所在的医院，很快找到了他所在的康复科病房。

当我走进病房第一眼看见他的时候，发现他在病床上平躺着，眼睛呆呆盯着天花板，神情有点忧郁，一脸的倦容。

看着他这副模样，我问他究竟患了什么病？他没有立即告诉我，而是以一种心不在焉中夹杂着呆滞的目光看了我一眼。过了一会，他用近乎没有表情的表情，轻声告诉我："没什么大病，医生说我患了'记忆干扰型忧郁症'——从来没有听说过的名堂"。

"'记忆干扰型忧郁症'？有这样的病吗？"

郝水清摇摇头，苦笑了一声，没再回答。

看他这样，我真是不知道该说什么好。郝水清现在是某大学一个机构的党委书记。在很多人眼里，他为人质朴，作风正派，办事严谨，工作干得蛮好。按理，像他这样一个人，又是从事政工的人，一般是不应该也不会患这种病的。

我们随便聊了一阵，更多的时候像是我在跟他无话找话说。而我说出来的每一句话，连我都觉着没滋没味，苍白得令人难受。我只能给他说一些外行气十足的安慰话，因为对于如何安慰一位"忧郁症"患者，我真是没有一点经验。

过了一会儿，他侧过身去，从身后拿过一个包来。打开包，取出一个装得满满当当的公文袋交给我。

我用疑惑的目光看着他。他没有说什么，只是轻微地、用一种神情示意了一下，要我打开公文袋。然后自己像是没事人一样，闭上眼睛，仿佛熟睡了一般。

打开了公文袋，我发现，里边装着一厚沓誊写得整整齐齐的手稿，除此之外，还有一封书信，那是一封专门写给我的信。

信是这样写的：

"亲爱的朋友，你是这个世界上我最信任和要好的挚友。

你现在拿到手的，是我青春年少时代的回忆，总共有八篇。你看一看就会知道，他们是我少年时候的"故事"。说心里话，我这个在你、在很多人眼里老实、单调、贫乏的人，其实是有着不少"故事"的。你现在拿到的，就属于我记忆中看似早已远去，但却依然清新的一些"故事"。坦白地说，成年以后的一些"故事"，最好就让它们永远地搁在我自己的世界里——我不愿意、也不适宜将它们在这个世界亮相，尽管它们都是无比美丽的——因为，我害怕人们世俗的眼光。人啊，活在这个世界，生活逼迫着你有时候不得不装出一副"道貌岸然"的假正经样子。正如你在给我看过的你那篇文章里所写的那样：从某种意义上来讲，这世上的很多人，或多或少都是“伪君子”。

你现在拿到的这些文稿，写的可能有点粗糙。因为你知道，我是一个没有多少文采的人。但有一点是可以肯定的，那就是：它们很真实，没有半句假话，你能感受得到弥漫在其间的那份感情的绝对真诚。我将它们交给你，是想要恳请你用你这双文人之手，对它们做必要的加工润色。当然，我更希望通过你，将我珍藏至今的这些看似普通的“故事”，将这些我始终以为充满着人性阳光的、无比美好的少年人生的故事，拿到外面晒晒，让他们见见阳光，透透气。

你可知到，我的美丽的少年时光，还有那行走在我的少年时光里的纯情丽人们，真是太美好了!”

回到家中，我一个人静静待在书房里，一口气读完了郝水清的全部八篇“故事”。说心里话，我真的被它们深深感动了。望着这些手稿，受了水清的感染，我也仿佛回到了自己的童年——那写只能为人生之童年才有的阳光、天真和梦想，开始重又弥漫在我的心头。

水清让我修改他的文稿，让我这个文人给它们“润色”。可当我读完这些“故事”的时候，我心里再明白不过：无论怎样的修改和润色，都一定会损伤了原文的精、气、神、情。于是，除了改动其中的一些错别字和个别不沟通顺的句子外，对文中内容，我决定不加不动——将水清的“故事”，以原有的行文、风貌，原汁原味呈现在灿烂的阳光和清风明月之下。

一、白雪公主

——年少记忆之一

读小学二年级的那个冬天，我八岁。那天清晨，我像往常一样去上学，到了教室没坐一会儿，语文老师领着一个和我年龄差不多一般大的小女孩走了进来。

我想，不只是我，对于那天教室里的很多孩子来说，老师领她进来的那一刻，无疑就像是把清新的空气和明媚的阳光，带进了我们的教室。

当时的我，觉得那女孩真是长得太好看了，可就是一时说不上是怎么个好看法。现在想起来，如果要找个合适的词语来形容的话，那就是：她长得像彩色童话书里的“白雪公主”。

从老师的介绍中得知，这个来自省城的女孩，是暂时来这里借读的（等我长大了以后才知道，当时因为文革动乱，省城的许多学校都停了课，她是特意从她的城市来到我们乡下的姥姥家“避难”寄读来的）。

语文老师特意嘱咐，要大家和这个新来的小同学友好相处，互相帮助，好好学习。

美丽的白雪公主，老师竟然安排让她作了我的同桌。

我现在记不大清了，第一天我好像没有和她说什么话。根本的原因是，她似乎有点“目中无人”——对我们教室里几乎所有的人，她全都不屑一顾。

可是那一整天，我的心里就像是钻进来一个小精灵、着了魔似的身不由已地想着她，想着她的一切：她那大大的、又黑又亮的眼睛，天生长长的睫毛，红红的嘴唇，两个好看的小酒窝，还有那好看的衣服和鞋子，还有那不知道是从她的脸上还是衣服上，不断轻轻散发出来的、好像是我喜欢的水果糖一样的、甜丝丝的气味。

随后的好几天，她在学校的日子根本就没有好到哪里去。这在很大程度上是由她自已造成的——她对大家的那种“不屑一顾”，让全班同学都觉得她实在是太傲慢、太目中无人了。在很多人的心目中，他简直就是个“令人讨厌”的女孩——可是没过几天，她竟然因为不知道一件什么鸡毛蒜皮的小事，哭了。她哭得很伤心，眼泪哗啦啦地往下淌。老师过问，她说是有同学欺负她。

后来我发现，确实有人欺负她——因为她从哪方面看上去都不像是我们这个班的一员，所以坏小子们就极力的挑衅她，故意惹怒她。大家心想最好是能惹她哭——因为大家太想看她哭起来会是啥样子。

就在那一瞬间，我突然觉得她是那样的孤单和无助。我轻声告诉我那些同学：“你们不要无缘无故的欺负她好不好？”这一下可不得了——就我这么一句话，立即引来了那些坏小子对我的耻笑和围攻。还有同学当面问我“知不知羞?”，我被吓得即刻躲在一边不敢吭声了。而这一切，她自然是看在眼里的。

我记不得我们俩是哪天在什么样的情况下开始说话的，也记不得是哪天开始在一起玩的。我只记得她给我说的一句让我至今难忘的话：“他们全都欺负我，只有你对我最好。从今天开始，我每天都要给你削铅笔”。说着，她拿出一个漂亮的小桃心形状的转笔刀给我看。

那可是我平生第一次见到那样好玩又实用的一个东西。我心头有说不出的激动。我怀着满心的友好和感激，看着她，她也看着我。就在这一刻，我觉得我有了上学读书以来，第一个真正意义上的好朋友，而且又是这么漂亮的一个城里洋娃娃。

她真的没有食言。从那以后，她每天都用那个好看的削笔刀给我削铅笔，我感到是那样的幸福。但我们的友情很快就被同学们发现了。于是，那些调皮捣蛋的坏小子们，就一个劲地起哄，说她是我的小媳妇什么的。我尽管感到有些犯窘，但心里确实有一种说不出来的幸福和甜美的感觉。

那个冬天，下午自习或是没有课的时候，我俩会经常在教室一端锁着的那个门口，一边晒太阳，一边说话。我最喜欢听她给我讲故事，因为她讲的那些故事，和我的祖母讲给我的那些完全不一样，全都是我从来没有听到过的。在我的记忆里，那个冬天尽管是寒冷的，但在我的心中，我却觉得它是那样的明媚和充满暖意。我们度过了一段非常美好、温暖和难忘的童年时光。

我们的时光，就这样一天天的、在美好的记忆与新的期待与幻想中度过。有一天，她拿来两枚好看的彩色石头给我看，说是前天跟着去小河里抬水的同学，在那不结冰的小河边捡到的，而且特意要送给我一枚。那两枚石头着实很漂亮。其实那条河里那样的石头不老少，但平时我没有太多注意。而且我想即便是自己注意了，即便是那两枚石头被我亲手捡到了，也一定会觉得不如由“公主”亲手捡到的好看，更没有她亲自将它送给我那样有意义。

两枚石头，她说好了我们每人一枚，而且要我先来挑选。我却执意要她自己选出一枚来送给我。最后她将那较大的、上面带有两道彩色波浪形花纹的一枚给了我。

在我的记忆中，那是我第一次收到别人送给我的、让我格外开心的“重要礼物”。起初，我将那枚彩色的石头装在我的书包里，每天背在身边，后来我将它装在一只盒子里保存起来。而今，不知她的一枚去向何方？我想告诉她的是，我的这一枚至今一直保存在我的书房里。

就在她送给我彩色石头之后没过几天，那个早晨我到教室后，发现我旁边她的那个座位竟然是空的——她没有到学校来。

我满以为她是临时有事或是病了，我也不敢去问别的同学。然而，随后的第二天，第三天……一直不见她来，我终于彻底失望了。后来我从别的同学那儿得知：因为省城的文化大革命风头已过，她爸妈把她接回那个大城市去了。

我不能理解也不能接受，她和我竟然就这样不辞而别了。那种心情，就像是我被这个世界欺骗和抛弃了。

真是难以想象，当我听到那样的消息的时候，我的心中有多么难过。此前，我明明知道她根本不可能在我们那里长时间待下去。但是，我就像是患了一种先天蒙蔽症一样，却从来没有想过，有一天她真的会离开我的学校，更没有想过她会不打一声招呼就离开我。当时，一种说不出的感觉让我顿时觉得生活中的一切欢乐仿佛都随之消失了。后来，当我长大了以后，当我学到了各式各样表情达意的词汇之后，我终于找到了一个可以恰当形容当时那种心情的词句：那是一种令人痛苦的“失落”。

她走后的那段日子，我的心中一片茫然，有好长好长一段时间，我真是特别的伤心。我听别人说，她所在的那个城市就在我的家乡西边的那座高高的大山后面很远很远的地方。于是，我就经常不由自主地、独自遥望远处的那座山峰，还有那时常萦绕在天边的彩云。我幻想着：我的好朋友，她就在那彩云的下面……

记得，后来当我学会画画的时候，我总喜欢反复地画一个漂亮的小女孩：大大的美丽的眼睛，生着长长的弯弯的睫毛。甚至当我现在看到孩子们拿的画片上的卡通娃娃时，我都会静静看上好一阵，我觉得那就是当年的那个“白雪公主”。

自从她离开我们那里之后，几十年来，她始终杳无音讯，但我却一直在心里深深的记挂着她。而三十年以后，一个偶然的机会，我终于获得了她的音讯……

小　香

——年少记忆之二

我的小学校是家乡翠柳河村的中心小学。虽说校园不是很大，但却有至少两百多个孩子在那里读书。每到课间休息的时候，沸腾的校园简直就像是被哪个捣蛋鬼恶作剧乱捅一气的马蜂窝。尽管学生是如此的多，校园是如此的热闹，但在如此之多的小学生们中间，有一个异常文静的、身材苗条且不太好动的小姑娘，显得特别的不同一般，她无疑是整个校园里最好看的女孩。

她的名字叫小香。

小香与我同岁，但上学却迟我一年，所以比我低一级。正因为这样，很长一段时间，我和她一点都不熟悉。记得那个时候，小孩们大多主要跟本班的同学玩。异性同学在一起玩得不多，更不用说是外班的女孩了。

尽管她不太好动，也不爱凑热闹，但小香一直是很多小孩关注的对象，无论是男孩还是女孩。因为她无论是在那儿站着还是坐着，无论是跟别人说话还是一个人独处，总是给人十分“显眼”的印象。因为她不仅身材修长好看，而且皮肤特别白净。尽管小小年纪，可是两条乌黑的辫子足有二尺多长，几乎垂过了她的衣襟半尺不止——我曾不止一次地想过：真不知道她的头发怎么会长得那样好看。

有一天，一个平时和我玩得很好的、跟我特能说得来的高年级同学，约我第二天也就是个周末，放学之后到他家去玩。而且特别嘱咐我回去后跟家里大人说好，答应我在他家住一宿。

我的这位好朋友名叫敬贤，敬贤的家在翠柳河下游离我们家挺远的一个村子。据说，敬贤的爸爸在我们县的某个公社当书记，因此不常回家。其实，此前他已经约过我好多次了，但我一直没有答应。因为我那个时候比较胆小和腼腆，觉得随便到别人家去会很不自在、很难为情。但这一次我却痛快地答应了。记得当晚回到家给奶奶和妈妈说了之后，她们也立即答应了，觉得我能到别人家去玩是一件好事。我之所以那样痛苦的答应敬贤，是因为他的确待我太好了——甚至直到今天，我都有点不理解，他那个时候为什么会对我那样的好，我真的非常感激他。

我和敬贤之间的友谊持续了很长时间，一直到他后来参军从部队复员。那个时候的我，已经离家外出求学了。对于小孩子们来说，少年时代相互间的友谊能够持续那样长久的，一定不会很多。

我记得，那天到了他们家的时候，眼前的一切给我一种新奇的感觉：特别宽敞明亮的房子，收拾得干干净净的院落，还有每一个我在这里所遇到的人——敬贤的父亲（那天刚好在家）、两位哥哥、嫂子，他们待我是那样的和蔼可亲。尽管如此，但没过多久，我心头还是生起一种莫名其妙的感觉来——我开始有点想我的家了。其实这一点都不奇怪，因为在此以前，我从未有过在没有家人陪伴的情况下，独自在别人家里滞留过夜的经历。

敬贤似乎很快就看出了我的心思，于是他就想尽一切办法来安慰我。他给我找来了好几本他喜欢的小人书，并特别推荐了其中的两本。我记得，其中一本是讲述一个拖着长尾巴的、丑陋无比的秃头蛇王和美女的故事。故事情节特别恐怖，但书名我早已忘记了，会不会是叫什么《美女和蛇王》之类的？另一本叫《钢铁是怎样炼成的》。敬贤明确表示，第二天我走的时候，他要将这些书全部送给我。

记得那个时候，我对如何“炼钢铁”的事儿一点都不感兴趣，于是，先开始阅读“老蛇王和美女”的那一本。

正看得出神，我发现有人向上房里走了进来。我抬头一看，惊呆了，怎么会是她呢？她跟这家人有什么关系？难道……

我正在纳闷儿，小香冲我羞涩地笑了笑，算是同我打过招呼了。她好像是取了一样什么无关紧要的东西，然后就很不自在地走出了屋子。直到天黑，我再也没有看到她的影子。

是的，没错，她是我的好友敬贤的亲妹妹。只是在这之前，敬贤从来没有告诉过我。

到这个家里后，很长一段时间，我都没有看见他们的妈妈。只见他们的大嫂——那位丈夫在部队当军官的、三十左右的漂亮女人，一直在里里外外地忙个不停。于是天快黑的时候，我小声地问敬贤：“怎么没有看见你妈妈?”，敬贤看了我一眼，表情凝重，随后，用平静的语调小声地、轻轻告诉我：“我妈妈已经过世了。”

听了他的话，我的心好像一下子跌落到地上去了。尽管我当时还是个孩子，但我深深懂得，没有妈妈的人心里会是啥样的感觉。看着敬贤，伤心像挡不住的黑色云雾一样向我的心头压了过来。我一下子前所未有地同情起他和小香来了。我不知道说什么好，也不敢再看他的眼睛，我的心里替我的好朋友深深的痛苦着。几乎就在那一刹那，我的脑子里像过电一样，许多念头一齐涌了上来：没了妈妈，谁给他们做鞋、缝衣服、做好吃的呢？谁心疼他们呢？还有，小香，她那两条长长的、乌油油的辫子，由谁来给她梳呢？……啊，没有妈妈的日子，怎么过啊！

那天晚上，来了两位县里的干部也住他们家。他们的上房很大，炕上足可以睡上七八个人。晚上，我们总共六个人一同住这间宽敞的房子里。就在那个大炕上，从右至左分别睡着我、敬贤、两位干部、他的一位哥哥、还有他父亲。

第二天清晨，当我早早醒来的时候，无意间看到了令我十分惊奇的一幕：小香竟然也睡在这个炕上。她就挨着爸爸睡在炕的最左边，也就是说睡在窗户旁边。我心想，她显然昨晚一直睡在这里，可她是什么时候进屋来的呢？

我轻轻屏住呼吸望着她：她几乎没有盖被子，只见她穿着一身薄薄的细白棉布衣服。两条长长的辫子，一条垂落在枕头的一边，而另一条一直从枕头边的炕沿上垂了下去。我想着：那条长长的辫子，差不多可能会一直垂到地上的。我看见她的时候，她美丽的脸庞朝上，曲线美丽的身材半侧着。看那神情，仿佛仍然沉睡在不知道是甜蜜还是思念妈妈的忧伤的梦乡里。

小香，那幅酣睡着的可爱样子，就像是童话里的小公主。

从那一刻起，我再也没有睡着，而一直装睡在那里。我的心里再也没有清静下来，一直在想着小香。想到昨天晚上我们竟然就住在同一个屋里，心中顿时悄悄生出一种暖融融的感觉，那是一种能在心里感觉得到，但却无法用语言说得清的幸福和喜悦。对于我来说，那天早晨醒来的那一刻，无疑是令人激动的。

早晨，天气很好。我起来之后，敬贤领着我到外面去玩。他让我看了他们家生意盎然的菜畦和花园，他领我去了离他家院落不远处绿柳成荫的宽阔的河滩。在我的记忆里，这里是一个十分开阔而美丽的地方。

当我们回来的时候，其他的大人全都走了。屋子里只有小香一个人，她坐在屋子另一端的一只小凳上，背朝着我们，正对着镜子梳妆呢。那黑黝黝的乌发，从她的背部像美丽的山泉一样垂下。她那副梳妆的背影，真是美丽到了我不知道该用什么样的语言描述的境地。我只想说：我永远不会忘记那个早晨、那个少女的美丽背影。正是从这一刻开始，我心里明确地意识到，我是那么的喜欢小香。

那天早晨，她的大嫂给我们烙了千层油煎饼，还有鸡蛋汤。饼和汤都是小香给我和敬贤端来的。当她把一碗汤放到我面前的时候，含羞地看了我一眼，轻声说了一句：“你昨晚没怎么吃，今天多吃一点吧！”

我非常惊奇：她怎么知道我昨晚“没怎么吃”呢？

没错，前一天的晚上，我还为一时不适应陌生的环境而心情忧伤呢，晚饭也真的没吃多少。可是第二天下午，当我要离开这个庭院的时候，心中却充满了难以抹去的缕缕情丝，仿佛对这里的一切都是那样的依依不舍。

离别的时候，敬贤没有失约——他真的把自己的包括那两本在内的好几本连环画，全都送给了我。

此后的几天，我一直沉浸在《钢铁是怎样炼成的》——那本让我永远爱不释手的书中。当我怀着深深的痴爱阅读它的时候，我为自己当初的可笑无知感到不可饶恕的羞愧。因为如前所述，我曾真地把它当成了“炼钢铁的故事”。而今，我愿对上天说：《钢铁是怎样炼成的》对我这一生的影响实在是太大了，大到无论怎样估计都不为过的地步。我在曾给东方外国语大学一位俄文教授的信中这样写道：“就是这本连环画，不仅当时深深地吸引了我，而且也从此影响和改变了我整个的人生，使我成为一个有崇高追求和热爱生活的、对社会有所作为的人。几十年来，我将《钢铁》供奉在我灵魂之神圣的书架上。我将保尔看作是我今生今世最亲爱的朋友。”

记得，我每天上学经过的路上，在一处非常宁静的、长满茂密的榆树的悬崖下面，有一方天然的水塘。当地的人们将这方水塘叫作“暖泉”，因为这个水塘即便到了寒冬腊月的时候，水面不仅从来都不结冰，而且还会有青烟一般的雾气蒸腾。每到夏天的时候，水塘里会有数不清的小鱼儿。一点不夸张地说，那些小到几乎像针尖大的小鱼苗，快速地在水里穿梭，只要我的手伸进去，就可一下子捧起一百条来。啊，美丽的水塘啊，你可留下来了我多少美丽的记忆啊！

我就是在这个水塘边阅读《钢铁》的。我一边阅读，一边幻想。我幻想着书中的每一个情节、每一个人物、每一块地方。我沉浸在这本充满魔力的书中而不能自拔。书中有描述保尔和他的初恋情人冬妮娅初次相会的情景，那是非常感人的一幕……

记得，在我的水塘的一边，有很多的绿柳，其中有一颗粗粗的、带叉儿的，要是坐在上面肯定是蛮舒服的。我在水塘边阅读的时候，我经常把这方水塘想象成是保尔曾经垂钓的那个宁静的湖泊。我把自己幻化成保尔，至于我身边的那棵树，自然就是冬妮娅坐在上面阅读的那棵树了。每当我转过身去望着那棵柳树的时候，我仿佛看见冬妮娅正微笑着坐在那儿，只是这个冬妮娅的长相完全变成了小香的样子……

水塘，这无限可爱和美丽的地方，是我少年时代的梦中天堂。我曾在这里消磨过我童年大量的时光。正是在这里，上苍为我孕育出了心中最美丽的故事、幻想，还有那永远抹不掉的痛苦和悲伤。正是这些美丽的幻想、痛苦和悲伤，成了我心中永恒的记忆——

我心爱的水塘，在后来的一次暴雨中，因河床改道，被猛兽一样的山洪泥石流彻底淤平了。那是我年少的生命所经历的一次让我难以接受的痛苦与不幸。一点不夸张地说，随着水塘的消逝，我美丽的童年仿佛也被一同埋葬了。

很久之后，在我已经去外地求学的一个夏天，我又一次邂逅见到了小香。虽说只二十出头，可她已经嫁人。那实在是一次难忘的相遇——已经完全长大了的她，似乎比过去更加美丽和漂亮。那足足有一米七五高的修长身材，按今天的话说，是标准的模特儿身材。她依然梳着过去那样的长长的辫子，皮肤依然那样白皙洁净，一双异常美丽的眼睛依旧那样明亮。只是不知道为什么，那神情中隐隐流露着些许的疲惫。相见的那一刻，她始终用一种令人永远忘不掉的神情，深深地凝望着我。我们没有说太多的话，但是她有一句话却深深留在了我的心中："你为啥从那次之后，就再也不去我们家了呢？你知道我多想给你亲手烙油饼呢……"

再后来，我从一位友人那里获悉，小香婚后似乎过得并不幸福。听了这话，一种从未有过的伤感和忧愁立刻弥漫在了我的脑际。我沉默半晌，只是在心里一遍又一遍地默念着：小香啊，小香……

洁白的小手绢

——年少记忆之三

记得，那是在我读小学四、五年级的时候。那个时候，我算不上是一个好学生，甚至可以说是一个不讨老师喜欢的差学生。但那不能全怪我——我至今认为，老师教得不够好也是其中一个重要的原因。

由于学习不争气，由于性格比较内向，再加上生性异常的敏感（我真没有见过有哪个小孩在如此小的时候，会敏感到如我那样的程度），因此就特别惧怕老师。正因如此，小时候的我，在学校里说话不多。可尽管说话不多，但我的心里却出奇的活跃——哪怕一丁点的事情，我都会去想，有的时候甚至会陷入一种异常激动的幻想状态。尤其是，假如老师批评了我、冤枉了我，我的情绪在很长时间内会处于难以平静的糟糕状态。

我以为，那个时候，在我的学校生活中，没有几个人是真正了解我、理解我和懂得我的，无论是老师还是同学——除了班里一个小女孩。

她的名字叫霞。霞大我两岁，个头也比我高，水灵灵的，长得特别可爱——她那粉粉的、红扑扑的脸蛋，就像是熟了的水蜜桃，格外好看的嘴唇，就像是红红的小樱桃。

我发现，她经常会偷偷地望着我，眼神中充满了让我感到幸福和甜美的善良和友好。我从她的眼神中能感觉得到，她一定懂得我心中的一切——即便是我们不说一句话。我深信她不仅理解我、懂得我，而且一定在悄悄地关注我，就像我也悄悄地关注她一样。

有天下午，我到校比较早，发现她也已经到校了。看着教室里没有人，她开始快速地在自已的兜里掏什么东西。随即，她将满满一把香喷喷、新炒的大豆给了我，低着头只轻轻地说了声："你吃吧"。我的心开始突突突地跳起来，一声没吭接过了她给我的大豆。我们俩再没说一句话。我悄悄看了她一眼，发现她也和我一样——我们俩人的脸都红了，而且我敢肯定，我的脸一定比她红得更厉害。

我没有立即去吃她给我的大豆，而是赶紧将它们装进了我的兜里。那个下午，我的心情是那样的愉悦，简直就像是遇到了一件令人心情激动的天大喜事。我不时地、不由自主地侧过脸看看她——很凑巧，有好几次看她的时候，发现她也在看我。直到晚上放学回家的路上，我才开始独自认认真真地品尝那些大豆——我的心情格外好，那样的心情几乎不像是在吃大豆，而是在吃什么世上绝无仅有的稀罕之物。

常言道：若要人不知，除非己莫为，真是说得太对了。没多久，班里就有同学开始挤眉弄眼地说：知道不？他们俩是一对儿。

真是事有凑巧。有一天，随着我所闯下的那个"大祸"，使得我俩之间的一切"秘密"几乎在顷刻之间暴露在了众目睽睽之下——

事情是这样：教室窗户刚刚换了新玻璃（原来是用白纸糊的，因为那个时候，在我家乡那样偏僻的山区，玻璃属稀有之物），而我们学校在安装玻璃的时候，也是用得十分节省——在不止一个的窗框上，都是用几条横着或竖着的边料小块玻璃拼凑起来的。有一天，我一不小心将其中的一小条玻璃打破了（为了赔偿这块玻璃，我的家人想了不少的办法）。当时我非常紧张，情急之下，想用手去接住掉落下来的玻璃。然而，玻璃没有接着，可我的一根指头却被玻璃割破了，鲜血直往外冒。

这一幕被霞看见了。于是，她立即跑过来，掏出自己那方新新的小手绢，毫不犹豫地从上面撕下一条，非常仔细地亲手包在了我正在流血的右手食指上。说心里话，看着她给我做的这一切，我被深深地感动了。我的心中充满了幸福和温暖，一时忘记了指尖上的疼痛。我用说不出的感激之情望了她一眼，那一刻，我真的觉得她是这个世界上最好最善良的女孩，她是我想要用心感谢的好朋友。

这样一来，班里的那些坏小子们算是抓住了把柄，绝对有的说了。我们俩被大家认为是毫无疑问的“一对”了。有一天，课间休息，在事先没有任何迹象，在我俩没有丝毫察觉和心理准备的情况下，几个大坏小子，突然冲上来把我们俩人连拉带扯地强行扭到一起。我们俩拼命地想要挣脱，但那几乎是不可能的，他们人太多了。起初，我俩是背靠背的，可是那些发了疯的坏小子，硬是把我们强拉着转过身来——他们让我俩面对面，而且把我们俩的手强拉着合拢过来，让我们一个搂着一个。坏小子们以这样的恶作剧来寻开心，直到霞被折腾得流下眼泪，大伙才松了手。

按今天的时髦话来讲，那一天，我们俩算是被那帮“小强盗”们强行作弄着，热热闹闹上演了一回“过家家”。从那以后，有很长的一段时间，我们俩再也不敢说话，甚至在同学们面前都不敢正眼看对方一眼。

到了上初一前的那个暑假，记得有一回，我去小学附近的供销社买东西。路过小河边菜地的时候，我不由得停下了脚步——眼前园子里整整齐齐、间隔生长着的各种蔬菜和植物一派生机，真是长得喜人极了：那绿油油的芹菜、包心菜，那鲜嫩嫩的金枝、马兰，还有那长得像筛子一样大的向日葵和如今我已记不起来的一些青翠的植物，啊，真是长的太茂盛、太漂亮了。

我正看得出神，突然觉得有人从我的一旁朝我这边走来。抬头一看，是霞。

怎么会是她呢？我真的难以形容我当时的心情有多么激动。我只觉得，我的心在那一刻不由自主地突突突快速蹦了起来。当她走到我跟前的时候，从她的笑容中我一眼看得出来，她也是满脸欣喜的样子。从她可爱的眼神里，我能看得出她送给我的那份没法用语言表达的亲切和好感——那是属于一个内心感到幸福的小女孩才有的笑容。我相信，那一阵，我们俩人的脸上，一定是洋溢着异常幸福和美好的阳光，就像是那天晴朗的天气。

我俩站在哪里，满心喜悦地凝望着对方，说了好一阵话。眼前的她，似乎比以往任何时候显得更加好看。尽管那天我们两个人说的话有时显得有点语无伦次，但我们都觉得那样的巧遇和相会，真是非常的美好。

说心里话，从两年前发生的那个恶作剧似的“过家家事件”之后，我们再也没有这样开心地说过话了。那样的相遇，在我的少年生活中真的太珍贵了。我永远不会忘记这次小河边的邂逅——她永久地留在了我的记忆里。

人生就是这样，真没有想到，那个童年时代，那个美丽下午在小河边意外相逢和紧随其后的分别，竟然成了我们无限长久的别离——自那以后，这几十年来，我们再也没有见过面。我只是偶尔从熟人那里，听到她一星半点的消息。童年记忆中的朋友，想要见面成了极其困难和没指望的一件事，甚至直到永恒的将来……

时隔十多年后，有一年，已经做了大学老师的我，曾带领一帮大学生外出社会实践。当我们经过一望无际的大青川的时候，望着车窗外辽阔的绿色原野，我的潮水般的思绪牵引着我的心思，飞向了遥远的过去，飞向童年温馨、美好的时空。不灭的记忆让我想起了我童年时代的好朋友——那个名叫霞的、可爱的小女孩……

听人说，她结婚嫁人就嫁到了这里，来到了这美丽富饶的大青川。车在飞跑，窗外的田园景色在我的车子两旁快速的离我远去，就像我永远留不住的岁月和人生一样。我想，那一阵，说不定她正就在那希望的田野上辛勤劳作呢。

我的童年的小朋友啊，你可知道，今天的我，多么的希望你能生活幸福、美好，万事如意！

为她，我成了狗菊花

——年少记忆之四

初二那年，我约摸十三岁。因为升学，我来到了一个新的地方。由于初一是在家乡那所小学里读的——那里设有初一年级，所以我是到了该读初二的时候，才进了这所中学。

我的新学校，位于美丽的葱岭山脉以东的一个镇子上。这里是一处位于山巅的、视野十分开阔的地方：遇到天气晴朗的时候，往东可以看到高耸入云的九盘山，朝南可以看到隐藏在蓝色纱幕后的陇中辘辘山，向西是延绵无尽碧波荡漾的葱岭林带，望北可以看到百里以外美丽的桃花山。

以前只有在随大人赶集的时候才到过那儿，平时是不大去的。镇子上有高中学校、百货店、医院、粮站、饭店、车站、农贸市场、大戏楼等等，热闹异常。所以，在我小时候的心目中，这里无疑是一个算得上繁华的“大地方”。正因如此，所以能到这里读书，自然是一件令人感到兴奋和自豪的事情。

初到这个新的学习环境，一切都是那样的新鲜和不一般：不仅校园规模大，教室比我原来的小学多了许多，学生比原来多了好几倍。而且，老师都是一些和我原来的先生截然不同的人。其中有几位老师，看着他们的样子和神气，与其说是让人肃然起敬，毋宁说简直就是令人望而生畏——这种印象铭刻在我的脑子里，让我至今想起他们都没有什么改变。

说老实话，文革的“风潮”对这里的影响还真是不大。我心想，这会不会跟我们那个了不起的、我至今钦佩无比的老校长有关呢？他出身开明地主家庭，父亲是革命年代的地下共产党员。后来才知道，我们那所学校的大部分老师都是文革开始以后，从县城中学下放来的、形形色色的“牛鬼蛇神”。如今看来，我们那样一所远离县城、位于穷乡僻壤的中学，在那样一个破烂年月，正是因为有了这样一批被“发配”的优秀教师的固守和坚持，才使得这里真有那么一点“山高皇帝远”的感觉。甚至可以说，她是那个年月的一块“远离红尘”的清净之地也不为过。也正是因了这样的缘故，我们那所原本名不见经传的学校，出了不少现如今让母校感到脸上有光的、响当当的人才。

我的初二年级只有一个班，全班三四十名学生，来自周围邻近的几个乡镇——当时叫人民公社。初来乍到，所有的同学似乎都表现得异常的遵守规矩，每个人都很自觉，学习的气氛很好。一个很显然的原因是：我们一进校门便受到了这里固有的良好学习风气的感染和影响。

几乎是从入学的第一天开始，我的教室里就出现了一种很有意思的现象：上课的时候，有不少男孩子都像是中了魔似的、偷偷地不时朝靠窗户的一个座位窥视——那个位置就在我的左斜后，座位上坐着一个男孩子没法不去偷看的女孩。

女孩不仅身材好、长相好，具有众多的女孩所没有的神采气质，尤其是有着含羞而迷人的微笑——一点不夸张，直到今天，我少年时的朋友们还有人竟然不由自主地回忆起她那可爱的笑容呢。

再不久，大家偷看的就不仅仅是那个美丽的女孩了——无论男生女生，大家开始用一种诡秘的神情，不时地窥视起另一个人来。没错，这个被大家格外“关注”的男生就是我。

说起来真是太难为情了：从我第一天走进这个教室的时候，当我第一眼看见那个女孩的一刻，我的脑子就像是被一样什么神秘的东西轻轻击了一下。我的神经即刻被那双清澈得就像大山里远离浊尘的清泉一样的眼睛，悄悄地攫住了。

从那一刻起，每旦上课的时候，我只觉得自己的后脑勺也生出了一双眼睛——靠了这双神奇的眼睛，我仿佛总能看得见坐在身后的那个仿佛不是从人世间走来的漂亮的女孩。而她也很快就意识到了我，意识到了我的这种因她而生出的异常快乐的心情。不仅如此，她也很快对我悄悄地表露出了友情——一种让我感到温暖的、少年时代特有的那种友情。

漂亮女孩的名字叫夏。不久之后我知道，她是当时玉河公社书记的掌上明珠。而且，此前我已有幸见过他的爸爸。公社书记那副神气令人难忘，而今想起来，应该说他长得有点像我们熟悉的当代影帝国强唐先生；再后来我又获知，她的妈妈长得异常的漂亮，是方圆远近闻名的美人。我心想，这个女儿无论随了自己的父母哪一方，都将注定“天生丽质”——无论气质长相，决不会差的。

夏长我两岁，从年龄上来讲是我的姐姐，但我却从来不愿意这样想。我们说话并不多，一是在那个年月，处于我们那样年龄的孩子都非常的胆小和拘谨；二来，在那样的环境里，在同学大家伙儿的高度警觉和监督之下，你根本不敢有任何的轻举妄动。

其实，对于我俩来说，太多的言语交流似乎没有多大必要。我们只要互相看看就心满意足了。再说，从那几乎只有半秒钟的对视之中，我们完全可以心领神会对方充满友爱的心情。很快，我们就成了互相牵肠挂肚的“小知音”。

进入变声期之前，因为声音条件非常好，我被选进了学校的文艺宣传队。尽管只有十三岁，可我不仅在学校演出的小歌舞剧里担任主要角色，不仅上台担任独唱，而且一度连演唱的曲子，都是由我自己“创作”的——我所“创作”的曲子由学校当时的音乐老师记谱，师生评价甚好。说心里话，我至今都认为，自己对音乐、绘画等艺术的异常敏感，从小就显露了出来。正因为此，这个有艺术天分的学生，一时间成了校园里的小小“明星”。夏也是学校宣传队的队员，我们有了得天独厚的接触和交流机会，这让我们俩感到异常的激动和幸福。

记得有一次演出的时候，夏说我的演出服没有穿好。于是，她就开始动手给我细心地整理起来。那一阵，我觉得“美如天仙”的她，真的就像是一个比我成熟很多的女孩，实则还不到十六岁。她俨然就像是一个十分疼爱我的好姐姐。当她开始麻利地给我整理和舒展衣服，尤其是舒展我没有穿好的裤子的时候，我觉得特别的难为情。我相信当时我的脸一定红透了，但我的心里却充满了从未有过的甜美和幸福感，我觉得她跟我特别亲，那是我有生以来难忘的记忆。我看着蹲在地上为我细心整理而极端认真的她，我看着她那双不停地为我摆弄着的、细嫩而美丽的纤纤玉手，我心里真的有种说不出的感动。

记得当时我们演出的场所，是校园里露天的帐篷搭建的舞台。演出之后，因为要看护舞台上的一些服装道具，于是我和另一个大点的同学被安排住在了舞台的帐篷下。夜半时分，天突然下起了大雨，硕大的雨点砸在帐篷上，发出充满诗意和令人激动的美妙声音。每年的那个季节都缺水少雨，所以那个夜晚的大雨算是真正的久旱逢甘霖。我被帐篷上的雨滴敲击声惊醒。而一向容易激动的我，听着那如同音乐一样动听的雨声，不由自主地想起夏来，于是再也没有了丝毫的睡意。大自然和谐的声音和我心中美妙的歌声融合在一起，让我充满幻想的少年心灵在那美丽的、湿润的夜色里，展翅飞翔。那个夜晚，我觉得自己是这个世上最幸福的人。

好景从来都不长久。我们俩人“极其隐秘的心思”还是很快就被老师掌握了。记得有一天上午，当时的语文老师——很有意思，他经常把自己打扮得像“某位”大人物一样，走路也模仿那大人物那背搭手姿势的语文老师，一幅俨然正人君子的样子。就是这位严厉的老师，在我们的语文课上，竟然用去了将近半个小时的时间，用最刻薄最侮辱性语言，没有指名道姓地对我狠狠指桑骂槐一通。我相信那大概是世界上作为一个已是人到中年的老师，辱骂一个只有十三岁的学生骂得最恶毒也最“痛快淋漓”的经典范例。

我至今还清晰地记得他骂我的那些话其中最精彩的一些内容：“有的人，不知道自己是什么东西，自以为是牡丹花芍药花，自以为是金盏花玫瑰花大丽花，实则是地地道道狗屎不如的狼毒花、狗菊花、牛粪花。这种人，真是没有自知之明，真是不知天高地厚，真是癞蛤蟆想吃天鹅肉！”他那是越骂越激动，骂得唾沫星子四处飞溅，骂得紫红紫红的血液，灌满了他的两个鼓囊囊的腮帮子。

听着老师没完没了的辱骂，我坐在那儿，不知道自己的眼睛该往哪儿看。我知道，全班所有同学的眼睛，无一不在盯着我。那一刻，我深信我的那张脸，看上去肯定早已经不像是人脸了。

让我感动的是，这一“重拳打击的毁灭性事件”发生后的当天下午，夏竟然不顾同学们的非议，斗胆来安慰我。

那是在教室后面的一段墙根下。看见她，我委屈的眼泪哗啦啦地流了下来。她也哭了，对我只说了一句话：“真是太对不起你了”。我们在那儿站着，再也没有说半句话。但我们的这次见面，又被那位老师的“秘密侦探”迅速告发了。所以，紧接其后的某一天，我又当众遭受了一次辱骂。为此，我在那位老师和某些同学的心目中，无疑成了一个“臭名昭著”的坏学生。我也曾恨自己：我为什么会是这样一个连我自己都觉得讨厌的没出息呢！与此同时，我也是真心恨透了那个老师，我以为一个老师不可以那样侮辱学生，我以为他是个不合格的老师。这也是我为何始终提醒自己永远不能用侮辱性的话对待学生的原因。

在读中学的那两年，我和夏不能够、而且也没有机会多说话，但我们各自心里都很明白，我们是互相牵挂着的真正的好朋友。记得高一临放假的前一天，她突然找到我——确切说，不是找到我，她是在一个路口等着我。看她微笑着，表情有点神秘，我不知道发生了什么事，心在打鼓。实际上那个时候，我性格特别的内向和腼腆，而见到她似乎就更不知道该说什么了。她说：“我送给你一样东西，现在不要看，等回去再看吧”。

我急急忙忙地往回走，等走到半道上没有人的地方，我还是迫不及待地打开了她送给我的“礼物”。礼物用一块带绿色暗格的新手绢抱着。当我打开它的时候，我一时激动得不知道该说什么——手绢里抱着的，是一双用刺绣针一针一线绣出来的、漂亮的鞋垫。除了鞋垫，里面还放了一张小纸条，上面非常简单地写了一句话：“衬上这双鞋垫的时候，希望你能想起我。”可我当时根本就没有理解、也不可能理解这句话的真正含义。

文革期间，学校的初中和高中都是两年学制。高二新的一个学期开始的时候，我没有见到夏。后来得知，因为父亲调动工作，她转学了，一家人随父亲去了离我们那儿一百多里以外很远的地方。

不见了夏，我的心一下子变得空落落的，只觉得自己突然掉进了一个没有色彩没有生机的孤寂世界。我不能理解的是：既然她明明知道要走了，可为什么不告诉我一声，为什么要这样不辞而别呢？

没有想到，从那以后，我们至今再也没有见过面，甚至音讯全无。我时常在想，“缘分”简直就是个神秘得莫名其妙的字眼儿。人，当你和她没有缘分的时候，哪怕是想要见那人一面，都是决然不可能的。

二十年之后，我终于有了夏的消息，但我不知道这消息是否确切——听说她嫁给了市里某中学的一位老师。而她自己，就在丈夫所在的那所学校做了个不打紧的临时工……

说真的，听到这一消息的那一刻，我的心里非常的难过，难过到近乎不能接受的地步。我不由自主地感叹：老天也是太能捉弄人了！那样的一位天生丽人，天生那样美丽的一双手，既然让聪慧的她来到这个世界，难道她就只配去那里干那样一份工作，耗去她美丽的青春和生命吗？……

她的名字叫小芳

——年少记忆之五

她叫小芳，是教高中历史的宋老师的小女儿。记得，我们的第一次见面给我留下了极为深刻的影响。

那天，我有事去找宋老师，进门却看见她正坐在爸爸的腿上，不让宋老师看书。只见宋老师的手里正拿着一本《说唐》，老花镜低低的架在鼻梁上。小芳的两只手正紧紧地搂着爸爸的脖子，摇来晃去的撒娇呢——那时候她已经是高一年级的学生了，只低我一级，当时至少有十六岁大了。

见我进来，宋老师让女儿下来，可她仍然搂着爸爸的脖子不肯松手。直到爸爸把她轻轻地拍了一巴掌，她才使着鬼脸从爸爸的腿上溜下来，但她也照样把爸爸拍了一巴掌，轻轻的。那个时候，同学们都知道，小芳是爸爸的掌上明珠。宋老师当时带着两个女儿，大女儿玉芳似乎特别懂事，她长得非常漂亮，性格内向，无论说话做事，待人接物都特别得体，但她的学习却赶不上小芳。也许是年龄的缘故吧，宋老师特别疼爱这个小女儿，甚至给人一种被“宠坏了”的感觉。

尽管如此，但同学们仍然非常喜欢小芳，因为尽管她是那样的调皮和任性，但她却异常的聪明，更不用说她又是那样的美丽和可爱。正因为她既聪明又美丽，如此一来，她的调皮和任性在同学们的心目中反倒成了一种优点似的。很多同学都明里暗里地喜欢她、乐颠颠的议论她，但她却不卖任何人的账，因为她是校园里的一颗“星”。

那个时候，在我们那地方即使到了夏天也没有几个女孩穿裙子。但小芳却是穿裙子的——她是外地人，不像是我们当地那些土生土长的女孩子，别说没有那么时髦的观念，甚至连想都不会去想的。小芳不仅眉清目秀、五官长得端正，不仅有高高的个儿和十分好看的身材，而且两条修长的腿再加上十分白净的皮肤，因此显得别样的与众不同。以我们今天的眼光来看，像她那样的身材，尤其是那样好看而修长的腿，是特别适合穿短裙的。小芳时常穿的是一件洁白的、带小兰花边的绵绸连衣裙，当她穿着那样的裙子从校园里走过的时候，俨然就像是一只翩然起舞的洁白美丽的蝴蝶。

小芳唱歌的声音甚是好听，因为好多次我从她家的门口经过的时候，我听见她一个人在房子里唱歌呢，那是完全可以称得上清脆的、银铃般的歌声。像她那样好的形象，再加上那样美妙的歌声，按理她是最应该参加学校文艺宣传队的。可事实是，她并没有参加，也许是她自己不感兴趣，或者是因为她的姐姐已经是宣传队的成员，或者是因为别的什么原因，总之她没有参加，这让我们很多人都很不理解。

虽说她自己不参加宣传队，但是每一次的演出她却看得非常认真，这让我感到特别的不解。我当时是学校演出队的，而且每一次演出都会有我多次出场的机会——我不仅在歌舞剧里担任角色，不仅跳舞，而且还担任独唱。现在说起来几乎没人相信——变声之前，我唱歌的声音蛮好听的。一点不夸张地说，在我们那个小地方，我的这一特长在相当一段时间几乎是远近闻名的。

我要说的是，小芳是我的忠实观众。因为她极其的自尊和“傲慢”，所以她嘴上绝不会说什么，但是她的眼睛、她的神情把一切都告诉了我。按今天的说法，她该算得上是我少年时代真正的“红颜小粉丝”。

记得在我高二毕业的那年，有一次的演出，给我、给许多的人都留下了非常深刻的印象。那次晚会上，有我一个独唱。歌曲的内容是赞颂一位当时为了保护他人的生命和列车安全，义无反顾地献出自己宝贵生命的铁路工人的。歌词是当时发表在省城报纸上的一首很长很长的诗歌，而曲子则是由我自己精心“创作”的。由我“创作”的那首旋律由当时给我们教音乐课的老师替我记谱。记得那长长的曲调有点像“英雄赞歌”的味道。很久之后，我还保存着那个谱子，那可是我的作品处女作。

从记事时起，我对铁路工人就有着一种说不出的敬佩和感情，我觉得世界上最了不起的就是铁路工人，因为铁路工人和火车有关，而小时候的我是那样的喜欢火车。也许就是因为这个原因，我在编那个曲子的时候，非常的认真，感情十分投入，甚至在编写它的时候，我的眼泪在眼睛里直转圈儿。结果，我的曲子和我那天的演唱，受到了全校师生的一致好评，当然也少不了地引起了同班几位好朋友的“妒嫉”——那很正常，我一点都不生气。那天晚上的演出，我成了校园里受人关注的“明星”。

演出完的第二天，我仍然沉浸在被大家赞扬和羡慕的“成功和喜悦”之中。走在校园里，觉得阳光明媚，神清气爽，心情格外晴朗。当我经过小花园的时候，我突然听见有人在背后叫我的名字，是一个女孩的声音。回头一看，竟然是小芳，我感到非常吃惊。说心里话，那一瞬，我的心里有种幸福的感觉。

她就站在他们家房子的门口，正在冲着我笑呢。我也朝她笑了笑，算是给他的回答，而心却早已经开始跳起舞来了。见她不再作声，我刚想转身，她却又叫了我一声，而且特别的加上一句：“你过来”。

我来到她面前，她只是望着我，依然抿着嘴在笑。我有点不自在起来，不知道如何是好。我想那一阵我一定是认真而友好地看着她的。因为那一刻，她有种异乎寻常的美丽，几乎是她从来没有过的美丽。

此前，我从来没有如此近距离的看过她——那极好看的弯弯眉毛、明亮的眼睛、黑黑的睫毛、秀美的鼻子、小小的嘴唇和粉粉的脸庞。我以为自己看到了一张少女的完美无缺的脸。我离她是如此的近，近到我几乎能够从她美丽的瞳仁中，看到自己的影子来。

也许是她也意识到了我在看她，所以她便笑着不作声，仿佛是想要我把她“看个够”。足足过了一分钟，她终于开口了，轻轻地说了声：“你唱得真好!”。听着他赞扬的话，我的心头别提有多感动有多激动。我赶紧说：“你太夸我了，我唱得不好。”听了我这话，她立即板起脸来道：“好就是好，为什么偏要说不好，没出息!”就在这时，她出其不意，突然在我的脸上轻轻地不知道是该称之为“打”还是“摸”了一下，然后笑着跑进屋里去了。

这个胆大妄为到不得了的“疯姑娘”，她这突如其来的举动，完全出乎我的意料，让我惊得目瞪口呆。当时，我真不知道我是该感到幸福还是沮丧。我赶忙看了看我的四周，生怕附近有人。幸亏，这一幕没有被别人看见。

高中毕业离校的情景，是我这一生永远不可能忘记的最受侮辱、受冤枉，愤怒又伤感的记忆——我在毕业及放假的全校师生露天大会上，被当时的教导主任点名批评，而罪名完全是滑稽、侮辱和纯粹莫须有的！

我至今记得教导主任的那张不像是一个老师该有的脸，还有他那凶巴巴、阴沉得就像是地狱里阎王的声音："九年级学生某某某，乱进女教师厕所……"。

一切事出有因：当时，校园里用土墙围起了两个露天简易厕所，但我们没人知道那是准备给教师用的。有天傍晚，天已经有点黑了，我从教室回来，顺便过去小便，看见那位大主任静静地站在厕所旁边的一棵树下。当时，没人知道他在干什么或想要干什么。等我小便回来，他一脸阴沉地挡住我，指着墙上问我："你看这是什么？"

顺着他的手势，我一看，土墙上面用两公分宽的排笔墨汁写着："女教师厕所"。我立即解释："老师，我的确没有看见，因为两个小时前，这上面您还没有写上字呢"。

听了我的话，他什么话都没有说，转身走了。

但万万没有想到，他会在我毕业的时候，给我来这么恶毒一招。至今，我都痛心得不愿意提及此事。记得，他扯着嗓子发布"告示"的时候，我的手里提着一把学校发给每个毕业学生的铲子——那是要我们回乡后，"接受贫下中农再教育"锄地用的劳动工具。我相信，如果当时受辱的不是我，而是别的哪个性子火爆的愣头小子，面对这个光天化日之下信口雌黄、污辱学生的"老师"，这样一位强行把一个好端端的学生往肮脏的垃圾坑里扔的"老师"，无法忍受侮辱的受害者，说不定会无所顾忌地把那铲子砸向那个令人愤怒的脑袋！

平时特别腼腆和胆小怕事的我，那一刻，极度的愤怒给我增添了从未有过的正气和力量：我笔直地站着，两眼愤怒地看着那个没有资格做老师的"老师"。但让我感到安慰的是，我的许多同学，从他们的神情中看得出，他们知道我是被侮辱、被冤枉的无辜者。

就在那个永远不可能忘记的黑暗一刻，有一个女孩的举动竟是那样地让我感动：不经意侧过身，我看到了一双和我一样的眼睛——愤怒而鄙视地直盯着那位"老师"——那个女孩正是小芳。那愤怒的眼神，是对我的最大的理解和同情，那是我永远不会忘记的。

那一天，我那颗生性敏感的心，受到了前所未有的伤害和侮辱。一个天真得不懂世事的少年，一个毫不怀疑这个世界上会有人无端伤害自己的年仅十六岁的中学生，竟然会背着他意想不到的侮辱，怀着一颗阴云密布的心，沮丧地走出母校的大门。

我天生就不是一个爱记仇结怨的人，但是，很长一段时间，我却无法原谅那个侮辱了我的老师，因为他根本不够资格做一个老师。我是一个天生重情义的人，我爱我生活过的任何一个地方，但是，那件让我伤透了心的事情，让我在很长很长一段时间，对那座校园再也亲近不起来。

数年之后，当我已经成为一名大学生的时候，因为品学兼优而被授予“省级三好学生”的光荣称号。我也因之被邀请到家乡的县城中学给数千名中学生做报告——人生有的时候就是那样的充满戏剧性，那次，我遇到了我最想见和最不想见的两个人。

那两个人中，最不想见的一个就是“那位老师”——他当时就在我去做报告的那所学校。听了我的报告，那天他显得特别非同一般：自始至终，他的那张脸，红得就像是灌满了鸡血。看着他那副窘态，我心头的怨恨仿佛于瞬间融化在了周围的空气里，随风飘散了。

等我工作以后，等我有了一些人生的阅历和思想之后，我更是深深意识到：我不该在那样长的时间里对他耿耿于怀。因为他也是人，是人，哪有不犯错的时候？更不用说，当年“侮辱和处罚”我的那个时候，他也不过是一个二十多最多不到三十岁的年轻人。

那次见到的另外一个人——自然也就是我特别想见的一位，她是我记忆中的小芳。

我在县城的一家国营商店遇着了小芳，她成了那里的售货员。彼此相遇，我们俩人都现出十分吃惊的神情。随之而来的，像是只有最知己的好友邂逅相逢才有的那种喜悦。她变了，变得质朴而又平和。她问我的第一句话竟然是：“呀，你还能认得我?”

这真让我一时不知道说什么好。我不无多情地答道：“真没想到，你还会认我”。她笑了，但笑容里不再有以前那样的明媚和开心。

她依然像过去那样美丽，甚至比少女时候的那个她更美丽，但却没有了从前的阳光和那带有任性的傲慢。

从她说话的语气和深深望着我的神情中，我隐隐约约感觉到了藏在她那眉宇间的一份自卑。我真的特别不愿意看到：我心中曾是那样美丽和骄傲的公主，会和“自卑”的神情挂上钩。在我的意识里，她永远是我目心中最美丽、最可爱、最聪明的女孩。

告别的时候，她送我到商店的门口，主动和我亲亲握手。然后静静地站在那里，依旧用七年前她曾经“打”我时的那副眼神，凝神而无言地望着我。

那眼神，真是这世间最美丽的眼神，必将一直留在我纯情的记忆里。

出水芙蓉

——年少记忆之六

第一次见到芙蓉，是在一个夏日的上午，那是个纯属偶然的机会。

将要进入高二的那个暑假。有一次，我和中学时期的好友、有名的“英俊少年”宏相约，打算一同骑自行车去某个地方游玩。当我们经过乡政府（当时还叫人民公社）那条街道的时候，从卫生院宽敞的院子里那个鲜花盛开的花园后面，像蝴蝶一样飞出来一个亭亭玉立、光彩照人的姑娘来。

一看见我们，那个姑娘立即朝我们这边招手，用她那银铃般的声音喊起宏的名字来，边喊边朝我们走来。

宏告诉我：这是她的姐姐，名叫芙蓉。说来真是一点不差——她长得俨然就像是一朵刚刚露出水面的芙蓉。

这么说吧：如果她要是能长得稍微难看一点，就会有点像电影《英雄儿女》中的那个王芳了。可是，眼前这个女孩，她长得的确比那个王芳要漂亮许多——之所以将她和王芳比较，是因为她俩笑的时候挺像的。她那极清秀的脸庞上，也有一对美丽的小酒窝。她们的最不相像处，就是老天爷给了芙蓉一张极白皙、漂亮的鹅蛋脸，这可是那个王芳所没有的。

宏将我们彼此介绍给对方。她很大方地看了我一眼，然后明媚地微笑着问候了我一句：“你好!”。这两个字的问候，就是那天她给我说的全部的话，而且这之后再也没怎么在乎我。

这时候我才仔细看清了对方——站在我面前的，是一个年龄约莫十八九岁的、地地道道的美人。这世上长得好看的女孩多得数都数不清，但在我们那样的一个地方，能有如此气质高雅的女孩，几乎是罕见的。后来我终于知道，芙蓉是方圆百里远近闻名的小美女。她的父亲、哥哥、嫂子以及很多的亲戚都在省城或是外地工作，再加上他家经常有“上边”的干部来往，因此让她真的见多识广。我想，这一切，可能是影响她得以养成高雅、大方气质的一些原因吧。

我们离开芙蓉的时候，宏竟朝我诡秘地笑了笑。我不知道，这个“二鬼子”到底看出了什么才会这样。无论怎样，从这以后，只要和我在一起，宏就会没完没了地说他姐姐，就会诡秘的朝我笑。

我至今都有点搞不清楚，宏当时为什么会对我那样的好，会那样赏识我。记得那时候，我们俩有好多次是在一起、甚至在同一张床铺上住的。每当此时，他都会和我说上很长时间的话，每一次都要给我说他的姐姐。而且，总是边说边使着“坏招”欺负我——说他姐姐会成为我的女朋友。我矢口否认着，但心里却是异常的兴奋和喜悦。说句心里话，一个心理正常的男孩子，见了那样美丽的姑娘，是不大可能装得冷冰冰无动于衷的。

临近毕业的时候，我突然收到了一封陌生的来信，看那信封上寄信人的地址和字迹，都是我不熟悉的——信是从县城卫生学校寄来的。

等我打开一看，才发现是芙蓉寄给我的——她当时正在那里培训。说心里话，一看见落款处的那个名字，我的心里别提有多么激动和幸福。更不用说，信的字里行间流露着那么多对我的好感、赞美和纯真的爱慕之情。这是我有生以来收到的女孩子写给我的第一封信。更不用说，偏偏又是那样一个漂亮得让你整个的心都不得安宁的女孩——可以想象，我的心情怎么可能平静呢。

说心里话，此前我对这样一个美丽的女孩从来没有过“非分之想”。因为，我真觉得自己根本配不上那样漂亮的姑娘。我当时很快就给她回了信。我怀着忐忑的心情，向她表达了在我那样一个青涩年龄阶段，可以讲给一个女孩的所有美妙动听的语言。想必，她一定从我带着腼腆的赞美之辞中，看出了我对她的眷恋。

不过这是我们之间唯一的通信，因为我没有收到她的回信。由于没有见到她的回信，所以我也不好意思再给她写信。但是不久之后，我们却凑巧见面了。

说起来真的很凑巧——我记不得是因为什么事情，我去了县城。结果刚一进城就正巧把她给碰上了。我们俩人都感到特别的意外和惊喜。她不再像是第一次见我时那样，而是特别高兴地带我去了她参加学习培训的宿舍。我们不仅在那儿说了好长时间的话，而且她一定要让我在那儿吃了午饭再走。

记不得我们当时谈话的内容了。我只记得，自己因为心里太激动而从头至尾显得语无伦次。当我不由自主地深情望她一眼的时候，她没有过分地迎合我，这让我多少感到有点沮丧。因为当时房子里还有一个姑娘，而且不知道为什么，那个姑娘似乎有意偏偏不给我俩单独相处的机会。我在那儿觉得有点别扭和不好意思，结果她给那姑娘说：我是她的表弟。

中学毕业以后的那个夏天，宏约我去他家玩，那次造访成了我少年时期一个无比美好和难忘的记忆。

这是我第一次去他们家。我们两家相距至少有二十多里地，在此之前，宏好像已经去过两次我们家了。他们家属于那个镇子上的“名门”。记得他家那个院子里的每一间屋都收拾得特别的干净整洁，在我的心目中，那样的格调正好符合他们家应有的风格。

巧得很，刚进他们家门的时候，恰好只有芙蓉一个人在家。见我到来，她立即给我倒水并端来点心，特别热情地接待了我。我记得很清楚，我们说话的时候，她有意离我很近。在递给我一块小点心的时候，我实在忍不住轻轻拉了拉她的手，但她却像是有点不高兴似的，即刻抽回了她的手。我想，我当时一定因不好意思而脸红了，幸亏当时只有我们俩人。

不久之后，她妈妈从外面回来了。尽管已经四十多岁的人了，但她却仍然显得非常漂亮——年轻的时候作为地道美人的风韵犹在。她的母亲是一个十分热情开朗和善良的人。尽管我们是初次见面，但由于宏此前多次在她面前说起我，所以看到我简直就像是看到她自己的亲儿子那样自在——不知道为什么，她一见到我，就真的特别喜欢我。我为自己能在这位受人敬重的母亲面前获得如此好印象而感到异常的开心。正因为这样，所以在他们家，我很快就消除了那种在陌生人家里常有的拘束感。

真有点天公故意作美的意思——当天夜里，老天开始悄悄下起雨来，而且是越下越大。因为下雨，我在她家竟然度过了整整三天的时光。在这三天里，自然不光是我和宏在一起玩，我还和芙蓉以及她母亲一道聊天。三天的时间，她的妈妈就像对待自己的儿子一样，特别的关心呵护我。每当看到我，脸上就会露出慈爱和开心的笑容。看那神情，可真有点希望我永远在他们家待下去的样子，好像我是这个世界上最讨人喜欢的孩子。

实际上，无论与谁一起聊天，无论是白天还是黑夜，我的心里一直不由自主地想着一个人，那就是芙蓉。尽管每时每刻能够看到她，但我的心里却有种掩饰不住的、越来越强烈的焦虑和烦恼。

是的，那的确是一种少年特有的焦虑和烦恼，我没有能力将这种焦虑从我的心头撵走。

我们每天的饭都是芙蓉做的。她不仅手灵手巧、特别麻利，而且做的饭菜特别的好吃。她擀的面条给我留下了深深的记忆。有一天，当芙蓉将一碗面条递给我的时候，她母亲看着我们笑了。等芙蓉出去的时候，母亲微笑着看了看我，没有任何铺垫地说了一句："将来把芙蓉嫁给你做媳妇去吧"。

听了这样的话，我的心激动得差一点从嗓子眼蹦了出来。

可是，我竟然羞红着脸，言不由衷、不知天高地厚地说了句："我才不要呢"。——直到今天，我仍然为自己这句白痴一般傻头傻脑、没有一点水平的话，感到沮丧。我觉得，自己当时真是没礼貌透了，讲出那样没来头的话。听了我的话，芙蓉的妈妈像是玩笑一样，爽朗地笑了一下了事。我真不知道，她当时是一种什么样的心情——尽管她真的是随便的玩笑，尽管她早已看出我真的很喜欢她的芙蓉。

三天后，雨过天晴。按原计划，我要进城取我的照片。或许是为了安慰我，或者是为了表示我对她的依恋之情的回报，芙蓉提出要和我一同进城。芙蓉说她去城里有事，妈妈即刻答应了。

记得那个雨过之后的天空，阳光格外耀眼，空气清新得就像是被无数次过滤过的一样。而我的心情，比那天空还要晴朗。毫不夸张地说，在那整整的一天里，我的心情就是在这样晴朗的天空下走过的。

我俩在城里游荡了好长时间。

有一阵，她要我在商店的门口等她。由于好一阵不见她出来，于是我就走了进去找她。见她正往一块纸里包样东西，我大着担子，顺手拨开来看了一下。结果她急得当下跳了起来，就像是什么见不得人的东西被发现了一样，跟我急了："呀，你胡看什么呀！"——你猜我看见什么了？我看到的，是芙蓉刚才新买的、女孩子来例假用的那个东西。

那是我有生第一次见到这么一个"稀罕"物件，当时真不知道该说什么才好。那一阵，我真觉得自己的头大极了。我一时觉得自己是那样的沮丧，觉得自己的眼睛掉进了一个完全不该接近的禁区！心想，自己真是个十足的愣头青。但尽管如此，我的心里却有一种莫名其妙、说不清道不明的新奇和喜悦，就像是看到了我不该看到的、芙蓉圣洁的秘密……

回途中，当我和她依依不舍分手的时候，芙蓉特意索要了一张我的一寸相片。

我从中学毕业以后，很快就当了乡村半脱产的“公务员”。有天回家快到家门的时候，邻居大婶笑嘻嘻地说：“赶紧回去，你的‘天仙女’媳妇来了”。实际上，我根本不知道家里到底来了什么人，但我不由自主地加快了脚步。

进了家门，发现外公在炕上坐着，笑呵呵地望着我。实际上我已经很久没有见到外公了，按理，我应该很高兴才对。可是，简单问候过外公之后，我竟然唐突地问奶奶：“听说家里来人了?”，奶奶给我指了指外公，立即装作十分生气地样子说：“可不是来人了，那这是谁?”那一刻，我真觉得自己太失礼、太没面子了。

就在这时，朝里开着的大窗户后面，发出了银铃般的笑声——竟然是芙蓉来了。

芙蓉是借“赤脚医生”巡回医疗的机会，特意来我们家的。这一次，她在我家多住了一天。世上就有这样的巧事——那次在她家，因为下雨住了三天，而这次在我家，也是因为下雨，她不得不在我家多滞留一天。记得，那一天我们过得很愉快。我们简直像是有说不完的话，而最让我心跳的是：我们并排坐在炕上，看着窗外的雨幕的时候，我俩在被子低下悄悄拉了手。我们的手紧紧地握了好长时间，那是一种幸福得几乎让人窒息的感觉……

那个时候，没有电话，在我们那种离的不远不近的地方，也不可能写信，所以有的时候往往会很长一段时间相互间音讯全无。记得，在我将要外出上学的那个夏天，我去乡里办事，刚好一个人在主任的办公室的时候，芙蓉正好来了——她所在的医院就在隔壁。我本来准备办完事就去找她的——可想而知，我们见了面会有多高兴。那一次，她走到离我很近的地方，几乎是跟我紧挨在一起了。这次我们拥抱了，但是我们拥抱的时间特别短，而且心情特别紧张，因为怕有人走进来。

不久之后，我就外出上学了。那个时候，我觉得女孩子家的感情似乎特别多变。后来，我听说有很多的小伙子都在追求她，其实这是再也正常不过的，谁让人家长那么漂亮呢！而我自己，到了学校后，因为学习特别紧张，心情似乎也渐渐地平静下来了。再说，我知道，她对我可能也是“仅此而已”，她真正喜欢的人，一定不会是我。

二十多年后，我终于打听到了她的电话，她就在省城。与此同时，我还听到了这二十多年来，她所走过的“生活”。

说实话，我真得很想和她聊聊，甚至有可能的话，我也很想去看看她。因为，少年时的记忆，无论如何是美好和难忘的。可是，当我拨通她的电话，听见她的声音的一刻，无论我怎么说，怎么给她解释，怎样给她叙说往日所有的“故事”——不知道是真是假，是有意还是无意，她竟是那样的平静，自始至终给我只有一句话：她什么都想不起来，一点都不记得我。

我在芙蓉心目中彻底失忆了。

真不知道，这世上还有什么比这更令人伤感的事情……

巧珍妹妹

——年少记忆之七

以路遥的小说改编的电影《人生》上演的那阵，我正在读大学。我非常喜欢那部电影，所以连着看了三遍。每一次看它的时候，或者说每一次当我看到女主角“巧珍”的时候，我就会不由自主地想起一个姑娘，她和那个巧珍，不知道是什么地方，总让人觉得她们非常相像。甚至在一定程度上，正是因了这缘故，我才那样的喜爱这部电影，以至于由不得自己似的流连忘返。她，简直就像是那个“巧珍”的妹妹。

她的名字叫翠儿。随了她那漂亮和能干出名的母亲，翠儿从小就美丽端庄、心灵手巧，方圆十里八乡人人皆知。尤其在那邻近的一些村子里，真可谓人见人爱，赞不绝口。不过这其中许多的详情细节，都是我后来才慢慢知道的。

第一次见到她，大约是在我十五岁的时候，而她似乎还要比我小一点。那是当年春节期间，在一个看戏的“庙会”上。

乡下的露天戏场，人山人海，热闹非凡。但就是在那个人多得数都数不清的、除了人还是人的地方，有一个女孩却是那样的与众不同。以至于，她往那儿一站即刻间就能引起周围人们的主意。

女孩静静地站在那里，显得异乎寻常的安静和端庄。就是那天，通常喜欢看戏喜欢得要命的我，却身不由己地被眼前那个女孩扰乱了我的心头注意——我被那双清澈得像山泉一样的眼睛深深吸引着，我的注意再也无法集中到戏台上去了。是的，那真是一双好看得无法用语言描述的眼睛。用今天的话来讲，那是一双因清纯而令人心动的眼睛。

戏场里，根本不只我一个人注意她。我发现，很多人都在神不由己地、偷偷地瞅着她、瞧着她——无论是大人还是小孩，男人还是女人。有的人大大方方地看，有的人则遮遮掩掩地看；男孩子用羡慕的眼光，女孩中的一些人则明显带有某种妒嫉的神情。想来一切都正常不过。

我在离她不远的地方，差不多与她平行地站着。我不好意思直接地去看她，但是我用我眼睛的余光可以看到她。或者说，我可以“感受”到她的存在。

人的感觉真是一样了不得的东西，尤其是像我那样敏感的男孩。有一阵，在我并没有看她的时候，我多情地以为她的心里头可能也在想着我。果然，就在我微微转过脸去看她的时候，她也一样转过脸来，用非常可爱的神情望了我一眼。那神情分明告诉我：和我一样，她的心里也正在想着我呢。因为，那一切都清清楚楚地写在她的脸上，尽管我们互相间的对视可能最多只有半秒钟。

从那一刻开始，我知道，无论有多少人在关注她，而她的脑子里再也没有了任何留意他人的念头。因为她的心只允许她开始关注一个人，而这个人就是站在离她不远处的我。

我们俩人的心思再也无法集中于戏台上的表演。我们站在那里，两个人的心仿佛在一刻不停地默默对话——我深信，我能听到她心中在想些什么说些什么，而她也一定能够意识到我的心中在向她述说着什么。那是一种奇妙的、朦朦胧胧的感觉。当戏临近散场的时候，我们几乎同时转过脸来，深深望了一眼对方。这一次，我们的目光不再像此前那样的匆忙，那眼神仿佛在清晰地告诉对方：我真的挺喜欢你。

尽管彼此的家离的不是很远，但从那以后，我们竟然有差不多一年多的时间没有见过面。再次见面，是有一次在我去学校的路上。

那是五月的一个星期天的上午，前一天刚刚下过雨，天空非常的晴朗。山野里，泥土和着野花的气息，异常的清新芳香。我们在葱岭国道附近的一条山间小道上迎面相遇。

她穿了一件红底带花的对襟上衣和一条蓝色的确良面料的裤子。那身衣服穿在她的身上显得特别合身，虽说朴素，但却透着一种不同寻常的清纯、端庄和秀丽。正是这一次的印象，深深留在了我的记忆里，让我数年之后看到《人生》中那个巧珍的时候，觉得电影中的女子是一个我原本非常熟悉的身影。

尽管此前我们从来没有说过一句话，但这次相见，彼此却没有丝毫“陌生人”该有的那种感觉。我们几乎同时开口问候对方，这让我们俩人都忍不住笑了——尽管她的笑声是那样的含羞。

如此近的距离，我能清晰地看到她那双俊美的眼睛，还有从这双美丽的眼睛里流露出来的、让人心跳加快的清澈和明媚。那种饱含甜美的神情，那种说话的语气，让人感到有种微风在吹来，沁人心脾的清凉、舒心和愉悦。

她说话的声音始终是低低的、轻轻的、充满着异常的羞涩。她所表现出来的一切，简直就不像是一个山里长大的女孩。那是一种特别有教养的感觉。她说话不多，更多的时候只是在静静地看着你。但就是那不多的言语，却让我感到那样的吃惊——我万万没有想到，她对我竟然有那么多的、让我近乎不可思议的了解，其中最让我吃惊的是：她竟然知道我的生日。

从那以后，我们还见过几次面。而每一次见面，她都会始终如一地用她那不同寻常、不可言喻的眼神深情望着我。而最让我难忘的一次经历，是在我中学毕业之后的一次露天电影场上。

那天晚上演什么电影早已经记不得了，反正不是地道战、地雷战，就是南征北战。但有关我俩的一切，却像一部梦中的电影一样，经常地出现在我大脑的银屏上。

记得，在电影换胶片的间隙，场上刺眼的电灯亮了。就在那一刻，我看见了那双美丽的眼睛。而几乎在这同时，她也看见了我，但她却即刻将头轻轻扭了过去。我能看得出，她那是怕被别人发现。电影很快又开始放映了。没过几分钟，我突然发现，她竟然就站在我的身边。那一刻，我心情激动的那个劲儿，没法用语言表达——我听得见：我心跳的声音仿佛比那电影中人物的对话和音乐的声音，还要响。

她离我越来越近，直到紧紧地挨着我。那一阵，我能够清晰地感受到，她那轻轻向我辐射过来的、清新甜美的气息。我能听到她的呼吸，甚至能感受到她的心跳。突然，我们俩人的手——不，是手背不知道怎么就轻轻地挨到了一起。老天爷，那是我平生第一次挨着一个漂亮女孩的手。那种绵绵的、软软的、细嫩但却冰凉的感觉，让我即刻感受到了全身像被电击一样的感觉。

我故意略微动了动我的手，但她的手依旧那样纹丝不动地垂着。我的心跳得怎么也收拾不住。于是，我忍不住轻轻握住了她的手，而她的那只手在被我握住的一刻，只是轻微地抖了一下，但她没有丝毫想要抽回去的意思。

一股不知道有多么甜蜜的暖流，即刻灌满了我全身的每一根毛细血管，我觉得幸福极了。而后我就一直这样，握着那双仿佛小仙女一般的手。我握着她那双绵绵的、由冰凉渐渐变得温暖，由温暖渐渐变得炽热的手，一直到电影结束。

当我们将要离开的那一刻，我松开手，她悄悄望了我一眼。然后便低着头，轻轻地闭着嘴、几乎用一种听不见的声音微微叹息了一声，离开了我的身边。

那天晚上，走在回家的路上时，我竟是那样前所未有的失落和忧伤，只觉得自己的心仿佛也跟着她走了。

我接到大学录取通知书的那一阵，她刚刚新婚不久。世上的事就这么巧——由两家大人做主，她嫁给了我的一位“相当熟悉”的人。

记得，那天我俩在我曾读过中学的那个镇子上巧遇。回家的时候，因为有很长一段路程我们可以同路而行，所以我特意请她坐我的自行车一同回去。她看了我一眼，答应了。

开始，她的一只手只是轻轻地抓着我的衬衫。见此，我很认真地告诉她：这样会从车子上掉下来，很危险。我的意思是要她抓紧点。于是，她便开始紧紧地搂着我的腰。一路上，我们两人都没有说太多的话，我觉得自己的喉咙里像是被棉花一样的东西堵上了。

那天，那段原本二十里地的路程，仿佛比平时缩短了许多。尽管车子骑得很慢，可没多久，我们就到了该分手的时候。这时她突然提出，要我再往前骑一段路程，我答应了。

到了她指定的地方，我俩下了车。眼前，宽阔而蜿蜒无际的林地，树木长得非常茂密。路的左边不远处有一大片松树林，她指了指稍远处的一棵大柳树。我们默默走过去，在那棵树底下坐了下来，但她似乎故意没有挨着我坐。她像是第一次见到我时那样，深情地望了我一眼，问道：“你什么时候走?”我说：“大概一个星期以后。”然后，她再什么话都没有说，只是紧紧地闭着嘴在那儿静静地坐着。她的眼睛像是在盯着远处的一个什么地方，眉宇间看上去十分忧伤的样子。

过了一回，她看着我说：“我该回去了，这儿也许会遇到咱俩认识的人”。

我俩慢慢站起来，她面朝我静静地看着我，约摸等了两三分钟，用很轻很轻的声音问我：“能再拉拉我的手不?”我什么话都没有说，拉起她那双曾经让我心跳的手。顿时，只觉得自己的心被一种从未有过的强烈的酸楚无情地弥漫着，淹没了……

我用一种连自己都说不清楚的感情紧紧握着她的双手，而后又把它们紧紧地贴到我的脸颊上。但只有那么短暂的几秒钟，她便将手抽了回去，轻轻说了声："我走了"。随即，她便转过身去，头也不回地开始朝刚才来的路上往回走。我竟然没有说一句和她告别的话，因为那一刻我根本说不出任何话来。

我呆呆地望着她那美丽端庄得让我痛苦的身影，一直看着她消失在远处的杨树林后面……

我思念的树

——年少记忆之八

中学毕业那年，我还不满十七岁。毕业之后，回乡务农，至于将来干什么，没有想过。

初夏的某一天，我正在自家院子里尝试着用藤条编制一个框子（这手艺是我从祖父那里学来的），以备参加社里的劳动所用。正当我专心致志，干得异常起劲的时候，院子里走进一个差不多一米八个头的、像是有文化的干部模样的人。此人眉清目秀，年龄约莫二十五六岁的样子。一看到我，开口便说："小伙子在做什么呢?"。看了我手头的活儿，立即赞扬一番："呵，挺能干的，还会编这个，挺好看的!"

此人姓武，名某某，是县里派来搞路线教育的工作组成员。那是文革的最后一年。深入基层，为民众进行所谓"路线教育"，是当时国家最重要的政策。我们村里来了总共三十多位这样的干部，被分配在各个农业合作社——那是叫生产队，蹲点搞路线教育。这些人，全都是县里各个部门的局长或别的什么干部。

这位姓武的干部，被分配到我们生产队，而且就被安排住在我们家。他那天是刚刚来到这里，特意来看自己将要居住、度过一年时光的这户人家。

没想到，就是这个人，就是这个武书记——路线教育开始不久，我得知他是县委新任命的我们公社的党委书记，再后来成了我们的副县长——他对我的人生有过不大不小的影响，成了我这一生不能忘记的人。

住到我们家后，不久我们就很熟悉了。由于我在他们眼里"非常的聪明能干”，所以武书记和另一位也同时住在我家的县文教局干部“赵组长”，俩人都特别赏识我。

但是，有一个无可避免的问题却很快就在他们的面前越来越明显地暴露了出来。那就是，因为我刚从学校毕业，年龄比较小，干起活来根本没有力气。加之路线教育期间，成天兴修水平梯田，农活十分辛苦，对于只有十六七岁的我来说，那样的劳动强度是吃不消的。到后来，我干脆被累倒了。

记得，有一次社员们被召集到我家开会的时候，我坐在炕上不到三分钟就睡着了，武书记和张组长怕别人看见了对我有看法，于是就将我“隐藏”到他们的身后。如此一来，他们在那儿给社员们宣讲政策，而我却在他们的身后“肆无忌惮”地开始梦周公、游西湖了。其实我的这些表现，有些社员一定是发现了的，只是当时他们都理解我，不说罢了。

后来有一天，当新的黎明来临的时候，生活中一缕幸运的曙光也随之降临到我的头上——人生路上的第一次转机来了，尽管以我后来的人生来讲，它是那样的微不足道。

由于大队医疗站扩大规模，需得增加一名药剂员。于是，武书记给我们大队党支部的张书记以及工作组的总负责人李局长和张秘书介绍我的情况并提议，尽可能将我安排到医疗站去当药剂员。几天后，这事情很快就决定了，我因此“时来运转”。其他的不用说，至少，身单力薄的我，不用再汗流浃背地去挖那每天必须得完成的十方黄土。

似乎从小就懂得知足常乐、感恩生活的我，做了药剂员之后，由于工作一下子轻松了许多，心情也就随之舒展和明媚起来。一点没错，我真的算得上是个生性欢乐的人，只要生活别跟我故意作对，我就会感到满足的。此前，即便在劳动异常繁重和辛苦的情况下，每天走在山野的路上，我都是一路欢乐一路歌声不断，而现在，就更不用说心情有多么清爽愉悦了。

当年的医疗站就在大队部的所在地。如今，那里除了一所学校一座神庙之外，别的什么都不存在了。今天，所有来到这里的人，都无法想象当年这里是何等一派“生机勃勃”的红火景象。那一阵，这里有大队部、医疗站、供销部、缝纫部、学校等等，每天人来人往，一派充满生机的红火热闹场面。尤其是我们的医疗站，不仅有三位医术不赖的医生，又有我和尚义这样两个才毕业不久的中学生，工作起来特别的勤快敬业。不久之后，四面八方越来越多的人都来我们这里瞧病抓药。我们的工作态度和质量，特别的赢得了大家的一致好评。由于工作出色，我多次被乡卫生院评为“先进工作者”。

记得，到医疗站几天后的一个上午，我在大队部的院子里遇到了那个让我眼前顿时一亮的“她”。

当时，她正跟大队的另外两个干部说话呢，像是在给汇报什么事情。我走过来的那一刻，那另外俩人都看见了我，而唯独她就像是完全没有看见我一样。她眼睛眨都没有眨一下，继续在那儿“汇报”她的工作呢。

我仔细瞧了她一眼，发现是个我从来没有见过的姑娘，年龄最多不超过二十岁。她那张美丽的、水灵灵的鹅蛋脸，那眉清目秀的长相，还有说话时那双水汪汪的眼睛所流露出来的神情，一切都显得那样的清新和充满生气。那神情，让人一眼看出，她是一个少有的聪慧过人和十分干脆利落的姑娘。

虽说我是这个地方的人，但由于几年来我一直在别处读书，很多人都互不相识。再加上我们那个大队有好多个生产队，东西南北相距甚远，不要说那里的很多人我从未见过素不相识，甚至连有的村子，我也是从来都没有去过。比如眼前的这个姑娘就是如此。看她那神气，我觉得她应该是个“有来头”的女子。后来，等问过我的同伴，方知我的判断一点没错：她是……名字叫娟子。

我即刻对她有点刮目相看了——一个只有二十岁的姑娘，竟然当上了大队干部！

不久，我们认识了。但非常奇怪的是，她和所有的人都显得随和，而唯独对我，每一次说话都表现出一种俨然“目中无人”的样子。尤其是在一同有人的时候，就更是如此。这真让我有种特别受不了的感觉。

有一天，她来到医疗站，发现只有我一个人，就说，把她的一样东西先寄存到我这儿。我发现，那是一个装着两本书的手提兜儿。我有点纳闷儿：旁边这么多地方，她为何不放在别处，而要放在我这儿呢？再说又不是什么重要的东西。话虽这么说，但我还是很殷勤的替她放下了，而且觉得心里很快活。

这之后，她时不时经常这样让我为她“寄存”东西，而且每一次都不是什么非得寄存不可的东西。渐渐的，我意识到，她那只是一种借口——寄存东西是次要的，重要的是她“想要我”给她寄存。

后来有一次，她又来“寄存”，并特别说：“把包给我寄存下来，里面的东西你吃了”。说完话，她转身就走了。

我打开包看了看，除了“好吃的东西”以外，别的什么都没有。我像是如梦初醒似的，一种甜美从我的嘴角延伸开来，一种幸福感从我的心底流遍我的全身，我一个人乐得忍不住笑出了声。从这一刻开始，我心里隐隐觉得：她莫非是喜欢我呢？

是的，她真的喜欢我，甚至连我的朋友都看出了这一点。但是她那种喜欢却太有“个性”了。因为她不仅不向我明确表白什么，甚至即便在只有我们两个人的时候也是如此。她跟我说话时，只在开始的时候轻轻瞟我一眼，然后就一直轻轻微笑着看着其他的地方。你说这这人咋就这么怪呢？我心想，她跟别人说话时好好的，为什么跟我一说话就变成这幅架势了？——她可以盯着任何一个地方，而就是不正眼瞧我。这真的让我感到奇怪透顶、无法忍受！有的时候，我真的不想再理这个人了。但想归想，可我就是做不到。我真是没出息透了。

那一阵，每年都有植树造林的任务。记得我快要离开家乡的那年，又到了一年一度植树造林的季节。我们也规定在整整一个星期的每天上午，和社员们一道在山上的大路两旁植树造林。对我来说，这是一件愉快的事情，也许是生命中注定了热爱绿色的缘故吧，我从小就一直喜欢植树。

当时，好多生产队的社员们都聚集到一起，以大会战的方式集中植树造林。在那七个上午的劳动中，淑仪始终在一个离我不远不近的地方，和另外一个随便什么人搭手栽树，但她就是不和我一起搭手，哪怕只有那么一会。他们又说又笑，但就是始终不跟我说话。甚至整整一个上午看都不看我一眼。看着她那幅让人“讨厌透顶”的德行，我的心里像是被火烘烤着一样。十八岁的我，真的还从未有过这样狂躁的感觉，有那么一阵，我觉得自己都有点恨透她了。

直到最后一天临近收工的时候，她默默来到我的跟前。她依然没有看我一眼，依旧用那种让我摸不着边儿的声调说：“咱俩一起栽棵树吧，你看，这棵树苗特别好。”我一看，她着意拿过来的那根树苗，直直的，真是一棵特别特别好的苗子。

我前所未有地挖了一个很规范的树坑。她将树苗放在坑里的正中，我们俩人一同扶着树苗，生怕把它会栽歪了似的。而后，她轻轻扶着树苗，要我培土。我心里默默念着“一提、二踏、三浮土”的口诀，将树栽好。当时心头的那种感觉，俨然就像是在栽种一棵希望它能长成参天大树、能够千秋万代永不腐朽的大树一样。

栽好了那棵树，她依旧没有看我，而是望着那棵静静站立着的树苗，若有所思地凝神良久，然后轻轻地问了我一句："你以后当了官，还能不能记得这棵树?"。

听了她的这句显然"话里有话"的说辞，多少天来，我对她的"火气"和"怨恨"，仿佛于刹那间一扫而光化为乌有。接着她的话，我说："你什么意思，我能当什么官呀?"

她没再吭声，只是淡淡地笑了一下，那神情，让我一时难解其意。我的心中油然生出的，是一种莫名的沉重和伤感。

过后没多久，记得我有事去了她家所在的那个村。因为早就与他的哥哥比较熟悉，所以那天晚上大队长特意安排，让我住在了她的家。想想我过一会就会在她的家里见到我时刻想要见到的人，我的心里顿时有一种无法言喻的激动和幸福。我觉得，这无异于天赐良机。

然而去了她家后，一切都让我大失所望——直到第二天离开的时候，都没有看见她的人影。那种沮丧和失落的感觉，真是前所未有。后来才知道，那两天她有事去了别处了。我心想，我们俩可能就属于这个世上最没有缘分的那种。

我录取求学的通知书来了。这对我来说，无疑是人生的真正转折，心头的喜悦是可想而知的。在将要离开医疗站的那几天，我特别想见到她。我相信，她一定早已知道我要去上学的消息。但不知为什么，我却始终没有见到她的人影。离开医疗站的那天，我走到高处的山坡上，在那个高高的、可以看得很远很远的地方，我朝她居住的地方凝望着，站立了很久很久……

赴外地读书，一个学期很快就结束了，在我放寒假回来的时候，一个偶然的机会，我的一位好朋友对我说起了她。我这这才知道：她原来"青梅竹马"的男朋友，因为在部队里提干，紧接着又推荐上了军校，与她解除了已定婚约。那件事情深深地伤害了她，让她很久不愿提及此事。

我默默算了一下，她的婚约"发生变故"的时间，是在当初我认识她的半年以前，可当时我却一点都不知情。

我恍然大悟：她原来所有对待我的、令我费解的态度，所有的一切，在我的心中即刻都有了彻底的答案。

二十多年后，我回到久别的故乡。当年植树的山梁上那条公路两边的林带，缓缓地、蜿蜒地、抒情而流畅地向远处延伸着，成了天然的美丽画图。我专门跑到那块我们一同植过树的地方。但是，我却死活辨认不出，到底哪一棵是我们俩当年栽下的那棵树。我所看到的，是一片连着一片早已浓荫蔽日的美丽的森林。

亲爱的树啊！你们可知道，在我的心中，你们是我心头多么清新美丽的记忆，是我生命中不可磨灭的挂念……

我几乎怀着一颗虔诚的心为这片树林拍了一幅又一幅的照片。而后，静静地站在那里沉思良久。我仿佛看见了二十多年前那热火朝天的植树场面，我仿佛听见了那随风飘荡的欢声笑语，还有那个叫娟子的女孩在我心中永远抹不去的、美丽动人的身影……

※

郝水清的童年、少年和青春萌动时期的故事讲完了。

后来有一次，我这样问他："你故事里这些可爱的女孩，从时间上来看，有的人在你的心灵时空里出现和存在的时间，相去不远，这合适吗？"

"哥们，你言重了，有啥不合适的？"他说"其实，这里的有些故事，故事里的'女主角'说不定早已经将它们彻底忘记得一干二净了。或者，她们心里压根就没有过我这样的记忆。当然更不会想到，有我这样一个闲情多事的人，会如此劳神费心地写下这些故事。"

对着我，郝水清又讲了下面的一段话，略加整理，抄录于此，权且当作他的这些"少年系列故事"的结语——

"写在这里的，是一个纯真和纯情少年的人生记录。它们既属于人生的真实，亦属于人性的真实。人生之美丽的友情，对美的感悟、欣赏和追求，它们会同时存在于美丽的心灵时空，尤其是在天真无邪的童年和纯情的少年时代。这里的一切，都是那样的简单自然，期间没有任何多余的杂念。纯情异性之间，对一个人的喜爱和欣赏，就是如此——不知道这世上其他人是否如此，至少我就是这样。

童年、少年和青春晨曦微露的年代，那是人生的一个天真、纯情的时代。那个时代的感情和友谊，是无限纯真美丽的，它们永远存在于我的水晶般的、晶莹剔透的记忆里。

最后，我想对读者朋友说：从某种意义上来讲，写在这里的一切，它们原本只是一个人安顿少年那份清纯记忆的‘自言自语’。借着心灵通风透气晒太阳的机会，将他的这些‘珍贵收藏’，拿出来与您分享。”

2010—10—08 提纲、初稿

2012—01—24 修改完毕

散　文

我的故乡叫芦河

今生今世，无论我
走到天的边缘海的尽头，
故乡啊！你永远活在我的心上……
——题记

一　传说与梦想

芦河，作为一条河，可真是小得名不见经传。这是一条在任何地图上几乎都找不到的小河。在陇上靖远附近有一条汇入黄河的支流，叫祖厉河。祖厉河逆流而上，分为祖河与厉河。芦河又位于厉河的上游，属于祖厉河的一个小分支。

我出生在祖厉河的最上游——芦河，这里属于祖厉河地地道道的源头。正因为如此，我给别人介绍的时候，会经常这样说：我的故乡在祖厉河的发源地。我家住在河源的一条东西走向即西至华家岭，东朝六盘山的分水岭下——毫不夸张地说，在这条分水岭上，落在山顶上原本手牵着手、卿卿我我显得亲近的两簇雨水，不小心一撒手，向北的流进了黄河，向南的则汇入了渭河——往日无论它们是何等的兄妹情深，从此恐怕永生难见了。

芦河，多好听的名字呀，一听这名字便可想到，这里应该是一个有水且长满芦苇的地方。小时候听老人们说，从前（我不知道这个“从前”离我有多么遥远），这里不仅有清清的河水流淌，而且河边还生长着一丛丛乃至大片大片的芦苇，郁郁葱葱，可是好看。

从那个时候开始，我的心中有了一个永远的梦，一个由我自己编织的美丽的梦——无论什么时候，只要我闭上眼睛，我便能清清楚楚地看见一条弯弯曲曲的、两边长满了青青芦苇丛的小河——那如同美丽梦幻一般的小河：无论春夏秋冬，河水都在轻轻地、静静地、缓缓地、汩汩地、永不停歇地流淌着。而小河的两边，自然是长满了整整齐齐的青青芦苇。看那一丛丛的芦苇，清风吹来，随风摇曳，像是少女们整齐而优美的舞姿，令人神往。小河是那样的安静，安静得就像是这静悄悄的山村……

诚然，这青青的芦苇丛全都是我自个儿幻想出来的。因为从我出生的那个时候，或者再往后一点，自我有记忆的童年时候开始，我就只看见那条堪称真正的“小溪”的“芦河”，除了在河滩上偶尔会看到几株稀疏的芦苇之外，从来没有看见过大片芦苇丛的影子。但这一切都丝毫不影响我对故乡的痴情和眷恋。

二　遥远的记忆

1

芦河，我的故乡！这里曾经真的有水——尽管它只是一条称不上河流的小溪。记得，只要不是特别干旱的季节，即便是在最上游，小溪的水也是四季常清和长流不息的。至于到了几里开外的下游，由于多条细小分支的汇合，河面会变得越来越宽，甚至让行人难以跨过河去。我生性爱水，所以看着故乡的这条小溪，我有一种说不出的激动！我总觉得，这不起眼的小溪，蕴藏着无限的生机，孕育着美丽的生命。

小时候，我时常会一个人去“追踪”寻找小溪的源头——不知为什么，我特别喜欢这样做。小溪有大小不同的好几个源头，但我的心却永远只钟情和牵挂于其中最南端同时也是最远的靠近分水岭的那一个。记得在小溪的最上游，有一个叫作“后沟”的地方，那里平缓的沟坡地上四季潮湿，坡地被厚厚的、毛茸茸的青青草覆盖着。除了冬天，无论春夏还是秋季，草地上开满了各种小野花，其中有我喜爱的瓢儿（一种好吃的野草莓）、大叶子冬花和亭亭玉立的野棉花什么的。就是在这个安静的绿油油的青青草坡上，有一汪小小的、深深的、清澈透亮的泉水——我将此泉命名为“汩汩泉”。说它小，是因为它大概只有农家的一口小铁锅那样大，里边盛满了永远是清凌凌的甘甜的泉水。蹲在泉边仔细地观察，你会发现，有几股像粗绒线一般的泉水从泉底源源不断地涌出，永不停歇。泉水始终处于向外漫溢的状态，从第一次看见这眼清泉的时候起，我便认定，它就是芦河也是祖厉河的正宗的源头。

最初挖掘这口可爱的清泉的人，之所以将它挖得那样小巧玲珑，不是因为吝啬小气。我始终理解为：就是为了让每个喝着泉水的人，更加珍惜和铭记这泉水的清冽和甘甜——物从来都是以稀为贵。

的确，这泉水清冽甘甜，是绝对名副其实——即便是在最炎热的盛夏季节，只要喝上一口这清泉，会顿时感到一种透心的清凉和甘美。我想，世间肯定再也难得有比这更甘美的泉水了。我曾经问过奶奶，这里的泉水为什么会这样的清凉呢？奶奶告诉我：那是因为这眼泉水是从深深的地底下的石头缝里流出来的。小时候我不大懂，现在想来，肯定是这样——如果请科学家化验，它肯定是难得一见可作贡品的优质矿泉水。

遇到夏天农忙季节，奶奶、母亲还有邻居的小婶大妈们，中午会经常在地里干活而不回家，午饭则由家里的“饭倌”或孩子送到田间地头——在我的记忆中，那可是一件好玩儿的“工作”。这个时候，她们便让孩子提上小小的黑色陶瓦罐儿，打来一罐儿清凉的泉水。大家坐在田边的柳荫之下歇息，喝上一口清泉水，顿感精神倍增——即便中午不休息都不觉得怎么累了。

最难忘的，是邻居家年近九十岁的老太太（这位邻居家的高寿老奶奶，我们兄弟姐妹都唤她“太太”，意思是比我的奶奶还要年长一辈），临去世之前，非要他的孝顺儿子去打一罐儿清泉水给她喝。已经是初冬季节了，可想而知那泉水一定是变得更加清凉和冰冷了。孝顺的儿子，提上擦得铮亮的小瓦罐儿，打来满满一罐清泉水，双手捧到慈母眼前，老人家只轻轻地抿了一口，像是了却了一切尘世间的心愿——仅仅几分钟之后，永远安详地合上了她的双眼……

清泉的水不断漫溢而出，和其他东西两边山洼里的泉水汇聚一处，渐渐形成了故乡的那条小溪。受这条小溪的滋润和养育，记忆中儿时的故乡是潮润的、绿色的、充满生机的。每当春夏季节，我站在自家的大门口，顺着河坝的下游放眼望去，扑入我眼帘的，是一条盖满绿色、望不到尽头的河道。那一浪连着一浪像小丘一样、清一色的密集的树冠，蓬蓬松松、郁郁葱葱——多少次多少回，我都幻想着自己可以轻轻地在那蓬松的绿色树冠上面行走，一直走到小河下游我的小学校里……

除了绿色的河，还有那满山满坡的山菊花、狗菊花、牵牛花，以及其他我叫不出名字的各色小花，月白的、淡蓝的、深紫的，大有千红万紫的感觉。

记得，妈妈每天干完社里的活，都是很晚收工披着月色归来。有的时候，妈妈真是很累了，可她依然不会忘记给我采上一把狗菊花或其他什么好看的花草。我通常坐在家门口等妈妈，妈妈来了，一走近我就把手中的花儿给了我。她先不进门，而是顺势坐在门口的一块石头上，望着我，不多说话，只是大口地喘气。暮色里，我看见妈妈满脸清晰可见的、流过汗的痕迹，我知道妈妈太疲惫了。我看着妈妈给我的狗菊花，心里别说有多高兴！狗菊花，名字虽不好听，而且据说有毒，可是闻起来真的很香。在我的记忆中，它就是世上最好看的花儿……

2

尽管地处北方，但在我的家乡，夏秋季节还是经常下雨，有的时候会下很多的雨。现在想来，会不会是跟那条海拔相对比较高的南北分水岭有关，因为往北二三十里，离我们并不远的一些地方，却从来没有那么多的雨水。

故乡雨后的山色最是好看了——刚刚下过雨，依然带着很丰沛的水汽，缓缓移动的云还没有收起，湿漉漉地罩在山顶或挂在半山腰……这个时候，你会发现满山一片清新和翠绿，而越往远处，山色会变得越深——浅绿、深绿、墨绿直至青黛。我最喜欢这样的季节，我也最喜欢这样的颜色，因为它饱含着生机。等我长大了，每当我看到张大千先生的泼墨山水，那种深深的、厚重的青黛色，总让我想起儿时故乡雨后生机勃勃的山色。

最最令人舒畅和心境怡然的，是夏季里雨过天晴的早晨。清晨，在一片叽叽喳喳的鸟鸣声中醒来，推开窗户，发现天蓝得出奇。透过下院屋后的树梢，可以看到在河对面的东山后面，即将露脸的太阳放射出令人心花怒放的万道金光。这样的日子，背上书包和小伙伴们一道上学是一件令人心情愉悦的事情。

记得，在我已经开始读中专、读大学的那一段日子，每到暑假，我总是能够大把大把地尽情享受这样的美好时光。清晨起来，吃过祖母或是母亲给我准备好的千层油饼荷包蛋，我会到庄子附近山坡上的田间小道走走，当然一定会带上我要看的书，或是正在准备为之谱曲的歌词。我在田埂上悠闲地漫步，听着远远近近的林子里各种小鸟的鸣唱，头顶着碧蓝碧蓝的天空，享受着清晨金色的阳光，呼吸着山间清新滋润到不知该怎么呼吸的空气……真不知道，我该用什么样的语言来表述我心中的那份感受。每当这样的时候，那美妙的旋律——有时简直就是意想不到的、令人激动的旋律，会不由自主地从心头流淌出来。我的好些自以为写得不错的歌曲，就是在故乡这样的山间田埂上萌发出来的。

山乡的夏夜更是充满了无尽的诗意。由于早晚温差明显，所以，故乡的夏夜不会有丝毫的炎热气息。夜色阑珊，星辰满天。坐在自家的小院里，抬头望去，无限深邃的夜空里，缀满了仿佛属于整个宇宙的所有星星。就是在这样的夜色里，年少的我，会时常凝神倾听我邻居、同时也是我的语文和音乐启蒙老师那无比悠扬和深情的竹笛声、胡琴声。老师曾是会宁一中的高材生，是我们村子里人人尊重的秀才，可现在想想，他当时也不过十八九岁。他是我小学时的语文老师，琴棋书画，样样出色。我之所以学习音乐，在很大程度上也是受了这位启蒙老师的影响。当我长大一些的时候，我也开始如痴如醉地拨弄起我喜爱的那些乐器来——有竹笛、板胡、二胡，还有大人不允许我吹的唢呐。

长大以后，我上了师范学校、当了中学音乐老师，每到暑假，我依旧在自家的小院里，在满天的星斗之下，在温柔的夜色里，一边呼吸着夏夜的宁馨，一边开始会神地演奏起自己心爱的乐器，并悠然自得地陶醉在音乐声中……我在读师范音乐美术班的时候，学习异常勤奋，在老师的指导下，又像模像样地学会了两样新的乐器——小提琴和手风琴。对于我家乡那样的小山村来说，这样的洋玩意很多人是从未见过的，所以不管我演奏的水平如何，亲戚邻人总是异口同声地夸赞，说我拉得真是太好了——在那样的山乡，在山乡那样宁静的夜晚，小提琴和手风琴的声音在夜色中回荡，至今想起，都有一种依然在梦里的感觉。

3

我曾在一篇叫作《生命的旅程》的小说里，借山乡一户农家可爱的小毛驴之口，描述了故乡宁静而美丽的秋夜，那是镶嵌在我灵魂深处的、唱给故乡的永远的小夜曲——

“中秋季节月朗星稀的夜晚，深蓝色的夜空里，或挂着一弯新月，或挂着一轮圆月，天上的星星多极了。我想，在这样美丽的夜晚，如果早早地去休息那真是太没劲儿了。我在我的小院子里一边吃着主人为我添加的夜宵，一边不时地看看天上的月亮和星星们。其实谁都知道，在这样的季节和这个季节的夜晚，有机会待在户外看看天上的月亮和星星，那才是最最惬意的呢。你瞧月亮是那样的明亮，就像是放在清澈的山泉里被无数遍地梳洗、打扮过了似的俊俏，脸蛋儿上干净得一丁点灰尘都没有。唉，只要看看她那模样，就知道她的性格有多么贤淑和文静了。再看那漫天的星星，我总发现他们个个都在不停地挤眉弄眼，也不知道他们心里在想什么，是不是跟我逗着玩儿呢？你看他们有的几个抱作一团，正在打闹嬉戏呢；有的一起摆成一幅有趣的图形，一看就知道是一些读过书有文化的星星在做学问呢；有的两个在一起含情脉脉地约会，看他们那样子，是在说着什么悄悄话吧；有两颗叫作“牛郎”和“织女”的星星，虽然离得比较远，但你看看他们那遥遥相盼的样子，他们一定有着天地间最深情的思念，也许这会儿正在打电话呢，唉，其实他们才是感情最深的一对儿……

眺望的时间久了，脖子有点酸困，于是我便低下头来，闭目养神歇息片刻，这时候你可以用心感受夜籁的寂静。在这样的夜晚，尤其是在这样的山村秋天的夜晚，四周异常的宁静，在这份宁静里，你可以听到一些属于夜的声音——

这不，你听，有两只兴奋得睡不着觉的小麻雀，正在我院子旁边的果树枝上轻声私语呢，一听就知道他们是一对正在热恋中情侣。那雌鸟正在娇滴滴地抱怨她的男朋友，说像今天这样夜不归宿，她的爸爸妈妈一定会不高兴的。只听那雄雀甜言蜜语道：亲爱的，不用担心，我明天只要给二老买上两包黄米点心，保准平安无事。随后便是他们俩甜蜜蜜的笑声……就在这时，一只猫头鹰飞来了，落在不远处的墙头上，先是嘴里莫名其妙地发出一阵“当、当、当”的声音，随后，好像是在自言自语地抱怨着一个月前发生的一些陈谷子烂糜子的破事。我对这个不地道的家伙顶讨厌，平时总是连看都懒得看他一眼，你猜怎么着？有一次他差一点抓走了主人家的一只顶可爱的小鸡！那天，如果不是那小可怜的爸爸拼死相救，那小鸡定当没命了。唉，真是懒得看也懒得说，我干脆闭上眼睛，开始欣赏河坝里青蛙们正在举行集体婚礼的美妙合唱，那可是比什么都有趣的大合唱啊！

那些永远不知道清静的家伙，他们的歌唱从来都是即兴式的，从中可以听出他们那充满想象力的出色天赋，声音也是训练有素的，你听那音调的抑、扬、顿、挫，你听那自然通畅的发声方法，跟我听过的人类演唱的什么意大利美声纯粹不相上下，呵！真是OK得没得说了！不过有时你也可以听见有那么几个捣蛋鬼，那不是青蛙，那是丑死人的癞蛤蟆！他们总是呱唧呱唧呱呱唧唧，唱着一些奇奇怪怪的歌调，我想这要么是天生的五音不全，要么就是急着要去约会了……”（见王文澜短篇小说集《游牧的心灵》，甘肃人民出版社）

4

一个陌生的人，如果是在严冬的季节来到我儿时的故乡，很可能以为我们那里原本有一条大河的——你简直难以相信，故乡那条结了冰的河面竟会有这么宽阔！本来最初的时候并没有那么宽的，但是到了初冬季节，小溪慢慢开始结冰，白天较温暖，源头的泉水源源不断、缓缓流淌，覆盖在已经结冰的小河表面。到了晚上，流动的泉水不断四散蔓延，又会逐渐结成新的冰层。就这样，日复一日，冰层结得越来越厚，冰面变得越来越宽，最后简直变成了宽阔平展的溜冰场。上学的时候，可以一路溜冰，一直到几里开外另一个村子的学校。我曾去过位于下游更远一些的村庄，那里的冰河面最宽的地方有一二十米之阔，真是漂亮极了！而在小河的最上游，也就是小河的源头，在那些泉水不断漫溢的地方，有一座一座凸起来的“冰山”，真是神奇又可爱，那是我等孩子们的快乐天堂。

除了冰河，故乡下雪的日子同样令人难忘。看看，看看那被大雪封住的山梁，白茫茫一片，显得那样的洁净而又宁静，真是别有一番情致。

山里的冬季，天似乎黑得特别早。当冬日晴朗的一天过后，人们可能会早早地钻到热炕上暖烘烘的被窝里，度过一个温暖而惬意的冬夜。躺在热炕上，外面的黑夜死一般的沉静，听不到一丁点的声音。心想，第二天起来肯定还是这样一个晴朗的冬日。可是，清早推门一看，默不作声的老天爷，竟于一夜之间悄悄地降下了足有一尺厚的雪。这猝不及防、魔术般突然而至的洁白世界，令孩子们惊喜万分。到处都是厚厚的白皑皑的雪。我特别喜欢在没有任何踩踏痕迹的雪地上，留下自己的一串串脚印……

雪地上，各种鸟雀和小动物们留下来的脚印也是很有趣的。望着那些小动物和鸟雀们弯弯扭扭、煞有介事的脚印，我会不由自主地幻想：它们当时三三两两或孑然一身，在这一片洁白的、除了这洁白便一无所有的雪地上，会忙碌些什么呢？……

多少年来，我总是喜欢回忆冬日里故乡小院那屋顶上厚厚的积雪，那是多么的漂亮啊！早晨醒来，发现对面屋顶上落了足有一尺厚的雪，静静地覆盖着房屋，像是给屋顶盖上了一床厚厚的、洁白洁白的大棉被。

融雪也会给我们带来乐趣。看看那屋檐青瓦的滴水，冰雪消融时，一夜之间便会形成一排排长长的、只有美丽的童话世界里才能看到的梦幻一般的冰凌——那晶莹剔透的冰凌，直挺挺，亮晶晶，纹丝不动，整整齐齐，默默地等待着，被我们踩着凳子掰下来，或者在阳光下消融，噼里啪啦自己掉下来。

后来，故乡的冬季开始变得缺雪，在我们搬迁离开故乡时，如此美丽的景致已经越来越难以看到了。不过，令人欣慰的是，据说近几年，随着家乡气候的变化，这样的景致好像又渐渐回来了。

三　再回故乡

1

弟弟将家迁往县城，我和我的亲人们彻底离开故乡已有二十多年了。在故乡待得最久的，自然是奶奶和妈妈，她们一直待到上个世纪的八十年代末。近几年，当我“事业有成”、工作不再繁忙的时候，我差不多每年都要回去看看我梦牵魂绕的故乡。

每每回故乡，那些纯朴又可亲可敬的家乡父老，亲切和依恋得让我有点不忍心也不愿意离开他们。在乡亲父老、兄弟姐妹的心目中，我虽在这里土生土长，但现在却是大地方来的、风风光光的“公家人”。每次回去，乡亲们都是那样的亲近，俨然就像是一位国家的什么领导人来到了乡里。记得有一回，一位多年不见的乡邻婶子，当她看见我的那一刻，不仅脸上露出一副透心喜悦的神情，而且竟然不加任何思索地脱口说出：“看见你，我简直就像是看见了金子一样！”——不管我虚荣与否，当我听到这句话的时候，我的心头的确没法不为之感动！——而且打那以后，我每每想起当时的情景，都会不由自主地心生感动——为难忘的故乡，为故乡淳朴的父老乡亲。

回到故乡，有时当我听着这些憨厚质朴的乡里乡亲对我诉说身边那些鸡毛蒜皮一般的恩恩怨怨的时候，当我看到他们竟是那样地愿意听取我的劝告的时候，我同样会为之而感动！我真觉得，我也许应该回到故乡，去做这个只有二三十户人家的农业社的生产队长——我一定有信心，让自己成为一个像我们可亲可敬的温家宝总理那样、深受乡亲们拥戴的生产队长。

2

前年回故乡，我去看望了母校的老师和孩子们。应校长的真诚邀请和安排，我在校园的操场上，给那些可爱的孩子们作了一个简短的讲话，给这里的几百个可爱的孩子们说了我很想说给他们的心里话，这是我许久的心愿。我忘不了那一张张经风吹日晒、显得红扑扑的小脸蛋——那，不就是记忆中儿时的我吗？

我会永远记得那个站在最前面，自始至终一边听我讲话，一边抹眼泪的、一脸文静的孩子——一个有心、有情、有义的可爱的孩子。我仿佛看到了他美好的未来——那是一个定然会让故乡感到骄傲的、对国家有用的人才！

3

也是这一次，我特意去拜访了我的村庄附近、多少年来供我们六七户人家饮用的那眼清泉（这不是我上文所说的那眼属于小溪源头的“清泉”，据说，它也还在的）——近年来，故乡干旱缺水，河道变得日渐干涸，昔日的小溪早已不在，一切都不是我儿时的景象了。至于这一汪泉水，我也以为她早已经干涸了。可这一回我是真的猜错了——清泉依然还在，依然还在忠实地供这里几户人家饮用。当我远远望见那口让我一往情深的清泉的时候，我只觉得我的这颗心即刻掉入了那汪像梦一样的清泉里。我虔敬地跪在那里，俯下身去，轻轻地喝了一口那如若圣泉一般的清冽泉水……

四　永远的梦

1

自从离开故乡，我将故乡背在了我梦的行囊里。我到过世界上一些美丽的地方，但在我的心中，最亲最美最思恋的，永远是我那绵延在绿色山林覆盖下的故乡。

几年前，在法国的巴黎圣母院广场上，我惊喜地见到了成群的麻雀！那些可爱无比的小麻雀呀，竟然一点都不怕生人，它们会大着胆子、大大方方地飞到你的眼前，落到你的肩上、手上，无所顾忌又可爱至极地啄食你奉送给它们的食物。就在那一刻，一阵深深的忧伤和乡愁犯上我的心头——我想起了儿时故乡的小麻雀们。

小麻雀本是我的好朋友。可是有段时间，公家将它们和老鼠、苍蝇、蚊子等一道列为“四害”之一，于是就大量地捕杀它们……再往后，据说因为到处施放农药的缘故，终有一天，再也见不到麻雀的影子了。想起那些可怜的小麻雀，我的心中真有无尽的伤感……

我曾写过一篇小文章，题为《故乡的麻雀，你们回来吧!》，我是在心里为那些可爱的小精灵招魂呢……也许是上天怜悯我的这番同情之心，竟然让我在遥远的异国他乡，让我在梦幻般的巴黎圣母院，如此亲近地看到了我遥远梦中的小麻雀……

2

每当秋夜，每当树影婆娑的圆月之夜，我会想到故乡小院的明月——那轮透过树梢、若隐若现、轻轻摇曳着像美妙的诗一样清澈的明月。在这样的月明之夜，我会遥望深邃的苍穹，我会望着满天的星斗敞开我无尽的幻想；我会拉起我可爱的小提琴或是手风琴，让悠扬的乐声轻轻飘散和弥漫在宁静山乡的夜空……

一次又一次，我仿佛看到我日夜思念的祖母拄着拐杖在小院中走动的身影。疼爱我、养育我的祖母啊，让我思念无尽的祖母！即便我能活上一万年，你都是我心头永远的思念……

我忘不了那湿润、肥沃的土地，因为那里有我慈爱的父母数十年洒下的无尽汗水——人世间，最伟大最彻底的爱莫过于父爱母爱，我想问天公：这世界上，还有像我的母亲那样流过那么多汗水的母亲吗……

今生今世，无论我走到天的边缘海的尽头，故乡啊！你永远活在我的心上……

2010－08－08—10

红军奶奶

二奶奶去世后，县、乡人民政府
特意来人，送了花圈，致了悼词，为她
举行了一个十分“体面”、堪称隆重的追悼会。
——题记

我的二叔祖母董秀珍（按家里的习惯，我小时候唤她“二奶奶”），是1936年10月红军一、二、四方面军在甘肃会宁会师之前，因受伤而失散在甘肃省通渭境内义岗川的四川籍红军女战士。

母亲今天对我说：“在你的三姑还没过门的那一阵，有一次我们俩去通渭义岗川的侯家山老家，晚上和你二奶奶住在一起，她给我和你姑姑讲了她参加红军和长征的故事。她当时讲过的，有好多我已经都记不清了，下面是我大概能记得起来的一些。”

以下，便是我根据母亲今天的口述所做的加工整理。我的记述，从头至尾尽可能是母亲的原话和原意，有的地方会加进去一点点我个人的回忆。括号中的注释也是我加进去的。

一

据二叔祖母自己说，她的老家在四川巴州（或可能是“霸州”或“巴中”，母亲搞不清楚）。她家原本属于一个家道殷实的比较富有的家庭。在她的记忆中，家里有一个大院子，院子里有很好的松木盖成的大瓦房。

红军到了他们那里之后（可能是在那里修整补充实力和给养），村子里许多年轻力壮的男人们都应征，集中在一个大户人家的大院子里，学习集训了多日

(具体天数可能有误)。

没过多久，姑娘和年轻的已婚妇女们也去应征集训了，训练几天后的某一天，天蒙蒙亮，她们这些女娃儿也随着队伍一同出发了。妇女参加红军的条件宽松，主要看年龄——出发的时候，她们中间有几个是怀孕的已婚女子。

二

红军出发了，开始队伍很整齐，三路纵队。但是没过几天，大家就开始有点走不动了。后来，他们的队伍不像开始那么整齐，有些散乱了。有个别人开始逃跑，被当作逃兵处罚（在当时那样的情况下，又是零时召集起来的队伍，想想他们当时能有多高的觉悟呢?)。她的年纪轻轻的丈夫本来是和她一同出发的，但没走多久他们就失散了（可能是于慌乱之间走散，也可能是因为被编入不同的连队)，以后再也没有见着，从此失去了音讯。(关于这个情节，也可能是母亲的记忆出错了。因为，过去无论是我的祖母还是至今依然健在的二叔祖母的女儿，从来没有提到此事。她们都说，二叔祖母来到我们王家的时候，是一个小姑娘，却从未说过她参加红军时是个已婚的女子)。

以下，便是二叔祖母她们长征行军途中的一些艰难经历的片断——

行军途中，有时好长时间都喝不上一口水，她们渴极了，嗓子眼干渴得几乎要冒烟一般。有时，如果他们看见远处有一个亮晶晶的小水涡，便赶紧跑过去，一边走一边连水带泥地舀上一茶缸，急不可耐地喝下去了……

因为敌兵围追堵截，行军途中始终危机四伏，以至于她们往往好长时间都吃不上一顿热饭。有的时候眼看着饭刚刚做好，可就在那一刻，行军的号角吹响了。于是，大家只好眼巴巴地看着没吃上几口的饭被倒掉，炊事员赶忙收拾背起锅，又开始行军上路了……

一个“干了坏事”的战士让她终生难忘。那是个年纪小小随军的战士，平时有点调皮。就是这个“不懂事”的傻娃娃，有一天恶作剧似地闹着玩，结果把玩笑开大了——他将理了发的一撮头发放进了老百姓磨面的磨眼儿里，结果受到军纪严厉处罚……红军的纪律是非常严明的。

长征途中最艰难的也让她最刻骨铭心的，莫过于爬雪山过草地。她说，有的战士眼巴巴看着就从看似草地一样的沼泽里陷了下去；有的在经过雪山的时候，不小心灌进了雪窟窿。经过大片草地的时候，她的两只脚被水里的芦苇扎破了，肿痛的看不出是脚的样子了……（每每听到这里，我真难以想象，她当时是怎么走过来的）。

在接连不断的枪林弹雨中，他们的队伍于 1936 年 10 月行军到了甘肃通渭义岗川的时候，遇到了国民党军队的强力阻击。在敌机的狂轰滥炸中，她的头部和背部多处受伤，倒在地上，再也无法跟得上大队伍了。就这样，在即将到来的会宁会师前夕，她与自己的部队失散了。

三

1936 年 10 月的一天，在通渭和会宁交界处的义岗镇西山上，一个叫鸦儿湾的大道旁，几个放牧的娃娃（其中有我的小舅爷和三叔祖）看到了一个因受伤而掉了队的红军战士（当时这些娃娃们是否看到有敌人的飞机或是追兵？他们是否看见了红军的大部队？这一切今天都不得而知了，因为所有的当事人都已经不在世了。在我的记忆中，奶奶曾经告诉我，当时二爷奶奶似乎在反复地问着什么，但是由于她那浓重的四川口音，当时没人能够听得懂（我小的时候，有时也听不懂二奶奶的话）。

放牧的少年中，有一个大一点的小伙子给了这个红军一块馍馍，并亲切地告诉她："我们家有饭吃呢，你到我们家里去吧"。这对她来说无异于绝处逢生。这个领她回家的人，就是我的三叔祖（弟兄们中间，我的爷爷是老大，他们总共弟兄五人，因为家里太穷，几个人的媳妇不是娶来改嫁的女子，就是给人家做上门女婿，几乎无一例外）。据二奶奶回忆，说那天中午给她吃的是杂粮面，里边调了苜蓿菜（那个季节应该是干苜蓿菜或者用苜蓿做的酸菜）。

我的祖母一句都听不懂这个小红军说的话，而且从她的头发和脸面上，也看不出这个小红军是男的还是女的——这话听起来似乎有点夸张，因为在我的记忆中，二叔祖母的长相是那么的女性，且十分的可亲可爱，不可能是个连性别都看不出来的人。当时奶奶、爷爷他们之所以有那样的怀疑，主要是因为一来她的头发太短，而且是被血粘在一起的；二来她的那双大脚，这一切可都是奶奶他们此前从来没有见过的。

据说，那天她到来的时候，背上背着一个小竹篓，里边装着几个同样被鲜血糊过了的生洋芋和一双麻鞋，赤着脚——因为她的脚肿得没法穿鞋子了。她的头上有好几处弹片炸的伤，背部也是伤，头发被血粘在一起，花了好几天时间都洗不开（我的想象中，当时的二叔祖母是多么的令人同情啊!）

她的脚被磨破了、扎伤了，肿的根本就没法穿鞋。在家里坐了一阵后，更是疼得再也踩不下去了。奶奶先给她把脚上的伤口洗了洗，然后，和我的三叔祖给她找了一些破布头，将受伤的脚包了起来。奶奶劝说着，让她在家里住下来好好养几天。

据说初到家里的时候，二奶奶睡觉不知道倒顺，经常是倒着睡觉的。后来在奶奶的“调教”下，她终于懂得了在土炕上睡觉的习惯。

至于奶奶他们是怎么知道二爷奶奶是“女儿身”一事，说起来真像是一个笑话。

前面已经说过，初到我们家的二爷奶奶，虽说脸上长得眉清目秀，说话声音清脆，但由于她有一双没有缠过的大脚，而且被血糊过的、粘在一起的头发也是短短的，这样一副模样，可能一时真的让奶奶她们难以判断出她的性别来。据说，最后还是聪明又喜欢恶作剧的三叔祖想出一个损招来——他告诉我的祖母：“大嫂子，我有个好办法：等到她去茅坑解手的时候，我偷偷地看一看，看她是站着撒尿还是蹲着撒尿，如果是蹲着，不就是女的?”

果然，等到二奶奶去解手的时候，三爷便坐到远处的一个墙头上，装作没事一样，像是在自个儿玩儿呢，眼睛却在扫视着那解手的红军是站着还是蹲着。随后他便跑来告诉奶奶：“大嫂子，她蹲着撒尿呢，肯定是个女的。”奶奶听了，心头一阵喜悦。

随后的几天，奶奶对她关心备至，虽说不大听得懂她说的四川话，但仍然尽可能多的和她说话，给她吃给她喝，用水清洗、敷药和包扎她的伤口。由于她的头发是被血粘在一起的，而且头上又是多处伤口，清洗起来很困难，据说花了好几天的时间，费了好大的工夫才洗梳开来。就这样过了些日子，她的伤养得有点好转了。由于休息得好，脸色有了明显好转，看起来真是个十分俊俏的姑娘了。

那个时候，我们家除了我的爷爷以外，其他几个兄弟还都没有成家。奶奶开始婉转地去问这个红军女战士，征求她的意见，看她是否愿意留下来，给我的二叔祖做媳妇。二叔祖当时年龄二十三四，人也长得英俊，再加上一段时间的相处，她发现这一家人是如此的善良，于是这个红军女战士就答应了。就这样，她从此就成了我们家的一员，成了我的二叔祖母——我的“红军奶奶”。

那个时候，无论是二爷奶奶还是家里的其他人，因为消息闭塞，都不知道，其实就在不足百里之外不远的会宁县城，红军一、二、四方面军已经会师。当然，在我看来，二爷奶奶失散和遗留下来，真不见得是件坏事——如果她当时没有受伤，也参加了会宁会师，之后说不定就成了西路军的一员，早已惨死在河西走廊了。人啊，有时还真得信命呢！

和二叔祖结婚以后，我的红军奶奶生了一个女儿，也就是我现在已经 72 岁高龄的福女姑姑。但不知为什么，她后来再也没有生养。按照那个年月人们的心理，想必二奶奶一定是很想有一个自己的儿子的，但是她却没能如愿。正因为这样，具有浓厚封建传统意识的二叔祖，为了传宗接代，后来又娶了一个小他二十岁左右的小老婆，即我的“新奶奶”（一个很聪明的聋哑人），此为后话。在那个年月，二叔祖娶了小老婆，我的红军奶奶虽然嘴上不可能说什么，但她的心里想必一定是很苦的。

记得我的红军奶奶一直特别疼爱小孩，想必这无疑跟她自己后来再也没有生育有关系吧。也正因为这个缘故，我小的时候，二奶奶特别疼爱我，给我留下永远的记忆。二奶奶操一口浓郁的四川话，但我却始终能听得清清楚楚。记得她总是把好吃的东西给我吃——那个时候比较穷，所谓好吃的也不过是白面馍馍或是赶集买来的一颗果子几个核桃什么的。也因为这个原因，我每次去老家（爷爷奶奶在解放前夕落户到会宁）看望太太的时候，我最想见的人就是二奶奶。每次见到她，我就会跟前跟后，不离左右，即便在厨房做饭的时候，我都愿意跟在她身边，一个重要的原因就是她异常地疼我。在我的记忆中，她是这个世界上最和蔼，最善良，最慈祥的老人。我能想得出，二奶奶年轻的时候一定是眉清目秀很好看的样子。

虽说二奶奶只生了一个女儿，但让她感到欣慰的是，我的太太（曾祖母）特别心疼二奶奶生下的这个孙女——母亲说，她清晰地记得：当福女姑姑已经是一个很大的女孩的时候，有一次她看见太太依然心疼地把她抱在怀里，用一个小调羹给她喂甜醅子呢……

上世纪九十年代初，二叔祖母走完了她包含辛酸、痛苦多于幸福的一生。生前，县乡政府每月都给她发放一点生活补贴，后来生活补贴给得多了，但不久她就因病去世了。二奶奶去世后，县、乡人民政府特意来人，送了花圈，致了悼词，按村里的亲房邻人们说，公家给“老共产”举行了一个十分“体面的”、堪称隆重的追悼会。

（根据母亲 2008 年 4 月 29 日上午的回忆整理）

2008－05－01

《我的红军奶奶》补充材料之一

——2008 年 5 月 18 日上午

在义岗乡郭家岔采访二叔祖母的女儿王玉英（我的福女姑姑）

1935 年随休整的红军出发前，村里召集大家开会，然后就跟着红军走了。

1936 年 10 月，在通渭义岗境内，一股红军从步路川那边走来（说明是从马营方向来，她所属的部队应该属于贺龙、任弼时和关向应率领的红二方面军）。

舅爷爷他们遇着二奶奶的时候，听见她在求救（同时，似乎还在问：谁家要媳妇）。当时，她是个年仅十七八岁的未婚女子（关于这一点，此前母亲的记忆可能有误）。

长征途中有好多次遇险，差点被敌人杀掉。有一次，她是拿身上带的一块银圆救了命。还有一次是在敌兵围追战斗中，他们部队的红军战士死伤惨重，她身上受了伤，衣服上染了很多血。她趴在死人堆里，敌人用枪托拨她时，她假装着自己已经死去，终于逃过一劫。

《我的红军奶奶》补充材料之二

——根据祖母生前的讲述整理

关于二叔祖母在义岗川掉队当天的情景：

在我童年的记忆中，奶奶曾不止一次地告诉我：1936 年的 10 月，红军经过义岗川的那天——也就是二奶奶受伤掉队，命运让她来到我们家的那一天——奶奶和家里的其他人正在东家（董姓大地主“万盛佳”或是“马家场子”）的地里干活。突然间，她们看见天上飞过来几架土黄色的飞机，俯冲者、吼叫着，往下扔炸弹，同时还用机关枪扫射。他们从来没有看见过这样令人恐怖的景象，于是赶紧往“安全”的地方逃命。祖母她们对面远处有一个叫瓦房的村镇，在一处叫作瓦盆窑附近的一条坡道上，黑压压的红军队伍，“像猪毛绳”一样正在向前涌动着，机架飞机在跟着轰炸。地面上，红军的机枪也在朝天上的飞机扫射。红军死伤非常惨重。他们看见，有的红军被炸掉了腿，在地上爬着，痛苦地呼叫着。机关枪的子弹飞过奶奶他们的头顶，打得田埂上尘土飞扬……

落难来到侯家山我们王家的红军女战士：

奶奶说，二奶奶被放牧的三叔祖和小舅爷他们领到家的时候，那幅情景就像后来经常在电影里看到的战场上的战士那样：身上的衣服破烂不看，头部多处受伤，剪短了的头发被凝结的鲜血粘在一起，脸上，脖子上，衣服上，到处都是血迹。二奶奶的背上背着一个竹子编的小背篓，里边有几个生洋芋和一双破旧的麻鞋（也可能是一只），洋芋和麻鞋上也同样被鲜血染过了的……

后来给她清洗血迹、疗治伤口的时候，先将鲜血粘结在一起的头发用清水一点一点地洗开，然后又将她头上的短发梳成几个小发髻。清洗疗养了几天之后，奶奶发现，这个女红军是个长得十分清秀好看的四川小姑娘……

2010－09－19 补充

万苦千辛人生路

——回忆我亲爱的祖父

人生皆有极限，生命终有一死。
当平凡的生命在这世上消逝，只要有亲人
对他的永久思念，相信九天之上的灵魂，将永不孤独。
——题记

随着岁月的流逝，许多的事好像都被流失的时光一同带走了。可是，好多与你的人生、你的生命化为一体的记忆，那是永远都不会忘却的。祖父于一九七六年阴历二月二十二离世，享年六十六岁。算起来，他老人家离开我们已经整整三十三年了。几十年来，我时常想念着他。而近年来，我更是不止一次的思想着，要为他写下几行怀念的文字。随着时光的推移，我对祖父的记忆越来越清晰，而想要为他写点什么的念头也是越来越强烈。深深的思念之情，督促着要我必须去写，否则我的心便难得宁静。

慧心天成

祖父于一九一零年阴历四月十九日出生在通渭县义岗镇的侯家山，属狗，二零一零是他的百年诞辰。

爷爷弟兄五人，他是老大。因为家境贫寒，爷爷弟兄们没有一个人念过一天书，识过一个字——像他们那样常年靠着给财主东家扛活过日子的人，“念书”大概是一辈子连想都不敢想的事情。所以爷爷一生可以说是斗大的字不认得几个。虽说如此，可爷爷生性聪明、心灵手巧，除了读书认字以外的活儿，他样样做得好。

爷爷所有的故事中，最让我感兴趣的就是有关“闹社火”的一折——我记不得这个故事究竟是奶奶，还是爸爸、妈妈讲给我的，也许他们都讲过。听说爷爷从小就手巧能干，少年直至青年时期，每年村子里闹社火，爷爷和他的兄弟都要参与。据说在社火队里，三爷爷也就是我的三叔祖，经常是载歌载舞——唱旦的，而我的爷爷则更是技高一筹——他是操持乐器给“唱家们”伴奏的。而真正让我惊叹不已的是：爷爷操持的那把乐器竟然是由他自个儿亲手制作的——那是一把做工有点“别致”的二胡。

多年来，我一次次地想：爷爷亲手制作的那把二胡是啥样儿的？胡琴的各个部件——琴筒、琴弓等等都是怎么做出来的？现在的很多人可能万万想不到：爷爷那把二胡的琴筒是用一个形如琴筒一般的砂锅替代的，琴头镶有爷爷亲手雕刻的马首，再系上一块红绸。弓毛用的是马尾，其他不紧要的部件就不得而知了，反正全都由他就地取材。那把做得虽别致但不可能太精美的二胡——其实应该叫它“沙胡”，奏出的会是什么样的声音？我无数次地想着这个问题。根据母亲对那把二胡声音的描述，我的听觉幻想中出现的，是有着良好共鸣的、浑厚的、有点像男中音的音色。

总之，直到今天，一想起这件事来，我仍然觉得爷爷非常的了不起。遗憾的是，那把在我心目中堪称我们王家第一宝贝的“二胡”，不知何年何月被爷爷扔到哪里去了，否则，他将会成为我们王氏家族“价值连城”的“文物”，唉！

爷爷的“通渭小曲儿”唱得也蛮不错，音色、音准和乐感都很好。记得小时候，每到冬季夜长的时候，爷爷经常会在入睡前或是下雪天给我唱上几段，我自然是听得津津有味、百听不厌。其中有一段，那是爷爷唱得最多最拿手的，尽管我当时不求甚解，但这个唱段的词儿我至今还记得。其中有些词语，想必是谐音，我至今难解其意（比如四五两句的前四个字，是我根据谐音编造的。）

一来闲语说孟姜
二郎担山赶太阳
三人哭活紫荆树
司马瑁赢小秦王
五来夏至保太子
六下三关杨六郎
七星头上属庞涓

八面之才汉张良
九里山前活埋母
十面埋伏战霸王

长工岁月

因为家贫如洗，爷爷弟兄们几个没有一个是顺顺当当娶上媳妇的。我的奶奶崔氏，几岁大就被送到舅舅马家当童养媳，十六七岁和舅舅的儿子，也就是她的表兄成了亲。可是好景不长，民国十八年八月初二，在通渭马家店那场两千多人的大股土匪骇人听闻的大屠杀中，她的前夫和许多人一道，无辜地变成了土匪屠刀下面的冤魂。

劫难之后，奶奶领着只有几个月大的女儿守寡，不时回到侯家山的娘家。当时，侯家山大概只有两大姓人家，即崔姓的奶奶娘家和我们王家。后来根据两家老人的主意，并征得爷爷奶奶的同意，奶奶领着一岁的马家女儿即后来随了我们王姓的大姑，嫁给了我的爷爷。从此，爷爷奶奶算是有了自己的家。

成家之后，由于家里没有什么土地耕种，为了养家糊口，爷爷和奶奶便一同前往义岗川镇子，给姓董的大地主“万盛佳”做长工。“万盛佳”因人多势众、家道殷实而远近闻名。甚至在整个甘肃省，“万盛佳”也是为人所知的大地主。后来，董家因为遵从国民党甘肃驻军的命令，民国二十五年即一九三六年，阻击了路过此地的、由贺龙率领的红二方面军，打死打伤红军多人，从此与红军结下了深仇大结。在解放后的“肃反运动”惩治反革命的时候，“万盛佳”一门被政府一次枪决了五个人。董家地主由于长期横行霸道、作恶多端而获得“董恶霸”的名号。

但是，无论这个“董恶霸”有多么“恶”、有多么“霸”，我的爷爷、奶奶作为常年为他们扛活的一无所有的穷苦人家，说起董家的那些太太人等，语气中不无惋惜，说东家待他们这些下人还是挺不错的。过往多年的是非曲直，好的坏的自当一是一二是二。我童年的许多美好的幻想，尤其是对崇尚文化的书香门第的心驰神往等等，就是从爷爷奶奶讲给我的有关董家的故事里生发出来的。今天的义岗镇，算不上是个多富裕的地方，但这个地方民风尚雅。无论文化程度高低，几乎所有的人家都非常热爱书画。这样的优良传统，与曾经既尚武也好文、名震四方的“万盛佳”不无关系。

“万盛佳”人丁兴旺，所有六七十口人中，仅我所熟悉的人物就有老太爷董德行、老太太以及他们的三个儿子董其源、董其智和董其义，还有孙子辈的团长（董其源之次子董本斋）、团副（董其智之长子董尔舟）、营长（董其义之长子董友琴）、大少爷、大奶奶直至九少爷、少奶奶（董德行生三子，这弟兄三人每人又各生三子）以及这个相公、那个小姐……等等。他们家不仅占有通渭县靠北区方圆百里六个乡镇的大量田产，拥有近百人的雇工，而且在本地和外地的许多地方都设有自己的商号和店铺，可谓真正的家大业大。

爷爷奶奶无论做人还是干活，都异常诚实和勤劳，不久，爷爷得以为他们做长工，奶奶给他们当了照管磨坊的磨工。在数年的时间里，他们在那里长年累月地做长工，赢得了“万盛佳”主人的信任。穷苦人家，知足常乐——尽管一年到头除了在那里吃饱肚子和挣到少得可怜的几个工钱以外，他们仍然是上无片瓦、下无立锥之地，但忠厚善良的爷爷奶奶仍然说东家的好话。

后来，爷爷奶奶离开董家，又到本镇的另一富户马维俊家，即有名的“马家场子”做工。马家的“场子”主要接待来自四面八方的商贾驼队、马队，生意也十分兴隆。爷爷奶奶到了马家做工，也是深得东家的信任：不久，爷爷作了他们的小管家，奶奶当了他们家的佣人。

背井离乡

侯家山是一个地势平缓的簸箕形小山弯，多年来本就人多地少，再说人口总是在不断增长，而耕地只会不断地减少。随着爷爷的兄弟们一个个长大并相继成了家，家口变得越来越大，生活也越来越吃紧。在那个小地方，年轻力壮的爷爷算得上是一个敢想敢干、有些“开拓眼光”的人——他看清了，在那里呆下去，只能走投无路、越来越穷。

当时，听说“北里”——通渭人将其北面的会宁地界一概称为“北里”——有些地方地广人稀，有大量的土地或荒地可垦种。于是，爷爷有了举家迁徙的念头。

借着做毡活的手艺，爷爷走乡串户，曾到过北里的许多地方。当时有位先前已经到达北里的郭姓远方亲戚不断上门“游说”，加之我们王家和他们郭家又有姻亲关系，基于各方面的原因，爷爷最后看准了那个位于华家岭山脉北侧、祖历河上游源头之一叫作史家河桌儿坪的地方。此处虽说不是什么山清水秀的好去处，但这里没有几户人家，却有比较宽裕的山地，算得上是“地广人稀”了。在爷爷的心里，下苦的庄稼人，有土地就有一切，至于地方好不好等等，都不是当时的他可以计较的；再说，北里已有亲戚熟人，到了那里两家也算有个照应，于是他决计在这里安家落户。

病重期间的父亲告诉我，民国三十四年，爷爷、奶奶领着四个孩子，一家六口人，即：爷爷、奶奶、大姑、大伯、父亲和二姑，来到了史家河上岔的“上史河桌儿坪”。早年听奶奶说，他们名义上说是搬家，其实一家人近乎一无所有——全部的家当都挑在爷爷肩头的一副扁担上！而且，即便就这样的简单的“一肩挑”，一头的篮子里还坐着两岁大的二姑，奶奶腋下夹着包了两件破旧衣服的小包裹。父亲那年七岁，一路上乐呵呵地走在前头——想必那天他的心头还挺快活，和所有这么大的孩子一样，心里想着：只要跟着爹娘走，吃的有、喝的有，好日子在前头。

上史河，听起来是“河”，但河沟里只有一条小溪。小村庄不多的几户人家分住在东西两山。当时人丁兴旺的大户李家住在东山李家湾，老两口生有八个儿子，对生活充满热情和希望的李老汉，自豪地称自己的八个儿子为“八只虎”。另外还有一小户姓段的人家。爷爷奶奶落脚的地方是桌儿坪的“王家庄廓”，在西山。这里只住着四户人家——除了王老三、王老四和冉家，还有先于爷爷奶奶一年，搬到这里来的那个远亲郭家。爷爷他们到了，便有了这里的第五家。如此来说，当时整个上史河只有七户人家。

白手起家

来到上史河的爷爷奶奶一家老小，可以说衣食住行一无所有，一切都得赊欠或是借用他人。尽管如此，一家人却是满怀希望的——来此之前，爷爷把最为要紧的头等大事已经办理妥当了，那就是土地。爷爷跟王老三签约画押，用赊欠然后逐年替他们还租的方式，买下了他家的几垧山地。这家人非常好，想必当时的“买卖”是绝对公平的。记得直至晚年，爷爷一直称王老三为“三哥”，我们两家人相处得十分和睦。据说就在一家人迁来的当年春天，爷爷已经提前在“自家的”地里种上了庄稼，种上了一家人的希望。而且幸运的是：承蒙老天爷的怜悯，当年就丰收了。

几家邻居虽说都很贫穷，却都是心底非常善良和乐于助人的人家。尤其是郭家，真是帮了爷爷奶奶他们不少的忙，大大缓解了他们的燃眉之急。郭家的住处本就很紧张，只有两眼窑洞，即便这样，他们还是借给爷爷一间，做饭也是暂时借用他们家用柳条麦草搭建的厨房。后来，爷爷在自己居住的那眼窑洞隔壁，搭建起了一间茅草屋作为自家的厨房。解放以后，那块地方成了我们家的自留地。几年前，我从土埂上还可以看见当年居家的依稀痕迹——就那么一点地方，竟然住着两户人家，而且旁边还是他们的打麦场。可想而知，两家人的窑洞居所会有多么“宽敞”。

住在“王家庄廓”只是暂时的过渡。来到这里的当年，爷爷就立即着手修建属于自己的“家园”。爷爷将自家新的地址选在了东山靠近主分水岭的“魏家湾”，想必是因从前什么年月住过魏姓人家而得名。做出这样的选择出于两个原因：一来离自家耕种的土地较近；二是前面所说的郭家，也将他们的新居地址选在了与爷爷的“家园”仅一河之隔的对面河湾——在那个人烟稀少、土匪出没的年月，能有人家“做伴”，心理上多少总是一种安慰。

后来，从遗弃的院落废址可以看得出，当年爷爷奶奶是想要在这里长久住下去的——他们在这里平整土地，筑墙围院，修筑窑洞，建造茅屋。院落的右边是宽敞的打麦场，旁边是一块规模不小的菜园。院落左上坡约三十米处，是牛圈。房前屋后，勤劳的爷爷奶奶和他们的孩子们很快就种满了杏树、柳树、椿树还有白杨树。记得小时候，每到夏天，那里总是郁郁葱葱、生机盎然。因为这里只有爷爷奶奶一家，为了防盗贼，家里还特意养了两只看家的大黄狗——这时候，家里已经不缺粮食了。

魏家湾最终还是没有长久地住下去，十年之后，一家人又不得不离开这儿。离开的原因主要是这里太避背，据说还经常“闹鬼”，诸事不顺——奶奶在这里出生的一个儿子长到好几岁大的时候夭亡。同时，河对面郭家的大儿媳、儿子先后病亡，郭家不得已又一次搬了家，方圆就剩下爷爷奶奶一户人家了。

奶奶说，平时，那里方圆本就不见人影，而每到夜深人静，山坳里更是漆黑一片，伸手不见五指。自从郭家搬走以后，不知为何，每到夜里，河的对面经常听见似有人在唱、在哭、在叫（想必可能是某种动物或什么鸟），阴森凄凉的叫声令人毛骨悚然。再说，为了养家糊口，农闲时节，爷爷总要外出打工。如此一来，家里就只有奶奶和孩子们，无尽的恐惧伴随着他们度过长年累月。后来，确实觉得魏家湾住不下去了，于是爷爷只好考虑再选新址。这次，选在了下河里的西山脚下——在我的心目中，这里永远是世界上最美丽的地方之一，它，就是后来我出生和成长、给我留下许多尽管贫穷，但却有着许多美好记忆的地方。

据奶奶说，初到上史河的那几年，他们的庄稼连年丰收，到了民国三十七年，所欠的全部租子都交完了。她说，记得最后交租的那一次，瓢泼大雨中，侯家川姓李的大地主“石新城”（富裕几乎可与通渭的大地主“万盛佳”相比）阵势浩大的骡队，驮走了我们最后所欠的租子——我们买了同村王老三家的土地，用每年丰收的粮食偿还了他家所欠“石新城”的债。于是，土地成了自己的，来年就可以在完全属于自己的土地上耕种了。

人生如戏，一切仿佛都由老天爷算计和操控。就在第二年，即民国三十八年，也就是爷爷奶奶用无尽的汗水和辛苦还清了租子，自己真正成了土地主人的这一年，家乡解放了。对爷爷奶奶那样过着食不果腹、衣不蔽体，常年给东家扛长工打短工的穷苦人家来说，解放了当然是一件好事。但是到了土地改革的时候，眼看着刚刚到手的土地，转眼之间又要充公，爷爷总会觉得有种说不出的感觉。是啊，一个大字不识，将自己的所有希望寄托给土地的庄稼人，他肯定还没有那么高的觉悟。因为，他毕竟一时间还不懂得那个早年“一切归农会”，而今又“一切归农业合作社”的政策。

劫难岁月

解放后，过了好长时间了，爷爷心里始终挂念着他的那些土地。对于一个农民，这是不难理解的。更不用说，那些土地是爷爷奶奶花了无尽的心血和汗水辛勤耕耘和浇灌的。小的时候，我经常听爷爷奶奶讲起他们那个年月的故事：他们怎么惜疼和保养着那些土地，怎么在那些土地上披星戴月地劳作耕耘，挥汗如雨地抢季收割，又怎样满怀着希望一天天地期盼着还清了租子之后，让土地真正归自己所有……

我还记得，小时候跟着母亲常去那个遗弃的废墟摘杏子、砍柳树枝作燃料，发现在原来打麦场那块儿高高的地埂下面挖有好几个窑洞。我问爷爷那都是做什么用的？他告诉我，那是曾经藏过粮食的，是我们家的“粮仓”。据说，一九五八年人民公社大跃进时，所有人都必须吃“大锅饭”。按政策，每家所有的粮食都要交公，甚至连做饭的锅碗瓢盆都是一件不留，违者严惩。爷爷不想将自己用辛苦和汗水种下的粮食全部上交，于是就将部分粮食藏在挖好的地窖里，但这些留作救命的粮食最终还是被生产队搜查出来全部收走了。每当说起这些，我就看见爷爷的眼睛里，流露出一种无法抹去的愤愤不平。

一九五八年搞大跃进，所有的青壮劳力都被遣送到外地“大炼钢铁”、兵团作战或做别的什么去了，土地撂下没人耕种。爷爷望着社里荒芜的土地，百感交集。有一次，没有防人之心的他，当着他人的面说下了给他引来大祸的不满之言：“一对牛，一条鞭，地里长满了花蒿杆。”在那个年月，谁要是胆敢说这样的话，那就是与“政策”作对的坏分子。据说，说了这话的当天，爷爷就被两个“大跃进”的“积极分子”用绳子捆绑着，押送到了大队部。母亲说，等到了中午还不见爷爷回来，后来听一位好心的邻人说了，她和奶奶才知道发生了什么事。

母亲说：爷爷说的话，很快被人添油加醋地“记录在案”了，爷爷成了思想反动、与大跃进作对的落后分子。更为可怖的是，在不久之后召开的人民公社万人批斗大会上，有人私下里决定，爷爷也是被揪斗示众的对象。但有位“落后干部”事先给爷爷通了气，爷爷没去开那个会，躲过了一次“土飞机”之劫。

直到今天，母亲回忆起那场批斗会的情景，仿佛一切还历历在目，就像是发生在昨天的噩梦——

会议开始不久，有许多“反动分子”都被揪了出来，站到会场的前头示众，向人民低头认罪。不久之后就有人大声呼喊：“王富仓站起来！”随后有人——大概就是那个“落后干部”站起来回答：“王富仓不在，回通渭老家看老母亲去了。”爷爷就这样躲过了那一劫。母亲说，当她听见“那一声喊”的时候，顿时觉得毛骨悚然，有种大难临头的感觉。母亲是此前几个月才娶进门的，是王家的新媳妇，当时才十七岁，可想而知她那天是什么样的心情。

文革期间，就连乡下一字不识的农民，每天出工收工，都必须得雷打不动地“向毛主席他老人家早请示、晚汇报”——我相信这不仅是我所亲历的最荒唐的事，而且大概也是人类历史上最滑稽的事情之一。有好几次，小小的我认真观察过爷爷他们一帮社员“早请示、晚汇报”的场景——

上工之前，大家站在麦场上的一个毛主席画像前——那像是我的小学语文老师画的，他画得真像——先唱《东方红》，而后请示：毛主席啊毛主席，我们今天要到某某地方送肥、种胡麻……等等如何；晚上收工了，大家再回到毛主席像前，先唱《大海航行靠舵手》，然后汇报：毛主席啊毛主席，我们今天的劳动情况如何如何，不一而足。我记得唱歌的时候，爷爷的声音很小。不知道他是没怎么记清那些歌词，还是怎么回事，总之，我感到爷爷态度不太端正。

记得我十一二岁大的时候，有一次爷爷站在家里，静静地看着墙上的毛主席像出神。过了一阵，他突然自言自语地、冒出一句我万万没有想到的话："文化大革命，就把人害死了！"这一次，我的感觉跟当年那场批斗会上的母亲完全一样：毛骨悚然，头发竖立，背上直起鸡皮疙瘩，一股恐怖的冷气顿时从头顶穿到脚底。我不由自主地回头望了望自家的院子，看看有没有什么外人。那一刻，在我的意识里，我真的怀疑：爷爷可能真是个落后分子……

养家糊口

父亲在外工作，早年一直在煤矿、电厂和铁路上干着非常辛苦的体力活。自从大伯英年早逝，父亲就成了爷爷唯一的儿子，老人家有多么心疼和牵挂自己的儿子是可想而知的。爷爷知道自己的儿子那几个血汗钱来得非常的不容易，所以每当花起那钱的时候，老人家永远都是精打又细算的。每回去党家岘镇子赶集，无论多么饥肠辘辘，甚至饿得头晕眼花，他绝对舍不得到公有制的食堂里，给自己买上一个二两粮票、五分钱的蒸馍，更不用说舍得花两毛五分钱买一碗老蔡的烩面片了——老蔡的清真烩面片，远近闻名。但是他每一回都不会忘了给我买好吃的"柱顶石"，那是一种烤锅里烤出来的、既好看又好吃的六角形馍馍，味道就像今天远近闻名的静宁锅盔。爷爷一生，对自己的一家大小永远关心备至，而唯独不在乎他自己。

文革时期，是我们生活最困难的一段时候。有一次我跟着爷爷去赶集，走到半道上，我告诉爷爷我饿得走不动了。可能是这个可怜的孩子的话被老天爷听到了——没走多远，在个避背的地方遇到了一位卖油饼的老人。要知道，私下里卖油饼这样的小买卖，在那个年月是绝对不允许的违法行为。闻见油饼的味道，我激动得心跳不已，嘴里不由自主地咽口水。那位老人家的油饼是装在一个用细柳条编成的油笼里面的，我从油笼外面都能够闻见胡麻油那穿心的香味。爷爷花了两角五分钱给我买了一个大油饼——要知道那时的两毛五分钱恐怕值今天的十元钱。那个胡麻油炸的油饼是那么的香啊！当时爷爷只看了他疼爱的孙子一眼，然后就一直看着前面的路，不再说什么话，直到我把那个油饼全部吃完。年幼的我竟丝毫没有想到，其实爷爷一定也是很饿的，但因为我们用钱紧缺，他根本舍不得给自己也买一个。爷爷的心里永远想着的是一家老小的生计，直到他离开这个世界的那一天，几十年如一日。每当想起此事，昔日生活的艰难以及对爷爷的思念之情，便会和着我的眼泪一起淹没我的心。而更为重要的是，在这样的回忆中，我便会深深感受到今天生活的幸福和美好。

能工巧匠

在我的印象中，爷爷是有资格被称之为“心灵手巧的能工巧匠”的。作为一个长年和黄土地打交道的人，爷爷精通多种多样的手艺，并因此得到方圆几十里乡里乡亲的敬重。

爷爷是个木匠。他不仅可以亲手制作各种用起来得心应手的农具，而且还可以做各种简易的家具什物。他不仅给自家做，同时还给远亲近邻做。不要看那些简单的农具，无论是一把耙耱一张犁头，还是一根扁担一把木锨，爷爷做的，用起来既省工又省力。

爷爷是个毡匠。每当农闲季节，他就会扛上一张弹羊毛的大弓，十里八乡、走家串户，有时甚至会走得很远很远，去给人加工毛毡。爷爷制做的羊毛毡，做工精细，质量上乘，深得人们的赞誉。

爷爷是个出色的泥瓦匠。在甘肃的中东部，由于过去一直缺乏木料，建筑用材十分紧缺。因此，那些地方的贫穷人家都盖不起瓦房，十有八九都住土坯修造的窑洞。这种修好之后再盖上青瓦的窑洞也有它的好处：冬暖夏凉。但是修造这种窑洞是需要技术的，弄不好，窑顶很快会塌掉，那是很危险的。爷爷是修建这种窑洞的能手好师傅。据我所知，家乡方园数十里，不少人家那些造型好看的窑洞都是爷爷修的。后来，爷爷还带出了一个又一个修造窑洞的徒弟。但是，在我的记忆中，唯有给我们家修的却不怎么好看，因为那是爷爷早期的未成熟“作品”。当然，修窑洞要有很大的臂力，因为他得不停地接拿那些沉重的土坯，每块土坯至少有十五斤重，好在爷爷年轻时有的是力气。

爷爷还是个经验丰富的油坊师傅。对于我们那个地方的农家人来说，食用的胡麻油是珍稀之物——因为胡麻的产量较低，人们舍不得用大量的土地去种胡麻。正因如此，所以对榨油的师傅也是要求极高，师傅的手艺好坏，与出油的数量和质量关系重大。我不知道爷爷那一手绝活是从哪儿学来的，但我知道爷爷是当地油坊的“好师傅”。我去过那种老式的油坊，从炒油、推油、蒸油、包油、上担（土作坊榨油用的大原木挤压式杠杆）到出油，一切操作程序都得有丰富的经验，不仅是力气活，更是真正的技术活。

说到爷爷是能工巧匠，当然最难忘的是爷爷给我和弟弟做的那些玩具。我们小的时候，自然不会有一件今天的孩子们手里摆弄的那些玩意儿，我们当年的娱乐生活，若是让今天城里的孩子们看了，一定会觉得没意思甚至不可思议。然而在我们的心里，觉得自己过得很开心、很幸福、也很美好。

我们最喜欢的玩具是爷爷为我们用当地山里的红胶泥捏的小泥人，还有牛、马、小鸡、小鸟等各种各样的小动物，还有“独轮汽车”。说是“汽车”，其实就是一个四方的木框中间装上了一个宽宽的圆木轮子，虽然简单，但我们却觉得非常好玩，我和弟弟玩得十分开心。弟弟小时候远不如我听话，他想要什么东西的时候，必须得马上给他才行，否则，他就会即刻躺到院子里撒泼，以此要挟爷爷。有一回，天已经快黑了，他却突然提出要“汽车”。爷爷特别心疼弟弟，拗不过他，于是就马上到院子里，动手给自己的宝贝孙子做了起来。不一会，一辆“汽车”造好了，弟弟用一根绳子牵着它，在院子里乐此不疲地跑来跑去，玩了足足一个小时。

农家能手

爷爷是一位真正的农家能手。说到庄稼人的事儿，并不是像有些城里人所想象的那样：农民干的都是些粗活，只要有力气，谁都干得好。生在农村的我接触过几乎所有的农活，我未能深知但却深信其中的学问和奥秘。

爷爷对所有农活都有着极为丰富的经验和技术，在家乡有“老农”称号，是深受人们尊重的“老者”。社里每年的耕地换茬，大家要听爷爷的指导；播种时节，量地散肥什么的，也听爷爷指教；夏秋季节，收割的庄稼上了场，麦子起垛更是由爷爷作技术指导，否则几丈高的麦垛就会破掉或倒塌；碾场也是经常由爷爷来赶头牛，否则就会碾成“花场”。等等，不一而足。作为一个庄稼人，爷爷的一生算得上是真正丰富又充实的。

爷爷深得村上人的信任，他长期担任着生产队里的保管员，记得队里那个刻有繁体“队”字的“大印”——麦场上露天里堆上刚打碾的粮食以后，为防止偷窃，粮堆上需要盖上这样的“大印”，就被全队的社员们放心地交在他的手里。爷爷对“保管员”这一工作尽心尽职，做得很好，从未出过任何问题。

生命尽头

爷爷在世上活了六十六岁，于一九七六年二月二十二日与世长辞。患病的那天所发生的一切，至今历历在目。

那天是父亲春节探亲期满该返回单位的一天。吃过早饭之后，我和妈妈等人送父亲到西兰公路上候车——那时候我们那儿乘车之困难，简直令人难以相信。当我们走到山顶上回头瞭望的时候，仍看见爷爷和大病初愈的奶奶还站在菜园子望着我们。那天，我们在异常寒冷的山顶上等了好长时间，直到下午，父亲才好不容易搭上了从平凉方向过来的班车。

事情就是那么不凑巧，父亲刚上车一会儿，我和妈妈正顺着山路往回走，却发现有人气喘吁吁地向我们跑来——来人说是爷爷突然得病了。奶奶见我们还没有回来，心想父亲可能还没有搭上车，如果侥幸那样，就让父亲暂时不要走了。我们回头望望，父亲乘坐的班车自然是早已经走得没有影子了。

回到家，只见爷爷躺在炕上，两眼紧闭，昏迷不醒。几个小时前他还好好的，突然之间竟成了这样！面对这一情景，我们一家人既难以相信更难以接受。邻人说，父亲走后好大一阵了，奶奶因身体有病先回屋去了，而爷爷却一直望着山顶，然后独自一个人坐在了菜园子低矮的墙头上。很久以后，当他们再次看见的时候，发现爷爷仰面，脑袋向后耷拉着躺在墙上，听见他在不停地呻吟。好心的邻人赶紧去叫有病在身的奶奶，大家帮忙将爷爷抬回了家。

当时我们不知道爷爷究竟得的是什么病，后来根据医生诊断，方知爷爷患的是脑溢血。病体虚弱又伤心欲绝的奶奶，让我立即到二十里外的镇子上给父亲发了电报。可是不知道为什么，糊里糊涂的我，竟然把电报发错了，第二封电报到达的时候，父亲已经回到了单位。他说，当他看见电报，得知爷爷病重的那一刻，真是有点不能相信，满以为是我们搞错了。

父亲大约在爷爷患病十天左右的下午回到了家里。看着眼前处于完全昏迷状态的爷爷，悲痛欲绝的父亲放声痛哭。父亲呼唤了几声，爷爷紧闭的两眼流下了眼泪。之后，不到一个小时，爷爷便与世长辞，永远地离开了我们。

回想起爷爷离世那一刻的情景，我深信，深深昏迷中的爷爷，一定是在用一种超然的意念支撑着，等待着他的独子归来。

心的声音

爷爷一生所走过的，是极端贫穷和艰难的人生之路。他是这个大千世界茫茫人海中最为平凡的一员。爷爷用无尽的汗水走过艰难的每一天，在生命的两万多个日日夜夜，心中想着的只有一件事情：那就是用自己的生命和脊梁撑起那个贫穷的家，用自己全部的心血疼爱养育着和他血肉相连的每一个生命。爷爷平凡却不平坦的艰辛人生以及对儿孙们的养育之恩，让我铭刻在心，永生难忘。

人生皆有极限，生命终有一死。当平凡的生命在这个世上消逝，只要有亲人对他的永久思念，相信九天之上的灵魂，将永不孤独。

我的亲爱的爷爷，您的孙儿永远怀念您！

2009－04－23——28

不能尘封的记忆

——回忆我慈爱的祖母[①]

时间可以让人的心渐渐归于平静，
但绝不可能使铭刻在心头的记忆褪色；
岁月只能让一切往事沉淀和提纯，
而绝不可能让渗透在血液中的亲情淡漠。
——题记

在这生命随生随灭的时空里刻下印痕的有价值的人生多种多样。一个人无论怎样度过自己的一生，当你离开了这个世界之后，过去十年、二十年、三十年……即便不是被太多的人敬仰和纪念，而只要你的子孙后人在他们活着的时候，日日夜夜都在思念你，都在敬仰你；只要你做人的精神和品格被你的子孙后人崇尚、颂扬、传承和光大，便足以说明你的一生是不平凡和有价值的。

我的祖母是这世上极普通的人，而她度过的艰难和戏剧性的一生，在我们子孙后人的心目中，是极为不平凡和不可磨灭的一生。尤其是她那为人处事的态度、善良宽怀的品格，成为我们后代子孙学习的楷模。祖母于一九九三年阴历腊月初十离世，享年八十二岁。我相信，我们兄弟姐妹，一定是这个世上最亲近、最依恋祖母的孙儿。一切因为我们的祖母是这个世界上最疼爱、也最懂得如何疼爱自己孙儿的祖母。

祖母的离世是我今生今世难以接受的一件事情。十七年来，我无时无刻不在想念着她，无数次在梦里与祖母相见，而梦醒时分又为那飘然而逝的黄粱之梦倍感惆怅和伤悲。多少次，我想用自己力不从心的笔写下我对祖母的无尽思

① 这篇纪念文字最初的提纲是 2008—05—08 草拟的。

念，但是最终却不得不一次次地放弃，因为我觉得自己的心是那样的悲伤和疲惫，实在没有勇气触动我心头正在一天天愈合的伤口和慢慢平复着的苦痛。

时间可以让人的心渐渐归于平静，但绝不可能使铭刻在心头的记忆褪色；岁月只能让一切往事沉淀和提纯，而绝不可能让渗透在血液中的亲情淡漠。祖母的一生一世，是和着血泪又伴着超人的耐心和毅力走过的苦难人生，正如她自己所说："人的一辈子就是一场戏。"祖母那充满悲剧性的人生和对子孙倾尽心血的抚育教养和万般疼爱，是我心头永远不能尘封的记忆。

打开记忆的闸门，就像是拉开了戏剧的帷幕——祖母的戏剧人生，说不完道不尽。这里记述的，只是其间的几个片断。

人生的悲剧，从这里开始

祖母告诉我：她只有几岁大的时候，就被送到通渭县襄南镇马家店那个家道并不宽裕的舅舅马家当童养媳。约莫十六岁的时候，她便和舅舅的儿子成了亲。但就在他们成了亲的那一年即民国十七年，陇上大部分地区遇上了罕见的大旱，灾年庄稼颗粒无收。夫家有个只有几岁大的弟弟，特别听话，每天跟着她就像是亲姐弟，她也特别疼爱这个小弟弟。但因贫病交加，这个小弟弟身体羸弱，骨瘦如柴，每天爬到她跟前，睁着一双大大的眼睛，眼神中充满了这么小年纪的孩子不该有的凄凉，唤着"姐姐，给我馍馍吃。"每当此时，奶奶说，即便是她已经饿得眼前发黑，却仍然会把自己的一份给了这个可怜的孩子。看着他一天不如一天，无助的她只有绝望的眼泪。不久之后，她眼巴巴地看着这个可怜的孩子被病魔和饥饿夺走了小小的生命，她觉得就像是自己的孩子被死神带走了。

就在他们的女儿①刚刚出生那年，即民国十八年②的端午节前夕③，他们所在的那个叫"马家店"的小镇上突然来了两千多人的大股土匪④，由于遭到当地大户孙家的抵制，并打死了土匪队伍中的一个什么头目，因此惹怒了土匪。

① 即后来随了王家姓氏的我的大姑。

② 这年，通渭县因饥饿死亡人数达五六万。

③ 不知是奶奶说错了还是我记错了，我查了通渭县志，是农历八月初二。

④ 一直以来，我未弄清究竟是一股什么样的土匪，我想通渭县志对此是该有记载的。为此，最近特意搞到了县志，终于知道那是一股两千多人的回族土匪，匪首为马廷万。

福元隆[1]老爷见事态严重恶化，立即差府上的管家将大量的银圆装在篮子里从堡子墙上给土匪们吊下去，恳求土匪放过他们。但一切努力都无济于事——穷凶极恶的土匪攻破了老爷家的堡子，即县志上所记载的“马家店堡”。

此前镇子上赶集的人见来了土匪，大家都慌忙跑进堡子里藏身躲避。土匪们攻进来之后，匪首宣布：除了妇女娃娃，将所有的男人全部杀尽。顷刻之间，巨大的灾难就这样降临了——整个堡子中刀光剑影、杀声震天，哭声一片、血流成河。老天爷像是发怒了，一时间，漫天黄尘蔽日，就像是到了世界的末日……

此前，老主人眼看着堡子守不住了，面对着突如其来的灾祸，自己怀着一颗悲怆的心，在自家上屋的正厅吞金身亡。即便这样，土匪进来后还将孙润轩老爷拉出来焚了尸，其状真是惨不忍睹。奶奶说，在她的记忆中，那场灾难简直就像是天意。

在那场不堪回首的灾难中，只有藏在碾盘后面的一个男人躲过了死神的眼睛——他是唯一一个活下来的，却也早已被土匪用马刀砍得遍体鳞伤、面目全非了。

而最为可悲的是，孙家在通渭城里读书的两个年仅十四五岁的少爷哥俩，鬼使神差于前一天回到了家中。大屠杀的时候，那一对穿着蓝布长衫的英俊少年双双趴在他们奶奶的怀里，老人家用两只胳膊紧紧护着自己的孙儿，然而，彻底失去人性的土匪，竟然毫不犹豫地从老人的怀里将两个尚不懂得世事的少年一把提起，当着老人家的面砍掉了两个孩子的头……

奶奶的前夫也是在这场劫难中，无辜地变成了土匪屠刀下面的冤魂。

奶奶说，当土匪冲进来的时候，他们两个人在一起，和所有逃难的人紧紧地挤着站在一起，心里乞求着能够逃过这一劫难。但是，那些比恶狼还凶猛的土匪向着手无寸铁的男女老少冲了过来，不问青红皂白，只要是成年男子都被抓了过去。因为土匪来势极其凶猛，他们所有的人脑子里仿佛一片空白，大家几乎没有任何反抗的念头。当刀起头落之时，她看到了他那刹那间散开的辫子和身首异处倒在地上的躯体，是年还不到二十岁。那一刻，她没有流泪，她不知道自己是谁，她只是觉得整个天地都变成了一片红色……多少年过去了，那骇人听闻的一幕，在奶奶的心中是一场永远的噩梦……

---

① 孙家名号的谐音，县志上记载府上老主人是绅士孙润轩。

为家撑起一片天

劫难之后，奶奶领着不到一岁的女儿守寡，不时会回到义岗川侯家山的娘家。当时，侯家山大概只有两大姓人家，即姓崔的奶奶娘家和我们王家。后来根据两家老人的主意并征得爷爷奶奶的同意，奶奶领着年幼的马家女儿嫁给了我的爷爷。从此奶奶算是又有了自己的家，生活有了依托。

成家之后，爷爷和奶奶一同前去给义岗川镇子上姓董的大地主“万盛佳”做工。[①] 在数年的时间里，他们一直在那里长年累月地干活。尽管一年到头只能挣到少得可怜的几个工钱，但忠厚善良的爷爷奶奶几乎从来都不说东家的坏话。后来，他们又到本镇的另一富户马维俊家做工。这样的日子大概一直持续到民国三十三年前后离开通渭迁居会宁。

奶奶改嫁到了王家之后，作为老大媳妇，理所当然地担起了家庭重担。爷爷弟兄五人，他们的父亲于前一年，即那个哀鸿遍野的民国十八年，被前所未有的饥饿夺走了生命，留下孤苦的曾祖母和五个尚未成家的儿子。奶奶进门的时候，家境十分贫寒，四个弟弟没有一个娶到媳妇。奶奶的一生，就像是观世音菩萨让她到这世上受苦受难来的。为四个弟弟，奶奶可真是费尽了神，操碎了心。我的四个叔祖都是在奶奶这个“大嫂子”的操劳和料理之下，一个个有了自己的家，下面便是与几位叔祖有关的“故事”——

故事一：

我的二爷奶奶董秀珍，是一九三六年红军于会宁会师之前，因受伤流落在甘肃通渭义岗川的、贺龙红二方面军的四川籍红军女战士。

那年的秋天，在通渭和会宁交界处的义岗镇西山上的鸦儿湾大路旁，几个放牧的娃娃看到了一个因伤势严重而掉了队的血迹斑斑的红军战士。早年听奶奶说过，当时二爷奶奶似乎在问“有没有人家要娶媳妇”，但是她浓重的巴蜀口音没人能够完全听得懂。放牧的少年中，有一个大一点的机灵的小伙子给了她一块杂粮面的馍馍，告诉她：“我们家有饭吃，你到我们家里去吧。”这对她来说无异于绝处逢生，她答应了。这个领她回家的人是我的三叔祖父。

我的奶奶听不懂这个红军女战士说的话，而且从她的头发和脸面上也很难

---

① 有关此节内容，见本人撰写的《万苦千辛人生路——回忆我的祖父》一文。

看出是男的还是女的——奶奶爷爷他们之所以有那样的疑虑，主要是因为一来她的头发太短，而且又是被血粘在一起的；二来她没有裹脚缠足——那是奶奶他们没有见过的。据说，那天她来的时候背上背着一个小竹篓（我曾在会宁红军会师纪念馆里看到，当年红二方面军的好多战士正是背着这种背篓），背篓里装着几个同样被鲜血糊过了的生洋芋和一双麻鞋，她赤着脚，因为她的脚肿得没法穿鞋了。她的头上多处有弹片炸的伤，背部也是伤，头发被血粘在一起了。

她的脚被磨破了、扎伤了，肿得根本就没法穿鞋，在家里坐着休息了一阵后更是疼得再也踩不下去了。奶奶给她把脚上的伤口洗了洗，然后和我的二爷爷给她找了一些破布将脚包了起来，让她在家里住下来养伤。

据说初到家里的时候，二奶奶在炕上睡觉不懂得倒顺，经常是倒着睡觉的，后来在奶奶的“调教”下，她终于懂得了我们老家的睡觉习惯。

随后的几天，奶奶对她关心备至，虽说不大听得懂她讲的四川话，但仍然尽可能多的和她说话，给她吃给她喝，用水清洗、敷药和包扎她的伤口。由于她的头发是被血粘在一起的，而且头上又有多处伤口，清洗起来很困难，据说花了好几天的时间，费了好大的工夫才洗梳开来。过了几天，她的伤养得有点好转了，由于休息得好，脸色一天天好转起来，才发现这个女红军是个长得十分秀气好看的女孩子。

奶奶越来越喜欢她，于是便去征求她的意见，看她是否愿意留下来，给我的二叔祖做媳妇。二叔祖当时二十出头，人也长得英俊，于是这个红军女战士满心喜欢地答应了。就这样，她从此就成了我们家的一员，成了我的二叔祖母——我的红军奶奶。

那个时候，无论是二爷奶奶还是家里的其他人，因为消息闭塞，都不知道其实就在不足百里的会宁县城，红军一、二、四方面军已经会师。当然在我看来，二爷奶奶因受伤掉队被留下来不见得是件坏事。如果她当时没有受伤，也参加了会师，说不定就成了西路军的一员，不知命运又会作何安排了。人啊，有时还真得信命呢。

故事二：

据说，离侯家山我们王家不远处的常家北山，有一户家道殷实的常姓人家的媳妇，天不长眼，让她才过而立之年的丈夫因病夭亡。遭遇天大不幸的她，带着年纪尚小的两儿两女四个孩子在家守寡，其悲凉和凄苦可想而知。于是奶奶和家人一道，一边做三叔祖的工作，一边托人做常家方面的工作。那个时候，哪家的媳妇没了丈夫，都得在婆家守寡，没有主事宗长的同意，是绝不可以随便改嫁的。但通过奶奶他们的努力，这件事最终还是天遂人愿地促成了——当然，不是常家的媳妇改嫁到我们王家，而是王家的儿子入赘到了常家，当了上门女婿。因为常家亲房主事的人希望三叔祖能到那里，以便抓养他们常家的四个年幼的孩子。三叔祖聪明机灵，人又长得英俊，婚后三祖母对他很是满意。原本没了丈夫万念俱灰的三祖母，因为三叔祖的出现，渐渐地，重燃起了生活的希望。

到了常家之后，聪明勤劳的三叔祖，精心照料着常家的四个孩子，直到将他们一个个拉扯成人，给两个儿子先后娶上了媳妇。四个孩子中，最大的是一个女儿，名叫玉莲，模样生得俊俏又聪明麻利。她，十五岁的时候嫁给了我的大伯父，从此成了我们王家的一员，同时也是我父亲那一辈中的长媳妇。如此一来，玉莲既是三叔祖的养女，又是他的亲侄媳。按当地习俗，可谓亲上加亲了。

故事三：

有关四叔祖的情况，我知道得不多，等后来我想要详细了解的时候，知情的老人们都已经先后离世了。我只知道，我的四叔祖母，是一个讨饭走到王家门上的小姑娘。

在那饥荒匪乱的年月，一天，一个生得十分端庄、长着一双亮亮的大眼睛却衣衫褴褛的小姑娘，拖着疲惫的身子来到家门讨饭。她饿得面色发黄，此时早已饥肠辘辘。奶奶赶紧拿了一些馍馍和水给她吃给她喝，并十分关切地询问起她的情况。这女孩见我的祖母十分善良，就跟她多聊了几句。说话间，我的四叔祖正好从外面回来，奶奶顺口对讨饭的女孩说，这是我们家的老四。那女孩低着头偷偷地看了四叔祖一眼，从那眼神里看得出，这个不知道自己该乞讨到哪年哪月的女孩，对眼前的这个小伙子很有好感。于是奶奶便问这女孩，愿不愿意留下来，给我家老四做媳妇?

结果，这个一路讨饭、无依无靠的女孩，用十分感激的口吻说：自己这是遇到了好人、遇到了救星！要饭的女孩当下答应奶奶，说她愿意留下来给我的四叔祖做媳妇。就这样，四叔祖有了一个长得十分俊俏而又温存善良的媳妇，婚后俩人的感情特别好，一年后生了一个女儿。

四叔祖是一个坐不住和难得清闲的人，他喜欢在外面奔忙闯荡，心高气盛的他想要做一点有用的事情，却又始终做不出什么有名堂的事来。更为不幸的是，四叔祖后来因病亡故于他乡。我前年回通渭老家，曾拜祭祖坟，当时听我的亲房叔叔说，四叔祖并没有安葬在那个坟里，那里只象征性地埋葬着一个草人。

母亲告诉我，四叔祖母因为喜欢上了别人，或是受他人“引诱”，在四叔祖离世以前已经离开了他——这个“诱拐者”好像是我从小一直很亲近的一位舅爷，即奶奶的弟弟。这完全可能，因为据说这个舅爷爷年轻的时候是一个很讨女孩喜欢的小伙子——但由于崔、王两家离得太近，四叔祖母最终并没有嫁给我的小舅爷。母亲说，正是由于这个原因，奶奶在很长的时间里都在骂他的这个弟弟“不是个人”。尽管如此，但我至今不知道这一说法是否确切。

故事四：

就像是命运之神的有意安排，祖父弟兄五人的媳妇，因为贫穷，除了二爷娶了红军女战士，四爷娶了一个讨饭上门的姑娘。其他三人没有一个人是原配的女子。我的五叔祖也是如此。义岗川雒家湾的一个已有一儿一女的媳妇，在丈夫病亡之后，五叔祖入赘上门到了她家。五叔祖后来在河西走廊失踪，至今没有任何音讯，留下一个儿子。好在五祖母的几个孩子很有出息，而且对老人非常孝敬，也算对老人是一种安慰。

艰难的过渡

一九四五年秋落户会宁——寄居于他人的茅屋。有关这段历史，我在《万苦千辛人生路——回忆我的祖父》一文中已有记述，但为了让奶奶的人生在我的笔下有个较为完整的展示，这段重要经历依然有必要做适当的简述。

我在回忆祖父的文中写道：一九四五年秋，爷爷肩上挑着他们全部的家当，和奶奶一起领着他们的两男两女四个孩子，北行五十里，来到会宁县境内祖厉河上游的上史河。

爷爷奶奶到达上史河以后，落脚的地方是桌儿坪的“王家庄廓”。先前这里只住着四户人家——王老三、王老四、冉家，还有先于爷爷奶奶他们，于前一年从通渭义岗川郭家岔搬到这里的一户郭姓远房亲戚。爷爷他们到了，便成了这里的第五家。

爷爷奶奶他们暂时就寄居在那个远房亲戚——郭家。郭家的住处本来就很紧张，可尽管如此，这善良的一家人还是非常热情地给爷爷奶奶他们一家腾出了一间小茅屋，真是帮了爷爷奶奶不少忙，缓解了他们的燃眉之急。

来到上史河，爷爷奶奶一家大小，可以说衣食住行一无所有，一切都得赊欠或是借用他人的。来此之前，爷爷把最为要紧的头等大事已经办理妥当了，那就是土地——爷爷跟王老三签约画押，买下了他家的几垧坡地。据说就在迁来的当年春天，爷爷已经提前在“自家的”地里种上了庄稼——承蒙老天爷的怜悯，当年的庄稼丰收了。

住在“王家庄廓”只是暂时的过度。为了耕地方便等原因，爷爷将新“家园”地址选在了东山的“魏家湾”。后来，从魏家湾遗弃的院落废墟可以看得出，当年爷爷奶奶可真是想要在这里“安居乐业”的——他们在这里平整土地，筑墙围院，修筑“坚固的”土坯窑洞，建造“好看的”柳条茅屋，院落的右边是宽敞的打麦场，旁边是一块规模不小的菜园。房前屋后，勤劳的爷爷、奶奶和他们的孩子们很快就种上了大片大片的杏树、柳树、椿树还有白杨树，等等——记得我小时候，每到夏天，那里便会郁郁葱葱，绿色一片，还有吃不完的杏子……

魏家湾最终还是没有长久地住下去，主要的原因是这里太偏僻。几经折腾，爷爷奶奶最终把新家园选在了西山脚下——它，就是后来我和弟弟们出生和成长、给我留下许多美好记忆的地方。

小时候听奶奶说，初到上史河的那几年，由于他们的勤劳，再加上老天爷风调雨顺，家里的庄稼几乎连年丰收。到了解放的前一年，所欠的全部租子都交完了。于是，土地成了自己的，来年就可以在完全属于自己的土地上耕种了。

尽管奶奶自己说得轻松，其实我能够听得出，更能想象得出，那个时候虽说不再挨饿，但日子过得一定是无比艰辛和清苦的。其他不说，单就大冬天在户外干活，奶奶一直穿着单衣。那种极度的寒冷，真不知奶奶如何扛过那样的寒冷，一切真是难以想象——而今想起这一切，我仿佛依然有一种透心寒冷的感觉。正因为这样，奶奶从此落下了伴随终身的病根——严重的哮喘伤痨。

人生如戏，一切仿佛都由老天爷算计和操控——民国三十八年，也就是爷爷奶奶披星戴月辛苦五年，用无尽的汗水和辛苦还清了租子，自己真正成了土地的主人的第二年，家乡解放了。对爷爷奶奶那样食不果腹、衣不蔽体，常年给东家扛长工打短工的穷苦人家来说，解放肯定是一件好事。但是到了土地改革的时候，眼看着刚刚到手的土地转眼之间又要充公，爷爷奶奶心头还是觉得有种说不出的感觉。

人生大劫难

我的这篇十年前就在构思的回忆文字，自去年开写以来，写写停停，停停写写，拖了将近两年还是难以完成，其中一个根本的原因，就是因为我实在不忍心去写下面要写的这一节——潜意识中，我的心无法面对祖母这悲惨凄苦的人生经历——而今写来，我大概依旧只能是“快镜头”地草草了事……

世道发生了翻天覆地的变化，民国走了，新中国来了，穷人翻身得解放，这是何等欢天喜地的幸福！可是对于来到这世上就没有过过多少好日子的奶奶来说，她下半辈子人生的诸多不幸，差不多也是从这样的时候开始的——已经走过人生近四十个春秋的她，从当童养媳开始，什么样的苦没吃过？什么样的罪没受过？可是万万没有想到，等待她的一连串更为凄惨的人生悲剧这才开始……

从五十年代开始，十多年的时间里，奶奶的生命中便是灾难不断：

——先是眼巴巴地看着自己心疼的长孙——伯父的第一个孩子，也是伯父短暂一生中唯一的儿子夭折。这对奶奶来说，无疑是不能接受的巨大的打击，她的痛苦只有她自己知道……

——随后是他的长子①即我的伯父参军，奶奶患上了抑郁症。那个时候，在奶奶的心目中，参军就是上战场打仗，就是流血牺牲，就是有今天没有明天。因为从民国二十五年开始“过红军”直至解放，无论是土匪过境还是国民党、共产党的正规军，当兵是干什么的，打仗有多么的残酷，奶奶看得太多了……

——随后是大儿媳因多种原因而患了精神分裂症：丈夫参军、身体有病等等因素导致伯母发病，折腾得一家人在数年间精疲力竭、不得安宁……

——随后是次子也就是我的父亲被逼迫离家去皋兰大炼钢铁。听说大炼钢铁的时候，因极度疲惫打瞌睡，身上穿的破衣裳也被炉火烧掉了，差点引起惨祸。严冬腊月，饥肠辘辘的父亲拖着疲惫的身子回家时，身上披着的是一条同样被炉火烧得满是窟窿的破棉被，到家的时候已经冻得几乎不能走路了……

——随后大跃进吃大锅饭的那一阵，奶奶和别人一道给生产队里磨面。有一天社里的粮食被人偷了，社里管事的人硬说是奶奶拿走了粮食。奶奶觉得自

① 奶奶活下来得以长大成人的儿子只有两个，即这个伯父和我的父亲。

已太冤枉了，她尽量地给人家解释，可是无论奶奶怎么说都无济于事。一次又一次地批斗和毒打，奶奶受尽冤屈被打成重伤。就在她被批斗、殴打卧床不起的时候，老天爷睁了眼——被盗的粮食在“贼喊捉贼”者那里找到了——我今天完全理解那偷了粮食的人，因为他的家人太饿了。然而自始至终，社里那些管事的，就是没有人敢站出来，从仁义道德角度对奶奶受的冤屈承担一份责任或道一声歉……

——随后是接连丧子、丧媳和孙女夭亡的灭顶之灾。大伯从部队光荣退役回来，就在准备到通渭县公安局参加工作之前，检查发现患了肺结核。经过一年时间的治疗，据说病已经完全治愈了。可是突然有一天，就像是中了邪一样——在县医院离太平间不远处的洗手间，他突然倒下了，等医护人员救起的时候，已经没有呼吸了。长子，祖母的心头肉呀，年仅二十八岁……

——大伯病逝以后，伯母陷入深深的绝望之中。此前的精神分裂症本来已经治愈的她，随着伯父的突然去世，再度卧床，一病不起。仅仅过了不到一年时间，可怜的伯母和自己的一个可爱的女儿一道，先后离开人世……①

伯父伯母离世是在一九六三年——我能够记事大概也是从那个时候开始的。我至今还记得那个时候的奶奶是怎么在痛苦、磨难中煎熬过来的。大概有一年的时间，奶奶大多的时间都是躺在炕上，像是患了大病，不吃不喝，眼里一直在流泪，伴随着无尽眼泪的，是那一声声令人心碎的呻吟……一年之后，记得奶奶实在伤悲得心碎的时候，就到村子旁边的一个地方，一个人呆在那里悲痛欲绝地哭上好半天，让自己心里难言的苦水随着无尽的眼泪一同流出——我现在才明白，这样放声痛哭一场，她的心上就会略微好受一些——每当奶奶痛哭的时候，我和姑姑，还有仅仅小我一岁的妹妹也就是大伯留下的唯一骨肉，还有奶奶脚下的黄土地，也跟着一同悲伤地流泪……

在那痛苦得几近活不下去的日子里，奶奶的心里好像日日夜夜都有灼心的火焰在燃烧。她每天晚上只睡很少的一点时间，大多的时候，她就在我们小院背后的那条长长的黄土路上，独自一个人不停地走来走去。等到天明，庄子里的邻居发现，那条道儿的尘土上，全是奶奶的脚印……

我至今不敢回首祖母人生这艰难得不知道如何走过来的一页，因为一旦回

---

① 伯母离世时，还留下一个只有一岁大的小女儿，我的父母抱来抚养，她就是我现在的妹妹。

想起的时候，我只觉得自己的心都要碎了。每当此时，我那悲伤得不由自主的心不禁要问：苍天原来是个不长眼的！对一个如此勤劳、善良的母亲，你怎么忍心给她这样多的、让她无法承受的灾难和痛苦呢?!

上苍，终于睁开了眼睛

常言道，岁月是能够修补和平复心灵创伤的良药。巨大的灾难过去之后，随着我和妹妹、弟弟一天天长大，奶奶的心底无论埋藏着多么深重和抹不去的灾难、创伤和痛苦，但在小孙儿们像初升的太阳一样灿烂的笑脸和如同小鸟一样天真烂漫的欢歌笑语中，随着一家人日子的一天天好过，她的身心渐渐获得了恢复，重又找回了生活的希望。

在我的心目中，在待人处事方面，奶奶是这世上最通情达理和善待他人的人。历尽坎坷的奶奶，不单单是经历了如上所述的那次“粮食事件”，其实从“反右”“大跃进”时期开始，作为外来户的爷爷奶奶在那个“无亲无故”的地方，受的欺负实在是太多了。在我不大懂事的时候，对于曾经“欺负”过我们家的那些“霸道人”，心里可真是有些“愤愤不平”，想着将来有一天等我们长大了，一定要给爷爷奶奶们报仇！后来，果然不出所料，先前特别“善待过”我们的一些人，由于这样那样的问题犯了事，一夜之间成了被众人批斗的对象。尤其是到了文化大革命，很多人都在寻机“报仇雪恨”。

可就在这个时候，奶奶却一再地劝告、说服、教育家里所有人：“过去的一切都过去了，对那些曾经欺负和亏待过咱们的人，不要记人家的仇，不要对人家报复。”——是的，“过去的一切都过去了”。我的祖母，一个斗大的字不识两个、一生经受尽磨难，从不堪回首的人生磨难和冤屈走过来的老人，她有着何等仁慈和宽广的胸怀！

奶奶是对的。当我一天天长大的时候，我越来越懂得，曾经有过的那些不幸，曾经受过的很多冤屈，还有那些人与人之间的矛盾，在很大程度上都是时代和社会造成的。等我长大的时候，我和那些不曾善待我们的家庭的孩子，成了要好的朋友。甚至就连那些曾经“令人愤怒的恶人”们，后来对奶奶也是非常的敬重。想想那不幸的年月，其实他们也不是什么坏人。在奶奶的宽怀和仁慈面前，所有往日的矛盾就这样化解了，随风飘散了，“过去的一切都过去了”。

我心中的教育家

严厉

从我记事的时候起，奶奶总是时时刻刻都在教导我们，教育我们如何做人。父亲长期在外地工作，家里的光景也是越来越好。我们兄弟之所以一个个懂得礼貌，懂得勤劳，自幼发奋，学有所成，最后都成了国家的有用人才，是因为我们有个堪称教育家的祖母。我们从心里感激我们慈爱的祖母，是她老人家真正教会了我们如何做人，如何做事，如何走上人生正道。所以，在我这个教育工作者的心目中，我的祖母才是一个真正的教育家。我不止一次地给我的爱人和孩子讲起走过艰难人生、深明事理的慈祖母，我要让从祖母这里形成的王家做人、做事的优良传统代代传下去。

祖母特别疼爱她的孙儿们，但是在我们兄弟姐妹的心目中，她一定是这个世界上最严厉的祖母。今天想起来，奶奶在教育孩子方面的是非分明、一丝不苟，作为一个一生并没有见过什么“大世面”的人，她可真是太了不起了。所以，直到今天我还给孩子说，我的祖母心疼他的几个孙儿的那份心情，胜过这世上的一切。可是祖母对我们那种毫不含糊的严厉，那也是通常人家的奶奶所绝对没有的。

记得我刚刚上小学上了不到半个学期，我的课本不知被哪位同学顺手牵羊了。回到家，奶奶发现我书包里没了课本，便问我，书上哪儿去了？我撒了谎，说同学借走了，第一天就这样骗过去了。第二天奶奶问起，我依然如法炮制，可是我偷偷一看奶奶脸上的表情，就知道她已经不大相信了。等到第三天，我还没有回到家，大老远的就看见奶奶已经在门前的那棵大柳树下等候着。那天回去，我挨了奶奶一顿打——我第一次领教了奶奶严厉的“家法”。至今记忆犹新！从那以后，我再也不敢给奶奶撒谎了。从那时起，我再没丢失过课本什么的，用的书从来都是保管得整整齐齐。

我还有过一次被“严罚”的教训。也是在上一年级的时候，每天奶奶都是准时唤我起床上学。那天可能是太瞌睡了，奶奶唤了我两次，我还哼哼着赖在床上不起来。没想到，等到第三次叫我的时候，奶奶已经在我的跟前站着，揭开被子，在我的小屁股上狠狠地抽了两巴掌，其实那个疼呀，还不是最重要的，最重要的是，奶奶在我的心目中有了绝对不敢含糊和不可动摇的威信！从那以后，我彻底改掉了该上学的时候还拖拖拉拉的毛病。用我家乡的话说：这一次，奶奶可把我的拖拉病彻底治了。

多少年来，奶奶生活中最幸福的事情，就是看着孙儿们在灯下孜孜不倦地读书写字。每当那样的时刻，我可以从奶奶的脸上看到她整个人生中最欣然的表情。直到后来我长大成人，自己做了父亲之后，才深深懂得了奶奶当年的一片苦心，不识字却深深懂得文化和知识重要性的奶奶，把对孙儿的一切美好希望，全都寄托在了上学读书，寄托在了薄薄的书本里……

在这世上，我觉得没有比奶奶更亲的第二个人，也没有比奶奶更怕的第二个人——想必我们弟兄几个的感觉都是一样的。

疼爱

我中学毕业以后，在农业社参加生产劳动，因为此前没有参加过重体力劳动，再加上年纪又小（当时只有十六岁），根本吃不消修水平梯田那样繁重的体力活。原本每天扛着铁锹唱着歌儿上山劳动的我，没过多久，欢乐的歌声不见了——我彻底地累倒了，大病一场。在那整整一个月的时间里，我浑身像是没了筋骨一样，疲乏无力地躺在炕上。奶奶日夜守候在我的身边，不时心疼地摸摸我的头，焦虑的眼眶里浸满着泪水。那一阵，我知道奶奶的心里有多么难过……

奶奶早年遭遇那么多的天灾人祸，自己的亲生骨肉一个接一个地离开了她，给她的心灵造成了永生不能弥合的创伤。正因为这样，奶奶一生极其疼爱自己的子孙，我们这些孩子的健康、平安，无疑是她老人家的最大心愿。后来，由于我们父子工作、求学常年在外，和奶奶总是聚少离多，所以，她在晚年更是珍惜我们每年在她身边的那些短暂而宝贵的日子。说心里话，直到奶奶去世以后，我才真正懂得，我的爱人第一次上婆家的门，看望年迈的奶奶的那一回（在我的记忆中，那是我们这个家前所未有的欢乐日子，尤其是，奶奶每时每刻都流露在脸上的喜悦成了我永生的记忆），在我们俩突然间提出乘便车回兰州的那一刻，奶奶为何会是那样的伤心，泪流满面，乃至不知道该如何去系自己衣襟上的纽扣，在年迈的奶奶心目中，她老人家把每一次的离别都会当成是与儿孙们的永别……

善良

奶奶的善良是人所共知的。在我的记忆中，直到上个世纪的八十年代中期，我们那里的不少人家，日子仍然过得很拮据。在那贫穷的年月里，尽管自己家的日子也不富裕，但奶奶和母亲却经常接济村子里比我们更贫困的人家，给他们一些粮食或者其他的生活用品。至今，每当我们回故乡，遇到那些曾被奶奶和母亲接济过的人，他们的神情中，流露出的是发自内心深处的感激之情。

贫穷，是我家乡的代名词。但就在这样的一个地方，上世纪七八十年代，我们家的条件相对还算过得去。所以，县里或者乡里来了干部，村子里的干部大多都会将他们安排住我们家。爷爷奶奶对这些公家的干部从来都是极为关心和照顾的。在那困难的、很少吃到白面的日子，即便家里自己人很少吃的白面，一定要留下来给“上面来的人”吃。他们这样做，原因是多方面的：除了“上面来的”都是公家的干部之外，我知道，还有一个非常重要的原因——父亲、后来还有我和弟弟，那个时候已经都是在外工作的人——奶奶常常换位去想：关心照顾这些上头来的国家干部，犹如关心照顾自己的儿孙。

有这样一件事，曾给文革结束那一阵住在我们家的工作组干部留下了深刻的印象：在一个大冬天的早晨，那位干部推开门走到院子里，发现我的奶奶正跪在雪地里，细心地在给他们烧炕呢！那位干部被“这位善良的老人家”的行为感动不已！其实，像这样的事情，在奶奶的生活中，那是数不清的寻常小事。

一九八九年秋天，我在会宁县城工作的大弟，在县城修了一院房子。根据这个孝敬她的孙儿的精心安排，奶奶和母亲一道，永远地离开生活了将近半个世纪、给她的人生留下无尽酸甜苦辣的这块土地——桌儿坪。在她离开村子的那一天，几乎是全村的人都来送她。奶奶是小脚，邻居特地套上了一驾牛车，众人一路簇拥着牛车上的奶奶，将她老人家护送到后山分水岭上的西兰公路。那些淳朴的、可亲可敬的乡亲们，流下了依依不舍的泪水……

直到奶奶去世多年以后，我回村里探望乡亲们，村子里的邻人们说起奶奶、说起那个“世上最好的老人家”的时候，仍然会动情地流下思念的泪水——可见奶奶生前的为人了……

如上所述，奶奶之所以这样，除了她仿佛与生俱来的善良和同情心之外，我猜想，一个不可排除的朴素因素就是——奶奶总想着，自己的儿孙们在外的时候，在别人那里，也能够得到像她对待来到自己家中的这些“公家人”一样关爱，受到他人的尊重和照顾。这样的爱心，即便在今天，即便是在一个“文化人”的心目中，难道只可理解为是一种“私心”吗？

奶奶是亲眼看着她的三个孙子或参加工作或走进大学校门之后，安然离世的。由于我们父子在奶奶膝下堪称孝顺，再加上我们一个个都算“事业有成”，所以从这个角度来讲，奶奶的晚年，尽管由于不能时常和我们相聚，难免有些孤独和思念，但总体来讲，老人家的晚年应该说是比较幸福的。奶奶常说一句话：有福之人在于有个“好落纸”。奶奶去世的时候，身边只有我的母亲和大弟俩人——那时通讯条件不像今天这样便利，在外工作的父亲和我，还有刚刚考上大学的小弟都不在她老人家身边。没能见上奶奶最后一面——这，至今令我遗憾。奶奶走得太仓促了，只是“感冒”了一天时间。她真是走得太仓促了，这，或许是老天爷给这位年逾八旬老人的恩惠，没让她受罪；或许是老天有意留给她的子孙们的无尽思念与遗憾……

奶奶一生慈悲，善名远扬。而今，她的在天之灵一定会感到无比的欣慰。因为，这个世界上，不仅有那么多认识奶奶的人对她心存怀念之情，更有足可让她老人家含笑九泉的后代子孙……这，让一生都心胸坦荡的奶奶满足了。

2009－05－08；2010－08－11；12日

天生童心苦亦乐

——怀念我亲爱的父亲

六十五个春秋，就时间概念而言，
那是短暂的一生；然而从父亲一生所经历的
人生磨炼和无数艰辛而言，似乎又是无比漫长的一生……
——题记

今天是二零零九年农历八月初十。六年前的这个早晨的八点整，在空军兰州医院内科的病床前，我和大弟眼睁睁无助地看着我们慈爱的父亲，在被疾病折磨的极度痛苦中，永远地离开了我们，离开了这个他曾无比热爱的世界。那令人心碎和不堪回首的一幕，永远的刀刻在了我的灵魂深处。

今天早晨七时许，像往日一样，我起床后来到院子里办公楼附近的大草坪前锻炼身体。和以往不同的是，我的心中在一直想着六年前的这个早晨。我的草坪右侧不远处，就是当年父亲住院的内科楼。我一次又一次，不由自主地朝这幢正在装修的内科大楼深情凝望。时光仿佛和我一起倒退到了六年前的这一刻——父亲在临去世的前半个小时，状态平静，神志似乎十分清醒。半小时后，突然出现异常，且仅仅一两分钟之后，极度痛苦和绝望地唤了一声“妈——”，便永远地走向了另一个世界。后来我才明白，离世前那“状态良好”的半小时，其实就是所谓的“回光返照”。

今天锻炼完身体，我心一片凝重。我满怀深情，默默地绕着父亲住院的内科楼走了一圈，以表达对他老人家的深切缅怀和思念。回到家，用过早餐，发现餐桌上钟表的时针正好指向“八点”……

我坐到书房里，内心一片肃然和宁静。在这种肃然和宁静之中，我开始动手写这篇回忆父亲的文章。本来，文章的简要提纲在五个月前的四月三十日就拟好了，但我却始终觉得动不了手——就像我回忆祖母的那篇《不能尘封的记忆》一样，文章写到了一半，却不得不沉重地停下手来。是的，写这样的文章不同于任何时候的任何文章，我的心情，我的手实在太过沉重——撰写这样的纪念文章，在我的生命中无疑是一件痛苦而又庄重的事情，应该选择一个最合适的时刻。

今天，我觉得就是一个合适的时候，所以我决计坐下来开始写这篇文章了。

少年不知愁滋味，再穷再苦乐依然

父亲于一九三八年十一月出生于甘肃通渭县义岗镇的侯家山社。侯家山是一个地势平缓的簸箕型小山湾，这里土地平展，气候宜人。然而在这个耕地十分有限的小村庄，由于居住的人口越来越多，人们的生活一直比较贫苦。曾祖父离世较早，爷爷一家弟兄五个由他们的母亲——我的曾祖母抓养成人。由于眼看着在那个缺少耕地的地方待下去，一家人难有生计，因此不得不想别的出路。于是，在父亲六七岁的时候，爷爷决计领着一家大小六口，迁往会宁县南部一个叫作上史河的地方。

奶奶曾告诉我，当时搬家的时候家里穷得连想要“叮当响”的声音都没有。一家人全部的家当就挑在爷爷肩头的一副扁担上。和所有的小孩一样，在小小年纪的父亲心目中，以为搬家是一件很有趣、很好玩的事情。一路上，他像一位开路先锋，乐颠颠地走在大人的前头。

有关父亲童年的故事，我知道的不是很多，再加上有些听奶奶或是父亲讲过的，由于时隔久远，被我这不顶用的脑子忘记了。而今，当我懂得这一切是多么的珍贵和重要的时候，爷爷、奶奶和父亲早已不在人世了。我无处去查无处去问，只有将这些尚存在朦胧记忆中的，有时对其中的一些细节连我自己都拿不准的亦真亦幻、零零碎碎的“故事”记录下来。如此情况下，一向凡事总喜欢刨根问底和讲求“查有实据”的我，也只能以这样的方式来表达对父亲的怀念了。

生长在那样贫穷的家庭，父亲的童年一定是在数不清的苦日子中走过来的，但对天性中仿佛永远充满着无尽欢乐的父亲来说，似乎从未意识到什么叫苦，哪怕是日复一日、年复一年的吃不饱、穿不暖。

父亲生来爱热闹，从小就特别喜欢跟伙伴们一道玩。每到春节闹社火时，更是乐得让他废寝忘食了。父亲告诉我，每到过年唱戏、要社火的时候，那可是他乐不可支、废寝忘食的日子。他可以在那样寒冷的正月里，穿着单薄的衣服，甚至不吃饭，空着肚子跟随着社火队走东串西。更夸张的是，有一回，他穿的一双鞋子从鞋腰中间断裂了，雪从断裂的地方不停地往里钻，垫得他感觉很不舒服，于是，他干脆将鞋子脱掉扔了，光着两只脚从雪地里跑回了家……

小的时候看戏看社火，而长大以后，就开始尝试着参加这些在他看来最有趣的活动了。父亲告诉我他曾怀着极大的兴趣摆弄乐器——我忘记是什么乐器了，依照他当时的条件，不是笛子便是二胡，或者敲锣打鼓之类的，参加社火队的伴奏。但让他投入最大热情的则是和村子里的年轻人一道要社火舞狮子什么的，那可是他年少时的拿手好戏和最难忘的记忆。

我对艺术充满热情与好奇的天性，想必一定是父亲给我的遗传——我从很小的时候开始，对看戏看社火极端到几乎没人相信的那番兴趣和痴迷，和父亲相比，简直有过之而无不及。记得我三岁的时候，有一次过年看社火，爸爸妈妈领着我看了一场又一场。最后，社火队要到一个较远的村子去，我仍然拗着劲儿跳得八丈高，死活要他们领着我跟随社火队一同前往。无论爸妈怎么哄我，我就是不听。一气之下，爸爸把我提起来扔到了路边的雪堆里，我要赖皮躺在雪地里不起来。一看这幅小赖皮架势，爸爸不理我了，他和妈妈开始慢慢往家里走。我瞪着眼望着他们远去的身影，还是赖着不起来，因为我不愿意就这样丢了自己的“面子和尊严”。最后是村子里爸爸的一个铁哥们——马叔叔将我抱起来送到爸爸妈妈跟前的。

爸爸的哥哥，即我的大伯比爸爸年长两岁。年少时，他们哥俩在一起或放牛，或耕地，迎来太阳和月亮。从外表来看，尽管爸爸长得不如大伯那样清秀和英俊，但哥俩的长相还是蛮像的。但从性格来讲，他们弟兄俩人却相去甚远——大伯生性刚烈，跟了爷爷；爸爸性情温和，随了奶奶。正因如此，爸爸年少时没少领教大伯那异常严厉的“家法”。据说，他们小时候一道放牛的时候，如果牛跑掉了，大伯不去追赶牛，而是走过来把弟弟抽上一顿鞭子。在他们十来岁开始学着耕地的时候也是一样——村子里的人远远看见：牛不听话了，地耕得曲里拐弯的，他不去收拾牛，而是跑过来把弟弟骂一通或是揍一顿——这，就是我的大伯。

尽管如此，他们还是异常地兄弟情深，尤其到了年纪大一些的时候。但是，上天给了大伯极为短暂的有生年月——英俊和聪慧过人的他，只活了二十八岁。

从部队转业不久，根据上级安排准备去通渭县公安局工作之前，便因肺结核医治无效，和大伯母一道，丢下了自己的孤女，早早离开了这个世界。而他们的长子和幼女已在此前夭亡。从此，将无尽的痛苦和思念，留给了养育和疼爱他的父母，还有孤单的弟弟和那些又怕又爱他的妹妹们。

父亲说，伯父去世后，在伯父灵柩停放的地方，远道赶来的他日夜守候在那里——面对哥哥亡灵，他心肝俱裂、悲痛欲绝，难以面对眼前的现实。父亲赶到的那一天夜里，突然听见那棺木响了一声——想必是木头干裂发出的声音。于是，他赶紧跑过去，将自己的耳朵紧紧贴到那棺木上，屏着呼吸凝神静气地仔细去听。他多么希望自己亲爱的哥哥能够奇迹般地活过来，但他等来的，只是一片令人绝望的死寂与宁静……

人算不如天计算，福祉缘于遭诬陷

母亲告诉我，父亲和她是一九五七年农历三月二十八日结的婚。婚后不到一年时间，全国便掀起了热火朝天的“大跃进”。一九五八年开始的大跃进，对于这个国家，对于生活在这块土地上的每一个中国人来说，无疑是一场人为的灾难。炎黄子孙着了魔一般地被时代的狂躁热浪簇拥着，脚不着地、心比天高地向前涌动着。全民大炼钢铁，“三年赶上美国，五年超过苏联”，共产主义仿佛在一夜之间就要实现。那时，无论什么人只要有任何与时代不合拍的行动和言论，一定会被当成坏分子乃至反革命论处。更为可怕的是，如果有人想要诬陷他人，随时都有机会得逞。我的祖父和父亲都因为“说话不注意”，吃尽了那个时代的苦头。

父亲挨整是因为在村子里和社员们一同修路的时候，说了一句：“这么宽敞的大道，骑马多带劲儿啊！”——父亲临去世之前，还给我说他当年绝对就是这样说的。就这么一句话，结果被旁边的某个人不知道是有意还是无意地篡改成了：“这么宽敞的大道，走马家队伍多好！”事后，当时的干部不允许父亲辩白，一口咬定这话就是他说的。就因为这句话，父亲不仅罚站挨批斗，而且还作为处罚被最先发配到皋兰大炼钢铁。

父亲遭到莫名诬陷后，便按当时的那些干部们的决定，离家去皋兰炼钢铁。我们那地方步行去皋兰大约有一个星期的路程。那个时候，家里穷得一无所有。临行时，爷爷把身上所有的钱——五个面值五分的硬币，都给了他这个即将出远门的儿子。由于当时生产队开始吃大锅饭，粮食全都充了公，加之父亲是“犯了错误的人”，所以他走的时候社里没给他一点干粮。看着自己命苦的儿子，我奶奶难过得直流眼泪，但是她又有什么办法呢？整整七天时间的路途，在没有一口干粮的情况下，我的父亲不知道该如何讨吃要喝前往哪个对他来说无比遥远的地方。所幸的是，就在他出行的上路，遇到了大队干部——邻村的段炳章。这位堪称我们家恩人的好心人，见我父亲身上一点吃的干粮都没拿，就问这是怎么回事？等了解实情后，他让集体食堂里的人给父亲装了路上够吃的炒面。这样，父亲一路的口粮终于有了保障。父亲后来告诉我，临行前爷爷给他的那五个硬币，他一直装在身上硬是没有舍得花。

那个年月父亲的艰辛和遭受的冤枉，在很长的一段时间，每每想起，我的胸口觉得就像是堵上了一块搬不掉的石头！但现在想想，一切的艰辛与不幸，都是命运的安排，是上苍的特赐。像父亲这样的穷孩子，那样的经历和磨炼无异是人生的财富——五八年被逼出门，是老天爷对父亲的考验，使他从此因祸得福。

从一九五八年的七月到十二月，整整半年时间的大炼钢铁，天寒地冻、忍饥受饿，父亲吃尽了常人难以想象的苦头。据说，由于疲劳过度，父亲晚上倒头睡在炼铁土炉前，原本已烧得满是窟窿的破衣服又被烧着了。等到严冬腊月时，父亲只能身披仅有的那床同样烧得窟窿眼睛的破被子，腰里扎上一根草绳回家。

当他走到自家门口的时候，奶奶万万没想到这个“陌生叫花子”竟然是自己日思夜想的宝贝儿子。即便这样，父亲后来回忆说，当时的他并没有觉得自己有多么苦。

那次回家“过年”，在家待了十几天之后，根据“上级领导”——大炼钢铁工地干部的安排，父亲于一九五九年正月十二日去了靖远陶瓷厂——我印象中，这算是父亲正式参加了工作。在靖远陶瓷厂没待多久，他们一批人又被安排到靖远电厂，培训了四十天之后，便成了电厂的工人。电厂的工人是需要有一点文化的，父亲在当时是属于有点“文化”的人。

其实，父亲没有进过一天正规学堂的门。大概在解放初，作为新中国的公民，父亲曾在家乡有过一阵扫盲性质的“念冬学”经历。小时候听奶奶说爸爸“念冬学”的事，我觉得挺有趣，尽管时间比较短，但父亲凭着他的聪慧，识了不少字。参加工作之后，随着不断的自学，读书、看报、写信都不成问题。在我印象中，父亲还经常读《西游记》《水浒传》这样的古典名著。小时候，每当看到父亲的来信，望着那一行行流利的钢笔字，我满以为自己的父亲是个地道的、读过书的文化人。

父亲曾经告诉我：一九五九年后半年，到处都已经开始闹饥荒，同伴们因眼前的利益一个个跑回家。出于朋友之间的真诚关心，他们极力劝告父亲："眼下这么大的饥荒，村子里的人全都在给自家偷着储存粮食，我们要不回去，家里人都得饿死。再说，我们在这里当工人也看不出有多大的前程，肯定干不出什么名堂，还是及早回家的好。"但无论同伴怎么劝说、鼓动，父亲始终都没动心，他想起离家之前自己所受的委屈，想起家乡的贫穷，便发誓这一辈子宁死也不能回到那个地方。就这样，父亲终于咬紧牙关，硬是没回去。

据父亲说，当时一同到电厂的有数十人，但最后能咬着牙、铁了心留下来的，只有父亲和我们那个大队的另外一个人——作为国家的正式工作人员，他们两个人后来都干得挺好。我小的时候，感觉爸爸是家乡父老心目中的骄傲，让很多人羡慕不已。

一九六零年的二月，电厂下马，父亲被调到兰州阿甘镇煤矿，成为一名挖煤工。从进靖远陶瓷厂至此，这一切都发生在一年的时间内。

大约是去阿甘镇之前，父亲回了一趟家。那时正是闹饥荒最严重的季节。父亲后来告诉我：那次回家，当他走进自家小院的时候，发现家里静得没有一点声音。当时掠过他脑际的第一个念头是：莫非家里的所有亲人都已经饿死了？他这样一边想着，一边走进那熟悉的窑洞。此时，他发现炕上的破棉被里围坐着一个不满周岁的小孩。看到有人进来，那小孩竟睁大眼睛，定定地看着这个"陌生人"，嘴里还咿咿呀呀地说话呢——你猜到了，这个看上去有点聪明的孩子，就是我。

从一九六零年二月至一九六三年七月，父亲在阿甘镇煤矿工作了三年半。直至今天，世上最苦最累最危险的工作，莫过于被称之为"活埋了一半"的煤矿工人的工作，而在那个一切设施相当落后的年代，我的父亲没有被辛苦、劳累和危险吓倒。道理很简单：从当时那样一个穷苦的地方和家庭走出去的他，这世上就再没有他吃不了的苦。母亲回忆说：父亲在阿甘镇的时候，她去探望过一次父亲。在那里，她看到父亲每天从井下背煤，虽然很苦很累，却始终是一副乐呵样——只要每天从"地狱"里爬出来，洗去一身的煤灰，走在太阳底下的他，永远以快乐和充满生气的精神面对生活——这就是父亲永不改变的天性。

一九六三年的七月，由于父亲在煤矿因公负伤——他的一只脚被矿井中的运煤轨道车轧伤，造成五个脚趾粉碎性骨折。怕家里人担心，父亲执意不让单位通知父母家人。据说，后来通知爷爷去看的时候，父亲已经快出院了。痊愈之后，单位上关心照顾父亲，将他调离煤矿，安排到铁路上工作了。这，给父亲带来了无尽的欢乐与喜悦。从此之后，父亲成了一名铁路工人，在铁路上工作了整整三十年，直至一九九四年退休。

因祸得福皆在天，走向人生新阶段

在煤矿负伤对父亲来说可谓因祸得福——在父亲的心目中，铁路工人比起整天不见天日，随时都有生命危险的煤矿工人，有着天壤之别。父亲成为一名铁路工人之后，最初是在“兰新线”——我记不大清了，可能是兰州到乌鲁木齐或是其中的某一段。这期间，他的单位所在地在张掖和酒泉。起初是在货车上做什么，后来又在客车上当了一段时间的列车员。时间大约是从一九六三年的七月到一九六六年的七月“文革”开始。这个年份和时间是母亲告诉我的，我怀疑母亲可能记得不是很准确。

我开始读小学那一阵，父亲每一次来信的地址是酒泉或张掖的某某某地。但从我记事的时候起，我印象中父亲的工作单位一直是“铁道部第一工程局三处”。我是家里几代人中第一个像模像样走进学堂的人。那个时候，尽管爷爷奶奶特别希望我能够早一天开始给父亲写信，但在我的记忆中，能够给父亲写信差不多是到了三四年级以后的事情。在好几年的时间里，给父亲的书信都是爷爷和奶奶口述，然后由邻人代笔的。

一九六六年，中国“史无前例的文化大革命”爆发。记得夏天或是初秋的一天，刚下过一场雨，空气挺清新。我在家门外离打麦场不远的小道上玩泥巴，突然惊喜地看见父亲回来了。他没有拿太多的东西，手里只提了一只白布口袋，里边装着一些“好吃的”。后来才知道，父亲那一次是“逃”回来的，因为他所在的单位也和全国其他地方一样被“文革”的潮流所席卷，工人们开始热火朝天地搞派性、搞武斗，以此“誓死保卫党中央和毛主席”。看着当时的场面，父亲觉得很恐怖，他不愿意参加什么“红三师”“红联”之类的，于是就找借口跑回了家。正在这个时候，好像是单位要搬迁还是什么的，暂时给他们放假回家，要大家在家等候单位的通知。

从那个时候开始，一直到我长大成人，父亲是我心目中非常了不起的人。尤其是在我年纪比较小的时候，因为我们那里在外地工作的“公家人”很少，所以我的潜意识里无疑会有一种优越感和自豪感。按今天的话说，父亲一进家门，便会带来一种强大的气场。父亲无疑是我、是我们一家人的强大靠山，一想起父亲，我就觉得这世上没有任何我害怕的事情，我觉得父亲无所不能——那种心理就像是很多小孩，别人欺负了他，他马上会说：“你欺负我，我要告诉我妈妈!”，以为自己的妈妈一定是能管得了这世上所有事情的了不得的能人。

文革初期，也就是父亲那次回家之后，他从河西走廊的张掖或者酒泉调往陕西——应该是他的单位“铁三处”整个迁到了陕西。父亲在陕西工作了二十多年，先后辗转过的地方有：陕南西乡县的茶镇、城固、阳平关、陕北洛川的交口河，最后是在咸阳市。工作环境和条件时好时坏，工程局的铁路工人，干的肯定是很苦很累的活，但从整体上来讲，父亲的工作条件在不断地改善。尤其到了洛川和咸阳之后，他一直是内燃司机，其间还开过一段时间的轨道车，工作相对轻松。

在陕西待过的这些地方，大多应该说还算不错的。不知道是父亲真的给我说起过，还是我曾经做的梦：在我的印象中，父亲好像说陕南西乡的茶镇最好，他说那里有山有水、山清水秀，是他走过的最好的地方。总之，在我的心目中，我一想起“茶镇”这个名字，脑子里马上会出现一幅山清水秀、气候宜人的景象。是啊，“茶镇”，多好听的地名！不知道茶镇是不是以产茶而得名？但无论怎样，记得父亲在那里工作的时候，每年回来都会带来上好的茶叶，很多人来我们家，为能够喝到好茶而赞不绝口。我曾经想象过，有机会的话，我真应该到茶镇亲自去看看，看看这个父亲曾工作过的“好”地方。但转念一想，还是不去的好，以免就像是看到了我向往已久的“阳平关”那样令人失望——读大二的时候，学校组织我们各系获得省级三好学生的人去四川旅游，我途经“阳平关”这个父亲曾经工作过的地方，但它并不像我心目中想的那么美。

可能是在阳平关的时候，父亲由于长年累月在外，工作条件差，生活艰苦没有规律，有一阵父亲患上了严重的肝炎。在后来的好几年里，父亲受疾病的折磨，健康状况受到极大影响。我记得那几年父亲回家的时候，每天都用开水冲生鸡蛋喝。据医生说，这种土办法有益于肝病的治疗。同时，为了养肝，家里还找人给他买了很多的白糖吃。父亲的肝病后来被一位来自贵州的江湖医生——一位有把年纪的农村妇女的“家传秘方”，给彻底治愈了。但不幸的是，父亲最终还是被肝癌过早地夺走了生命——这跟他早年患过肝炎有关。

父亲工作过的地方，条件最好要数咸阳了。那里是他们“铁三处”的机关所在地。咸阳工作期之初，父亲已经是八级工了。无论是开汽车、当内燃司机，还是开轨道车、做机械修理师，工作都比较舒服。这期间，父亲因工作出色，被单位评为先进工作者，出席局里的先进工作者代表大会。

自从到陕西工作以后，我记得父亲的工资一直挺高。比如上世纪七十年代末的时候，父亲每次回家，都会给家里带来很多的钱。对于那个时候的人来说，那是一个了不得的数字。但后来到了我真正懂事的时候，我方才知道，父亲的那些钱，是用何等辛劳的汗水换来的。

文革期间，有两件事情最让我记忆犹新——

那是父亲还没到陕西或者初到陕西的时候，有年夏天回家，他给家里带来了一件让我们意想不到的“宝贝”——那是一部手摇留声机，当地人叫“洋戏匣子”。那年月，我的家乡可没人见过那宝贝，甚至连听都没有听说过。这个洋玩意给我的童年真是增添了无尽的欢乐，我忘不了那些在我的心目中，好听得不得了的胶木唱片——无论是秦腔、豫剧、晋剧、碗碗腔，还是文革期间的一些优秀歌曲。关于这部留声机，我曾专门写过一篇散文《我亲爱的“洋戏匣子”》，此处不再赘述。

父亲原本弟兄三人，有个出生于一九四七年的弟弟，早年夭亡，而他的哥哥二十八岁却英年早逝，最后老天爷只留下他一个人赡养自己的父母。在我的心目中，父亲在爷爷奶奶跟前，是少有的孝子。他们父子、母子之间的那种血缘亲情，是我无法用语言表达的。正因为这样，正因为爷爷奶奶对父亲的疼爱，正因为父亲对爷爷奶奶的非同寻常的孝敬，让我们兄弟和妹妹从小看在眼里、铭记在心上，孝敬老人成了我们家庭渗透在血液和骨子里的传统。

上世纪七十年代初，奶奶曾大病一场，有几天昏迷不醒，那一次，我们完全以为奶奶活不过来了。从小每天都离不开奶奶的我，真是难过到了极点。父亲接到家里的电报之后，以最快的速度从陕西扛着一袋白花花的大米赶回家中——那是我有生以来第一次见到大米。我至今记得父亲见到昏迷不醒的奶奶以后，悲痛不已放声痛哭的样子，那也是我此生第一次看到父亲痛哭。从那悲切的哭声中，我知道父亲是多么依恋、多么离不开自己一生受尽苦难的母亲……

后来，单位为了照顾父亲，让他离家近一点，就安排他到了铁三处兰州招待所，具体地址在今天的兰州火车站站台之南。从一九八九年开始，直至一九九四年退休，父亲在这里度过了五年时间。这大概是他一生中工作得最为轻松的岁月。

慈父离去何其悲，一家之主多艰难

一九七六年，不满十七岁的我从中学毕业。大约是农历二月的十二或十三，在父亲返回单位的那天早晨，发生了一件至今让我感到十分蹊跷的事情。

因为要送爸爸返回单位，母亲那天早晨特意做了一顿家里最好的饭——长面条。当时爷爷、奶奶和爸爸都坐在炕上，一碗面条刚刚摆到爷爷的眼前，那碗竟莫明其妙好端端地“哗啦”一下翻了，整碗面条干干净净全部倒在了饭桌上。我不由得心头一怔，觉得特别惊奇，按说，那碗是绝对不应该翻倒的。吃过饭，我和妈妈、弟弟、可能还有小姑姑，去离家不远的山上西兰公路送父亲搭车。那个时候我们叫“等车”，因为车比较少，只能等候在那里，碰运气等待过路的长途班车——多少年，先是父亲，后来是我和弟弟，我们就是这样等车的。

几个小时以后，差不多是父亲刚刚坐上车不多一会儿，我们离开公路往家里走的时候，邻居家的一个孩子气喘吁吁地跑上山来——说我爷爷突然昏过去了。我们不由自主地、下意识回头看看公路，似乎在期望着父亲所乘的那辆车还停在那里。

爷爷是脑溢血。有十天的时间，躺在炕上处于昏迷状态。爸爸回来之后，看到爷爷昏迷不醒，难过之极！他在爷爷的耳边轻轻唤了几声——原本早已深度昏迷的爷爷，眼里突然流出了两股泪水——看来，爷爷是在坚持等待着自己依依不舍的、唯一的儿子。爸爸进门不到一个小时，昏迷了十天的爷爷停止了呼吸，时间是一九七六年二月二十二日下午。

爷爷离世那年父亲三十八岁。爷爷在世的时候，把家里的农活以及里里外外、方方面面的大小事情都安排得井井有条，更不用说还有我的异常勤劳和不知疲倦的母亲在辛勤劳作，所以家里的事不用在外挣钱养家的爸爸操太多心。但是爷爷去世以后，爸爸立即意识到，他的“清闲时代”彻底结束了。从此以后，他必须得像爷爷生前那样，担起这个家庭一家之主的重担。

爷爷去世的头两年，爸爸妈妈的心头有太大的压力，因为爸爸长期在外，对庄稼上的好多农活并不很内行。开始的时候，村子里很多人都以为我们这个家没有了爷爷这个能手，各方面可能都不行了。可是万万没有想到，在勤劳异常的爸爸妈妈手里，家里的各方面很快就步入了生机勃勃的正轨，地里的粮食也一年比一年长得好。当然，这一切都是父母的无数汗水换来的。尤其是妈妈，爷爷去世以后，里里外外的一切都压在了她的肩上，就像是村子里尽人皆知的那样：我的母亲，流在黄土地里的汗水比三个男子汉强壮劳力的都要多……

自打爷爷去世以后，爸爸每年休假两回，每次都是两三个月，几乎半年的时间都在家中帮妈妈干地里的农活。村子里的人说，干起农活来，爸爸比他们常年在地里劳动的农民更加干练在行。其实，爸爸所下的苦、流的汗，只有他和妈妈心里明白。我至今仿佛还能看到爸爸在地里拼命劳动，气喘吁吁、汗流浃背的样子……

爸爸的生活特别勤俭。养活一家人对他而言无疑是沉重的负担，所以爸爸自己的日子过得十分节俭。每次回家探亲，必然带来他精打细算的所有积蓄，各种用的东西总是大包小包应有尽有。可是有好几次，我发现他自己穿的背心和袜子都是开了洞的——他挣那么多钱，却舍不得给自己买双袜子。在上世纪七十年代那个贫穷的年月，大家的生活都非常困难。国家禁止私人买卖粮食，爷爷去世那一年，有一阵家里缺少粮食，我们每天只能吃红薯片或者用这种红薯片磨的红薯粉，日子过得非常紧张。没办法，爸爸就跑到黑市上去买粮，结果买到的一点粮食却被公社的一位干部没收不说，还要爸爸做检讨。我至今记得爸爸那天回来后，那副既愤怒又沮丧的样子。好在后来经人说情，那些宝贵的粮食还是被要回来了。

我同样不会忘记父亲在兰州“铁三处招待所”度过的那几年时光。虽说在兰州的工作是轻松，但在那里工作和生活的条件还是艰苦的，只是由于父亲生性快乐，对身外的一切没有太高的要求，所以他给我们的感觉，总是经常生活在幸福和快乐之中。他孤身一人在那里，吃饭也只能自己凑合着做。我有时候和希梅过去看望父亲，看他生活那样俭朴，心里很难过，但是我们也没有什么办法，那个时候我们刚刚成家不久，条件也比较差。再说爸爸过那样的日子，他自己总觉得非常满意。爸爸从不计较自己过得怎样，心里想着的只有自己的老母、妻子儿女这一大家人，我们大家的幸福就是他的幸福。

临退休的前一年，小弟因为高考补习来到兰州跟我学习，平日里就和父亲住在一起。由于招待所房子紧张，原来居住的大一点的一间房子，按照单位领导的要求被腾出来做客房，父亲和弟弟不得不听那位领导的安排，搬到位于院子角落的一间很小的、只能放一张床的小房子里。爸爸和弟弟当年那艰苦的生活条件，那不容易的日子，我今天想起来只想掉眼泪……

自在人生共十年，粗茶淡饭也怡然

爸爸是一九九四年从他工作了三十多年的"铁一局三处"退休的，如上所述，退休前在铁三处兰州招待所工作。一九九四年对于父亲来说，的确是他人生的一个明显的分界点——不仅自己到了五十五岁该退休的年龄，而且就在这之前不久，奶奶于一九九三年底去世。祖母的离世，更是让父亲看清了生命的有限——该退休的时候就退吧，那是老天爷要他休息呢！

祖母去世后，母亲不用再待在县城家里照顾老人了。从一九九四年以后，爸爸妈妈开始住在兰州。起初，二老住在师大我先前住过的一间单身宿舍里——那是我和希梅结婚时的新房，也是我们俩人这一生的第一个幸福的窝儿。两年之后，师大福利分房，在二十号楼给我廉价分了一套两室一厅的房子（218 室）。从此，爸爸妈妈的住处有了较为理想的改善。二零零一年开始，我们搬到师大 39 号楼新居，爸妈又在兰空医院的集资楼——我们原来的家住了两年多时间。

父亲是一个异常乐观的人。无论是在师大住单间，还是住套房，吃了一辈子苦的父亲，对这一切总是显得既知足又满意。其实退休之后爸爸的工资很低，每个月只能领到六百块钱，但是爸爸妈妈总是说，那些钱足够他和妈妈生活了，不要我们操任何心。再说，那个时候无价相对便宜，我们也没有今天这样优越的条件，所以看着老人那样生活也还感觉说得过去。人就是这样，无论粗茶淡饭，心境怡然便是最大的幸福。爸爸退休以后，生活看上去过得还真不错——不是他们生活富有，而是心情舒畅！这在很大程度上取决于他乐观的生活态度。

爸妈生性善良、热情、乐于助人。在师大校园里生活的那几年，左邻右舍无论年轻人还是那些老人们，和爸妈相处得都非常好。在院子里很多熟人的心目中，爸爸是一个生活快乐的人。

爸爸是一个异常热爱生活、热爱大自然的人。他有着非常好的生活习惯，他始终是那样的勤快，那样的闲不住，这或许与他一生的勤劳有关。无论是在老家的乡村山野，还是在城市兰州，他从来都不放弃跟大自然亲近的机会。晚年的时候，记得每次回到故乡，他总是喜欢到处走走，家乡的一草一木永远是他所亲近和喜欢的；住在兰州，他每天都会起得很早，不是在校园里锻炼，就是和母亲一起到黄河边或是附近的山上去散步呼吸新鲜空气，顺便再捡上几块他觉得好看的黄河石，或者和妈妈一道顺便拾一点野菜什么回来。有一次他竟然在党校附近的树林里捉住了一只小小的猫头鹰，本想给自己的孙子玩儿呢，但一听说这是珍稀保护动物，赶紧又放回了树林……

到了晚年，爸妈一直过着粗茶淡饭的日子。说来也挺有意思，或许就是因为受父母的影响，我这个做儿子的，至今对吃什么、喝什么没有太高的要求，一副地地道道贫穷人家、农家子弟的样子。在爸妈那简朴的住处，除了他们精心浇灌养殖的那些花草之外，就是爸爸捡来的一些黄河石头——他利用一些废旧材料，将他觉得好看的石头精心仔细地装扮起来，做成盆景。那份执着投入的样子，就像是一个快乐天真的孩童。真的，父亲终其一生都是一个热爱生活、童心不泯的人，这一点，我真的很像父亲。

人生短暂如梦幻，慈父永在我心间

父亲一直心情开朗，身体很好，看他的精神状态，我始终以为爸爸至少可以活到八九十岁。然而就在二零零二年的冬天，因觉得身体不舒服，在医院工作的希梅特意领他去检查。检查结果：父亲患了肝癌，但我们当时没有告诉他。患病后，先后两次住院，父亲表现得十分坚强和乐观。只是到了后期，随着病情的不断加剧，他大概也觉察到自己患了重病，渐渐地，他不得不开始接受难以抗拒的命运。

父亲去世前一个月，按照他的愿望，我和弟弟、妹妹一道，把爷爷的遗骨从乡下芦河老家迁到了会宁的东山园林，和十年前安葬在这里的奶奶合葬在了一处。为此，我和弟弟特意给爷爷作了一套挺讲究的“纸火”，算是我们代表爸爸给爷爷他老人家的一份“迟到的孝心”。爸爸在看到我们拍摄的大量照片以后，以一个仿佛知道自己行将走向生命尽头的人那样，以“欣然”的口气给我和弟弟说：这是他一直以来的一个牵挂！这件事做了，他的心上再没有什么放不下的事情了……

二零零三年的九月十二日，阴历八月初十，那是让我永远无法释怀的一天。早晨七时，在病床上呻吟了整整一夜的父亲（后来我发现液体输到了皮下，想必父亲的痛苦与此也有一定关系，一切都怪我们当时照料不周），此时终于平静下来了。他仿佛显得十分清醒，还给同病房的病友说：自己折腾了一夜，打搅得别人都没有睡好，真是过意不去……然而半个小时以后，他又开始感觉不适。他自个儿开始试着翻身，但是觉得力不从心，要我和守候在床边的弟弟帮他翻翻身。刚刚翻过身，我们发现父亲的脸上现出异常痛苦的表情，我和弟弟赶紧给他插上了氧气。而就在这时，他以前所未有的声音，长长地唤了一声"妈——"。在我这一生中，那将是让我永远不能释然的一声呼唤！——爸爸的声音是那样的痛苦和凄厉。那一刻，我不知道是父亲因心脏骤停而太过痛苦，还是因为真的想念自己的母亲——也许他真的看到了正在等候着自己的母亲……之后，便永远地停止了呼吸，先后大概只有一两分钟，时间是早晨八点整。

就这样，和爷爷一样，父亲走完了他不满六十五个春秋的人生。六十五个春秋，就时间概念而言，那是短暂的一生；然而从父亲一生所经历的人生磨炼和无数艰辛而言，似乎又是无比漫长的一生……当父亲永远地闭上他的眼睛的一刻，他生前的音容笑貌和他的整个人生就像电影一样，一幕幕地从我脑际掠过。他的一生，有过无比的贫穷和艰难，也有过幸福美好的快乐时光，但就父亲的天性而言，他似乎永远都是可以做到以苦为乐的。就是在这样辛劳、艰难而又快乐的一生中，父亲把他的一切都给了他的亲人。在父亲的心目中，我们的生活和事业就是他全部的牵挂，我们的幸福就是他全部的幸福。

我生来是个很胆小的人，多少年来，无论谁家有人去世，我一般都不敢去做道别。可是父亲离世以后，我没有丝毫这样的感觉。父亲去世的第三天深夜两点，在护送他的灵柩去家乡县城之前，我给成殓在棺材中的父亲最后一次梳头、洗脸，我只想最后多看他老人家一眼。上午九点到达会宁东山墓地，下葬之前，再次开棺，那是我今生今世最后一次给慈爱的父亲擦脸，我将慈父的遗容永远留在心间……

今天是二零一零年的八月二十三日，再过二十天的时间，就是父亲去世七周年的时间了。七年来，我无时无刻不在怀念我亲爱的父亲，我忘不了他一生走过的艰难和辛劳的人生路，我忘不了他对自己父母的无限孝敬，我忘不了他对我们这些儿女无微不至的疼爱和养育，我更忘不了他一生无论何时，都始终不变的快乐人生理念。我们弟兄能有今天，乃是因为父亲终其一生的辛勤养育。我们只有勤奋地工作，认真地做人，那才是对父亲在天之灵的最好的安慰。

写于 2009－04－30；2009－09－12；2010－08－20、21、23

洋戏匣子

妹妹就把它拿出来摆到我的面前。

我如同见到了久别的亲人一样，静静地看了

好一阵，一幕幕往事如潮水一般，涌上了我的心头……

——题记

晚上和希梅去河边散步，无意中说起我俩小时候同音乐有关的东西：一是她的小提琴，一是我的留声机。正是与这两样东西有关的故事，构成了我们难忘的童年生活——那真可算得上是我们童年的“音乐人生”。

说起我小时候常听歌曲和戏曲的那部留声机——大人将她叫作“洋戏匣子”，可是我们家当时最豪华体面的宝贝。那个年月，在我的家乡那样一个既偏僻又落后的地方，几乎没有人听说过这样一个神奇的“洋戏匣子”，那是属于地道的“奢侈品”。就是这个“洋家伙”，它给我们家所有的人，尤其是给我的童年带来了无限的欢乐，留下了永生难忘的记忆。现在回想起来，正是这部“洋戏匣子”，说它对我后来的音乐兴趣和爱好的培养起到了不可估量的作用，实不为过。

一九六五年的腊月。临近春节的前几天，和以往每年的这个时节一样，一家人不时地望着远处的山峁峁，盼望着在外工作的父亲回来过年。记得那天吃过午饭后，父亲回来了。和往常回来时一样，除了肩扛手提地带回来许多过年的东西外，他手里还特别提着一件格外稀奇的宝贝——78 转唱片的“洋戏匣子”。在我的心目中，父亲回来便意味着将幸福、喜悦、欢乐和温暖一起带回了家，而这一次似乎更是非同寻常——因为他带来了出乎我们预料的这个洋戏匣子。正是这件宝贝，给我们一家人的那个春节增添了前所未有的欢乐和喜庆气氛。

自从有了这件宝贝，小小年纪的我便不愿意出门了。我一个劲地趴在这个“神秘宝贝”跟前，仔细盯着那不停地转啊转的唱片，心想：就那么一枚小不点儿的钢针在唱片上一圈一圈地划着，竟然就能发出那么好听的声音来？实在是太神奇、太不可思议了！我真的听不够也看不够。当时心中只有一个念头：我的父亲真的非常非常了不起——至少，在我所知道的天地里，我觉得再没有比我的当铁路工人的父亲更了不起的人了。

也正是那一回，父亲一次性就带来了二三十张唱片。那些唱片基本上都是戏曲——除了个别几张豫剧和晋剧唱片外，基本上都是秦腔。因为当时爷爷、奶奶、爸爸、妈妈和姑姑，所有的人最爱听的就是秦腔——而今和西方音乐打了二十多年交道的我，我的学生都以为我就喜欢西方的交响乐，其实在很长的时间内，我是个狂热的秦腔迷。记得那些唱片中有《铡美案》《空城计》《白蛇传》等等，而给我留下最深刻印象的，是一个叫马友仙的人演唱的《梁山伯与祝英台》——尽管我的年纪还小，可是每每听到她充满忧郁的腔音的时候，我的心也会立刻变得忧郁起来。我只觉得，如此好听的声音是天地间唯一的。当然，我对《梁祝》的执意偏爱与另一因素不无关系——当时我家的墙上贴着一幅非常漂亮的《梁祝》的电影剧照，画面上有四个人，前面是两位相公，后面是两位书童。后来，我才知道那幅剧照上表现的是“草桥结拜”的场景。

我不仅喜欢听那些唱片，而且也喜欢看它们——我觉得那些唱片真的非常好看，就连那用来装唱片的一个个牛皮纸封套，都是非常好看的。它们是那样的漂亮精致，甚至直到今天我都有点搞不明白自己：当时小小年纪的我，第一次看见唱片封套上印有华表的“中国唱片”的那个标志的时候，我的心里就有一种说不出的、莫名的喜悦和激动！我不由自主地用手摸着那个标志——我相信童年时候的我，曾经一万次地注视过那个神奇的、甚至对我来说是有点神秘的“中国唱片”的标志。也许，那是我冥冥之中的宿命。

有了“洋戏匣子”的第二年是一九六六年。在随之而来的“破四旧”中，有人提出要没收甚至砸了我们家的“洋戏匣子”以及那些唱片，因为它们是牛鬼蛇神。在那个年月，凡属于“牛鬼蛇神”的东西，都是在劫难逃的。听到这个消息的当日，我的心中是那样的恐惧和绝望，我只觉得那是真正的大难临头，一切都完了——因为在我的心中，“洋戏匣子”就像是我的性命，我不能没有它。记得那天晚上躺在炕上，我怎么都睡不着，眼泪在黑夜中不停地流着。想想我就要失去我可爱的“洋戏匣子”，我悲痛欲绝，然而我却一点办法都没有。

不过，那一切倒是虚惊一场——我那宝贝的命运最终是幸运的。据说是因为一位公社干部亲自发了话，我们的洋戏匣子终于逃过了她那迫在眉睫的劫难。后来，在很长的一段时间里，有两种形象总是出现在我的噩梦里——一种是大灰狼，那是因为，小时候的我曾经在山坡上近距离地看见过真正的大灰狼，说心里话，那一天我简直觉得天上的太阳都变成了大灰狼的颜色；另一种便是模样长得凶神恶煞般的、要砸我们家“洋戏匣子”的那些人。

躲过了劫难，戏匣子更让我倍感亲切了。在我的心目中，从一开始她仿佛就是活的，有生命的。从那之后，父亲每次回家再也没有拿回来过秦腔唱片，代之以歌曲唱片。于是，我们家陆陆续续又新添了不少属于那个时期的歌曲唱片。我想说的是，我非常喜欢它们。我喜欢那些歌曲唱片的兴趣和程度一点都不次于那些秦腔。我是文革期间上的小学，尽管年纪还小，但是每当听到那些歌曲的时候，我都会激动不已，甚至会有一种心跳加快、浑身触电的感觉。

记得那些歌曲中有柴旦卓玛演唱的《翻身农奴把歌唱》、《唱支山歌给党听》，还有别的歌唱家演唱的《红梅赞》《众手浇开幸福花》《逛新城》以及《草原上的红卫兵见到了毛主席》，等等。现在想起来，那些“老歌”实在是太好听、太让人难以忘怀了。就是那些歌曲，伴随着我度过了清贫但却异常快乐的童年。说不清那每一张唱片我究竟听过多少遍，但我自己心里总是固执地认为，我至少听过它们一万次。即使后来父亲买来了半导体收音机，我依然深深地依恋着亲得不得了的洋戏匣子，因为在她那里我可以随心所欲地一遍又一遍地听赏我那些百听不厌的歌曲和戏曲。

说实话，洋戏匣子所给予我的音乐艺术的营养，是绝对可以用“难以估量”几个字来形容的。记得刚上初中时，尽管我只有十二岁，却已经可以自己“作曲”了。不过那时候我还不大识谱，我的那些曲调是由教我们音乐课的杨海明老师帮我记录下来的，而后由我自编自唱，在全校的晚会上演出。后来读大学期间，我学的是手风琴专业，但是我创作歌曲的速度很快，而且质量大多不赖。我总觉得，我的脑子里有很多现成的旋律。不夸张地说，自如地调遣和使用这些音符，与使用语言文字相比，似乎觉得没有什么两样。我将这一切归结为两个重要的原因：一个是我儿时在家乡听到的邻村的回族同胞演唱的、美得无法用语言形容的那些花儿；另一个原因便是我的洋戏匣子，后者则显得尤为重要。

在那个特殊的年月，人们的文化娱乐活动单调到令今天的孩子们难以置信的地步。而我的家乡在贫穷和偏僻的山区农村，就更谈不上有什么文化娱乐活动了。当时人们唯一能够看到的，就是演了一遍又一遍的“样板戏”电影，还有老老少少每个月都能看上一遍的《地道战》《地雷战》和《南征北战》。我的乡亲邻人们知道我们家有个洋戏匣子，会时不时地来到我们家，特意听听在那个年月里不允许人们听赏的老唱片。对乡亲们来说，最好听的当然是秦腔了。善良的祖母不厌其烦地手摇着唱机，给大家听了一张又一张，直至大家听够为止。拾音唱针动辄就老秃了，为节省起见，我和妹妹时常满心欢喜地拿了秃针到磨石上磨了再用……我永远忘不了那样的日子。

有一个故事是不能不讲的。有了洋戏匣子后不久，我的外祖父远道来看我们，当他听了洋戏匣子发出的声音之后，那种困惑和惊异的神情在老人的脸上足足挂了有一个小时。大字不识的他，不时地低下头来仔细地瞧着，甚至有一阵想把手从机箱里伸进去摸一摸——看能不能把藏在里边唱歌的那个人给逮着了。几年以后，老人家去世，他始终也没有弄清洋戏匣子的奥秘。

我们离开乡下那个家已有二十年了。我最后一次见到洋戏匣子，是六年前在乡下妹妹的家里——搬家的时候，奶奶将她留给了妹妹。因为我们谈话间说起来了，妹妹就把它拿出来摆到我的面前。我如同见到了久别的亲人一样，静静地看了好一阵，一幕幕往事如潮水一般，涌上了我的心头……

妹妹将她和唱片保存得很好，因为她知道这件宝贝对我们这一家人来说，尤其是对她的这位哥哥来说，意味着什么。

2009－01－31

故乡的端午节

妹妹离开我走出校门的那一刻，
我的心里空落落的，止不住的眼泪扑簌簌地流淌下来。
我想念奶奶、想念在家里特有的氛围中与亲人一起过端午的感觉。
——题记

今年的端午，我由王蒙和郎朗“做伴”，在宁静的书房里度过，得以享受一份难得的清净、诗意与浪漫。

傍晚去黄河边散步，天色晴朗，空气中飘来花草树木散发的香味，四周弥漫着滋润而宜人的湿气，这在金城兰州这样一座北方城市是难得的。加之又是端午节，这样美丽的景致和气息，让我顿时想到了童年的端午，于是，心中淡淡生出一种对自己的责备来：今天是端午呀，这么好的天，清晨我为何没有想到户外踏青呢？比如到这清新的、有着满眼绿色和鲜花的河滨漫步呢？

我知道，这是一种多少带着一点失落的自我责备，而隐藏在这种情绪背后的，是对儿时故乡端午节的怀恋——

故乡的端午是令人永生难忘的。

不知为什么，儿时记忆中的端午，就像今年兰州的端午一样，节前十有八九总是要下一场雨的。那令人喜悦的有情有意的雨，仿佛就是有意赶着节点，为大地上的花木百草、生命万物送来节日的蜜雨甘露。

雨后的端午节，天气异常晴朗，空气格外清新。清晨早早起床，脑子简直就像是被洗涮过的一般清醒。望一眼大人们在屋檐和门楣上插满的青青杨柳枝，随后便带着甜蜜蜜乐滋滋、清新愉悦的心情来到户外，走过长满鲜嫩嫩的青草和点缀着五颜六色野花的田埂，故意让那些晶莹剔透的露珠打湿自己的鞋子，那是一种说不尽的甜美与惬意。我就是喜欢在那样的甜美与惬意中，用心听着枝头小鸟们浪漫的歌唱，看着路边野花们的甜美的微笑。啊，童年的世界，童年的端午是多么美好啊。

端午的前一天，如果正好遇上星期天，我一定会跟上妈妈去赶集的。那个赶集日绝对不同于以往任何时候——人们的心情在这一天似乎显得额外好，好得就像是那个季节透亮的天气。这一天，小镇集市上最美丽的风景，就是满街五颜六色的、精致的香包和彩色花线。那些打扮得花花绿绿的年轻姑娘和媳妇们，三三两两结着伴儿，兴高采烈地或为自己为家人选上几个中意的香包，或买一团中意的花花线带回家。

第二天便是端午了。大人们给孩子的手腕和脚脖上系上花花绿绿的七彩线，这叫作绑手纩。对孩子们来说，这是一件令人激动和兴奋不已的事情。当然，那些花花绿绿的彩线对我们小男孩来说还会有别的用途。比如，我会用它来拴一只好不容易逮着的可爱的小松鼠，牵着松鼠玩儿。最有趣的是，过不了几天，那松鼠就会成为我要好的朋友——即便给它松开了花线绳儿，它也会形影不离地紧紧跟随着我，再也不想离开我了。

除了绑手纩之外，孩子们不分男女总是要戴上一个或几个香香的小荷包。我戴过的香包大多都是桃形的，有时会戴上好几个，有大有小，用不同颜色而且往往是色彩对比十分鲜明的丝绸绣制而成。那些做工精美的香包，总会鼓鼓地装上许多香草。我至今记得那香草的味儿，时至今日成了我最喜欢的香味。后来，有一年的端午节我在自己生活的这座大城市里看到街上有人卖香包，满以为就是故乡儿时记忆中的那种香包。于是，便乐滋滋地拿起一只，闻了闻，随后立即转身离开了，因为我闻到的竟然是一股喷洒上去的、浓浓的法国香水。当时，我心头的那份失落和失望，让我至今难忘。

儿时的端午节是令人愉快的。尽管那个时候人们的生活都比较贫穷，但在当时如我一样的孩子们的心目中，是差不多没有“贫穷”这个概念的。我们没有可能将那时的贫穷和今天的富裕进行比较。于是，在如我一样不懂事也不知道贫穷是什么的孩子们心中，有着的永远是和着甜美的幸福与满足。尽管如此，一个不可否认的事实是：那时的我之所以喜欢过端午节，一个很重要的原因就是这一天可以吃到好吃的东西——那“丰盛”的美餐是一年之中少有的。

这一天，我们可以吃到凉粉、甜醅和臊子面，还有韭菜炒鸡蛋、炒腊肉、炒粉条，等等。最让我兴奋不已的，是奶奶和母亲给我和弟妹每人一个上面压上花纹儿的小锅盔。我至今不懂得这一天给孩子们烙一个锅盔，是家乡一种什么样的风俗。但有一点却是我知道的，那就是：当我捧着奶奶给我的那个好看的香喷喷的锅盔时，我会有一种乐得说不出的开心和喜悦。也正是这个原因，我至今十分偏爱东乡和回族同胞那压了花纹儿的清真锅盔，不单是因为好吃，还因为看上去有点像童年端午节奶奶和母亲烙给我们的花花锅盔。

最后一个给我留下深刻记忆的端午节，是我上了初中的那一年。我上学的镇子在离家二十里以外的地方，因为离家较远，加上又不是星期天，那年的端午我没能回家。然而让我万万没有想到的是，临近中午时分，妹妹突然出现在了我的校园——奶奶特意打发她来给我送家里做好的凉粉和甜醅！当然还有一个拓上美丽花纹的、闻着香喷喷的锅盔。至于彩线和香包自然是没有的了——我已经是十二岁的初中学生了，似乎不好意思戴香包了。同样是端午，可是那一天我却失去了往年端午心中本有的那份喜悦和甜美——妹妹离开我走出校门的那一刻，我的心里空落落的，止不住的眼泪扑簌簌地流淌下来。我特别想念奶奶、想念在家里特有的氛围中与亲人一起过端午的感觉。

对于而今身居闹市的我来说，故乡的端午已成了遥远的梦。然而随着岁月的流逝，这本该朦胧和褪色的梦，却不听话似的变得越来越清晰、越来越甜美。我知道，留在这无尽甜美的梦幻中的，是我永远难以割舍的，对亲人、对故乡和美丽童年的那份深情眷恋。

2008—06—21

永远失去的水塘

我的水塘永远地失去了，那是我
年少的生命所经历的一场难以面对的痛苦与悲伤。
随着水塘的消逝，我美丽的童年仿佛也被一同埋葬了……
——题记

童年，就是小时候的幸福和欢乐，就是长大后的记忆和梦想。

在他人的眼里，我的童年或许没有什么可值得炫耀的故事。但在我自个儿心目中，我的有关童年记忆的贮藏间却是丰富多彩的。因为，那里永久居住着我太多难以忘却的故事。

在我所有的“最难忘”里，不分冬夏春秋，随时会跳出来浮现在我记忆屏幕上的，是那方和我童年的幸福息息相关的水塘——她，是我童年最深情的记忆。

我读书的小学校位于我的邻村，离家五六里地。在我每天上学必须经过的一个河滩——以我那个时候的眼光，觉得它是一处极为开阔的地方——在那异常宁静的、长满了倒垂着的桑树和榆树的悬崖下面，有一方四季明澈如镜的天然水塘。这方面积不过四五百平米的水塘，形如一弯拉长的新月，所以，喜爱她的我将她唤作“月亮池”。月亮池又名“暖水”，因为，即便到了一年最为寒冷的严冬腊月，这里清粼粼的水面始终不会结冰。

每到夏天，水塘里会有成千上万数不清的小鱼儿自由穿梭——对于从小喜欢安静和富于幻想的我来说，那里是我童年美丽的天堂。非常有趣的是：在那方充满生机的水塘里，有些小到像针尖一般大的小鱼儿，极为敏捷地、箭一般穿梭在水里，那样子真的可爱极了。因为小鱼儿实在太多太多，所以，只要你把手伸进去那么一捧，仿佛可以一下子掬起整整一百条来。看看，那些在我的手中不停地左冲右突穿梭不已的小鱼，明明知道没有任何希望逃脱我的手掌心，可它们还是一个劲儿，没完没了地拼命冲突着。我捧着它们，聚精会神地看着，直到那些小不点儿在我的手里闹腾够了，直到我心满意足地把它们看够了，才会小心地将这些小可爱们全都放回水塘里。它们似乎不是很懂礼貌，跟我连声招呼都不打，就逃命似地快速向四散里游去了……

那是一个心灵敏感和充满幻想的少年的忘情岁月。有一阵子，我就是在这个美丽的水塘边，一遍又一遍，贪婪地阅读苏联作家奥斯特罗夫斯基的小说《钢铁是怎样炼成的》连环画的。那本迷人至极的连环画，是我的一位好朋友送给我的。在我的记忆里，那本封面和封底早已不知飞向何处的四方形连环画，绘制得精美绝伦。无论是那动人的故事还是那令人神往的图画，一切都是那样让人爱不释手。我记不清，从小就迷恋阅读和绘画的我，把那本连环画究竟翻了多少遍。我只记得，在那特别的日子里，我一边阅读，一边幻想着，我的思绪飞向无尽遥远的地方。我幻想着书中的每一个情节、每一个人物、每一块地方。多少个日日夜夜，我沉浸在这本充满魔力的小书中不能自拔；多少个日日夜夜，我魂不守舍、死缠硬磨地和那个可爱的保尔生活在一起，和他同吃同住、一同欢乐一同忧伤；保尔和他的初恋情人冬妮娅初次相会的情景，多么感人和令人难忘……正因如此，三年前我去俄罗斯“朝圣”时，特意去了新圣母修道院奥斯特罗夫斯基的墓地，深情地拜谒这位久违了的、我生命中永远不能忘怀的神圣的朋友。

在我的水塘一边，有很多的绿柳、杨树。其中有一颗粗粗的、斜卧着的大树，要是坐在那结实的如同臂膀一样伸展着的树杈上面，肯定是蛮惬意的。我在水塘边阅读的时候，总会不由自主地陷入少年特有的遐思和幻想。我会不由自主地把这方水塘幻想成保尔曾经垂钓的那个宁静的湖泊，我把自己幻化成保尔。至于我身边的那棵树，自然就是冬妮娅依坐在树杈上阅读的那棵树了。每当我情不自禁转过身去望着那树的时候，我仿佛看见，可爱的冬妮娅正坐在那儿朝我微笑着。只不过，这个冬妮娅的模样完全变成了那个时候喜欢和我说话的一个同班小女孩——雪儿的样子……

啊，我的远去的水塘，你储藏了我多少美丽和难忘的记忆啊！

月亮池，这可爱和美丽的地方，我曾在这里消磨过童年数不清的时光，你是我少年时代真正的梦中天堂。正是在这里，缪斯女神既为我孕育了心中最美丽的故事和梦想，让我从此萌生了对文学、对艺术、对生活的强烈渴望，同时也给我的心灵刻下了永远抹不掉的痛苦和忧伤。而今想起，正是这些美丽的故事和幻想，还有那令人心碎的痛苦和悲伤，成就了我心中永远不可磨灭的记忆——

我时常回到记忆中的那个早晨。和往日一样，黄鹂鸟清脆明亮、委婉动人的歌唱和屋檐上那对正在热恋中的燕子的呢喃，将我从梦中唤醒。那是一个阳光明媚令人神清气爽的早晨——由于头天夜里刚刚下了一场大暴雨，这个早晨的天气异常地晴朗。刚刚从东山顶上露出脸盘的太阳，耀得人睁不开眼睛；头顶上的天，瓦蓝瓦蓝的，连一丝云的影儿都没有；山里的空气像是被过滤了一般，清新得令人沉醉；河边的白杨树、大柳树那硕大无朋的树冠，被雨水清洗得翠绿翠绿；漫山遍野的山菊，雪白的、粉色的、淡紫的、雪青的，面对初升的太阳，兴高采烈地绽放开她们美丽的笑脸。我的心情明媚极了，就像这清晨的阳光，就像这瓦蓝的天空。

吃过奶奶早已给我准备好的早餐，穿了妈妈夜里才给我做好的一双千层底条绒鞋，我背上书包，带上清洗得干干净净、特意为捉鱼准备的小墨水瓶，乐呵呵的出了门。那天，我心情明媚，脚步轻盈地走在上学的路上。

当我像往常一样走到我心爱的水塘跟前的时候，我真的被惊呆了。眼前令人难以置信的一切，就像头天夜里令人恐惧的闪电雷鸣，震惊使我变成了一个傻呆呆的木头人——我的水塘像噩梦一样消失了。她消失得无影无踪——我童年的心灵，从未面对过这样的灾难。

我呆呆地立在那儿，半天回不过神来。我绝然不能相信，眼前的这一切会是真的，然而它的的确确是真的。其实从我第一眼望见的那一刻，我便立即明白了眼前发生的一切是怎么回事——先天夜里的特大暴雨造成的山洪，让河水改了道。原本清澈如若明镜的水塘，被猛兽一般的洪水和席卷而来的泥沙淤平了。在我的心目中，这是前所未有的毁灭。在我的心灵深处，这样的灾难和毁灭无异于世界的末日。我的眼泪哗啦啦地往下淌，我无法控制自己的感情，我悲伤极了，于是就不顾一切地大声痛哭起来。我只想，上天真是太残酷了、太心狠了——对我，对我的水塘，对水塘里所有我亲爱的小鱼儿们……

就在我悲痛欲绝地大哭的那一刻，我突然发现，在那早已被无情的泥沙淤平的、俨然打麦场一样旷然的泥沙河床上，有一条奄奄一息的小鱼，正无助地张着嘴，缓缓地左右扭动着它的身子，无力地挣扎着。我未加思索，不顾一切地朝那小鱼奔了过去——那一刻，我完全没有意识到，我是奔跑在极其危险的、可能随时深陷下去的淤泥上面。当然更没有意识到，妈妈才做的千层底新鞋，会在这样的淤泥里变得面目全非。

可怜的小鱼得救了。我几乎是屏着呼吸，将它装进了我随身带来的小玻璃瓶里。然后，三步并作两步，跑到旁边早已澄清的一汪清泉里，给它灌满了清水，我这才放心地舒了一口气。

看着在小瓶里贪婪地呼吸着的小鱼儿，我不禁在想：在洪水到来的时候，那成千上万的小鱼儿上哪里去了？他们是被洪水冲出了水塘？还是被深深埋在了这沉重得令人窒息的淤泥之下？啊，那些可怜的小生命啊！我真的不愿再往下想，可是我的心却又无法让我不去想。我的眼泪又一次涌满了眼眶，那真是太令人悲伤了。我捧着手里的小水瓶，就像是捧着我生命中最深情的牵挂。我有生第一次感到，我在这个世界上是那样的孤单，孤单得就像是这小水瓶里唯一幸存的、永远失去了它的兄弟姐妹的小鱼儿……

那整整一个上午，坐在教室里的我，眼含泪水心不在焉。我的心情被埋没在一片充满忧伤的灰暗之中——尽管外面的天是那样的碧蓝，阳光是那样的灿烂……

我的水塘永远地失去了，那是我年少的生命所经历的一场难以面对的痛苦与悲伤。随着水塘的消逝，我美丽的童年仿佛也被一同埋葬了……

此后的岁月里，月亮池经常在我的梦里出现，于是，她也就变成了我心中一个永恒的梦——她是那样美丽，又是那样凄然。我无数次默默地、心碎地忆起那永远失去的梦。这份回忆，是我心灵深处无法用语言表述的一份深情的祭奠。我知道，这属于心灵的、庄严而凝重的仪式，会陪着我走向生命的远方……

2009－09－17